Cat Dylan

Call it MAGIC

NACHTSCHWÄRMER

DARK
DIAMONDS

© privat

Cat Dylan verliebte sich im zarten Alter von fünf Jahren in Peter Pan und weiß seitdem sicher: Sie würde nie wieder des Nachts ihr Fenster schließen, da die Magie, die sich seither in ihrem Herzen eingenistet hatte, genauso mächtig ist wie die Liebe, die darin wohnt. Aus diesem Grund schreibt sie romantische Fantasy, für all jene, die genauso vernarrt in das Mystische sind, wie sie selbst.

Für Joana und Armin.
Gäbe es nur mehr so wundervolle Menschen wie euch, wäre die Welt ein besserer Ort …

Eins

Eliza

Ein beklemmendes Gefühl weckte mich. Ich riss die Augen auf und starrte in die Dunkelheit. Mein Herz raste wie ein Sportwagen beim Autorennen, aber mein Körper lag bewegungslos auf der Matratze.

Mit minimalen Atemzügen versuchte ich gegen die Panik anzukämpfen, die wie eine Lawine über mich hereinbrach. Jemand beobachtete mich.

Hatte ich ein Fenster oder eine Tür offengelassen? Ich kaute auf den Lippen und dachte fieberhaft nach. Es fiel mir nicht ein. Meine Beine begannen zu kribbeln, deswegen löste ich mich behutsam aus der Schockstarre.

Er hält sich draußen auf, dachte ich unvermittelt und schluckte den Kloß hinunter, der sich in Sekundenschnelle in meinem Hals gebildet hatte. Nervös leckte ich mir über die Lippen. Der metallische Geschmack von Blut legte sich auf meine Zunge wie der dichte Nebel einer Winternacht.

Draußen, hallte es in mir nach.

Ich nahm all meinen Mut zusammen und zwang mich zur Bewegung. Langsam glitt ich aus dem Bett und schaltete die Nachttischlampe ein. Auf dem Weg in den Flur schnappte ich mir als Waffe einen Kleiderbügel.

Mein Verstand war offensichtlich im Bett geblieben.

Auf leisen Sohlen suchte ich die Küche, das Bad und das Wohnzimmer ab. Erleichterung überrollte mich. Alle Türen und Fenster waren verschlossen, die Rollläden heruntergelassen. Niemand war zu sehen. Weder hinter der Tür, noch in der Badewanne oder unter der Couch. Das Rasen meines Herzens ebbte schlagartig ab und kraftlos sackte ich auf die Sessellehne.

Verdammt. Was für eine verrückte Aktion. Ich angelte mir den Tabak aus der Mosaikschale, die auf dem Sideboard neben Stapeln von Büchern stand, und drehte mir eine Zigarette. Nach diesem Schock brauchte ich erstmal eine Portion Nikotin.

Ich sprang auf, blieb dann aber auf der Stelle stehen und starrte die Terrassentür an. Na super. Da würde ich jetzt mit Sicherheit nicht rausgehen. Genervt schmiss ich den Glimmstängel auf den Couchtisch. Das hatte ich nun davon, dass ich nur im Freien rauchte.

Ich schlich zurück ins Bett, ohne die Lichter auszuknipsen, da mir die Angst nach wie vor im Nacken saß. Es dauerte eine Ewigkeit, bis ich wieder in den Schlaf fand.

Morgan

Noch bevor Ashton klopfte, riss ich die mahagonibraune Holztür auf. »Wo warst du?«

Ash, der mit hochgezogener Augenbraue vor der Schwelle stand, schnalzte missbilligend mit der Zunge. »Jap. Alles klar. Ich freu mich auch dich zu sehen, Kumpel.«

Er schob mich zur Seite und die Sohlen seiner Sneakers quietschten unangenehm auf dem Parkettboden. Bevor ich mich dazu hinreißen ließ die Tür aus dem Rahmen zu wuchten, drückte ich sie betont langsam ins Schloss. Ich musste dringend herunterkommen, sonst würde der Vulkan, der in mir brodelte, noch ausbrechen.

Ich folgte Ash ins Wohnzimmer und steuerte die Bar an, um uns beiden einen Whisky einzuschenken. Als ich ihm das Glas reichte, suchten seine silbernen Augen meine. »Rück raus mit der Sprache. Was ist so verdammt wichtig, dass ich meine Lady im Stich lassen musste?«

Ich räusperte mich. »Deine Lady?«

Ein süffisantes Grinsen huschte über sein Gesicht, ehe er sich auf der Couch breitmachte und die Füße auf den Wohnzimmertisch wuchtete. Ich schüttelte den Kopf. Was brachte es schon mit meinem kleinen Seelenbruder über die Lady zu diskutieren, bei der es sich in Wahrheit um eine Horde Gespielinnen handelte? Oder ihn darüber aufzuklären, dass schmutzige Turnschuhe und ein antiker Wohnzimmertisch keine angemessene Kombination darstellten ... Ash war ein hoffnungsloser Fall, und der Grund ihn um Hilfe zu bitten ging tiefer als solche Banalitäten.

Ich stürzte den Whisky in einem Zug herunter und lehnte mich mit dem Rücken an die Wand. Das Ticken der nervtötenden Standuhr schien mich zu verhöhnen. *Tick, tack. Deine Zeit läuft ab. Tick, tack. Deine Zeit läuft ab.* Verfluchtes Teil.

Wie war es möglich, dass mein Leben von einer Sekunde auf die andere dermaßen rapide den Bach herunterging?

Schnaubend erinnerte ich mich an den Moment, als ich gestern die Autoschlüssel dem Pagen gegeben hatte und in die Hotellobby getreten war.

Meine Freude über den Vortragsabend über die Dichtung und Lyrik des vergangenen Jahrhunderts war einem heißen, stechenden Schmerz gewichen. Mitten in meiner Brust. Mein Blick war zur Rezeption geschweift, direkt zu einer Frau, die lässig an der Theke lehnte. Sie war von schlanker Figur gewesen und ihre schulterlangen Haare hatten in einem bläulichen Schwarz geglänzt, was den absoluten Kontrast zu den vollen, roten Lippen und den rosigen Wangen dargestellt hatte. Ihre Augen hatten in einem satten bernsteinfarbenen Ton geschimmert, so weich und geschmeidig wie ein Cragganmore. Erstarrt war ich auf der Stelle stehengeblieben und hatte den Koffer mit einer Gewalt umklammert, die den Griff nahezu in seine Kleinteile zerlegte.

Es war nicht das laute Lachen gewesen, welches die Leute zwang, sich nach ihr umzusehen. Auch nicht die Tatsache, dass sie ein T-Shirt mit dem merkwürdigen Schriftzug *Bad Religion* trug. Oder Chucks. Und das in einem Fünf-Sterne-Hotel.

Nein.

Das Erschütterndste von allem war –

»Okay. Entweder du sagst mir jetzt augenblicklich, was Sache ist, oder ich klingle bei Cary und Logan durch.« Der ängstliche Unterton in

Ashs Stimme riss mich aus den Gedanken. Keine Ahnung, was er gefragt hatte, und das war auch unwichtig. Denn als ich mich in den Brokatsessel gegenüber der Couch setzte und in seine Augen blickte, erkannte ich die gleiche Angst, die in seiner Stimme mitschwang.

»*Zeit verrinnt, verschwindet. Und hinterlässt, hinterlässt Leere*«, zitierte ich meinen Lieblingsdichter Gilliard Perron.

Ash stellte die Füße auf den Boden und schmetterte das Glas auf den Tisch. »Morgan, du schrammst gerade minimal an deiner ersten Tracht Prügel vorbei.«

»Du verstehst das nicht. Niemand drückt es besser aus. Nicht mit mehr Seele. Nicht mit mehr Tiefgang ... Ashton: Ich wurde getroffen. Sie ist da!«

Noch bevor ein Laut aus Ashs Mund drang, erzitterten tief in mir seine Emotionen. Manchmal hasste ich es, Gefühle anderer Nachtschwärmer spüren zu können.

Mein kleiner Seelenbruder wirkte auf jeden Fall höchst amüsiert und das unterstrich er mit lautem Gelächter. »Du Arsch! Du hast mir vielleicht einen Schrecken eingejagt. Ich dachte echt, dein letztes Stündlein hätte geschlagen.«

Ich fuhr mir mit den Händen übers Gesicht. Schlicht unbegreiflich, dass ihn dieses Ereignis nicht genauso aus der Bahn warf wie mich. Mit zusammengekniffenen Augen starrte ich ihn an und wartete ab, bis er sich von seinem Lachflash erholt hatte.

»Nun gut«, bemerkte ich pikiert. »Wie ich sehe, erkennst du den Ernst der Lage.«

Ash sprang unvermittelt auf und schnappte sich die Whiskyflasche von der Bar. Er schenkte sich von der honigbraunen Flüssigkeit ein und hielt den vierhundert Dollar teuren Cragganmore vor mein Gesicht. »Hau's runter, Kumpel. Denn wenn dir hundertachtzehn Jahre nicht als Vorbereitung auf das Zusammentreffen mit deiner ewigen Liebe ausreichen, dann hilft dir nur Freund Alkohol damit klarzukommen.«

Brummend griff ich nach dem Whisky und stellte ihn sanft auf dem Tisch ab. Ash prostete mir zu, aber ich ignorierte seine Aufforderung.

»Jetzt schieb deine Panik beiseite und klär mich auf. Entspricht die Sage der Wahrheit? Bist du high vor Liebe? Ist sie die Frau deiner Träume?«

Seufzend vergrub ich das Gesicht in den Händen. »Du hast ja keine Ahnung!«

Eliza

Ich stiefelte zur Rezeption und blickte Megan schelmisch an. »Hallo. Ich habe da mal eine Frage. Vermieten Sie die Zimmer auch stundenweise?«

Sie grinste und zwirbelte eine ihrer feuerroten Locken um den Finger. »Nur wenn Sie als Prostituierte des hiesigen Bürgermeisters arbeiten. Ansonsten muss ich Sie leider enttäuschen.«

Wir fingen beide an zu lachen. Bell, der direkt neben Meg stand, schnaubte abfällig und zog die Stirn in Falten. »Du bringst dich noch in Schwierigkeiten. Das ist dir klar, oder?«

»Und du wirst noch vor Angstattacken sterben, mein Lieber. *Furcht besiegt mehr Menschen als irgendetwas Anderes auf der Welt.*«

»Komm mir jetzt nicht mit einem Zitat von Emerson. Der hilft dir in der Realität nicht aus der Patsche, wenn du Mist baust.«

Megan lachte. »Nein. Das ist dann dein Job!« Sie knuffte Bell in die Seite und griff nach ihrem Mantel. Ich gab ihm einen flüchtigen Kuss auf die Wange. »Wünsch dir einen ruhigen Dienst.«

Wir winkten zum Abschied und traten gemeinsam durch die Tür, raus in die sternenklare Nacht. Der Wind wehte leicht und hinterließ sanfte Stecknadelstiche auf meinem Gesicht. Ich zog mir den Schal bis unter die Nasenspitze, schlüpfte in meine Handschuhe und hakte mich bei Meg unter, die auf ihren High Heels knapp meine einssiebzig erreichte.

Meine zwei längsten Freunde, Megan und Bellamy, arbeiteten schon Jahre im *Oceans*, dem ältesten Hotel in ganz Amerika und dem traditionsbewusstesten hier in Lavon. Bell war stellvertretender Geschäftsführer. Megan stellte ihr Können als Allround-Talent unter Beweis. Sie arbeitete überall dort, wo sie gebraucht wurde. Bell hatte ihr den Job verschafft.

Megs Unschlüssigkeit ließ sie in dieser Position seit Jahren verharren. Ihrer Auffassung nach sollte man sich grundsätzlich treibenlassen. Allerdings wurde ich das Gefühl nicht los, dass sie behände im Kreis trieb. »Was kommt, das kommt. So oder so!«, war Megans Motto, das sie konsequent lebte. Damit ging ich absolut nicht konform. Meiner Meinung nach hatte man das Schicksal selbst in der Hand. Es gab immer eine Wahl ...

»Scheiße, ist das kalt«, knurrte Meg und schlitterte mit dem Fuß auf dem spiegelglatten Boden weg. In Sekundenschnelle hatte ich sie gepackt und vor einem Sturz bewahrt. »Uah«, stieß sie erschrocken aus und zog eine Grimasse.

Lachend gab ich sie frei. »Sollen wir ein Taxi nehmen?«

In Minischritten trippelten wir den Gehweg entlang, der zwar vom Schnee geräumt, aber nicht gestreut worden war.

»Spinnst du? Sind doch nur zwei Blocks.«

»Klar. Aber wenn wir uns weiter wie die Schnecken bewegen, hat die Bar geschlossen. Hu«, rief ich und krallte mich an Meg fest, um nicht hinzufetzen. Das war ja ätzend. Und lebensgefährlich.

»Die Nächste, die ausrutscht, lässt sich fallen. Dann verklagen wir die Stadt auf Schmerzensgeld, werden reich und verschwinden auf Nimmerwiedersehen auf 'ne Südseeinsel«, meinte Meg und stieß dabei den Atem als weiße Wölkchen aus.

Wir tapsten über die Straße. Der blinkende Neonschriftzug des *InsideOut* zog uns magisch an. Der Laden galt als heißeste Tanzbar der Stadt. Zwei groß gewachsene, breitschultrige Männer stiefelten gerade zur Tür hinein, dabei erweckten sie mit ihrer beeindruckenden Gestalt eher den Anschein, dass sie die Türsteher der Location waren, keine Gäste. Der Dunkelhaarige sah über seine Schulter und starrte direkt zu mir. Unvermittelt kribbelte mein Magen. Fragend kniff ich die Augen zusammen. Hatte der Kerl tatsächlich schwarze Augen? Doch bevor ich ihn richtig sehen konnte, waren die beiden schon durch die Tür und das Kribbeln ebbte ab.

Morgan

»Hm, ich liebe Körperkontakt.« Versonnen drückte sich Ash an einer Schar Mädels vorbei, wobei er besonders darauf bedacht war, nicht den mindesten Raum zwischen seinem und ihren Körpern zu lassen.

Ich starrte zwei aufstrebende Investmentbanker an, die in einer Nische saßen und Bier tranken. »Ihr wollt augenblicklich nach Hause gehen, um euch hinzulegen. Der Tag war lang und ihr seid müde.«

Sie nickten und erhoben sich umgehend, um uns freundlicherweise ihren Platz zur Verfügung zu stellen.

Zufrieden zog ich den Mantel aus. Eigentlich wandte ich meine besonderen Fähigkeiten in der menschlichen Welt ungern an. Jedoch genehmigte ich mir zu verschiedenen Gelegenheiten den Luxus, Menschen zu meinen Gunsten zu manipulieren. Im Grunde war das eine Eigenschaft, die ein Sterblicher ebenfalls zu nutzen wusste. Der Vorteil meiner Technik belief sich auf die Unsichtbarkeit meines Vorgehens. Die Menschen bekamen nicht mit, wenn man sie beeinflusste. Zudem benötigte ich lediglich einen Bruchteil an Zeitaufwand für das jeweilige Vorgehen. Menschen verbrachten mit Manipulation mitunter Monate, wenn nicht sogar Jahre.

»Was darf ich euch bringen?« Die Bedienung, Anfang zwanzig, Solarium gebräunt, schenkte uns ihr zahnweißes Lächeln.

»Zwei Lagerbier. Und deine Telefonnummer«, säuselte Ash charmant.

»Ein Glas Merlot, ein Glas stilles Wasser und keine Telefonnummer. Danke!«, erwiderte ich freundlich.

Sie nickte lächelnd und zwinkerte Ash beim Gehen zu.

»Kannst du mir zuliebe heute auf deine übliche Machotour verzichten? Wir stecken in ernsten Schwierigkeiten!«

»Wir? Es ist deine ewige Liebe, Morgan, und ich bleibe hoffentlich noch lange davor verschont. Außerdem ... schau dich um. Wie zur Hölle sollte ich mich nicht berauschen wollen? Schön, schöner, meins«, tippte Ash mit dem Zeigefinger in die Richtung verschiedener Frauen. »Ah, wie ich das weibliche Geschlecht liebe!«

Eliza

Stickige Luft und laute Musik preschten uns entgegen, als wir in den Club kamen. Wir zwängten uns auf der Suche nach einem freien Platz durch die Meute von Menschen, die wie wir nach Feierabend abschalten wollten.

»Da hinten!«, brüllte Meg griff meine Hand und navigierte uns zielsicher ans Ende des Tresens.

Ich schmiss die Tasche auf die Theke und klaubte den Tabak heraus.

»Zwei Cosmos und zwei Kurze, Jack!«, rief Megan dem Barkeeper zu und gleich zu mir daraufhin: »Hast du nicht letzte Woche aufgehört?«

Ich steckte mir den Filter in den Mund und nuschelte: »Nach dem wievielten Kurzen hab ich das denn wieder behauptet?«

»Ich glaube, das war nach der Runde mit dem heißen Kurierfahrer. Russel, Ryder oder wie der hieß. Meine Erinnerung ist leicht lückenhaft.«

»Hm«, brummte ich und rollte das Blättchen. »Weil du dich an dem Abend unter den Tisch gesoffen hast. Der Kerl hieß Raphael und war ziemlich süß. Wärst du nicht jenseits von Gut und Böse gewesen, hätte er in dieser Nacht mir gehört.«

Megan zog ihre Stupsnase kraus. »Okay, okay. Verstanden. Trotzdem.«

Jack brachte die Cocktails und während wir anstießen, resümierte ich: Tatsächlich nahm ich mir mindestens ein Mal die Woche vor aufzuhören. Allerdings gehörte das Rauchen für mich zum Ausgehen dazu. Und zu einem Kaffee. Und nach einem guten Essen. Weswegen ich meiner ernst gemeinten Absicht ständig den Mittelfinger zeigte ... Wie auch immer. Ich wusste, dass es eine schlechte Angewohnheit war, und ich arbeitete daran sie loszuwerden. Ehrlich.

»Ich gelobe Besserung!« Grinsend zündete ich mir die Selbstgedrehte an und hielt den Shot hoch. »Cheers.«

Die Gläser klirrten aneinander und ich kippte den Schnaps in einem Zug herunter, an dem ich mich augenblicklich verschluckte. Hustend warf ich die Zigarette in den Aschenbecher, während Megan mir auf den Rücken klopfte und mit gleicher Hand zwei weitere Kurze orderte.

»Ha, verdammt«, sagte ich, als ich wieder zu Atem gelangte. Mein Herz pochte plötzlich so heftig wie nach einem Zwanzig-Meilen-Sprint. Beklemmung kroch mein Rückgrat hinauf. Das gleiche Gefühl, das mich die Nacht zuvor erwischt hatte. Was war denn jetzt los?

Unruhig klapperte ich mit dem Fuß auf und ab und sah mich um. Das *InsideOut* war größenmäßig überschaubar. Rechts und links vom Eingang gingen zwei Theken ab. Dazwischen standen viereckige Holztische mit lederbezogenen Holzstühlen, die kreuz und quer im Raum verteilt waren. Rechts neben dem Gang zu den Toiletten gab es eine bescheidene Tanzfläche.

Mein Blick schweifte umher, doch in dem Gedränge und bei diesen dunklen Lichtverhältnissen war es unmöglich etwas Anderes zu erkennen als die üblichen Verdächtigen, die hier regelmäßig nach der Arbeit abhingen. Warum fühlte ich mich dann schon wieder beobachtet?

»Hier!«

»Was?« Irritiert sah ich zu Meg.

»Wie was? Ich hab keinen Ton gesagt.« Sie kniff die Augen zusammen. »Stimmt was nicht?«

Ich runzelte die Stirn und winkte ab. »Muss am Schlafentzug liegen. Ich habe heute Nacht kaum ein Auge zubekommen.«

»Hm ... Stress im Job und jetzt Probleme runterzukommen?« Meg beäugte mich kritisch.

»Fängt das schon wieder an …« Gespielt genervt schnitt ich Megan eine Fratze. Jedes Jahr diskutierten wir wieder und wieder über die vielen Überstunden, die ich anbaute. Der Radiosender, bei dem ich als Moderatorin angestellt war, litt in der Winterzeit wegen Urlaub und Krankheit an Personalmangel. Im schlechtesten Fall unter beidem gleichzeitig. Da ich nie krank war und sowieso irgendwann mal einen Sender mein Eigen nennen wollte, arbeitete ich dort in Dauerschleife und in jeder Abteilung, in der Kräftemangel bestand. Meine Kollegen nannten mich deswegen schon lange *El, the RadioKon,* das wandelnde Lexikon des Radios, denn ich war die Einzige im Sender, die in jeder Abteilung den Überblick hatte. Für meine berufliche Laufbahn lohnte sich die harte Arbeit nicht nur wegen der extra Kohle, sondern vor allem wegen der Erfahrung. Und dafür nahm ich auch den Stress in Kauf.

»Jep. Das ist wie eine Neverending Story«, unterbrach Megan meine Gedanken.

»Okaaaay.« Ich hob beschwichtigend die Hände, bevor diese Diskussion wie so oft ins Uferlose ausartete. »Ich gelobe auch hier Besserung.«

»Ich erinnere dich dran«, sagte Meg und deutete mit dem Zeigefinger auf mich. Ich hielt den Shot hoch und mit einem schnellen Zug waren die nächsten Gläser geleert.

Morgan

»Ein Mensch. Fuck. Oh. Fuck. Mann. Die lebt ja!« Ash knallte die Bierflasche mit einem heftigen Schlag auf den Tisch. Biertropfen spritzten mir ins Gesicht und rieselten auf meinen Maßanzug.

Mit hochgezogenen Augenbrauen schaute ich ihn an, zückte mein mit Initialen versehenes Taschentuch aus der Jackettasche und wischte mir das Gesicht trocken. »Stell dir vor, das ist mir auch schon aufgefallen. Tatsächlich möchte ich behaupten, dass man ihren Puls unverkennbar hören, sehen und riechen kann!«, zischte ich ihm über den Tisch hinweg zu. »Ihr Name ist Eliza, im Übrigen!«

Ash schüttelte den Kopf. »Mann, echt. Da ist doch irgendwas faul. Bist du dir wirklich sicher, dass es sich um die Ewige handelt? Um die Eine?«

»Ohne Zweifel. Alle Symptome der Verbindung wirken auf mich ein. Der Stich in meiner Brust, die Sehnsucht nach ihrer Nähe und der mentale Gedankenaustausch. Pass auf!«

Ich schloss die Augen und öffnete meine Gedanken. Elizas Panik schwappte augenblicklich über mich. Sie spürte, dass sie beobachtet wurde, und suchte die Bar nach der Ursache ab. *Hier,* dachte ich und öffnete wieder die Augen.

Ash starrte entgeistert zu den beiden Frauen rüber und schüttelte fassungslos den Kopf. »Süße«, rief er der Bedienung zu. »Zwei Tequila, nein, warte. Zwei Gläser und die ganze Flasche!«

Er setzte zum Sprechen an, aber ich schnitt ihm das Wort ab. »Wir fahren nicht nach Hause, noch informieren wir den Rat. Verstanden? Ich möchte das alleine regeln.« Gereizt massierte ich mir die Schläfen. »Bevor ich mit irgendjemandem darüber rede, benötige ich zu allererst einen kühlen Kopf. Klarheit. Und deine Unterstützung!« Eindringlich sah ich Ash an. »*Hilfe ist ein unschlagbares Instrument der Freundschaft*«, zitierte ich Jameson, einen meiner Lieblingsautoren.

»Oder um es mit ihren Worten zu sagen: *Die Revolution hat gerade begonnen*«, sagte Ash und grinste.

Innerlich stöhnend sah ich zur Theke. In Elizas Mundwinkel steckte ein Filter und lauthals grölte sie zu Trickys *Evolution Revolution Love* mit. Ich genehmigte mir einen großen Schluck Wein. Was für ein mieser Albtraum. Irgendjemand im Universum spielte mir einen verdammt beschissenen Streich und das wurde auch nicht besser, nur weil diese Frau so verdammt attraktiv war.

»Kennst du eine vergleichbare Geschichte? Irgendeine?«, fragte ich verzweifelt.

Seufzend fuhr sich Ash mit der Hand durch das dicke, blonde Haar. Ein paar Frauen am Nebentisch kicherten verzückt und steckten die

Köpfe zusammen. Entnervt seufzte ich auf, was Ash mit einem belustigten Schulterzucken quittierte.

In manchen Momenten, und dieser gehörte eindeutig dazu, beschlich mich das Gefühl, dass er gar nichts dafür konnte. Mit seinen äußeren Attributen, wie dem massigen, perfekt durchtrainierten Körper, der lockeren Surfer-Frisur, den silbergrau leuchtenden Augen, dem kantigen, wohlproportionierten Gesicht und diesem spitzbübischen Lächeln, war es geradezu vorherbestimmt, dass die Frauen ihm zu Füßen lagen. *Womanizer* beschrieb Ashton in einem Wort perfekt. Verdammt, selbst seine Augenbrauen hatten den richtigen Schwung. Wer verübelte es dem weiblichen Geschlecht – und manch männlichem –, dass sie in Ashs Nähe wie Butter dahin schmolzen?

Er verschränkte beide Arme vor der Brust. »Ehrlich? Mir fällt keine ein. Was nichts zu heißen hat. Immerhin gehören wir mit unseren hundertachtzehn Jahren zur jüngeren Generation. Deswegen ...«

»Jaja. Schon klar. Aber wenn wir den Rat informieren, ist es offiziell. Und das offenzulegen ist mir zu früh.« Ich schüttelte den Kopf. »Ich muss herausfinden, ob ein Fehler vorliegt; was für ein Fehler vorliegt. Vielleicht täusch ich mich ja. Und falls nicht ... keine Ahnung, Ash. Mich beschäftigt das Thema schon eine Weile. Diese Bindungsgeschichte ist mir suspekt. Wir sind gezwungen den Rest unseres Lebens mit einer Person zu verbringen, die wir uns noch nicht mal aus freiem Willen aussuchen. Nenn mich altmodisch, aber ich wünsche mir in diesem Punkt absolute Entscheidungsfreiheit. Ich wünsche mir meinem Herz folgen zu dürfen.«

Ash grunzte und kippte zwei Gläser Tequila nacheinander herunter. »Erstens: Du bist altmodisch. Und zweitens: Dein Herz fällt doch die Entscheidung. Es wird zusammengefügt, was zusammengehört. So steht's im Reglement.«

Er genehmigte sich einen weiteren Kurzen und begutachtete den Hintern einer Frau am Tisch vor uns. »Übrigens solltest du mittlerweile wissen, wie ich über dieses Thema denke. Die Liebe ...«, sinnierte er, »puh, die Liebe wird in meinen Augen so was von überschätzt. Ich mein,

Alter, was soll das? Das restliche Leben mit immer derselben Frau verbringen zu wollen ist Beschiss. Das ist wie ein Vertrag, der auf den ersten Blick genial erscheint, bis man zum Kleingedruckten kommt. Die Bindung an den perfekten Partner, um die Nachkommenschaft zu garantieren. Hoch lebe das Universum!«

Eliza

Etwa drei Stunden, unzählige Shots und einige Cocktails später fuhr ich mit dem Bus nach Hause. Megan wohnte in der Innenstadt, knappe zehn Minuten vom *InsideOut* entfernt, was sich für unsere exzessiven Afterwork-Abende von Vorteil für sie entpuppte.

Mich reizte das Städtewohnen noch nie. Deswegen lebte ich von jeher außerhalb. Als Kind mit Mom, danach mit meinem Ex-Freund und nun schon lange Zeit allein. Abgeschieden, aber trotzdem dicht genug am Geschehen dran.

Der letzte Bus ging immer Viertel vor zwölf. So gerieten wir selten in Versuchung länger in der Bar abzuhängen, als unseren alkoholumnebelten Köpfen guttat. Und wenn es trotzdem passierte, schlief ich bei Megan.

Von der Bushaltestelle aus brauchte ich kurze fünf Minuten bis zu meiner Wohnung, die in einem Mehrfamilienhaus abseits der Straße und am Waldrand lag. Schwankend schlitterte ich den Weg entlang. In mich hineingrinsend summte ich die Melodie von *What shall we do with the drunken sailor.*

»Vorsicht!«

»Waaas?«, rief ich erschrocken, rutschte aus und knallte übelst auf den Arsch. »Auuutsch. Verdaammt!« Jammernd rieb ich mir den Po und sah mich in der Dunkelheit um. »Hallooo?« Ich kniff die Augen zusammen, aber niemand kam zum Vorschein, keiner antwortete. Verwundert schüttelte ich den Kopf und versuchte aufzustehen. »Komm schon, Elizaa«, feuerte ich mich an, nachdem ich wieder und wieder mit den Stiefelsohlen auf dem glatten Boden abrutschte. Nach mehreren erfolglosen und kräftezehrenden Anläufen resignierte ich. Erschöpft legte ich mich komplett auf den Boden. Ich sollte weniger trinken. Na ja, zumindest bei solchen Wetterverhältnissen. Allerdings ... Lachend drifteten meine Arme und Beine auf und ab. Ich hatte schon seit Jahren keinen Schnee-Engel mehr gespielt.

Das war zu komisch. Zu angetrunken, um aufzustehen. Wenn das so weiterging, stolperten meine Nachbarn morgen über meinen erfrorenen Körper. Ich sog die kühle Nachtluft tief in die Lungen. »Haaaaaaa!«

»Steh auf, verdammt. Das ist nicht lustig!«

»Oh ... un wie‘s das is«, kicherte ich zwischenzeitlich psychotisch angehaucht, »besonders die Stimme aus m Off ... diiie gefällt miiir.«

»Zieh deine Schuhe aus!«

»Nö.«

»Mach schon!«

»Dann frieren abba meine Füüüßee.«

»Ich werd verrückt! Eliza. Zieh deine Schuhe aus, steh auf und geh nach Hause. Sofort!«

»Spielverdärbeeer«, antwortete ich schmollend, richtete mich auf, zerrte mir die Stiefel von den Füßen und stand auf.

»Tadaaa.« Grinsend verbeugte ich mich und torkelte das letzte Stück zur Wohnung. Doch keine Tiefkühlkost für die Wölfe heute Nacht. Es dauerte einige Anläufe, bis ich das Schlüsselloch traf.

Die Stimme aus dem Off schnalzte missbilligend mit der Zunge.

»Pff«, erwiderte ich genervt.

Auf dem Weg ins Schlafzimmer warf ich kurzerhand die Tasche und den Schlüssel auf den Boden und sank mitsamt den Kleidern inklusive feucht gewordener Socken ins Bett. Bevor mich der Schlaf komplett einlullte, drang ein erleichtertes, gereiztes Seufzen an mein Ohr.

Lächelnd driftete ich weg.

Morgan

»Guten Abend, Mr O’Malley. Es sind keine Nachrichten für Sie eingegangen. Kann ich noch etwas für Sie tun?«

Der Empfangschef des *Ocean Hotels* schaute mich erwartungsvoll an.

»Nein, danke. Alles zu meiner besten Zufriedenheit. Eine angenehme Nacht, Mr Sullivan«, erwiderte ich und ging zum Aufzug. Die Uhr zeigte zwar erst viertel nach eins, aber mein Verlangen nach auswärtigen Aktivitäten war abgeflaut.

Bei mir hatte sich der unausweichliche Drang gemeldet, Eliza und ihrer Freundin Megan zu folgen, nachdem sie das *InsideOut* verlassen hatten.

Um Eliza zu beschützen. Oder um in ihrer Nähe zu sein. Oder ... was wusste ich schon warum.

Jahr für Jahr wurden die Nachtschwärmer auf dem Ball der Monde auf diese Situation vorbereitet. Auf den Moment, wenn dir deine Auserwählte oder dein Auserwählter begegnete. Wir wussten um die Symptome, wie man sich zu verhalten hatte, was danach passierte ... Warum herrschte in mir drinnen dann so ein Chaos? Wieso verstand ich nicht, wie mir da geschah?

Ich stieg in die Kabine, drückte den Knopf für den 38. Stock und lehnte mich an die Fahrstuhlwand. Mit geschlossenen Augen lauschte ich der Hintergrundmusik.

Wie gerne würde ich mich fallenlassen, damit alles so geschah, wie es geschehen sollte, wie es vorhergesehen war für unsere Spezies. Sich mit Leichtigkeit den Gefühlen hingeben, ohne einen einzigen Augenblick über jegliche Konsequenzen nachzudenken. Über richtig oder falsch.

Mit einem *Pling* glitten die Türen auseinander. Der antike Holzboden knarzte bei jedem meiner Schritte. Ich ging nach rechts zur einzigen Suite auf dieser Seite der Etage. Dort angekommen zog ich meine Lederslipper aus und stellte sie ordentlich in das eingebaute Schuhregal. Dann lockerte ich die Krawatte, bevor ich zur Bar schlenderte und mir einen Whisky einschenkte.

Gegenüber dem Panoramafenster setzte ich mich in den Brokatsessel und trank einen kräftigen Schluck. Die Lichter der Stadt leuchteten in bunten Farben und reflektierten im schwachen Schein die weiß schimmernden Schneeflocken, die sanft herabrieselten.

Aber genau hier lag das Problem. Ließe ich den Dingen ihren Lauf, würde ich gegen das wichtigste Gesetz der Nachtschwärmer verstoßen. Eine ernsthafte Liebesbeziehung mit einem Menschen einzugehen war strikt verboten und wurde je nach Schwere des Vergehens bestraft.

Wie konnte es dann möglich sein, dass ein Mensch meine Auserwählte war? Das Universum irrte sich nie! Oder doch?

Frustriert haute ich den Cragganmore in einem Zug herunter. »Fuck«, brüllte ich in die Stille der Suite.

Ich musste dem Fehler in dieser Geschichte auf die Schliche kommen. Denn wenn ich an diese Frau dachte, konnte es sich nur um einen Irrtum handeln. *Keine Tiefkühlkost für die Wölfe heute Nacht?* Verdammt, sie hatte ja so was von keine Ahnung …

***

Kurz vor Sonnenaufgang kam Ash lautstark ins Schlafzimmer der Suite gedonnert. »Ich weiß, wie wir der Misere entkommen!«, meinte er froh gelaunt.

»So. Da bin ich aber mal gespannt«, äußerte ich mich erwartungsvoll und klappte das Buch über die Malerei des neunzehnten Jahrhunderts zu.

»Wiiiiir starten eine Weltreise! Ha! Haha haha … ich bin ein verdammtes Genie. Ich meine, was soll der Rat schon tun? Sie wissen nichts, wir verraten nichts. Wir verschwinden. Wie damals 1928. Und wenn wir in ein paar Jahren zurückkommen, ist Eliza sowieso nur noch Staub und Asche! Ist das nicht praktisch? Ah, ich liebe diese Menschen. Sie sind so berechenbar.«

Ash kickte seine knallig-bunten Sneakers in die Ecke und entledigte sich der Jeanshose.

»Willst du dir kein eigenes Zimmer mieten?«

»Spinnst du, Alter? Morgen Abend hauen wir sowieso ab. Rutsch rüber.« Ash sprang aufs Bett und zog flott die Decke über seinen nackten Körper.

Hoffnungsloser Fall. Ich rieb mir seufzend die Stirn. »Eine Weltreise … nicht übel dein Vorschlag. Mal wieder Europa zu besuchen ist in der Tat eine Überlegung wert. Junie könnte so lange die Verlagsleitung übernehmen. Ich bin mir nur nicht sicher, ob das der richtige Ausweg aus dieser Situation ist. Außerdem wäre eine Menge Planung vonnöten. Aber wenn ich an heute Abend denke … diese Frau ist ein Desaster. Nicht nur ein Mensch. Nein, ein Mensch und ein Desaster. Sozusagen ein wandelndes, lebendes Desaster.«

Argwöhnisch schüttelte ich den Kopf, legte das Buch auf den Nachttisch und wandte mich zu Ash. »Kannst du dir … Ash? Ash!«

Deftige Schnarchgeräusche stoben unter der Decke hervor. Seufzend knipste ich die Nachttischlampe aus und drehte mich auf die Seite, in der Hoffnung zumindest Ashs übler Alkoholfahne zu entkommen.

Mein Glück stieg, wie es schien, ins Unermessliche.

Zwei

Eliza

Nicht einen Schluck Alkohol genehmigte ich mir in den nachfolgenden zwei Wochen. Na ja, okay. Nicht einen Schluck vom Hochprozentigen. Die blauen Flecken vom Sturz verblassten und meine Angst verrückt zu werden reduzierte sich auf ein Minimum. Seit jener Nacht hörte ich die Stimme aus dem Off nicht wieder, stattdessen plagte mich seither so ein Gefühl, dass mir irgendetwas fehlte. Aber ich brachte es beim besten Willen nicht fertig zu sagen, was das war.

»Für heute Abend verabschiede ich mich in den Winterschlaf mit den Dead Man s Bones und *Where you sleep*. Aloha, ihr Nachteulen. Lasst es krachen.«

Ich zog die Kopfhörer ab, als die Tür aufschwang.

»Die Rettung naht«, rief Jason überschwänglich gut gelaunt, warf seine Tasche auf den Tisch und drückte sich hinters Mischpult.

»Zur Hölle, aber so was von!«, entgegnete ich erleichtert. Zwölf-Stunden-Schichten, sechs Tage die Woche in universell einsetzbarer Position hinterließen so langsam ihre Spuren. Der Winter war definitiv die härteste Zeit des Jahres. Kein Wunder, dass mich Stimmen verfolgten.

»... mit Bernie über die Extraschichten reden. Er muss dringend Aushilfspersonal einstellen. Du bist gut, keine Frage, aber selbst der legendären El, the RadioKon, geht irgendwann die Puste aus.« Besorgt schaute Jason mich an.

Okay. Schon wieder abgedriftet. Beschwichtigend hob ich die Hände hoch. »Ich weiß. Ich weiß. Ich knöpf mir den Chef vor. Versprochen!«

»Hm. Ich schätze, deine Schallplatte hat nen Sprung. Diese Antwort ist mir bestens vom letzten Jahr bekannt. Und dem Jahr davor. Und davor.«

»Ich arbeite daran«, sagte ich, aber Jason runzelte die Stirn.

»Wie war eigentlich dein Date mit diesem Jonathan?«, fragte ich, um einer Diskussion aus dem Weg zu gehen.

»Jackson, Liebes. Und das war 'ne Nullnummer. Vier Wochen ist es jetzt her und ich bekomme immer noch eine Gänsehaut, wenn ich daran denke.«

»Vier Wochen? Sorry, Jay. Verzeihst du mir meine Kopflosigkeit?« Ich fiel vor ihm auf die Knie und faltete bittend die Hände zusammen.

Lachend packte er mich an den Oberarmen und zog mich hoch. »Du verrücktes Weib. Wie könnte ich der begehrenswertesten aller Frauen überhaupt etwas übelnehmen?«

»Ha. Begehrenswert! Abgesehen von deiner Wenigkeit stehen die Männer bei mir nicht grade Schlange.«

Jason lächelte frech. »Warte mal ab, bis ich dir von meiner neuen Eroberung erzähle. Und jetzt verschwinde! Ich möchte dich die nächsten drei Tage unter keinen Umständen sehen.«

Ich zog mir den Mantel über, griff nach der Tasche und sang in meiner lieblichsten James Blunt-Stimme die ersten Zeilen von *Goodbye my Lover* nach.

Grinsend schüttelte Jason den Kopf. »*Insane in the Brain*.«

***

Auf dem Weg zur Bushaltestelle fiel mir die gähnende Leere in meinem Kühlschrank ein und die Tatsache, dass ich die nächsten drei Tage in den Winterschlaf gehen wollte. Seufzend machte ich auf dem Absatz kehrt. Bowies *Under Pressure* ertönte. Ich fischte das Handy aus der Hosentasche. »Jep?«

»Halt dir kommenden Samstag frei!«, rief Bellamy mir aufgeregt ins Ohr.

»Weil ...?«

»Addy feiert eine Party und wir sind selbstredend die Ehrengäste.«

»Addison ist in der Stadt? Seit wann?«

»Seit übermorgen.«

»Yay. Addy kommt. Wie lange bleibt sie diesmal?«

»Keine Ahnung. Sie war kurz angebunden. Aber sie hat eine Überraschung für uns.«

»Ha! Erinnerst du dich an das letzte Mitbringsel?«

»Du meinst den Einhorn-Salzstreuer? Oder nein, warte. Waren es nicht die Spüllappen, auf denen stand: *Houston, wir haben einen Fleck*?«

»Mann, Bell. Wie kannst du das vergessen? Das letzte Mal hat sie uns einen Jimi Hendrix-Blumentopf mitgebracht, in dem Hanf eingepflanzt war.«

»Verdammt, du hast Recht. Das muss ich verdrängt haben.«

»Ist Meg dabei?«

»Nur wenn ich ihre Schicht übernehme. Personalmangel. Keine Chance, so kurzfristig einen Tauschmarathon zu starten.«

»Mist. Und zum After Date?«

»Bestimmt. Muss Schluss machen. Kundschaft. Kuss.«

Ich drückte auf Beenden, steckte das Handy zurück in die Hosentasche und steuerte das *Hannigan s* an. Dort schnappte ich mir einen Einkaufswagen und schob ihn lustlos durch die Gänge.

Einkaufen gehörte zu den Dingen in meinem Leben, die ich richtig ätzend fand. Kochen kam gleich danach. Dabei liebte ich Essen, mehr als es meinen Oberschenkeln guttat. Das hinderte mich jedoch nicht daran, Dauergast im *Ol' Butternut* oder in *Sal s Diner*, zu sein. Zu knochig war sowieso nicht mein Ding und die Rundungen an meinem Körper füllten wenigsten meine Kleider gut aus.

Ich angelte mir ein paar Fertiggerichte aus dem Regal und lud sie in meinen Wagen.

»Das willst du nicht wirklich essen!«, ertönte eine Stimme daraufhin.

»Warum sollte ich nicht?«, fragte ich unvermittelt und starrte einen jungen Kerl an, der mit der gleichen Dose Ravioli, die ich soeben in meinen Wagen gepackt hatte, neben mir stand.

»Äh? Warum sollten Sie was nicht?«

»Na, das nicht essen?« Fragend deutete ich auf die Fertiggerichte in meinem Wagen.

»Ich hab keine Ahnung, Miss. Vielleicht weil es zu viele Kalorien hat?« Überrascht, aber grinsend, schaute er mich an und wippte auf den Fußballen hin und her.

»Flirtest du etwa?«

»Nein!«, stieß ich schroff aus. Scheiße! Die Stimme aus dem Off war zurück.

»Nein? Cool. Sie haben es nicht nötig auf Kalorien zu achten, wenn ich das sagen darf.«

»Ich … O Mann!« Ich fasste mir an die Stirn und betrachtete den Kerl genauer. Halblange, braune Haare hingen ihm seitlich ins Gesicht. Strahlend blaue Augen stachen dahinter hervor. Ich schätzte ihn auf Anfang zwanzig. Ein Kerl, gesegnet mit einer positiven Ausstrahlung. Hübsch anzusehen, keine Frage. Und die Tatsache, dass er jegliche Zeichen für einen angehenden Flirt seinerseits aussendete, entging mir nicht. Ich seufzte innerlich und lächelte. »Danke für das Kompliment. Da schmecken die Ravioli gleich um einiges besser.«

»Dieser Mist schmeckt nach überhaupt nichts!«

»Tatsache«, erwiderte der Kerl lachend und zwinkerte mir zu.

Ich schob den Wagen weiter, winkte zum Abschied und tigerte zur Weinabteilung. Ein flaues Gefühl zog durch meinen Bauch. Wieso war die Stimme zurückgekehrt? Was war der Auslöser? Wurde ich verrückt? Ich griff nach einer Flasche Zinfandel, hielt kurz inne und nahm eine zweite aus dem Regal.

Rasch besorgte ich die restlichen Lebensmittel und spurtete zur Kasse. *Das ist der Stress,* redete ich mir ein, schrieb mir aber zeitgleich eine innere Notiz: *Termin bei Doc Saltzman ausmachen!*

»Hey!« Der Kerl aus der Konservendosenabteilung reihte sich hinter mir ein und legte seine Sachen aufs Band.

Ich lächelte ihn freundlich an. »Hey.«

»Im *Air* steigt heute ein abgefahrenes Rockkonzert. Ein paar meiner Freunde spielen in der Band.«

»Hört sich nach einem gediegenen Donnerstagabend an.«

»Gut möglich. Wollen Sie mitkommen?« Erwartungsvoll drückte er an einer Packung Toast herum.

»Danke für die Einladung«, sagte ich. »Aber allein die Tatsache, dass du mich mit Sie ansprichst, verbietet es mir mitzukommen.« Amüsiert zwinkerte ich ihm zu.

»Äh. Tja, schade.« Er presste bedauernd die Lippen aufeinander und zuckte mit den Schultern.

»Hm.« Ich bezahlte, wünschte ihm einen schönen Abend und trottete zur Bushaltestelle.

Wirklich bedauerlich. Anstand in Verbindung mit gutem Aussehen gehörten zu meinen Top Five der meistgeschätzten Eigenschaften bei einem Mann. Aber da war ja noch der kleine Funke, der es mir verbot zuzusagen. Er war noch kein Mann. Kein gestandener Mann. Auch wenn ich mich mit meinen fünfundzwanzig Jahren nicht zum alten Eisen zählte, erschien mir die Kluft trotzdem zu groß. Wahrscheinlich war ich auch nur die kurzen Abenteuer leid, die ich seit meiner letzten festen Beziehung vor zwei Jahren gelegentlich zelebrierte. Andererseits konnte etwas Flirten und Schäkern nicht schaden ...

Bis ich zu Hause war, hatte ich mich dazu entschlossen bei Gelegenheit im *Air* auf ein, zwei Bier vorbeizugehen. Für einen gediegenen Abend konnte ich ja ein Brett über die Kluft legen.

***

Die Musik von Miles Davis stob durchs Badezimmer. Ich tauchte die Zehenspitzen ins heiße Wasser und glitt in ein Meer aus Kokosmilch. Die Teelichter flackerten in sanftem Schein. Ich griff nach dem Glas und nippte genüsslich am halbtrockenen Zinfandel. Mit geschlossenen Augen versank ich in den melodischen Saxofonklängen. Dem Jazz gehörte mein

Herz, auch wenn ich sonst meine Passion zur Rockmusik auslebte. Musik war mein Leben und einschränken ließ ich mich grundsätzlich ungern.

Die Anspannung trieb im Wasser davon und mein Köper fühlte sich leicht und schwerelos an. Relaxed sinnierte ich über die geheimnisvolle Stimme. Sollte ich mich jemandem anvertrauen? Aber wem konnte man heutzutage ernsthaft erzählen, dass man Stimmen hörte, ohne umgehend die Bekanntschaft mit einer Irrenanstalt oder einem Seelenklempner zu riskieren? Ich fand es sogar unvorstellbar, dass Megan, der Freigeist in Person, mir so eine Geschichte abnahm, ohne mich für komplett verrückt zu erklären. Und könnte ich ihr das verübeln?

Es war verrückt. Ich war verrückt, und je intensiver ich darüber nachdachte, desto mehr ängstigte ich mich vor mir selbst.

Flott stürzte ich den restlichen Wein herunter und lenkte meine Gedanken auf angenehme Dinge. Warmer Apfelkuchen mit Vanilleeis. Das Rauschen des Meeres. Das Sixpack von Ryan Gosling.

So entspannt schlummerte ich weg.

»Eliza! Wach auf. Du musst aufwachen.«

»Nö ... Ich hab frei«, nuschelte ich und drehte mich auf die Seite. Wasser spritzte in mein Gesicht, als ich gegen den Rand der Wanne stieß. Panisch riss ich die Augen auf und tauchte dabei orientierungslos ins eiskalte Wasser hinab.

»... verdammt ... machst ... da ... raus ... Wasser!«, bellte die Stimme wütend.

Verzweifelt versuchte ich meine verschlafenen Glieder unter Kontrolle zu bekommen und den Kopf über Wasser zu halten. Meine Finger rutschten am Seitengriff der Wanne ab und ich strampelte wild mit den Füßen umher. *Langsam, langsam!*, ermahnte ich mich und packte beherzt mit beiden Händen an den Griff. Endlich gelang es mir, mich hochzuziehen.

Zitternd richtete ich mich auf und spuckte hustend Badewasser aus. Mein Herz hämmerte so schnell in meiner Brust, dass es mir die Luft abschnürte. »Fffuck!«

»*Verdammtes Universum*«, flüsterte die Stimme aus dem Off gereizt.

Ich zog den Stöpsel aus der Wanne und blieb bewegungslos sitzen, bis das Wasser abgelaufen war. Dann stand ich mit wackligen Beinen auf und kletterte vorsichtig hinaus. Zügig trocknete ich mich ab und kuschelte mich in einen dicken Frotteebademantel.

»Wuah!« Entsetzt starrte ich mich im Spiegel an. Meine Lippen schimmerten bläulich, während das Weiß meiner Augen mit rötlichen Schlieren durchzogen war. Ich sah aus wie ein Monster aus einem Horrorfilm.

»Verdammt«, murmelte ich und schaute auf die Zeitanzeige des CD Spielers. »Eine Stunde?« Ich hatte tatsächlich eine Stunde in der Wanne verbracht?

Fassungslos schlurfte ich in die Küche, um Wasser für einen Tee aufzusetzen. Der Stress der vergangenen Zeit setzte mir offensichtlich mehr zu, als ich mir eingestehen wollte.

In dicken Wollsocken und einen flauschigen Flanellpyjama eingepackt, vergrub ich mich mit einem Buch und einem Becher Rooibostee unter der Bettdecke. Beim Schmökern überkam mich ein ungutes Gefühl. Panik zog sich durch meine Adern wie das gleichmäßige Strömen des Blutes.

Was war nur los mit mir? Woher kam diese Stimme? Und wie konnte ich dagegen vorgehen? Gab es in meiner Familie Fälle von Geistesgestörtheit? Ich schrieb mir erneut eine innere Notiz. Bevor ich meinen Arzt kontaktierte, musste mir Mom zuerst über die gesundheitliche Geschichte der Familie berichten.

Müde legte ich das Buch zur Seite, trank den Tee aus und fiel in meinen persönlichen Winterschlaf.

Morgan

Schneller als das menschliche Auge erfassen konnte, spurtete ich aus dem Dickicht des Waldes und verlangsamte meine Schritte, bevor ich ins Wohngebiet kam. Jetzt benötigte ich definitiv einen Spaziergang.

Ich klopfte mir den Schnee vom Mantel und seufzte laut. Ich hatte genug für einen Abend. Diese Frau brachte mich an den Rand der Verzweiflung. Mein erstes Treffen nach zwei Wochen Abstinenz und es begann wie das letzte Treffen aufgehört hatte: komplett durchgeknallt! Dabei hatte ich gehofft, dass sich die Lage mit meiner Rückkehr nach Lavon entspannte, denn die vergangenen Tage waren die reinste Tortur gewesen.

In Rekordzeit hatten Ash und ich unsere Europareise organisiert. Ich empfand ein klein wenig Schuld wegen der überstürzten Flucht. Wegen der getarnten Lüge, die wir zu Hause unseren Freunden und Familien aufgetischt hatten. Konnte man überhaupt von einer Lüge sprechen, wenn man eine elementare Sache nicht erwähnte?

Tatsächlich sollte mir die Reise Zeit verschaffen. Damit ich die Möglichkeit bekam in aller Ruhe darüber nachzudenken, was zu tun war. Wie ich weiter vorgehen sollte. Was ich wollte. Von mir, von ihr, von uns. Aber mit jeder Meile, den wir uns von Eliza entfernt hatten, war ich rastloser geworden. Mein Körper hatte wie ein Magnet reagiert, der sich an sein Magnetfeld heften musste, und zwar ohne Kompromiss.

Ich hatte die Kontrolle über mich verloren, meinen Körper, meine Gedanken, meine Seele. Jede winzige Kleinigkeit war zu einem immensen Kraftakt geworden. Kaum dass wir europäischen, genau genommen schottischen Boden betreten hatten, hielt ich dem Druck nicht mehr stand. Ich war vor den Augen von Ash zusammengebrochen. Es war mir nicht möglich gewesen zu essen, zu schlafen, oder einen klaren Satz hervorzubringen. Alles in mir schrie *Eliza*.

Infolgedessen endete unsere Weltreise, bevor sie richtig begonnen hatte.

»Mitfahrgelegenheit gefällig?«

Fragend blickte ich auf einen schnittigen Sportwagen, der in Schrittgeschwindigkeit neben mir herfuhr. »Hast du dich verfahren? Wir wohnen in Magia, schon vergessen?«

Ash schnalzte missbilligend mit der Zunge. »Jap. Ich lieb dich auch, Kumpel, und jetzt schieb deinen Arsch hier rein, ich hab heut noch was vor.«

Brummend öffnete ich den Verschlag und glitt auf den Beifahrersitz. Ashs Gefühle knallten auf mich ein wie ein Feuerwerk an Silvester. Amüsiert verschränkte ich die Arme vor der Brust. Entgegen seiner Aussage, dass er Besseres zu tun habe, als sich in Lavon zu langweilen, war er hier, um mich bei dieser Sache weiter zu unterstützen.

»Danke«, sagte ich.

»Du zahlst das Hotel«, verlangte er, was ich grinsend zur Kenntnis nahm. Wann lernte dieser Kerl endlich seine Emotionen zu verschließen?

***

»Guten Abend, Mr Sullivan.«

Der Empfangschef blickte überrascht auf. »Mr O'Malley, Mr Gardner. Wie schön, Sie erneut im *Oceans Hotel* begrüßen zu dürfen. Was kann ich für Sie tun?«

»Wir möchten die Penthousesuite buchen.«

Er nickte und tippte etwas in seinen Computer ein. »Für wie lange gedenken Sie zu bleiben?«

»Das ist noch nicht ganz klar.«

Ash schnaubte und ich warf ihm einen eindeutigen Seitenblick zu.

»Buchen Sie vorerst für zwei Monate ab«, sagte ich und zückte meine Kreditkarte.

»Wie Sie wünschen«, erwiderte Mr Sullivan und einem Sterblichen wäre das minimale Zögern seiner Worte nicht aufgefallen. *Er ist keine Konkurrenz,* dachte ich unvermittelt und mein Blick strich über ihn. Die Haare kurz geschnitten, die grünen Augen wachsam.

Er machte eine ordentliche Figur in dem schiefergrauen Anzug. Vor allem aber strahlte er Seriosität aus. Eine ungewöhnliche Verbindung, diese Freundschaft zwischen Eliza und Mr Sullivan. Er schien das genaue Gegenteil von ihr zu sein.

»Die Herren.« Lächelnd drückte sich Megan hinter den Empfangstresen.

»Miss Dance«, schnurrte Ash und lehnte sich zu ihr über die Theke. Unbeeindruckt nahm sie ein Buch aus dem Regal und schlug es auf.

»Bitte unterschreiben Sie hier und hier«, forderte mich Mr Sullivan auf und zeigte auf die entsprechenden Stellen auf dem Check-in Formular.

»Sagen Sie, Miss Dance. Wo kann man sich in Lavon die Zeit vertreiben?«

»Das kommt darauf an, was für Vorlieben Sie haben.«

»Je verruchter, desto besser.« Ashs Worte trieften vor Anzüglichkeit.

Megan verkniff sich das Grinsen und ich rollte mit den Augen. Wäre sie nicht die beste Freundin von Eliza gewesen, hätte ich diesem nervigen Schauspiel ein Ende bereitet. So spitzte ich die Ohren.

»Morgen Abend veranstaltet Addison Hartwood eine Party in der alten Statson Villa. Ob es verrucht wird, kommt aufs Publikum an. Langweilig sind ihre Partys aber nie«, erwiderte Miss Dance.

»Die Balletttänzerin Addison Hartwood?«, fragte ich erstaunt.

Mr Sullivan nickte. »Genau die.«

Hm. Interessant. Dem Ton seiner Stimme nach zu urteilen schien er sie näher zu kennen.

»Sieht so aus, als hätten wir ein Date!« Selbstsicher lächelte Ash Megan an, die vehement den Kopf schüttelte.

»Ich habe bestimmt ein Date. Aber nicht mit Ihnen.« Sie schlug das Buch zu, zwinkerte und trat hinter dem Tresen hervor. Bevor sie um die Ecke verschwand, drehte sie sich um und rief: »Übrigens: Das Motto der Party ist *Love, Peace & Happiness*. Dresscode erwünscht!«

***

»Schick. Der Wucherpreis lohnt sich.« Ashs Koffer knallten auf den Parkettboden und mit wuchtigen Schritten sah er sich im Penthouse um.

»Dafür, dass ich mein Bett nicht mehr mit dir teilen muss, allemal«, antwortete ich, gab dem Pagen ein großzügiges Trinkgeld und bedankte mich. Im Gegensatz zu Ash versuchte ich die Gepflogenheiten der Menschen zu respektieren. Natürlich wäre es ein Klacks gewesen das Gepäck selbst nach oben zu bringen. Aber wir befanden uns in einem Fünf-Sterne-Hotel und wohnten in der teuersten Suite. Da wurde es erwartet, dass man den Service in Anspruch nahm. Ich schloss die Tür und ging ebenfalls das Penthouse ab. Zwei Schlafzimmer, zwei Bäder, Ess-, Wohn- und Arbeitszimmer in stilvoller, klassischer Aufmachung. Eine gut bestückte Bar, Panoramafenster mit elektrischen Rollläden. Genau die richtige Privatsphäre, die wir brauchten, um hier unbehelligt wohnen zu können.

Ich holte meine Sporttasche und steuerte den Mini-Kühlschrank an, um dort die Blutvorräte zu deponieren. Mittlerweile gab es zwar einen Instant-Blutverschnitt, den man in einem praktischen Beutel auf Reisen mitnehmen und selbst zubereiten konnte, aber der schmeckte wirklich grenzwertig. Irgendwie chemisch und verwässert zugleich. Und das war schlicht widerlich. Vampire benötigten für ihren Blutdurst sowieso nicht mehr als einen Becher Blut am Tag. Das und mindestens eine richtige Mahlzeit.

Entgegen der Geschichten und Mythen, die sich um unsere Art rankten, lebten wir nicht alleine vom Blut. Unser Körper brauchte unbedingt Mineralstoffe und Vitamine, um bei Kräften zu bleiben, und ein ausgedehntes Fitnessprogramm, um einen stählernen Körper aufzubauen. Wie bei jedem anderen Nachtschwärmer oder Menschen auch, nur mit dem Unterschied, dass wir aufgrund unserer in die Wiege gelegten Stärke bereits ausdauernder und kräftiger waren.

Das Blut hingegen diente zur Unterstützung unserer Fähigkeiten, die von Vampir zu Vampir größtenteils variierten, und um in einen Schlaf fallen zu können. Es gab Vampire, die sich absichtlich auf einen Dauertrip begaben, indem sie sich der Blutmahlzeit verweigerten und so in einen schlaflosen Rausch fielen. Jugendliche machten daraus gerne einen Wettkampf. Das Problem bei dieser Sache war, dass man nicht vorhersehen konnte, wie lange der Rausch anhielt, bis die Urtriebe einen einholten und man seine Fangzähne in den nächsten Menschen schlug.

»Hier!«, unterbrach Ash meine Gedanken und warf mir etwas zu.

Ich fing es mit einer Hand auf. »Das Reglement?« Fragend hielt ich das Buch hoch.

»Die Bibel der Nachtschwärmer«, raunte Ash und klopfte theatralisch mit den Händen an seine Brust. »Du solltest sie lesen. Die Symptome vergleichen. Und wenn es nur eine winzige Ungereimtheit gibt, müssen wir da ansetzen.«

Ich schwang mich in den Sessel und blätterte durch den Wälzer. Das Nachschlagewerk der Nachtschwärmer war die Betriebsanleitung für alle übernatürlichen Geschöpfe. Ich schlug die betreffende Seite auf mit der lapidaren Überschrift:

Verbindungen

Absatz drei, Punkt vier, Symptome:

Treffen zwei vom Universum gewählte Nachtschwärmer aufeinander, die für eine ewige Verbindung auserwählt wurden, machen sich folgende Symptome bemerkbar:

1. Der Liebesstich. Trifft mitten in die Brust. Glühend heiß. Für die Dauer von einer Minute.

2. Die Anziehungskraft. Automatisch schweift der Blick zu seiner oder seinem Auserwählten. Der Körper wird von seinem Gegenstuck angezogen, ohne Kompromiss. Entfernt er sich, werden dem Nachtschwärmer alle Energien entzogen, bis er wieder in der Nähe seines oder seiner Auserwählten ist. Die Anziehungskraft relativiert sich nach der Heirat und ebbt nach der Geburt seiner Nachkommenschaft vollkommen ab.

3. Der Gedankenaustausch. Die beiden miteinander verbundenen Nachtschwärmer können sich ab diesem Zeitpunkt gedanklich austauschen, sofern sie sich im Umkreis von zwei Meilen zueinander befinden und solange nicht einer von beiden eine Barriere errichtet.

Ich schmetterte das Buch auf den Tisch und ging zur Bar, um mir einen Whisky einzuschenken.

»Spuck's schon aus«, drängte Ash.

»Es gibt eine Kleinigkeit, bei der ich mir nicht sicher bin, ob sie funktioniert.« Gereizt massierte ich mir die Nasenwurzel, bevor ich den Cragganmore herunterhaute. »Eliza hat mir bisher nur laut geantwortet. Ich kann zwar ihre Gedanken hören, aber nicht mit Sicherheit sagen, ob sie auch gezielt zu mir in Gedanken sprechen kann.«

»Dann setzen wir da an.«

»So? Und wie stellst du dir das vor?«

»Ich hab keinen blassen Schimmer. Aaaber«, Ash schnappte sich die Schlüssel und zog die Jacke an, »ich überleg mir was. Kommst du mit?«

»Vergiss es. Mein Abend ist gelaufen.«

»Was hat sie jetzt wieder angestellt?«

»Das willst du nicht wissen.«

Ash lachte auf. »War sie wieder betrunken?«

»Schlimmer«, sagte ich rau und verschränkte frustriert die Arme vor der Brust. »Sie war nüchtern!«

Eliza

Janis Joplin kreischte in ihrer besten Säuferstimme *Cry Baby* und Addison tanzte, ganz in ihrem Element, inmitten diverser Verehrer, welche sich um sie scharten und erfolglos um ihre Aufmerksamkeit buhlten.

»Wie ich sie vermisse!«, sagte Bell, seufzte und schaute Addy mit einem Hundeblick an.

»Stinkreich wäre ich! Stinkreich, Bell! Wenn ich für jedes Mal, an dem du diese Leier raushaust, Geld bekommen hätte!«

»Hey! Das ist nicht fair. Das ist eine Tatsache. Unser Leben ist nicht mehr so, wie es mit ihr zusammen war.«

»Bell, Addy ist vor sieben Jahren weggezogen. Sieben! Und unser Leben ist noch genauso, nur ohne sie.«

»Bedauerlicherweise!«

»Na hör mal!«, sagte ich gespielt getroffen und schubste ihn sanft. »Ich mag mein Leben, wie es ist.«

Bell setzte sich eine runde Sonnenbrille auf, streckte die Finger für das Peace Zeichen in die Luft und verschwand in der Menge.

Hunderte Leute tummelten sich in bester Feierlaune auf der Party. Freunde, Bekannte, Verwandte, alte Mitschüler oder auch Fremde. Sie alle tingelten durch die Räume, um Addy zu sehen und eine ihrer berühmt berüchtigten Festivitäten zu erleben.

Ich schob mich durch die Flut von Schlaghosen und Minikleidern und steuerte die Bar an. Die Barkeeper auf Addys Partys mixten die besten Cocktails weit und breit und ich freute mich jedes Mal wieder auf deren Kreationen.

Zwei bis drei Mal im Jahr veranstaltete Addison, als Auftakt für einen Kurzurlaub in Lavon, ein Fest, zu dem jeder erscheinen durfte, solange er keinen Ärger fabrizierte. Die Locations wechselten ständig, genauso wie die Themen, nach der die jeweilige Party ausgerichtet wurde. Diesmal hatte Addison ein Haus am Stadtrand gemietet, zweistöckig mit acht Zimmern, fünf Bädern und drei Balkonen. Dekadenz in der reinsten Form, aber diesen Luxus konnte sich Addy mittlerweile bedenkenlos leisten. Nachdem sie mit sechzehn den Durchbruch zur klassischen Tänzerin geschafft hatte, lebte sie aus dem Koffer. Das jahrelange harte Training zahlte sich in Form von Erfolg, Reichtum und Ansehen aus, welche sie mit jeder Faser ihres Seins auskostete.

»Noch einen *Holy Sunshine*, bitte«, sagte ich und lehnte mich mit dem Rücken gegen die Theke. Der Raum war mit Patschuliduft geschwängert und schillerte in den buntesten Farben. Gebatikte Decken lagen zwischen psychodelisch gemusterten Sitzwürfeln. Unzählige Lavalampen erleuchteten in verschiedensten Farben die Umgebung.

»Bitte«, rief der Bartender gegen die Geräuschkulisse an und stellte den Cocktail auf den Tresen.

Ich bedankte mich und schlenderte ein wenig umher. In der Tür zum Tanzsaal sah ich Bell stehen. Er wirkte verloren, wie er sich da an seinen

Drink klammerte und Addison anstarrte. Addy war Bells erste große Liebe gewesen. Die beiden hatten ihr gesamtes Teenager-Dasein als Paar verbracht. Bis Addy aufgrund des beruflichen Erfolgs die Schule abgebrochen hatte und auf ihre erste Welttournee gegangen war. Darüber war Bell bis heute nicht hinweggekommen, worunter jede Beziehung, die er nun einging, litt und scheiterte. Ich wünschte mir für ihn, dass er darüber hinwegkäme, denn ich bezweifelte stark, dass die beiden eine zweite Chance bekamen. Dort weitermachen, wo es vor Jahren so jäh geendet hatte? Unvorstellbar. Sie waren beide keine Teenager mehr.

Ich stürzte den Cocktail hinunter und holte mir umgehend einen neuen. Nach dem vierten Glas schnappte ich mir Bell zum Tanzen. Leicht wie eine Feder wirbelte ich umher, streckte meine Arme aus wie ein Vogel seine Flügel. Mein gepunkteter Petticoat bauschte sich bei jeder Umdrehung auf. Der kühle Luftzug kitzelte mich an den Oberschenkeln. Lachend griff ich nach dem Saum und schwang ihn rauf und runter.

»Eliza, nimm die Hände vom Rock.«

»Was?«, schrie ich Bell zu, doch der zuckte die Schultern.

»Verdammt, jeder hier sieht deine Unterhose.«

Kichernd schloss ich die Augen. Der hatte einen Knall.

Die Musik von Jerry Lee Lewis, Bobby Vee und Little Richards versetzte mich in einen Rausch und ich trieb auf den Klängen der Hippiemusik davon, bis mir der Schweiß den Rücken herunterlief.

Eine Unendlichkeit später tingelten wir rüber zur Bar.

»Einen *Holy Sunshine* und ein *Free me*.«

»Mach zwei *Holys* draus!«, rief ich dem Barkeeper hinterher.

»Die vier davor waren schon das Limit, findest du nicht?«

»Spinnst du? Von Cocktails kann man nie genug haben!«

Fragend blickte Bell mich an. »Hä?«

Ah. Verdammt. Bitte nicht heute Abend.

»Vergiss es«, sagte ich, ignorierte das Rasen meines Herzens und drehte mir eine Zigarette.

»Bin gleich zurück«, meinte Bell und zeigte nach oben, wo Addys Privaträume lagen und Bell und ich als Einzige ihr Bad benutzen durften. Nickend zündete ich mir die Schnuppe an, nahm einen tiefen Zug und nippte an meinem Cocktail. *Vielleicht lässt mich die Stimme in Ruhe, wenn ich betrunken bin*, dachte ich hoffnungsvoll.

»Darauf würde ich nicht wetten.«

Ich lachte laut auf und klatschte mit der freien Hand auf die Theke. »Echt verzieh dich. Ich hab genug von dir!«, wetterte ich genervt. Der Barkeeper zog sorgenvoll die Augenbrauen zusammen. Ich lächelte und prostete ihm zu, bevor ich vergnügt weitertrank. Die Stimme konnte mich mal kreuzweise. Das war mein Abend und den vermieste mir niemand. Punkt.

***

Gegen Mitternacht wankte ich unsicher in den Plateauclogs umher. Ich hatte mein Limit erreicht und brauchte unbedingt eine Pause vom Tanzen. Seufzend setzte ich mich auf einen Sitzwürfel und zog die Schuhe von den Füßen. Ich beugte mich hinunter und wackelte mit den Zehen hin und her. Haa ... tat das gut.

Ich überlegte, wo ich die Schuhe deponieren konnte, als ich im Augenwinkel erkannte, wie eine Frau, die entweder wegen alkoholischer Übertreibungen oder wegen fehlender Koordination ihrer Schritte auf mich zustürzte. Vor Schreck richtete ich mich auf, riss die Arme nach oben und schwang nach hinten. Doch es half nichts. Die Frau crashte mit einer Wucht auf mich, die mir komplett die Luft abschnürte. Meine Schuhe flutschten mir aus den Händen und flogen im hohen Bogen davon. Ich landete mit dem Rücken unsanft auf der Sitzgelegenheit, mein Kopf kurz vorm Aufprall auf dem Boden.

Der Schuh traf die Schläfe eines Partygastes, die Frau knallte hörbar auf das Parkett und mein Mageninhalt rutschte verdächtig nah in den Halsbereich. Ich schloss die Augen und unterdrückte das aufsteigende Würgegefühl. Mehrere Sekunden verstrichen in stiller Scham, in denen ich mir nichts sehnlichster wünschte, als mich augenblicklich in Luft aufzulösen.

Die Frau rappelte sich auf und zwickte mir dabei in mein Knie. Ohne ein Wort der Entschuldigung ging sie davon. *So ein Miststück.*

»Entschuldigen Sie, bitte«, ertönte eine samtweiche Stimme. »Ich schätze, ich habe etwas, das Ihnen gehört.«

»Äh. Aha!«, antwortete ich wenig geistreich und öffnete verstohlen blinzelnd die Augen. Über mir schwebte das Gesicht des Mannes, welcher das Wurfgeschoss, auch bekannt als mein Plateauclog, abbekommen hatte. Umständlich, im kläglichen Versuch mich elegant aufzurichten, hob ich den Oberkörper an und stellte fest, dass ich mich komplett auf den Boden legen müsste, um das zu bewerkstelligen.

Kräftige, kühle Finger umfassten meine Oberarme und sich über mich beugend raunte der Mann: »Sie gestatten?«

Noch während ich nach einer Antwort suchte, stand ich auf den Füßen. Wenige Millimeter trennten mich von seinem breiten Oberkörper. Der Kerl war mindestens eins neunzig groß und seine schwarzen Haare lagen kurz geschnitten und ordentlich gescheitelt an seinem Kopf an. Der Duft von frischer Baumwolle umfing meine Sinne. Das und der Blick in ein paar tiefschwarze Augen bescherten mir augenblicklich eine Explosion in meinem Bauch und mein Herz vollführte einen Tanz. Rock 'n' Roll, verstand sich.

»Was für ein Scheiß!«, hauchte ich und fixierte die winzige Beule, die sich zwischenzeitlich in schimmerndem Rot an seiner Stirn abzeichnete.

Mit glitzernden Augen schaute der Mann zu mir herunter. »Könnte man so sagen«, flüsterte er.

In der nächsten Sekunde konnte ich den Brechreiz nicht mehr zurückhalten und beugte mich auf die Seite, um die unzähligen *Holy Sunshines* auszukotzen. Direkt auf seinen Schuh.

»Verfluchte Sauferei!«

»Aah. Hau ab!«, zischte ich und richtete mich wieder auf.

»Natürlich. Entschuldigen Sie. Ich wollte Ihnen keinesfalls zunahetreten!« Der attraktive Kerl hielt mir ein Taschentuch entgegen.

Ich schüttelte den Kopf, griff nach dem Taschentuch und wischte mir über den Mund. *Halt. Stopp.* Das hier lief total falsch. Wo blieb die verdammte Rewind Taste, wenn man sie dringend benötigte? Oder die Vorwärtstaste? Mir wäre in diesem Moment sowohl als auch recht gewesen.

Hinter mir ertönte ein mildes Lachen. »Dass du auf jeder Party kotzen musst!«

Mein Gesicht erhitzte sich schlagartig und glühend vor Scham drehte ich mich um. Addison schlenderte amüsiert auf mich zu. Ertappt zuckte ich mit den Schultern. Unglücklicherweise musste ich ihr Recht geben. Früher oder später war ich auf ihren Partys dazu verdammt, die mit völliger Hingabe konsumierten Cocktails wieder loszuwerden. Was den Effekt des Hochgenusses extremst zunichtemachte. Und mir mittlerweile das Einbüßen verschiedener Cocktailarten eingebracht hatte, die ich nie wieder sehen, riechen, noch trinken wollte.

Nach passenden Worten der Entschuldigung suchend schaute ich zurück, doch der fremde Mann war verschwunden. Hastig flog mein Blick über die Gäste, die unweit meines Häufchens standen oder saßen. Ohne Erfolg. *Mist.*

»Komm, Süße. Frischmachen ist angesagt. Jemand vom Personal wird sich um dein Missgeschick kümmern«, meinte Addy und zog mich sanft mit sich.

***

Zwanzig Minuten später relaxten wir, eingemummelt in dicken Decken, auf einem der abgelegenen Balkone der Villa und rauchten einen Joint. Nachdem ich mich ausgekotzt, geduscht und umgezogen hatte, ging es mir deutlich besser. Bell, der mir den Joint entgegenhielt, leistete uns Gesellschaft. Ich nahm einen tiefen Zug und schloss die Augen. Paul Ankas *Put Your Hand On My Shoulder* wehte leise mit dem kalten Wind zu uns herauf.

»Sie gestatten?«, raunte es unvermittelt.

Erschrocken zuckte ich auf, öffnete die Augen und sah mich um. Doch das Einzige, was in mein Blickfeld geriet, war der dunkle Himmel, bedeckt mit Hunderten glitzernder Sterne. Ein langer Atemzug entwich mir und eine intensive Gänsehaut zog über meinen Körper. Weiße Atemwolken lösten sich vor mir in nichts auf. Puh, hatte dieser Typ mir vielleicht zugesetzt. Irgendwie wurde ich das Gefühl nicht los ihm schon mal begegnet zu sein.

Konfus schüttelte ich mich und erntete damit eine hochgezogene Augenbraue von Addison. Ich zwinkerte ihr lächelnd zu und genehmigte mir einen weiteren Zug.

Doch der Geruch überlagerte nicht im Entferntesten den Duft von frisch gewaschener Baumwolle.

Morgan

»Hör auf sie zu ärgern!« Ash trat aus dem Dunkeln neben mich und schaute auf den Balkon hinauf.

Ich schüttelte verzweifelt den Kopf. »Ärgern? Verdammt Ash, schau sie dir an. Sie ist eine wandelnde Katastrophe!«

»Nun ja«, begann Ash und ich spürte das Schmunzeln in seinem Gesicht, ohne ihn ansehen zu müssen, »wie wär's, wenn du einfach ihr unglaubliches Talent zur besonderen Unterhaltung der Allgemeinheit anerkennst?«

Langsam wandte ich mich zu ihm um. »Willst du mich verarschen?«

»Nope! Würde mir nie einfallen! Übrigens. Du hast da Kotze am Schuh.« Und weg war er.

Der hatte gut lachen. Eliza war ja nicht seine Auserwählte. Ich starrte auf den Lederslipper, der mit braunen Flecken besprenkelt war und neben dem leuchtenden Schnee aussah wie ein Hundehaufen.

Niedergeschlagen fuhr ich mir übers Gesicht und schaute zurück auf den Balkon. Eingemummelt lag sie zwischen der Gastgeberin und Mr Sullivan und rauchte einen Joint. *Einen Joint!* Nachdem sie mir den

Schuh vollgekotzt hatte, machte sie mit ihren bewusstseinsumnebelnden Exzessen einfach weiter!

Dieses Verhalten, ausgehend von ihrer Kotzerei, hatte den absolut einzigartigen Moment des Kennenlernens zum Stillstand gebracht. Wenn nicht sogar komplett zum Erliegen. Dabei hatte mich dieser Augenblick aber so was von umgeworfen. Ich war elektrisiert, gefesselt, entflammt gewesen.

Von Kopf bis Fuß hatte mich dieses menschliche, begehrenswerte Wesen eingelullt. Der süßliche Duft nach Karamell, der Schwung ihrer schwarz-blauen, langen Haare, das Glitzern ihrer whiskyfarbenen Augen, das Pochen des überaus lebendigen Pulses, verdammt, selbst ihre dunkelrot gefärbten Wangen hatten absolut unwiderstehlich auf mich gewirkt!

Ich musste mein letztes bisschen Verstand zusammennehmen, um sie nicht auf der Stelle niederzuknutschen. Sie zu packen und ins Hotel zu schleifen, um Dinge mit ihr anzustellen, von denen ich bisher nicht gewusst hatte, dass ich sie überhaupt mit ihr machen wollte. Intensive Dinge. Heiße Dinge. *Nackte* Dinge!

Bis ... ja bis sie mir die Realität mit einem Schlag ins Gedächtnis geschmettert hatte, besser gesagt, auf meinen Lederslipper, und ich ernüchtert feststellen musste, in was für einer höllisch beschissenen Situation ich steckte.

Sie war meine Auserwählte. Die Frau, die mich bis zu meinem Ende begleiten sollte. Alles, was ich in diesem Moment gefühlt hatte, war bestimmt. Bestimmt, befohlen und unwiderruflich vorgesehen.

Und für meinen Kopf und mein Herz eine ungeheure Lüge.

Drei

Eliza

Addy schnappte sich ein riesengroßes Stück Pizza, dick belegt mit Pepperoniwurst und extra viel Käse. »... saß ich da auf dem Badezimmerboden im *Four Seasons* und konnte nicht mehr aufhören zu weinen. Ich weinte und weinte und dann dachte ich, wenn ich nicht sofort und auf der Stelle anfange irgendetwas kaputt zu schlagen, raste ich total aus. Entweder das oder ich kokse mich zu.«

»Addy!«, riefen wir gleichermaßen entsetzt. Beschwichtigend hob sie ihre freie Hand. »Hey, ihr wisst genau, was ich davon halte, ich wollte nur mal testen, ob ihr mir noch zuhört.« Sie kicherte, aber ich deutete mit dem Finger auf sie. »Nicht lustig!«

»Das heißt also, du hattest einen seelischen Zusammenbruch?«, hakte Megan nach.

»Na ja. Oder Durchbruch. Die Rechnung für das Zimmer belief sich letztlich auf über 3.000 Dollar. Aber danach ging es mir so gut wie schon lange nicht.«

Bell schüttelte den Kopf. »Addison ...«

»Bell, hör sofort auf mich mit diesem Blick zu belästigen. Ich kann mir schon denken, was du mir sagen möchtest. Ich habe euch die Geschichte nicht erzählt, um Ratschläge zu erhalten. Oder tröstende Worte. Viel eher sollte das meine Einleitung zu der Überraschung sein, die ich euch mitgebracht habe.«

Addy feuerte die angebissene Pizza zurück in den Karton und sprang auf.

»Tadaa!«, rief sie, verbeugte sich elegant und zeigte stolz auf sich. Ihre langen, weißblond gefärbten Haare flogen vor und zurück und ihr feengleiches Gesicht strahlte mit ihren hellgrünen Augen um die Wette.

Fragend schauten wir erst uns, und dann Addison an.

»Tadaa-aa!«, sang sie dieses Mal und ihr Lächeln reichte ihr bis zu den Augen.

»Bumbadada aha, aha?«, witzelte Megan und Bell begann mit seinem Mund zu beatboxen.

Kichernd schnappte ich mir die Wasserflasche und begann *I Wanna Be Sedated* von den Ramones zu singen.

»Oh no, oh, oh, oh, oh ... bämbämbämbäbäbäbäm«, stimmten Bell und Megan lauthals mit ein.

Gleichzeitig sprangen wir auf und tanzten wie die Verrückten auf der Couch. Bell spielte Gitarre, Meg die Drums und ich gab meine Performance als Coversängerin von Joey Ramone.

Addison kugelte sich zwischenzeitlich vor Lachen auf dem Wohnzimmerboden. Noch bevor ich sie zu uns auf die Couch ziehen und zum Mitmachen animieren konnte, prustete sie zwischen dem Gekicher: »Ich häng ... die Tanzerei an den Nagel ... und komm nach Hause.«

Sekundengenau erstarrten wir in unserer Showdarbietung und in der alten Statson Villa wurde es so still, dass man die berühmt berüchtigte Stecknadel hätte fallen hören können.

»Sag das noch mal!«, flüsterte Bell und seine Augen nahmen die Größe von Tennisbällen an.

»Ich habe alles erreicht, was ich wollte. Es wird Zeit, nach Hause zu kommen.«

Wie auf Kommando und mit ohrenbetäubendem Gebrüll stürzten wir uns auf sie. Wir fielen auf den Boden und rollten umher. Mein Herz machte Luftsprünge. Endlich würde unsere Clique wieder vereint sein!

»Das ist mit Abstand die beste Überraschung, die du je mitgebracht hast!«, bemerkte Bell.

Ich hielt die Hand hoch, um mit ihm abzuklatschen. »Deine Worte!«

Lächelnd strich sich Addy die Haare aus dem Gesicht. »Ihr habt ja keine Ahnung, wie sehr ich euch vermisst habe.«

Morgan

»Du hier? Ich bin überrascht, ich dachte, du stalkst wieder«, witzelte Ash und kam in die Suite geschlendert.

»Erstens: Ich kann nichts gegen den Drang tun, immer in Elizas Nähe sein zu müssen. Was der Grund war, weswegen deine Ach-so-geniale-Idee eine Weltreise zu machen gnadenlos misslungen ist.«

»Und die wir uns hätten sparen können, wenn du mal eher das Reglement gelesen hättest.«

»Und zweitens lass mich dir nur ein einziges Mal Folgendes sagen«, meinte ich kühl seinen Kommentar ignorierend, baute mich direkt vor ihm auf und streckte ihm den Zeigefinger vors Gesicht. »*Du* kommst auch noch dran.«

»Jaja. Ich hab schon vor Angst keine Eier mehr in der Hose. Und jetzt verschwinde aus meinem Blickfeld. Ich möchte mir nur etwas holen.«

Ich kniff die Augen zusammen, trat zur Seite und sah Ash hinterher, der in mein Schlafzimmer lief.

»Fragen kommt in deinem Universum nicht zufällig als Akt der Höflichkeit vor, oder?«

»Lass es mich mal so ausdrücken«, grunzte Ash und schnappte sich ein dunkelgraues Jackett aus dem Schrank. »Nö! Dies ist nur eine kleine Wiedergutmachung, als Dank dafür, dass wir erneut im *Oceans* zu Gast sind, um es mit deinen gewählten Worten auszudrücken. In Lavon, unzählige Meilen von Zuhause entfernt, ohne Laila. Und Renee. Und Chloe.«

Ich lehnte im Türrahmen und schnaubte. »Pff... Und mit wem triffst du dich heute Abend? Oder tauschst du deine Jeansjacke tatsächlich aus stilsicheren Gründen gegen mein Jackett?«

Ash warf sich die besagte Jacke über und betrachtete sein Abbild im Spiegel. »Ich geh essen. Schick essen. Mit einer schicken Dame.«

»Lass mich raten ... Du hast ihren Namen vergessen.«

»Namen. Namen. Schall und Rauch und so weiter.« Er gestikulierte theatralisch und klopfte mir beim Gehen auf die Schulter. »Falls du nachkommen möchtest, findest du mich nach dem Essen im *InsideOut*.«

Ash wartete keine Antwort ab, die ich sowieso nicht geben wollte.

Noch bevor die Tür ins Schloss fiel, hatte ich das Radio eingeschaltet. Gleich würde Eliza auf Sendung gehen. Ich wusste, dass sie die Nachtschicht wegen Krankheit eines Kollegen übernommen hatte. Also sah ich keinen Sinn darin mich in ihrer Nähe aufzuhalten. Was mir bei den derzeitigen Wetterverhältnissen ziemlich entgegenkam. Sich die meiste Zeit draußen, im dunklen Nirgendwo bei der Kälte die Füße plattzustehen gehörte mit Sicherheit zu den unwürdigsten Freizeitaktivitäten, die man haben konnte.

Ash hatte Recht, wenn er den Ausdruck Stalking mit ins Spiel brachte. Wie sonst sollte man das penetrante Verhalten meinerseits bezeichnen?

Ich goss mir ein Glas eisgekühltes Blut ein und setzte mich an den Schreibtisch. Die Arbeit wartete nicht. Auch nicht in solch prekären Situationen. Da mein Körper entspannt und ruhig agierte, ging ich davon aus mit voller Konzentration meine Geschäfte erledigen zu können.

»Aloha, an alle Nachteulen da draußen. Hier ist Radio Shine-a-Light, und wie ihr schon erraten habt, spricht heute Nacht meine Wenigkeit über den Äther zu euch. Mit besten Grüßen an Jason, der sich mit einer Magen-Darm-Grippe herumschlägt. Wir fühlen mit dir. Der erste Song in dieser Nacht ist nur für dich. P. S.: Jetzt behaupte mal, dass du mich sehen kannst.«

Die Melodie von *Insane in the Brain* plärrte aus dem Radio, das ich zugleich leiser stellte. Was für furchtbare Musik. Was für eine samtweiche Stimme. Augenblicklich fühlte ich mich klar. Lebendig. Unbezwingbar.

Resigniert schüttelte ich den Kopf und leerte das Glas in einem Zug. Wie sollte es mir hier gelingen eine angemessene Entscheidung zu finden?

Eliza

Ich liebte die Nachtsessions im Studio. Außer dem Tontechniker arbeitete heute Nacht Lenny an meiner Seite, niemand sonst war im Haus. Alles war still.

Die Hektik, der man über den Tag ausgesetzt war, hing nur noch als ein leises Nachhallen eines geschäftigen Tages in der Luft. Werbung, Nachrichten, Verkehrsnews, alles lief über mich beziehungsweise über Lenny. Ein Programm gab es bei unserem Sender des nachts nicht. Keine Interviewpartner, keine Reportagen, keine Berichte oder Quizspiele, keine Charts.

Unser kleiner Sender begnügte sich zu dieser Zeit mit dem Wesentlichen – der Musik. Dabei war es den verschiedenen Radiomoderatoren freigestellt, ob sie die Hörerschaft in die Auswahl mit einbinden wollten oder nicht. Ob sie auf Gespräche mit dem Publikum Bock hatten oder eben nicht.

Ich liebte diese Freiheit, die Bernie uns da an die Hand gab. Und so entschied ich mich meistens spontan, was ich in den Stunden zwischen zehn Uhr abends und sechs Uhr morgens so über die UKW Wellen schicken wollte.

Heute war ich in der Stimmung zu reden. Mich anzuvertrauen und anderen die Chance zu geben etwas von sich öffentlich kundzutun.

»Das waren Cypress Hill mit ihrem einzigen Nummer-eins-Hit *Insane in the Brain* aus dem Jahr 1993. Und bevor ich euch einen meiner Lieblingssongs aus dem Album *EP Nr. 01* von Smoke & Jakal vorspiele, reden wir doch mal über *Insane in the Brain*! Heute Nacht möchte ich eure Meinung zu folgender Geschichte hören, also spitzt die Lauscher, ihr Nachteulen: Vor ein paar Tagen war ich unten im *Hannigan's* einkaufen. Ich werf mir gerade ein paar Raviolidosen in den Wagen, als in meinem Kopf eine Stimme ertönte. Und jetzt kommt der Clou: Diese Stimme wollte mich dazu nötigen anderes Essen zu kaufen. Und nein, es war nicht die Stimme meiner Mama, falls ihr das glaubt. Also, ihr Nachteulen, was meint ihr? Bin ich verrückt? Oder geht es euch auch so, dass ihr manchmal das Gefühl habt, irgendjemand sitzt da in eurem Kopf und spricht mit euch? Werde ich *Insane in the Brain* oder sind wir nicht alle ein bisschen loco? Zückt eure Smartphones und ruft durch!«

Ich drückte auf Play und *Fall Around* von Smoke & Jakal erklang aus den Kopfhörern. Ich schaute vom Mischpult hoch zu Lenny, der hinter der Scheibe saß und sich ein Käsesandwich reinhaute. Keine Minute später leuchteten die Lichter der Telefonanlage zahlreich auf.

Der Song endete und ich stellte die Verbindung zum ersten Gesprächspartner her. »Aloha, hier ist El, the RadioKon. Bin ich verrückt, was meinst du?«

»Hi, El. Mein Name ist Meryl und ich denke, du bist nicht verrückter als wir alle. Wahrscheinlich hat sich beim Einkaufen dein Gewissen gemeldet. Ja, ich vermute, dass deine Stimme dein Gewissen ist.«

»Okay, Meryl, wenn die Stimme mein Gewissen ist, dann macht es wahrscheinlich gerade eine Midlife-Crisis durch. Mein Gewissen und ich haben nämlich schon unzählige Dosen Ravioli miteinander vertilgt und bisher war es immer mit dieser Wahl einverstanden.«

»Vielleicht hat sich dein Gewissen ja spontan für ’ne Diät entschieden?«

»Hahaha, ich hoffe nicht! Danke, Meryl, für deinen Anruf. – Nächster Anrufer. Schieß los.«

»Hey, ich bin der Meinung, dass du eindeutig einen Knall hast. Ich verfolge schon lange deine Sendung und du bist mit Abstand die abgefahrenste Moderatorin, die es gibt.«

»Ah, was für ein Kompliment. Und dein Name ist?«

»Ryan. Übrigens höre ich auch oft Stimmen. Allerdings bin ich dann meistens bekifft.«

»Singt deine Stimme dann, Ryan?«

»Höhö, gelegentlich.«

»Was zum Beispiel?«

»Pixies, *Where Is My Mind*.«

»Cool! Genialer Geschmack, dein Stimmchen. Danke für deinen Anruf. – Nächster Verrückter, bitte.«

»Nun, hier spricht Thomas. Und ich bin nicht verrückt. Und ich weiß, du bist es auch nicht. Allerdings gehe ich auch nicht davon aus, dass dein Gewissen mit dir redet. Ich glaube, dass Gott zu dir spricht und versucht eine Verbindung zu dir aufzubauen.«

»Tom? Du bist verrückt. Danke für deinen Anruf, und bevor wir in die nächste Telefonrunde starten, für die Stimme von Ryan den Pixies. Viel Spaß!«

Lachend legte ich die Kopfhörer zur Seite und schaltete die Gegensprechanlage ein. »Hey, Lenny, Lust dich ein bisschen mit Gott zu unterhalten?«

»Ein Joint wär mir lieber. Oder ein Käsesandwich!«, witzelte er amüsiert und hob beide Daumen hoch.

***

Die nächste Stunde bekam ich eine Vielzahl von Theorien rein, die erklärten, wer oder was die Stimme sein konnte und wieso sie mich belästigte. Die schrecklichste Annahme war mit Abstand die Vermutung von Diego, der meinte, ich litt an einem Gehirntumor. Die Information stammte aus der Serie *Grey's Anatomy*, da wäre so ein ähnlicher Fall mal Thema der Sendung gewesen.

Die schrägste Idee kam aber von Lana. Sie überlegte, ob mein Körper vielleicht von einem Geist besetzt wurde, so wie in *Being Human*. Ich schüttelte entgeistert den Kopf. Die Leute schauten definitiv zu viel Fernsehen!

Insgesamt gesehen war die weitläufige Meinung die, dass die Stimme mein Gewissen darstellte.

»Wir haben noch einen Anrufer in der Leitung. Lass uns hören, was du zu sagen hast, bevor wir mit einem neuen Thema beginnen.«

»Hi, ich bin Connor. Ich denke nicht, dass du verrückt bist. Denn die Stimme, mit der du gesprochen hast, war ich.«

Morgan

Der Stuhl knallte mit einem Schlag rückwärts auf den Boden, als ich wie von Sinnen aufsprang. Was behauptete dieser Kerl? Er wäre die Stimme in Elizas Kopf? Was verflucht sollte das?

»Ich bin ihre Stimme, du Arsch!«, brüllte ich auf das Radio ein. Schnell wie der Blitz kam ich hinter dem Schreibtisch hervor und baute mich vor der Anlage auf.

Mit regem Interesse hatte ich die Sendung verfolgt. Es war interessant zu erfahren, wie sie über unsere mentale Verbindung dachte. Und es überraschte mich positiv, was für Erklärungen die Zuhörer anboten.

Kluge und gut überlegte Ideen waren zum Vorschein gekommen. Am besten gefiel mir die Aussage von diesem Kerl namens Diego. Einen Gehirntumor zu vermuten, war phänomenal. Und hätte ich nicht gewusst, dass ich ihre Stimme im Kopf war, fände ich die Option, sich gesundheitlich durchchecken zu lassen, absolut erstrebenswert.

»... bin ich gespannt, wie du in meinen Kopf gekommen bist«, hörte ich Eliza vergnügt fragen und spitzte die Ohren.

»Dass ich in deinem Kopf war, habe ich nicht behauptet. Nur dass ich die Stimme war, mit der du dich unterhalten hast. Über Ravioli. Über Gewichtsprobleme. Über ein Konzert. Über Höflichkeit.«

Schallendes Gelächter drang aus den Boxen und ich ballte die Hände zu Fäusten.

»Hahaha, Freunde der Nacht, begrüßen wir Connor, der im *Hannigan's* Zeuge wurde, wie mich die Stimme beim Einkaufen belästigte.«

»Ich belästige dich nicht!«, rief ich pikiert aus. »Das Universum zwingt mich dazu!« Fassungslos starrte ich das Radiogerät nieder.

»... der sich in dieser Situation sehr souverän verhalten hat. Connor, schön von dir zu hören. Ich bin begeistert. Bitte bleib kurz in der Leitung. So ihr Nachteulen, jetzt wird's privat, hüstel hüstel. Nach *Classy Girls* von den Lumineers bin ich mit einem neuen Thema für euch zurück.«

»O nein nein nein. Untersteh dich mit diesem Möchtegern Ravioli Fuzzi privat zu werden! Das ist mein Mädchen!«, brüllte ich und fegte zornig das Gerät vom Tisch.

Erzürnt schritt ich im Arbeitszimmer auf und ab. Das durfte doch nicht wahr sein! Ich war ihr Kerl! Ich war ihre Stimme! Niemand anderes konnte das sein. Kein anderer konnte diese Position einnehmen.

Kein ... Mit einem Ruck blieb ich wie angewurzelt stehen. Was, wenn sie sehr wohl jemand anderen haben konnte? Wenn sie nicht das Gleiche wie ich fühlte oder fühlen konnte, weil sie ein Mensch war? Was, wenn diese ganze Verbindungsgeschichte von ihrer Seite aus gar nicht funktionierte?

Mit einem unüberhörbaren Seufzen glitt ich die Wand hinunter und zog die Knie an. Wäre ich frei, wenn sie jemand anderen hätte? Oder wäre ich trotzdem bis zum Ende ihres Lebens an sie gebunden? Ich schloss die Augen. So viele Fragen, zu viele *Was wäre wenn ...*

»Fuck!« Ich brauchte Antworten. Je früher, desto besser.

Vier

Eliza

Megan legte sich quer über mein Bett, ein Glas Rotwein in der Hand und beäugte mich skeptisch. »Zwanzig? Ist nicht dein Ernst! Seit wann stehst du auf frisch Geschlüpfte?«

»Schwarz oder Blau?«

»Blau.«

Ich streifte mir das blaue Tanktop über und griff nach der schwarzen Röhrenjeans. »Komm schon, Meg. Das wird super. Connor hat einen sagenhaften Humor. Das Telefongespräch war sehr lustig.«

»Hm, lustig ist aber nicht männlich. Und zwanzig ist nicht sexy.«

»Ich erinner dich daran, wenn wir jenseits der Vierzig sind.« Schmunzelnd schnappte ich mir das Weinglas aus ihrer Hand und nippte daran. »Noch mal zum Mitschreiben: Das ist kein Date, sondern ein zwangloses Treffen! Wir schauen uns die Band von Connors Kumpels an, trinken ein bisschen, feiern ...«

»Ich weiß das jetzt. Und du weißt das. Aber weiß der lustige Connor das auch?«

Ich seufzte übertrieben und fiel neben ihr aufs Bett. »Dass es zwanglos ist, ja. Den Rest wird der Abend entscheiden.«

Megan zog ihre feinen, rötlichen Augenbrauen hoch und eroberte sich ihr Glas zurück. Grinsend hüpfte ich auf, kämmte mir eine Tolle und band meine Haare zu einem hochstehenden Pferdeschwanz zusammen. Auf die Augen zauberte ich einen dunklen Lidstrich und tuschte die Wimpern kräftig. Ich sprühte ein wenig Parfüm auf, benetzte die Lippen in knalligem Rot und schlüpfte in ein Paar dunkelblaue Peeptoes.

»Fertig.«

»Na, dann, Mrs Robinson, auf einen gediegenen Abend«, antwortete Megan und bedachte mich mit diesem Blick, der mir sagte, dass sie mir eben kein Wörtchen abgenommen hatte.

Morgan

»Ich halte das noch immer für keine gute Idee, Mann.« Ash blickte über die Menschenmenge, die wegen einer Band namens The Click'Kicks in den Club gekommen war.

Vor der Bühne gab es ausreichend Platz zum Tanzen und in gemäßigtem Abstand umrahmten Tische aus Aluminium mit dazu passenden Stühlen kreisförmig die Tanzfläche. Vom Eingang aus führte eine zehn Meter lange Theke linker Hand Richtung Toiletten.

Diese Lokalität ähnelte eher einem Studententreff als einem angesagten Underground Club. Wir steuerten die Bar an und während ich mir aus der Weinkarte einen Merlot aussuchte, orderte Ash für sich tschechisches Bier.

»Weißt du«, begann ich kühl, »im Gegensatz zu dir lasse ich mir tatsächlich was einfallen.«

»Autsch. Dieser Seitenhieb hat gesessen«, erwiderte Ash und rieb sich die Brust. »Ich hatte sehr wohl eine Idee. Eine geniale sogar.«

»Eliza zu fragen, ob sie auch in Gedanken mit mir reden kann, ist weit von Genialität entfernt.«

»Ich an deiner Stelle wäre schon längst frontal auf die Situation zugegangen. Ich verstehe einfach nicht, warum du die ganze Geschichte so verkomplizierst.«

Schnaubend blickte ich ihn an. »Es ist ja nicht so, als hätte ich nicht versucht mit ihr ins Gespräch zu kommen. Also werf mir nicht vor, dass ich nicht frontal genug vorgehen würde. Wer ahnte denn schon, dass es sich mit dieser Person so schwierig angeht?«

Wir nahmen unsere Getränke und setzten uns an einen der Tische mit Blick auf den Eingang.

»Diese Person? Du redest von Eliza, als wäre sie die Pest. Und gleichzeitig sind wir hier, weil sie sich heute Abend mit dem *Raviolifuzzi* trifft und du diesen armen Kerl vor Eifersucht in Stücke reißen möchtest.« Kopfschüttelnd schwenkte Ash seine Bierflasche in meine Richtung. »Ich erkenne dich nicht wieder.«

»Da sind wir schon zwei«, entgegnete ich und verschränkte die Arme vor der Brust. Ein Rauschen zog durch meinen Kopf und mein Körper wurde weich wie Pudding. »Sie ist da.«

Meine Glieder schmerzten vom Widerstehen des Drangs unverzüglich auf Eliza loszustürmen und sie in meine Arme zu reißen.

»Uh, sie sieht heiß aus«, raunte Ash, was ich mit einem Knurren quittierte. Verdutzt blickte er über den Tisch zu mir herüber. »Hast du mich gerade angeknurrt?«

»Scheiße, ja.« Missmutig verzog ich das Gesicht. »Sorry. Der kam ungefragt!«

»Okaaay«, antwortete Ash gedehnt. »Ich hol mir noch ’n Bier. Keine gute Idee, wie ich schon sagte. Keine gute Idee!«

Ich trank einen Schluck Wein und rieb mir die Schläfen. Verdammt. Was war das für eine bescheuerte Aktion gewesen? Ich hatte Ash noch nie angeknurrt. Und auch sonst niemanden, soweit ich mich erinnerte. Das war verrückt. Und albern. Und im höchsten Maße unausstehlich.

Ich verstand mich selbst nicht mehr. Und leiden mochte ich mich auch nicht, wenn ich so versessen reagierte. Dieses Verhalten passte absolut nicht zu mir. Ich war besonnen. Ruhig. Gelassen. Und in erster Linie klar denkend und kühl kalkulierend.

Als Nachtschwärmer war man gezwungen immer auf der Hut zu sein. Die Contenance zu wahren. Solche Ausrutscher wie eben waren gefährlich und zudem unangemessen. Unabhängig von der Situation.

Ich schaute zurück und erstarrte. Der Raviolifuzzi namens Connor pirschte sich gerade an Eliza heran. Benommen hielt ich mich am Weinglas fest und versuchte ihren Gedanken fernzubleiben.

Was höllische Kopfschmerzen verursachte. Blitzartige Stiche hämmerten auf mich ein und brachten mich fast um den Verstand. Fuck, mein gefühlsduseliges Ich wollte unbedingt hören, was da vor sich ging ... aber gentlemanlike war das nicht. Denn es ging mich verdammt noch mal nichts an, was die beiden quatschten. *Andererseits ... ich könnte es zulassen.*

Ohne etwas zu sagen.

Einfach zuhören.

Nur ein kleines bisschen ...

Eliza

Connor sah genauso schnieke aus, wie ich ihn in Erinnerung hatte. Locker gekleidet, in Jeans und T-Shirt und mit lässiger Frisur, schlenderte er auf uns zu. Ich freute mich, dass ich trotz der Zweifel zugesagt hatte, denn dieses Kribbeln in meinem Bauch verriet mir, dieser Abend würde ein ganz besonderer werden.

»Hey, schön, dass es geklappt hat!«

»Absolut«, sagte ich und grinste. »Das ist Megan. Megan – Connor.«

Die beiden gaben sich die Hand, ehe Connor fragte: »Kann ich euch was zu trinken bringen?«

»Gern. Wir nehmen beide ein Bier«, antwortete ich und Megan nickte.

Im gleichen Augenblick winkte Connor jemandem zu. »Wird umgehend erledigt, aber zuerst stelle ich euch zwei Jungs aus der Band vor. Ich will nämlich schamlos Eindruck schinden.« Er zwinkerte und sein frecher Gesichtsausdruck entlockte mir ein Lächeln.

»Was Besseres fällt dir nicht ein? Werd erwachsen. Ah. Fuck!«

»Oh, verdammt!« Geschockt stampfte ich mit dem Fuß auf, während zwei Augenpaare mich fragend anstarrten.

»Äh. Ich ... ich hab vergessen den Hund zu füttern. Ich muss schnell telefonieren. Sorry, bin gleich zurück.«

Ohne eine Antwort abzuwarten, stürmte ich zu den Waschräumen und verbarrikadierte mich in der erstbesten Kabine. Ich lehnte mich mit dem Rücken an die Toilettenwand, schloss die Augen und atmete ein paar Mal tief durch. Dann fischte ich mein Handy aus der Umhängetasche und drückte hektisch die Kurzwahltaste. Nach gefühlt hundert Klingelzeichen hob sie endlich ab.

»Mom. Gibt's in unserer Familie Geisteskranke? Durchgeknallte, irgendetwas in der Art?«

»Was? Eliza, bist du s?«

»Ja, Mom. Oder hast du etwa noch eine Tochter? Also?«, fragte ich, ohne meine Gereiztheit zu verbergen.

»Mein Schatz, du hörst dich nicht gut an. Ist alles in Ordnung?«

»Moooom! Kannst du bitte meine Frage beantworten?« Aufgebracht trippelte ich auf der Stelle auf und ab. Mom würde mich eines Tages noch um den Verstand bringen!

»Gut, wenn du nicht mit mir darüber reden magst ... Warte einen Moment, ich muss überlegen. Hm ... nein. Nein, nicht soweit mir bekannt wäre. Obwohl ... warte, mir fällt doch jemand ein, der höchstwahrscheinlich an geistiger Umnachtung leidet und mit diesem Jemand telefoniere ich gerade.«

Ich erstarrte in meiner Bewegung, obwohl mein Herz einmal im Dreieck sprang. »Ich? Warum ich?«

»Überleg mal, mein Schatz. Es ist jetzt kurz vor elf, abends wohlgemerkt. An einem Wochentag. Und meine einzige Tochter ruft mich an, um mir sonderbare Fragen zu stellen.«

Jegliche Anspannung wich von mir und erschöpft sackte ich gegen die Toilettenwand. »Entschuldige, dass ich dich aus dem Bett geklingelt habe, unter der Woche, um dir für dich komisch klingende Fragen zu stellen. Aber Mom, die Antwort darauf konnte nicht warten!«, flüsterte ich tonlos.

»Mein Herz. Ich fühle deine Ratlosigkeit. Sprich mit mir, sobald du kannst.«

»Mach ich. Danke, Mom. Ich leg jetzt auf. Hab dich lieb.«

So ein Mist. Frustriert steckte ich das Telefon zurück in die Tasche. Sollte ich es beruhigend finden, dass meine Familie nicht vorbelastet war?

So oder so musste ich nun dringend einen Termin bei Doc Saltzman ausmachen. Jetzt gab es keine Ausreden mehr. Ich trat aus der Kabine und warf einen Blick in den Spiegel. »Reiß dich zusammen!«, drohte ich mir mit dem Zeigefinger und spurtete aus dem Waschraum.

»Hast du deinem Hund noch Essen organisieren können?«, fragte Connor, als ich zurück zur Gruppe stieß.

Megan schaute mich mit einer heraufgezogenen Augenbraue an.

»Ja, alles noch mal gutgegangen. Danke, der Nachfrage. Wo sind deine Kumpels?« Ich schüttelte leicht den Kopf, um Meg mitzuteilen, dass ich sie später aufklären würde.

»Die mussten hinter die Bühne. Gleich geht's los. Hier ist dein Bier.«

»Danke!«

Connors Augen strahlten mit seinem Mund um die Wette. Mir gefiel das Verschmitzte in seinem Lachen und so verdrängte ich das panische Gefühl in meinem Bauch und konzentrierte mich auf das Wesentliche: Spaß!

Morgan

Resigniert schritt ich zur Bar. Nachdem mir meine Stimme entglitten war und ich hatte zusehen müssen, wie Eliza erschrocken zu den Waschräumen gehetzt war, wurde mir klar, dass Ash Recht hatte. Es war keine gute Idee gewesen, im *Air* aufzutauchen. Nicht wenn mich diese rasende Eifersucht plagte und ich Raviolifuzzi Connor in meinen Gedanken bereits auf eine Million verschiedene Arten unters Beet gebracht hatte.

Jede einzelne Faser meines Körpers schrie danach zur Tat zu schreiten und verzweifelt versuchte ich dagegen anzukämpfen. Ich musste meinem wirklichen Ich, meinem klardenkenden Ich befehlen nicht nachzugeben. Mein durchgeknalltes Herz durfte unter keinen Umständen die Führung gewinnen.

Diese Zerrissenheit fühlte sich an, als wohnten derweil zwei Personen in mir. Der, den ich gewohnt war, der so war, wie ich auch sein wollte, und jener liebestolle Hund, der gnadenlos verliebt war und so überhaupt nicht mit meinem alten Selbst konform ging.

Und ich wusste verdammt noch mal genau, wie ich mich verhielt, wenn mich die Liebe in ihren Klauen hielt. Eifersucht kam in meinem Gefühlslexikon nicht vor. De facto agierte ich eher als ein stiller, recht emotionskarger Vertreter in der Liebe. Weniger ist mehr. Ich mochte es gern klar kalkuliert. Winzig dosiert. Ohne unnötigen Überschuss.

Im Laufe der Jahrzehnte hatte ich jedoch feststellen müssen, dass jede einzelne Frau, mit der ich eine Beziehung eingegangen war, immer zu viel hatte. Oder zu viel erwartete.

An Berührungen. An Herzschmerz. An Geschrei. An Tränen. An Zukunftsplänen. An Vorspiel. An Reden. An Eifersucht. An Persönlichkeitsaufgabe. An Uns. An Gedanken. An Wünschen. Zuviel-Zuviel-Zuviel.

Mir war durchaus bewusst, dass ich mich nun genau in diesem Zuviel-Modus befand, den ich so verabscheute. Was bedeutete, dass es an der Zeit war den Rückzug anzutreten. Heute erhielt ich keine Antworten mehr, noch nicht mal annähernd.

Ich begab mich auf die Suche nach Ash, doch selbst an der Bar war er nicht aufzufinden. Was, wenn man Ash kannte, natürlich nur eins bedeutete. Ich drehte mich im Halbkreis und öffnete die Sinne. Mein Blick blieb auf der Tanzfläche hängen und mein Herz sackte mir in die Hose.

Dort, direkt vor der Bühne, inmitten junger, ausgelassener Menschen stand er und unterhielt sich mit Megan.

Eliza

»Hey Ho. Wir sind die Click'Kicks und als Anheizer haben wir heute für euch Kings of Leon mit dem wunderbar passenden Titel *Tonight*. Habt Spaß!«

Die Lichter im Saal gingen aus und schossen mit dem Einsetzen der Drums zurück auf die Bühne. Ich schloss die Augen, was ich bei Konzerten grundsätzlich tat. Ich liebte es Musik zu fühlen. Und Livekonzerte waren prädestiniert dafür sämtliches Repertoire an Emotionen, und wenn man Glück hatte auch ein bisschen die Seele der Band, spüren zu können.

Der Bass hallte durch die Reihen und die kristallklare Stimme des Sängers stob über die Köpfe hinweg, direkt in die Ohren des Publikums, und in meinem Fall sogar direkt in mein Herz. Es raste von einer Sekunde zur nächsten wie verrückt. Mein Atem stockte, während mein Körper sich in Zeitlupe umdrehte und meine Augenlider sich öffneten.

Unmittelbar vor mir sog ich den Duft frischer Baumwolle ein. Mein Körper erzitterte. Verdammt, ich wusste genau, wer vor mir stand. Nachtschwarze Augen blickten bis tief in mein Innerstes und der Boden unter meinen Füßen bebte. Oder war dieses Grollen etwa ein Knurren?

»*Atme!*«

Ich schnappte nach Luft und wollte diese gleich nutzen, um etwas zu sagen, als er, der Mann, der wegen mir eine Beule davongetragen und dessen Schuhe ich vollgekotzt hatte, von einer Hand im Nacken gepackt wurde.

»Da steckst du. Schau mal, wer mir über den Weg gelaufen ist! Miss Dance vom *Oceans*.«

Der unsagbar attraktive Kerl zog ihn zu Megan, die schräg hinter den beiden stand. Diese kräuselte amüsiert die Lippen.

»Eliza? Alles in Ordnung?«, fragte Connor hinter mir. Ich wandte mich um und lächelte. »Klar. Scheint so, als wäre meine Freundin heute Abend heiß begehrt.«

»Komisch. Ich könnte schwören, dass die schönste Frau im Club direkt neben mir steht«, meinte er mit einem Funkeln in den Augen.

Geschmeichelt von diesem Kompliment hauchte ich »Danke« und wendete mich wieder der Band zu. Ein durchdringendes Fauchen brüllte auf und Adrenalin schoss durch meine Adern. Überrascht sah ich Connor an.

»Alles klar?«, fragte er mich.

»Hast du das auch gehört?«

»Was genau meinst du?«

»Na, das Fa…«

»Sag nichts!«

»…ntastische Spiel vom Drummer. Wahnsinn, was er mit seinen Sticks zaubern kann.«

»Joah, Talent hat er. Das ist übrigens Dusty. Du hast ihn vorhin leider verpasst.«

Ich nickte entschuldigend und wagte einen Blick rüber zu Megan. Na ja. Eher zu dem geheimnisvollen Fremden, mit den tiefgründigsten Augen, die ich je gesehen hatte. Er kam mir ziemlich verspannt vor. Und … wütend? Der attraktive Kerl redete auf ihn ein und tippte ihm mit dem Zeigefinger an die Brust.

»Magst du noch was trinken?« Die Flasche vor mir hin und her wedelnd beäugte Connor mich fragend.

»Ich hab noch, danke.«

»Gut. Bin gleich zurück«, sagte er und zeigte Richtung Bar.

Ich nickte und trank einen großen Schluck Bier, den ich bitternötig hatte. Was war denn heute Abend nur los mit mir? Wo war das gute Gefühl geblieben, welches mir den Tag versüßt hatte? Ich musste dringend an die frische Luft. Vielleicht konnte ich mich beim Durchatmen sammeln und neue Energie für den Rest des Abends tanken.

Auf dem Weg nach draußen stoppte ich bei Megan, aber der geheimnisvolle Fremde war weg. Der Womanizer stellte sich indessen als Ash vor. Gast für unbestimmte Zeit im *Oceans*.

»Kannst du Connor sagen, dass ich gleich wieder da bin? Ich brauch etwas Luft.«

»Klar. Soll ich nachkommen?«

Ich schüttelte den Kopf und lief Richtung Ausgang. Noch einmal warf ich einen Blick zurück und fand meine Vermutung bestätigt. Ash starrte mir hinterher … Warum war er so interessiert an mir? Und weshalb runzelte er die Stirn, als er erklärte, sie würden so lange bleiben, wie es die Umstände erforderten?

Morgan

Da bekommt man ja in New York leichter ein Taxi, dachte ich angesäuert und kickte den Schnee auf die Seite. Wären nicht so viele Menschen in der Nähe gewesen, wäre ich in meiner Geschwindigkeit gegangen, doch darauf musste ich wohl oder übel verzichten. Also trat ich den Gehsteig auf und ab und wartete.

Was für ein beschissener Abend. Es gab in meinem Leben keinen einzigen Zeitpunkt, an dem ich mich einer Frau gegenüber so danebenbenommen hatte. Dieses Knurren und Fauchen vor Eifersucht war unangebracht, unhöflich und ganz und gar untypisch für mich gewesen. Meine Zweifel wuchsen mit jeder weiteren Minute, mit jedem Aufeinandertreffen, mit jeder mentalen Verbundenheit.

Ich durfte gar nicht so abstrakt fühlen. Keiner der Auserwählten hatte sich so widerstrebend oder widersprüchlich aufgeführt. Eifersucht war willkommen. Knurren das ultimative Zeichen der Bindung.

Diese Frau war nicht für mich bestimmt! Es lag eindeutig ein Fehler vor. Deswegen würde ich, sobald ich zurück im *Oceans* war, alles für die Abreise vorbereiten. Für den Heimweg. Mit einem Abstecher nach Santos, zum Hauptsitz des Nachtschwärmer-Rats.

Mein Kopf rauschte unvermittelt und Gedanken knallten hemmungslos und völlig wirr auf mich ein. Mit butterweichen Knien schweifte mein Blick zu Eliza, die sich abseits des *Airs* auf den Rand einer Parkbank setzte. Sie umschlang ihren Bauch und das Chaos, das in ihr brodelte untergrub ihre Bemühungen sich zu beruhigen. Ihre Angst davor, dass etwas nicht mit ihr stimmte, knallte wie ein Frontalcrash gegen eine Wand auf mich ein.

Es tat mir Leid für sie, sowohl meinem wirklichen, als auch meinem Liebeskranken Ich. Machte ich die Situation schlimmer, wenn ich zu ihr ging? Wäre das nach dem heutigen Abend überhaupt ratsam? Sollte ich meine Beherrschung fallenlassen und die Zügel komplett dem Liebes-Ich übergeben? Ohne dagegen anzukämpfen?

Ein Taxi kam und da wir Nachtschwärmer an Schicksal glaubten, hielt ich es an. »Zum *Oceans Hotel.* Warten Sie bitte noch einen Augenblick.« Der Fahrer nickte und mit flinken, aber angemessen menschlichen Schritten lief ich auf sie zu.

Als ich vor ihr zum Stehen kam, blickte sie erschrocken nach oben. Ich packte Eliza an den Oberarmen und zog sie hoch.

Was für ein verdammtes Déjà-vu!

Fünf

Eliza

Zwei kräftige Hände packten mich und ehe ich mich versah, stand ich auf den Füßen. Wenige Millimeter trennten mich von ihm.

Ich hob den Kopf an, um dem geheimnisvollen Fremden in die Augen zu sehen. Kühler Atem strich sanft über mein Gesicht und die Intensität seines Blickes ließ mich erschaudern. Trotz der klirrenden Kälte zog sich Hitze durch meinen Körper. Eine ungeahnte Sehnsucht nahm Besitz von mir. Ein Verlangen, wie ich es noch nie verspürt hatte.

Er senkte bedächtig den Kopf und mein rasendes Herz drohte zu explodieren. Der würzige Duft des Rasierwassers strömte mir entgegen und benebelte meine Sinne. Mit verschleiertem Blick hielt ich den Atem an, als sein Mund sich meinem näherte. Zart und sanft streiften seine Lippen meine. So sacht wie der Flügelschlag eines Schmetterlings.

Vorsichtig legte er mehr Intensität in diesen weichen, süßen Kuss, und gerade als ich mich voll und ganz dieser Zärtlichkeit hingeben wollte, schob er mich von sich und schaute mich an. Seine Augen glimmerten und ich sah das gleiche Verlangen, das auch mich um den Verstand brachte. Und ... Bedauern? Unsicherheit?

Bevor ich die Möglichkeit bekam weiter darüber zu sinnieren, gab er mich frei und ging. Schlagartig kam die Kälte zurück. Mein butterweicher Körper plumpste zurück auf die Bank und meine Augen verfolgten fassungslos, wie er in ein Taxi stieg und einfach davonfuhr. So, als wäre vor wenigen Sekunden überhaupt nichts passiert.

Perplex schaute ich durch die schneebedeckte, dunkle Nacht. Ich legte die Hände an die Brust, um meinen abgehackten Atem zu kontrollieren und das wahnwitzige Kichern zu unterdrücken, das tief in mir drin gluckerte. Das war nun wirklich zu viel für mich. Ich kapitulierte. Dieser Abend galt offiziell als beendet. Es war Zeit nach Hause zu gehen, mich ins Bett zu legen und die Decke über den Kopf zu ziehen.

Morgan

Winzige Eiskristalle klatschten mir ins Gesicht. Ich beschleunigte das Tempo, drehte den Sound des MP3 Players lauter und rannte in gleichmäßigen Schritten zur Stimme von Otis Redding den schwach beleuchteten Weg entlang. Zum Glück war der Boden um den Silver Lake mit Salz gestreut worden, sonst wäre meine mitternächtliche Joggingrunde in eine Rutschpartie ausgeartet.

Vor drei Tagen hatte ich Eliza geküsst. Und seit drei Tagen dachte ich an nichts anderes.

Ihr Geruch, feine Noten von Karamell, vermischt mit einem angenehm duftenden Parfüm, klebte an mir wie der kalte Nachtnebel, der sich an meinem Körper entlangschlängelte. Alles in mir schrie danach sie wiederzusehen. Sie erneut zu berühren. Zu küssen. Ihren Geruch einzuatmen, aufzunehmen und darin zu vergehen.

Und das war genau der Grund, warum ich mich von ihr fernhalten musste. Es war mir unmöglich zu sagen, was bei der nächsten Begegnung passieren, wie ich auf sie reagieren würde, oder ob ich die Grenzen erkennen und einhalten konnte. Denn Eliza zu küssen, war nicht der ursprüngliche Plan gewesen. Wobei ich nicht behauptete, dass ich mir in diesem kurzen Moment überhaupt einen Plan zurechtgelegt hatte. Sie zu küssen war trotzdem keine Option gewesen.

Zwei andere Jogger kamen mir entgegen und nickten mir zu. Nachtschwärmer. Eindeutig zu erkennen an dem kurzen Glimmer in den Augen, der aufleuchtete, wenn zwei Nachtschwärmer sich ansahen. Jeder Glimmer unterschied sich in der Farbe der verschiedenen Arten. Ihrer war blau. Gestaltwandler.

Ich nickte zurück und bog in das Wäldchen ab, das einen Teil des Silver Lakes umrandete. Von dort gelangte man an einen kurzen Steg, an dem ich hielt, um zu pausieren. Ich zog die Kopfhörer heraus, stellte mich ans Ende und schaute über das Gewässer. Die kühle Nacht bildete bei jedem meiner für die menschliche Welt zugelegten Atemzüge kleine, weiße Wölkchen in der Luft. Die gefrorene Oberfläche des Sees glitzerte im Schein unzähliger funkelnder Sterne. Ich war gerne draußen in der Natur, egal zu welcher Jahreszeit.

Und diese Stelle gehörte zu meinen Lieblingsplätzen. Ich hatte sie gleich am Abend meiner ersten Ankunft in Lavon gefunden, als ich meine tägliche Joggingrunde absolviert hatte. Der Silver Lake hatte Ähnlichkeit mit dem Wild Lake in meiner Heimatstadt, in der ich jetzt eigentlich hätte sein sollen, anstatt mir hier die Füße in den Bauch zu stehen.

Doch nach diesem Kuss konnte und wollte ich nicht abreisen. Stattdessen grübelte ich über einen Weg nach Eliza nah sein zu können, ohne die Kontrolle zu verlieren oder diese zumindest im Zaum zu halten. Bisher ohne Erfolg.

Ich steckte die In-Ears zurück in die Ohren und schaltete auf das Radioprogramm um. Eliza arbeitete heute wieder nachts, was mir verständlicherweise gelegen kam. Auch wenn ich ihre Moderationen gerne hörte, so wurde ich mit ihrem Musikgeschmack nicht so recht warm. Die Auswahl ihrer Songs war, gelinde gesagt, stellenweise ziemlich gewöhnungsbedürftig, wie mir im nächsten Moment lautstark bestätigt wurde. Irgendein Kerl schrie mir in die Ohren und ich zuckte zusammen. Genau den gleichen Mist hörten Ash und Cary immer bei ihrem Training und brachten Logan und mich damit um den Verstand. Denn diese Art von Musik hörte man nicht leise. Auf gar keinen Fall und unter keinen Umständen. Und schon gar nicht zum Hardcore Training. Nein, diese Musik musste laut gespielt werden, und zwar bis zum Anschlag. Wer wollte sich denn schon ein leises Kreischen anhören ...

»Das war System of a Down mit *Toxicity* für meine aktiven Nachteulen da draußen. Nach dem nächsten Song läute ich die erste Runde für

Entweder Oder ein. Klingelt durch und lasst mich wissen, wie ihr jenseits des Äthers so tickt!«, ertönte Elizas Stimme hauchzart in meinen Gehörgängen.

Ich überlegte ernsthaft bei ihr anzurufen. Sie wusste ja nicht, wer ich war. Und ob Eliza meine Stimme erkannte, wagte ich zu bezweifeln, konnte es aber nicht rigoros ausschließen. Klang meine Stimme live überhaupt so wie in ihrem Kopf? Am Abend der Party hatte sie sich zumindest nichts Dergleichen anmerken lassen. Was höchstwahrscheinlich ihrem Alkoholpegel zu verdanken gewesen war.

Gemäßigten Laufschrittes bog ich aus dem Park hinaus auf die hell beleuchtete Straße Richtung Hotel. Das Thema Alkohol und andere bewusstseinsverändernde Mittel stieß in meinem Gedankenkarusell einen wunden Punkt an, welchen ich in den vergangenen Wochen wieder und wieder durchgekaut hatte. Elizas Charakter, ihre ganze Person war nicht das, was ich an Frauen anziehend oder interessant fand.

Im Gegenteil. Jemandem von ihrem Schlag ging ich geflissentlich aus dem Weg. Ich mochte es gerne, wenn die Frau kultiviert war. Belesen, sanftmütig, klar und strukturiert. Klug natürlich, aber das war Eliza wohl auch. Ja, man konnte sogar sagen, die Frauen, mit denen ich mich gerne umgab, legten ein klein wenig Überheblichkeit an den Tag.

Eliza war, wie sie bereits hinreichend bewiesen hatte ... verrückt. Laut (wenn sie lachte, drehten sich stets alle Leute nach ihr um), hektisch, schnell und jederzeit auf Spaß aus. Trinken, Rauchen, Tanzengehen ... selbst ihr Job war doch im Grunde genommen eine einzige Feierei. Radiomoderatorin schien der richtige Beruf für sie zu sein. Nachtclubbesitzerin hätte es aber auch getan.

Dem Portier zunickend, trat ich ins Hotel und begab mich unverzüglich zur Penthousewohnung.

Eliza schied somit zu hundert Prozent als jene Frau aus, die ich mir selbst jemals ausgesucht hätte. Noch mir jemals als ernsthafte Partnerin hätte vorstellen können.

Wenn ich es recht bedachte, war sie durch und durch perfekt.

Für Ash!

Eliza

Die ersten Töne von *Spanish Moss* der Band Against Me! stoben in Form von Radiowellen hinaus in die Nacht, als es an der Scheibe zum Studio klopfte. Megan winkte mir fröhlich zu, redete kurz mit Lenny, der sich mit mir wieder die Nachtschicht teilte, und kam dann ins Studio getänzelt.

»Na sieh mal einer an. Da kommt gute Laune in Form meiner Freundin zu Besuch«, sagte ich und drückte ihr einen Kuss auf die Wange.

»Ich hab Feierabend! Das ist doch immer ein Grund für gute Laune.«

Ich zog die Augenbrauen hoch und brummte: »Ähä … schon klar. Spuck's aus. Was ist der tatsächliche Grund?«

Grinsend schnalzte Meg mit der Zunge. »Ich habe Ash bei der Arbeit getroffen. Leider erst kurz bevor ich Dienstschluss hatte, aber, und jetzt kommt der gute Teil: Wir sind verabredet!«

»Oh yeah! Kein Wunder, hast du gute Laune. Bei solchen Aussichten wäre ich auch ganz high vor Freude.«

Megan schüttelte heftig den Kopf und deutete auf mich und sich. »Nee nee, Süße. Ich meinte, wir haben ein Date. Du und ich!«

»Hä? Wir beide? Bist du jetzt völlig verrückt? Wir sehen uns doch ständig! Du bist jetzt hier. Wir haben uns gestern gesehen und mit Sicherheit machen wir morgen auch was zusammen.«

»Eliza!«, rief Megan und rollte mit den Augen. »Du und ich haben ein Date mit Ash und dessen heißem Freund. *Dem* Freund!«

Ich zog scharf den Atem ein und drückte auf die Gegensprechanlage. »Lenny, ich brauch 'ne Verzögerung. Kannst du nach Becks *Timebomb* noch ein paar Werbejingel setzen, bevor wir mit *Entweder Oder* beginnen?«

»Jep«, erwiderte Lenny mit hochgehobenem Daumen.

Ich schaltete auf den nächsten Song und sprang vom Stuhl auf. Fahrig lief ich im Studio umher und raufte mir mit zittrigen Händen die Haare.

Vor drei Tagen war ich von dem geheimnisvollen Fremden geküsst worden. Und seit drei Tagen dachte ich an nichts anderes. Dieser Kuss hatte mir so was von den Boden unter den Füßen weggezogen.

Nachdem ich mich bei Connor mit Kopfschmerzen entschuldigt hatte, war ich schnurstracks nach Hause gegangen, um mich von den Ereignissen des Abends zu erholen. Zumindest war es so geplant gewesen. Stattdessen war ich aufgekratzt durch die Wohnung gerannt, unschlüssig, was ich von dieser Aktion halten sollte. Schlafen hatte nicht funktioniert, deswegen hatte ich zur Beruhigung ein Glas Sekt getrunken. Und dann noch eins. Und noch vier weitere. Zwischendrin war ich zum Rauchen auf die Terrasse gegangen, hatte drei Millionen Mal auf mein Handy geschaut in der Hoffnung, dass er sich meldete, was ja aus nachvollziehbaren Gründen eine total bescheuerte Idee gewesen war.

Ich hatte versucht zu lesen, was zu essen und fernzusehen. Aber nichts war gegangen. Meine Gedanken waren immer wieder zu diesem Kuss geglitten. Und zu diesen tiefschwarzen Augen. Verdammt, wer hatte denn in Wirklichkeit schwarze Augen?

Mein Verhalten war sooo typisch! Wenn ich verliebt war. Und hier kamen wir zum Problem. Wie war ich in so kurzer Zeit in meinen Verliebtsein-Modus geschlittert? Mit einem Mann, den ich bisher gerade zwei Mal kurz gesehen hatte? Und von dem ich nichts, nichts und wieder nichts wusste. Noch nicht mal den Namen!

Klar, er roch fantastisch, seufz, und sah unglaublich gut aus, doppelseufz. Genau die Art Kerl, die mir gefiel. Breitschultrig, kräftig, groß, dunkle, kurze Haare und noch dunklere Augen. Eine Ausstrahlung, die Frau schlicht umhaute, und das trotz der steifen Anzüge, die er trug. Dieser Mann war glattweg ein Paket von einem Kerl. Ein gut riechendes. Und ich wollte es auspacken.

Ich setzte mich auf den Stuhl und fragte: »Wann, wohin und wie, verdammt noch mal, bist du zu diesem Date gekommen?«

»Freitagabend. Die beiden holen uns ab. Wo's hingeht, weiß ich nicht. Und Ash fragte, ob ich dich mitbringe, da, wie er betonte, sein Kumpel weibliche Gesellschaft vertragen könnte«, sagte sie und grinste verschwörerisch.

»Eliza. Noch 30 Sekunden«, erinnerte mich Lenny über die Anlage.

Ich nickte ihm zu und entgegnete Meg: »Es war also nicht sein Wunsch mich wiederzusehen! Vielleicht kommt er dann gar nicht.«

Ich setzte die Kopfhörer auf und wartete, bis die Werbung über das neue Frühstücksmüsli verklang. Mein Magen knurrte laut und ich schielte zu Megan, die etwas auf meinen Notizblock kritzelte.

»Aloha, ihr Nachteulen. Willkommen zu Elizas Mitternachtsshow. Ich freu mich, dass ihr zuhört. Und nun, die erste Runde von *Entweder Oder*. Den alten Hasen unter euch brauche ich die Spielregeln nicht zu erklären. Für alle Neuen da draußen: Sperrt eure Lauscher auf. Sobald ich jemanden von euch an der Strippe habe, bekommt derjenige achtzehn Fragen gestellt. Warum achtzehn? Na, weil die Achtzehn verdammt noch mal meine Lieblingszahl ist und ich dieses Spiel erfunden habe. Also, achtzehn Fragen erwarten euch, die ihr blitzschnell beantworten müsst. Allerdings schränke ich euch die Antworten ein, indem ihr lediglich zwischen *Entweder Oder* entscheiden könnt. Alles klar? Ach ja, kommt noch nicht mal auf die Idee, euch die Fragen aufzuschreiben! Bringt nichts. Jeder Anrufer bekommt ein eigenes, von mir sorgsam durchdachtes Quizpaket. Soll ja schließlich unterhaltsam bleiben, yay! So, wir legen los mit unserem ersten Anrufer. Ach, und bevor ich's vergesse: Jeder, der hier mitmacht, darf sich ein Lied wünschen, also überlegt euch was.«

Megan hob den Zettel hoch. »Besorg uns Pizza bei Sal. P. S.: Der geheimnisvolle Kerl kommt bestimmt!«

Ich nickte knapp und schaltete zum ersten Mitspieler. »Wessen Seele darf ich zuerst durchleuchten? Sag mir deinen Namen, Fremder oder Freund?«

»Guten Abend. Mein Name ist Morgan. Und ich bin ein Fremder, schätze ich mal. War das schon die erste Frage?«, raunte es unsicher in mein Ohr und ein Kribbeln durchfuhr meinen Körper.

»Nein, Morgan. War es nicht. Und Hallo, Fremder. Gefällt mir, dass du dich traust mitzumachen. Bevor wir beginnen, erzähl mal, was hat dich dazu bewogen anzurufen?«

»Ha. Also ... hm. Ehrlich?«

»Klar, ehrlich! Rück raus mit der Sprache, Morgan!«

»Nun, zum einen wollte ich mich mit dir unterhalten. Und zum andern möchte ich dir ein klein wenig zeigen, wie ich so drauf bin.«

»Mir und tausend anderen Zuhörern. Super. Bessere Gründe für einen Anruf kann's doch gar nicht geben. Legen wir los. Bereit?«

»Ja.«

»Du baust in deinem Garten Pflanzen an. Cannabis oder Kokain?«

»Weder noch!«, rief er empört und ich kicherte belustigt. Dachte ich's mir doch. Der Kerl klang ziemlich steif und seine Antwort bestätigte es mir.

»Okay, okay, Morgan. Ein kleiner Scherz. Aber du weißt, dass du dich entweder für die eine oder für die andere Antwort entscheiden musst. So sind die Regeln.«

»Geht klar. Ich gelobe Besserung!«

»Prima. Weiter geht's. Erste Frage: Erstes Date mit einer wunderschönen Frau. Schenkst du Blumen oder Pralinen?«

»Pralinen«, meinte Morgan selbstsicher.

»Du entdeckst in deiner Wohnung eine Maus. Lebend fangen oder töten?«

»Lebend fangen.«

»Du hast nicht genug Geld im Restaurant dabei. Verzichtest du auf die Vorspeise oder aufs Dessert?«

»Dessert.«

»Du darfst als Geist in einen Körper schlüpfen. Elvis oder David Bowie?«

»Elvis.«

»Du bist wieder sechzehn. Es ist Freitagabend und du hast Hausarrest. Zu Hause bleiben und lernen oder aus dem Fenster steigen und feiern gehen?«

»Zu Hause bleiben.«

»Du bist über Nacht in ein Kaufhaus eingeschlossen worden. Die Chance nutzen und es dir mal richtig gutgehen lassen. Oder um Hilfe rufen, um bald wieder raus zu kommen?«

»Um Hilfe rufen.«

»Du bist im Tierheim und darfst ein Tier mit nach Hause nehmen. Hund oder Katze?«

»Katze.«

»Du bekommst ein großes Haus geschenkt, ohne Freunde, die einziehen dürfen. Oder eine winzig kleine Wohnung und deine Freunde dürfen mit rein.«

»Wohnung!«

»Du darfst entscheiden, dass es nur noch eine Sache auf der Welt gibt. Musik oder Bücher?«

»Bücher.«

»Du darfst einen Job übernehmen. Amor oder Teufel?«

»Amor.«

»Du ziehst in eine Gegend, in der nur eine Jahreszeit herrscht. Sommer oder Winter?«

»Winter.«

»Du bekommst die Möglichkeit eine gute Tat zu vollbringen. Für Kinder oder für alte Menschen?«

»Kinder.«

»Es steht eine Weltreise an und dafür gibt es nur ein Gefährt. Pferd oder Zug?«

»Zug.«

»Du musst für ein Jahr immer den gleichen Duft tragen. Herb oder zitrisch?«

»Herb.«

»Du bist ein Baum. Ahorn oder Palme?«

»Ahorn.«

»Du verlierst eine Wette und darfst eine haarige Stelle für die nächsten Wochen nicht rasieren. Bart oder Achselhaare?«

»Achselhaare.«

»Du unterhältst dich mit deiner Frau über Nachkommen. Keine Kinder oder so viele wie möglich?«

»So viele wie möglich.«

»Letzte Frage: Du bist live auf Sendung bei einer angesagten, witzigen Radiomoderatorin. Vor dir taucht ein wunderschönes Topmodel auf und möchte sich mit dir unterhalten. Radiomoderatorin oder Topmodel?«

»Radiomoderatorin.«

Megan kam mit einer großen Pizzaschachtel zur Tür hinein. Mein Magen knurrte erneut. In freudiger Erwartung auf die Pause schob ich Meg die Kopfhörer zu, damit sie am Gespräch teilhaben konnte.

»Morgan«, lachte ich herzlich, »es war mir eine Freude mit dir *Entweder Oder* zu spielen. Du warst ein angenehmer Gesprächspartner. Hattest du Spaß?«

»Absolut. Es war erfrischend anders. Deine Fragen haben mir gut gefallen. Ich fand sie erstklassig durchdacht«, meldete er sich anerkennend zu Wort.

»Gracias Amigo. Deine Komplimente gehen runter wie Öl. Und als kleines Dankeschön spielen wir dir deinen Wunschsong. Der da wäre?«

Mit tiefer Stimme drang der Refrain von Prince' *Kiss* in meine Ohren. Erschrocken sah ich zu Megan, der das Stück Pizza aus den Händen glitt. Ein Schauder kroch mein Rückgrat hinauf.

»*Kiss* von Prince. Außergewöhnliche Wahl. Möchtest du mit diesem Song jemanden etwas mitteilen?«, fragte ich und presste dann angespannt die Lippen zusammen.

»In der Tat. Und ich hoffe, dass sie auch weiß, dass sie gemeint ist.«

Ich krallte mich an Megs Arm fest, ehe ich sagte: »Das hoffe ich ebenfalls. Danke, Morgan, fürs Mitspielen und nun für dich und meine anderen Nachteulen da draußen: *Kiss* von Prince.«

Irritiert riss ich die Kopfhörer von den Ohren. »Du glaubst doch nicht wirklich …?«

»Wäre ja ein ziemlicher Zufall, oder? Woher soll er denn bitte wissen, wo du arbeitest? Oder wie du heißt?«

»Hast du mit Ash darüber gesprochen?«

»Nee. Nichts. Er hat auch nicht gefragt.« Sie beugte sich hinunter und klaubte die Pizza vom Boden.

»Merkwürdiger Zufall«, murmelte ich und schnappte mir ein Stück aus dem Karton. »Vielleicht war er es trotzdem. Und vielleicht ist er so ein Stalker, weißt du? Ein äußerst attraktiver Stalker, aber so ein Psycho. Das wäre ja echt übel!«

»Mann, El. Du hast wirklich die Gabe aus der romantischsten Sache eine Meuchelmörder-Geschichte zu machen«, antwortete Megan kopfschüttelnd.

»Ich nenne das realistisch, Meg. Heutzutage ist doch alles möglich. Außerdem, wie hoch stehen bitte die Chancen, dass ausgerechnet so ein heißer Kerl ein Auge auf mich geworfen hat?«

Megan schnalzte missbilligend mit der Zunge. »Pfui, schäm, dich. Du tust gerade so, als wärst du ein Mauerblümchen. Wenn ich dich an Emilio Vida erinnern darf! Der hübscheste und intelligenteste Junge in unserer Gruppe. Jeder wollte mit ihm zusammen sein und wem hat er zu Füßen gelegen? Dir!«

»Das war im Kindergarten, du Knallkopf!«, erwiderte ich lachend.

»Ja ja, lenk nicht ab. In den letzten zwanzig Jahren hat sich daran nicht viel verändert. Was ist eigentlich mit dem schnieken Connor?«

Mein schlechtes Gewissen überrollte mich und setzte sich mit anklagend erhobenem Finger auf meine Schulter. Dieser Kuss drängte alles andere ins Abseits. »Ich sagte, ich würde mich melden. Habe ich aber nicht. Und erspar mir deinen Kommentar, ich weiß selbst, dass das bei den guten Jungs ein No-Go ist.“

Seufzend zuckte ich die Schultern und schnappte mir mein Handy, um Abbitte zu leisten.

Sechs

Eliza

Die Maklerin offerierte geschwätzig die Vorzüge des Anwesens, während Connor und ich versuchten Schritt zu halten. Dies war das zweite Haus, welches wir besichtigten, drei weitere sollten an diesem Morgen folgen.

»Versteh ich zwei Dinge richtig? Erstens: Du suchst ein Haus für deine beste Freundin aus? Und zweitens: Es handelt sich bei dieser Freundin um keine geringere als die weltbekannte Ballerina Addison Hartwood?«, flüsterte er mir zu.

Ich nickte grinsend. Offensichtlich hörte sich das vollkommen absurd an. Aber es entsprach den Tatsachen. Bellamy, Megan, Addison und ich waren hier in Lavon gemeinsam aufgewachsen und sie gehörte seit meiner Kindheit zu meinen besten Freunden.

Damals war sie noch nicht weltberühmt und wir lediglich Kinder gewesen. Dass ich ein Haus für sie aussuchte, um es zu kaufen, war zwar in der Tat ungewöhnlich, jedoch nur, wenn man Addy nicht persönlich kannte.

Sie hatte schon damals von ihren Eltern alles abgenommen bekommen, und während sie zum aufstrebenden Star mutiert war, war es gang und gäbe gewesen, dass sich eine gefühlt tausendköpfige Entourage um ihre Belange gekümmert hatte. Auch wenn sie hart für ihren verdienten Erfolg gearbeitet hatte, so kannte ich keinen Menschen in ihrem Alter, der so unselbstständig war wie sie. Addison lag die Welt zu Füßen. Sie war kultiviert, weltgewandt, klug, aber nicht in der Lage sich selbst Eier zu kochen, geschweige denn, welche zu kaufen.

Und nun, wo sie die Tanzerei an den Nagel hängte und sich von all den Millionen Menschen um sich herum verabschieden wollte – und meiner Meinung nach auch dringend verabschieden musste –, brauchte Addy Freunde, die ihr halfen sich in der realen Welt, jenseits des Glamours, zurechtzufinden.

»Danke, dass du mich begleitest«, sagte ich und lächelte Connor an. »So macht mir das Ganze zumindest Spaß.«

»Ich freu mich, dass du dich gemeldet hast. Ich wollte mich ohnehin bei dir entschuldigen.« Er steckte die Hände in die Hosentaschen und legte den Kopf schief.

»Für was?«

»Dass ich dich nicht nach Hause gebracht habe. Mir ist es erst eingefallen, als du schon weg warst. Tut mir leid.«

»Hm hm«, hüstelte Mrs Renfield und mein Blick schweifte schuldbewusst zu ihr. »Vielen Dank, Mrs Renfield. Aber ich denke, dieses Anwesen entspricht nicht Ms Hartwoods Geschmack. Tatsächlich sucht sie etwas ... Schlichteres. Überschaubares. Gerne im Rohzustand.«

Nachdenklich tippte die Maklerin ihren Füller gegen die Informationsmappe. »Es gäbe da ein Objekt, welches bei der heutigen Planung nicht berücksichtigt wurde. Es steht schon einige Zeit frei. Lassen Sie mich kurz mit meinem Büro telefonieren«, meinte sie und stöckelte auf ihren gut fünfzehn Zentimeter hohen High Heels davon.

Ich beobachtete aus dem Augenwinkel Connor, der sich den goldverzierten Duschrand des Jacuzzis anschaute. Sich darüber Gedanken zu machen, dass er mich nicht nach Hause gebracht hatte, war sooo ... nett. Ja. Nett war der passende Ausdruck. Und das war es, was sein Wesen ausmachte. Freundlich, humorvoll, positiv und – nett.

»Woran denkst du?«, fragte er mich und schob sich die Haare hinter die Ohren.

»Dass du dich nicht für dein Verhalten entschuldigen musst. Ich hätte mich melden sollen, sobald ich zuhause war. Ich frage mich ernsthaft, wer von uns beiden älter ist!«

»Ah. Das Thema. Diese Altersgeschichte macht dir zu schaffen, oder?« Connors Mundwinkel zuckten belustigt auf.

Ich lehnte mich gegen die Badezimmertür und dachte einen Moment darüber nach. »Ich bin mir nicht sicher«, murmelte ich und tiefschwarze Augen huschten durch meine Gedanken, begleitet von einem wohligen Schauer.

Connor verbeugte sich vor mir und raunte mit tiefer Stimme: »Dann, Mylady, lassen wir den Dingen ihren Lauf.«

Morgan

»Nein, Junie, das hat seine Richtigkeit. Ich bin nächste Woche zurück, da können wir alles Weitere besprechen. Leiten Sie derweil die Manuskripte an Byron weiter. Er wird Ihnen auch bei der Veröffentlichung von *Sky* unter die Arme greifen, wenn nötig. Okay. Ach, und Junie: Danke!«

Ich legte den Hörer auf und trank einen Schluck Pinot Noir. Junie McKellan zeichnete sich als unübertroffen beste Mitarbeiterin aus, die man sich wünschen konnte. Seit achtundfünfzig Jahren arbeiteten wir Seite an Seite in meiner Firma. Und das erfolgreich. Ihr vertraute ich blind. Sie war die Erste, die zur Arbeit erschien, und die Letzte, die ging. Stets loyal, ehrlich und freundlich. Immer. Für mich stand es außer Frage, dass Junie zu ihrem sechzigsten Berufsjubiläum das Angebot zur gleichwertigen Geschäftspartnerin erhalten und hoffnungsvollerweise annehmen würde.

Innerlich schmunzelte ich darüber. Diese Partnerschaft würde in den oberen Kreisen für Getuschel und Getratsche sorgen, welcher über Jahre hinweg andauern konnte. Eventuell musste ich einen Verlust von einigen Geschäftspartnern in Kauf nehmen. Nachtschwärmer von meiner Art und Nachtschwärmer von ihrer Art gingen keine langfristigen Bindungen ein.

Und auch wenn ich kein Freund von öffentlicher, gar negativer Zurschaustellung und am wenigsten meine Person betreffend war, freute ich mich auf dieses Ereignis. Es wurde Zeit, dass sich die veralteten Strukturen unserer Gesellschaft veränderten und sich das Denken der

Ältesten an die Begebenheiten des neuen Jahrtausends anpasste. Mit dieser von mir geplanten Beförderung würde ein wichtiger Schritt in diese Richtung getan werden.

Ein Klopfen unterbrach meine Gedanken. »Komm rein.«

Ash steckte den Kopf zur Tür hinein. »Ich habe mir überlegt shoppen zu gehen«, sagte er süffisant und das Zittern in meinem Innern verriet mir, dass Ash gleich einen Scherz machen würde. Wahrscheinlich auf meine Kosten, dem Grinsen nach zu urteilen.

»Ich bedauere jetzt schon, dass ich frage. Was möchtest du shoppen?«

»Pralinen. Wahlweise eine CD von Prince, du Spielverderber.«

»Belästige nicht jeden Nachtschwärmer mit deinen Gefühlen, dann klappen deine Witze vielleicht auch mal.« Ich leerte das Glas und meinte: »Ach, und haha.«

Ash drückte sich komplett durch die Tür und nahm auf der Lehne des Stuhls gegenüber meines Schreibtischs Platz. »Humor war noch nie deine Stärke. Ich frage mich ernsthaft, wie wir beide es schon seit über einhundert Jahren miteinander aushalten.«

Zurücklehnend legte ich das Bein auf mein Knie und verschränkte abwartend die Arme.

»Ehrlich, Alter. Bei diesem höchst amüsanten Radiospiel hätte ich immer genau die andere Antwort genommen. Außer bei Frage acht. Allerdings ohne Garantie, auf so engem Raum nicht einem von euch irgendwann an die Gurgel zu springen.«

Mein Herz ging auf und begann von innen zu leuchten. Wie sehr ich diesen alten Mistkerl liebte. Und das schon so lange Zeit. »Da hast du deine Antwort, du Schnelldenker. Diese eine Frage, die Eliza so simpel durch den Äther gejagt hatte, ist so bedeutungsvoll, dass sie uns schon über einhundert Jahre begleitet.«

»Freundschaft!«, stellten wir beide gleichzeitig fest und wie auf Kommando klingelte Ashs Handy.

»Cary!« Ash erhob sich und angelte das Smartphone aus der Hosentasche. »Internationaler Samariterbund. Wir helfen den Kranken und

Bedürftigen. Was können wir für Sie tun? Krank oder bedürftig?«, nässelte er ins Telefon und sein Grinsen wurde breiter und breiter. »Puh, so harte Worte am frühen Morgen! Sind wir heute mit dem falschen Fuß aufgestanden, Mister Grant?«

Belustigt griff ich nach meinen Dokumenten. Cary und Ash hatten ihre Frotzeleien im Laufe der letzten Jahrzehnte perfektioniert. Im Gegensatz zu Logan und mir waren die beide wie Höllenhunde. Allzeit bereit sich auf Abenteuer einzulassen. Je verrückter und wagemutiger, desto besser. Und immer im Kampf gegeneinander. Mir war schon während unserer Schulzeit klargewesen, dass wir vier eine explosive Mischung ergaben. Cary, der tätowierte und durchgeknallte Nachtclubbesitzer mit messerscharfem Verstand. Logan, der lockere, harmoniebedürftige Altenpfleger mit ausgeprägter Empathie, Ashton, der attraktive Lebemann mit großem Herz und noch größerem Wagemut, und meine Wenigkeit. So richtig hatte ich unsere verrückte Kombination erst realisiert, als wir vor rund sechzig Jahren gemeinsam ein Grundstück gekauft und ein Haus gebaut hatten. Wir waren wie Brüder und alles in mir sträubte sich dagegen unserem Quartett den Rücken zuzudrehen und nun eine eigene Familie zu gründen.

»Ich sag's ihm. Bis dann Zuckerpuppe«, hörte ich Ash antworten und fragend sah ich von meinen Notizen auf.

»Was sagst du mir?«

Ash seufzte schwer und klatschte das Handy nervös in die Handfläche. »Wir bekommen Besuch!«

Eliza

Das eiskalte Wetter nervte mich so langsam. Diese Kälte drang seit Monaten durch jede einzelne meiner Poren und fror meine Gute-Laune-Zellen ein. Mein Herz gehörte der Sonne. Zweifellos!

Ich überquerte flott die Hauptverkehrsstraße. Ein Auto hupte und der Fahrer gebar böse Dinge in meine Richtung. Das konnte ich ja leiden! Genervt zeigte ich ihm den Mittelfinger und lief weiter.

»Miss Lake.« Lächelnd hielt mir der Portier die Tür zum *Oceans* auf.

»Rupert«, antwortete ich ebenfalls lächelnd und freute mich sogleich über die wohlige Wärme, die mich empfing.

»Eliza. Ich brauch noch zehn Minuten. Bell ist am Empfang!« Megan rauschte winkend an mir vorbei.

»Alright«, gab ich zur Antwort, nahm die Mütze vom Kopf und schüttelte die Haare. Da Bell mit Kunden beschäftigt war, legte ich den Mantel ab und setzte mich in einen der bequemen Ohrensessel, die im Empfangsbereich standen.

Ich mochte das *Oceans*. Es war oldschool, aber gemütlich. Das komplette Hotel war cremefarben eingerichtet, mit vereinzelten grauen Akzenten. Ein absolutes Understatement, das mir ausnehmend gut gefiel. Gepaart mit verschiedenstem Mobiliar wie den schweren Brokatsesseln, massiven Holztischen oder den Tropfenkronleuchtern wirkte das Ambiente klassisch und modern zugleich.

Nervös schweifte mein Blick umher und in meinem Innern rumorte es. Immerhin bestand die Möglichkeit *ihm* über den Weg zu laufen. Und da ich mir nicht sicher war, wie ich darauf reagieren sollte, tendierte ich dazu so rasch wie möglich dem Hotel den Rücken zu kehren.

Mittlerweile wusste ich mit absoluter Sicherheit, dass es sich bei dem mysteriösen Mitspieler um den geheimnisvollen Fremden gehandelt hatte. Meine weltbeste Megan hatte in der gleichen Nacht bei Bell angerufen und nach dem Vornamen von Mr O'Malley, dem Mitbewohner von Ash, gefragt. Unsere Überraschung hatte sich dementsprechend in Grenzen gehalten, als Bell ihn mir genannt hatte: Morgan.

Dennoch war ich glücklich endlich dem gutaussehenden Fremden einen Namen verpassen zu können. So kamen mir die zwei Begegnungen mit ihm nicht mehr ganz so surreal vor.

Ich stufte mich in letzter Zeit sowieso schon permanent als verrückt ein, da tat es gut ein paar Tatsachen an die Hand zu bekommen. Trotzdem blieb ich skeptisch. Von seinem Namen abgesehen, klärte Meg mich nämlich darüber auf, dass Morgan das Penthouse für zwei Monate gemietet und bezahlt hatte. Ein vermögender, teuflisch gutaussehender Kerl, der Interesse an mir zu haben schien? Das war noch verrückter als ich!

Bell merkte zudem an, dass Morgan und Ash sich ungewöhnlich verhielten. Der alte Spürhund in ihm fand heraus, dass keiner der Angestellten die beiden jemals am Tag zu sehen bekamen. Die Zimmermädchen wurden aufgefordert erst nach Sonnenuntergang die Räumlichkeiten zu säubern. Die Post wurde im gleichen Zeitraum angefordert, genauso wie das Essen. Von der Frühstückskarte!

Unnötig zu erwähnen, dass unsere Verabredung mit den beiden Kerlen Bellamy wenig begeisterte. Besonders da sie abends stattfand. Aber das war für Dates nichts Außergewöhnliches. Megan vermutete, dass die beiden hier lediglich Urlaub und somit die Nacht zum Tag machten. Ich war mir da nicht so sicher, denn Morgan war in meinen Augen weit davon entfernt ein Partygänger zu sein. Sein Auftreten und die Antworten beim Quiz ließen für mich nur eine Vermutung zu: Er war eine Schlaftablette. Und zwar eine steife. Unglücklicherweise.

Ich hätte nämlich komplett anders geantwortet. Außer bei der achten Frage. Meine Freunde waren mir definitiv wichtiger als ein großes Haus.

»Eliza!«, rief Bell und winkte mich zu sich.

Ich griff nach dem Mantel, sprang auf und tapste zu ihm. Eine Frau kam mir entgegen und rempelte mich hart an der Schulter an. Vor Schreck fiel mein Mantel auf den Boden. Ich rieb mir über die Schulter, drehte mich um und stand einer unterkühlten Blonden gegenüber. Ihr gesamtes Wesen schrie nach gehobener Oberklasse. Ein elfenbeinfarbiges Kostüm aus Seide, mit der korrekten Rocklänge und silberverzierter Knopfleiste, kleidete ihren schlanken Körper. Sündhaft teuer aussehende High Heels passend im Nude-Ton auf perfekt gebräunter Haut. Ein ebenmäßiger Teint, hervorgehoben durch zurückhaltendes Makeup. Und streng zurückgekämmte Haare, die zu einer klassischen Hochsteckfrisur arrangiert waren.

Umrahmt von Perlenohrsteckern und der dazugehörigen Kette fixierten mich eiskalte blaue Augen von oben herab. Ein schwerer, unangenehm würziger Duft strömte mir in die Nase und eine freudlose, verwackelte Linie, welche wohl als Lächeln durchgehen sollte, stach hervor.

»Oh. Wie unangenehm«, sagte sie und es hörte sich an wie ein Fingernagel auf einer Schiefertafel.

Hä? Hatte ich mich verhört? Wie unangenehm? Was? Mich berührt zu haben oder wie sollte ich diesen Unterton verstehen?

Zorn stieg in mir hoch und mit scharfer Stimme antwortete ich: »Unangenehm? Sie haben keine Ahnung wie –«

»Simona, altes Haus. Was für eine Überraschung, dich hier zu sehen«, unterbrach mich plötzlich Ash und gab der Blondine einen Kuss auf die Wange.

Was? Wo kamen die beiden denn so plötzlich her? Irritiert blickte ich zu Morgan, der mit angespannten Gesichtszügen neben mir stand und mich anstarrte. Mein Herzschlag beschleunigte sich und das Bumbadabum crashte durch meinen Körper. Im Hintergrund hörte ich die eisige Stimme dieser Upper-Class Schickse, als Morgan sich unvermittelt bückte.

»Dein Mantel«, flüsterte er und hielt mir diesen so hin, dass ich geradewegs hineinschlüpfen konnte.

»Danke«, murmelte ich.

Das unterkühlte Biest räusperte sich und ich hätte schwören können, dass die komplette Empfangshalle um zehn Grad bei diesem Geräusch abkühlte. »Morgan. Möchtest du mich nicht begrüßen?«

Nein, will er nicht, du Miststück, dachte ich, ohne die Augen von Morgan zu nehmen. Dessen Augenbrauen schossen hoch und er runzelte die Stirn. Huch, hatte ich das laut rausgehauen? Verwirrt schaute ich mich um. Doch da niemand sonst reagierte, hielt ich seinen Gesichtsausdruck für Zufall.

»Natürlich, Simona. Entschuldige bitte. Wo sind nur meine Manieren geblieben«, erwiderte er nonchalant und beugte sich zu ihr, um ihr die Wangen zu küssen.

Ich kotz gleich, stellte ich im Stillen fest und rollte mit den Augen.

Morgan wandte sich mir zu, die Lippen fest aufeinandergedrückt, um sich offensichtlich, dem belustigten Ausdruck seiner Augen nach zu urteilen, das Grinsen zu verkneifen.

Was bitte? Hatte ich das nun laut ausgesprochen?

Ehe ich weiter darüber sinnieren konnte, hakte sich Bell bei mir unter und zog mich mit sich. »Entschuldigen Sie, meine Herren, die Dame. Ich muss Ihnen dieses wunderschöne und äußerst kluge Prachtstück entführen. Wir sind verabredet.«

Ich stolperte fast über meine Füße, und während wir den Gang entlangliefen, kam Megan dazu, die sich sehnsuchtsvoll zu dem Trio umdrehte. »Hab ich was verpasst?«

»Und ob. Das Märchen der Eisprinzessin. Ein Spiel in drei Akten«, zischte ich ihr leise zu.

Als wir aus der Tür traten, ertönte ein donnerndes Lachen.

Morgans Lachen.

Morgan

Bevor ich mich schlafen legte, ging ich bei Ash auf einen Scotch vorbei. Der Abend war grauenvoll langweilig gewesen. Wir kannten Simona vom Studium, aber es war unser Anstand, beziehungsweise in erster Linie die Etikette, die von uns verlangte, dass wir uns um Mitglieder der Nachtschwärmer- Familie kümmerten, wenn es erwünscht oder notwendig war.

In Simonas Fall war es natürlich erwünscht. Nicht nur weil wir sie kannten, sondern weil sie zu den oberen Kreisen gehörte. Zudem hatte sie familiäre Wurzeln zum Rat, demnach stand es außer Frage, ihr nicht den Hof zu machen. So hatten wir den Abend damit verbracht, zuerst stundenlang auf sie zu warten, bis sie eingecheckt und sich fürs Dinner fertiggemacht hatte, um dann den Rest der Nacht mit ihrem emotionslosen und langweiligen Geplapper zu überstehen.

»Was glaubst du, will sie wirklich hier?«, fragte Ash und wippte auf dem Stuhl hin und her.

»Ich habe keine Ahnung. Das Märchen, alten Freunden einen Besuch abzustatten, nehme ich ihr jedenfalls nicht ab. Ich kann mir nicht vorstellen, wen sie ausgerechnet hier kennen sollte? Sehr viele Nachtschwärmer sind mir in Lavon noch nicht begegnet und wenn dann mit Sicherheit keine aus den oberen Kreisen.«

»So sieht's aus. Da steckt ein anderer Grund für ihr Auftauchen dahinter. Dieser Zusammenknall mit Eliza ...« Er schüttelte den Kopf. »Das war kein Zufall. Noch nie ist mir eine Hexe ohne Feingefühl begegnet. Sie hätte Eliza schon gefühlte tausend Schritte vorher erahnen müssen.«

Unruhig lief ich im Zimmer hin und her. Genau diese Aktion gab mir zu denken. »Wir müssen rauskriegen, was sie hier will. Außerdem möchte ich sie so schnell wie möglich loswerden. Sollte sie den leisesten Verdacht schöpfen, dass Eliza meine ewige Liebe sein soll, wird es nicht lange dauern, bis es der Rat weiß.«

»Geht klar. Sie will allerdings bis Sonntag bleiben, also sehe ich schwarz für unser Doppeldate.«

»Nicht wenn sie sich mit ihren angeblichen Freunden treffen möchte.«

Ich klopfte an den Türrahmen, verließ Ashtons Zimmer, ging ins Bad, zog mich aus und stellte mich unter die Dusche.

Langsam fielen die Wassertropfen auf meinen verspannten Körper. Ich drehte das Wasser bis zum Anschlag auf, so heiß, wie ich es ertragen konnte, und rührte mich nicht. Ein ungutes Gefühl beschlich mich, beim Gedanken an die Szene, die ich zu sehen bekommen hatte, als die Fahrstuhltüren aufgeglitten waren.

Ich hatte Elizas Ankunft im Hotel gefühlt und sofort unsere mentale Verbindung hergestellt. Als sie von Simona angerempelt worden war, hatte es mich genauso unvermittelt getroffen wie sie. Im wörtlichen Sinne, denn ich war ebenfalls nach hinten gestoßen worden. Zum Glück hatten wir uns alleine im Fahrstuhl befunden. Unsere Überraschung hätte nicht größer ausfallen können. Das war, genauso wie die ewige Liebe zu einer Sterblichen, noch nie vorgekommen. Aber vielleicht lag es eben daran, dass Eliza menschlich war. Vielleicht verschoben sich die Regeln in diesem speziellen Fall schlichtweg?

Noch eine Frage in dem großen Rätselraten um diese blutjunge, durchgeknallte und verdammt bildschöne Frau.

Und, Mann, ich wusste nicht, ob es an der Bindungsgeschichte lag, aber bei jedem Treffen wirkte sie anziehender auf mich. Wie ich sie da vorhin in der Eingangshalle hatte stehen sehen, war mir gewesen, als hätte mich der Blitz getroffen. Die Wangen vor Kälte gerötet, der Mund voll und dunkelrot und dieser Blick aus den braunen Augen ... Puuh.

Was mir am meisten imponiert hatte, war ihr resolutes Auftreten vor Simona gewesen. Gut, sie konnte nicht wissen, dass Simona eine machtvolle Hexe der oberen Klasse war. Oder dass sie die Menschen für niederes Vieh hielt und dem einen oder anderen dieser Spezies gerne Lektionen erteilte. Allerdings strahlte Simona allein durch ihr Auftreten Macht, Arroganz und Überheblichkeit aus, was die meisten, die ihren Weg kreuzten, schnell das Weite suchen ließ.

Dass wir, entgegen der Regeln der Nachtschwärmer, binnen einer Sekunde vom Aufzug bei den beiden Frauen gestanden hatten, hatte als Sicherheitsmaßnahme für Eliza gedient. Hätte sie ansatzweise ausgesprochen, was sie in dem Moment gedacht hatte, und das war, wie ich wusste, nicht besonders ladylike gewesen, wäre das einem Unfall gleichgekommen. Einem absoluten und unwiderruflichen Frontalcrash. Mit üblem Ende.

Simonas Niederträchtigkeit hatte im hohen Bogen Funken gesprüht, vor allem als ich den Charakter besessen hatte, Eliza den Mantel aufzuheben und ihr beim Ankleiden behilflich zu sein. Es ging mir nicht in den Kopf, wie jemand mit Simonas Erziehung, ihrem Stand und familiären Wurzeln so ein respektloses Verhalten an den Tag legen konnte.

Egal was sie über die menschliche Rasse dachte oder für sie empfand. Wir lebten nun mal alle gemeinsam auf der Erde, egal für wie lange oder in welchem Körper, noch in welcher Funktion. Ich war der Meinung, dass ein friedvolles Zusammenleben nur dann funktionieren konnte, wenn jeder seinen Teil dazu beitrug.

Ich trocknete mich ab und schenkte mir einen Whisky ein. Der Tag war mittlerweile angebrochen, aber das Gedankenkarussell in meinem Kopf hinderte mich daran Schlaf zu finden. Gerne hätte ich eine Platte aufgelegt. Das half mir die meiste Zeit mich zu beruhigen oder runterzukommen. Aber meine Platten befanden sich in Magia, und ich musste zugeben, so langsam stellte sich Heimweh ein. Die Zeiten, in denen ich umherreiste und herumlungerte, gehörten schon seit ein paar Jahrzehnten der Vergangenheit an. Ich liebte mein Zuhause. Und wollte bald dahin zurück.

Eliza

Endlich Zuhause. Ich schleuderte die Schuhe in die Ecke, ging mir rasch die Zähne putzen, zog mich bis auf die Unterwäsche aus und legte mich ins Bett. Es war schon nach sieben Uhr morgens und die Müdigkeit hing bleiern an meinen Gliedern. Ich erinnerte mich nicht daran jemals so einen exzessiven After-Work erlebt zu haben.

Addison war überraschend im *InsideOut* aufgetaucht und so hatten wir kurzerhand ihren Ruhestand gefeiert. Mit viel Bier, Wein, Cocktails, Singen, Lachen, Tanzen. Eigentlich hatten wir sie erst in zwei Wochen zurückerwartet, aber außer der Abschiedsparty und dem einen großen Interview gab es nichts weiter für sie zu tun, weswegen Addison sich gleich auf die Heimreise gemacht hatte.

***

Volbeat weckten mich unsanft gegen zwölf Uhr am Mittag und so quälte ich mich aus dem Bett. Nach zwei Becher starkem Kaffee und einer Selbstgedrehten war ich zumindest semi-fit und bereit für das Treffen mit Addy und den anderen.

Ich hatte für heute erneut einen Termin mit der Maklerin ausgemacht, für das spezielle Haus, welches sie mir noch zeigen wollte. Da Addy zuhause war, fand ich, dass sie gleich mitgehen und Verantwortung für ihr eigenes Leben übernehmen sollte. Immerhin konnte sie nicht ewig in der Statson-Villa wohnen.

Megan und Bell wollten sich diesen Spaß nicht entgehen lassen und so war irgendwann letzte Nacht zwischen Bier und The Strokes ausgemacht worden, dass wir alle gehen. Connor inklusive. Es war erfrischend gewesen mit ihm die Häuser anzusehen, abgesehen davon hatte er von sich aus angeboten mich bei den anderen Terminen zu begleiten.

Ich schlüpfte in Bluejeans und band die Haare zusammen.

»El?«

»Schlafzimmer!«, rief ich Megan zu, die einen Notfall-Schrägstrich-Beste Freundinnen-Haustürschlüssel zu meiner Wohnung besaß.

»Du weißt schon, dass ich dir den Hals umdrehen könnte«, sagte sie und lehnte mit verschränkten Armen in der Tür.

»Pssst. Nicht so laut.«

»Das ist die Straaafe für diejenigen, die soooo früüüüh eineeen Termiiiin mit der Maaaakleriiin ausmaaaacheeeeen«, sang sie in übertriebener Lautstärke und grinste mich schelmisch an.

Kopfschüttelnd fuchtelte ich mit erhobenem Zeigefinger vor ihrer Nase umher. »Warum bist du so fröhlich? Hör auf damit. Sofort. Das ist nicht schön!«

»Abgesehen von der Müdigkeit und dem aufdringlichen Kopfhämmern … es ist Freitag! Was bedeutet, dass wir nicht arbeiten müssen uuund verabredet sind. Mit den zwei heißesten Männern im Umkreis von hundert Meilen. Wenn das kein Grund zum Glücklichsein ist, dann weiß ich auch nicht.«

»Hm. Gegen dieses Argument kann ich wahrlich nichts einwenden. Hat sich Ash schon gemeldet? Was machen wir?« Eilig sammelte ich mein Handy und den Geldbeutel ein und verstaute die Sachen in der Umhängetasche.

»Tja, dieses Detail beunruhigt mich ein wenig. Er hat sich noch nicht gemeldet.«

Ich hielt in meiner Tätigkeit inne und sah Meg an. »Oh oh.«

Megan hob beschwichtigend die Hände hoch. »Ich weiß. Ich weiß! Mein weiblicher Stolz verbietet es mir jedoch nachzufragen.«

Wir gingen zur Tür und ich schlüpfte in ein paar schwarze Ugg Boots, die mir Addy vor zwei Weihnachten geschenkt hatte und die ich abgöttisch liebte. »Gut. Da sind wir einer Meinung. Also warten wir ab.«

***

Zwanzig Minuten später standen wir zu fünft vor einem heruntergekommenen alten Haus und warteten auf die Maklerin. Connor, der nicht schlecht gestaunt hatte, als er die Bande sah, unterhielt sich angeregt mit Addison über die Tanzerei. Offenbar hegte er ein Faible für Ballett, was ich einem verrockten Kerl wie ihm irgendwie nicht zugetraut hätte. Bei näherer Betrachtungsweise passte es dann doch. Irgendwie. Vermutlich unterschätzte ich ihn, was ich auf der einen Seite schade, auf der anderen Seite superspannend fand.

Ich lief um das Haus herum und entdeckte einen schneebedeckten Garten, der an einen See angrenzte. Die Sonne glitzerte auf der Wasseroberfläche, als würden Schneeflocken auf und ab tanzen.

»Das gehört noch zum Silver Lake«, erklärte Bell hinter mir und nahm mich in den Arm.

»Echt? Ich dachte, der hört dort hinten bei dem Waldstück auf.«

»Das denken viele, weil man von der anderen Seite den Eindruck bekommt, dass der See da endet. Geht man aber durch das Wäldchen und stellt sich dorthin«, Bell zeigte auf die gegenüberliegende Seite des Sees, »siehst du, auf den Steg da, dann sieht man das tatsächliche Ende des Silver Lakes. Mein Vater ist dort hinten früher mit mir Angeln gegangen. Total verrückt. Ich hab schon Jahre nicht mehr dran gedacht«, flüsterte er und der Schmerz in seiner Stimme schwappte ungebremst auf mich ein. Ich drückte mich fest an ihn und strich ihm sanft über den Rücken.

Bells Vater war vor drei Jahren an den Folgen eines Herzinfarkts gestorben. Er hatte seinen Vater so sehr geliebt, dass er bis heute nicht über dessen Tod hinweggekommen war.

»Hey. Ich will auch Gruppenkuscheln!«

Wir drehten uns um und starrten auf Megan, die mit gestemmten Händen in den Hüften hinter uns stand und eine Schnute zog.

»Du kannst jeden Tag bei der Arbeit mit Bell kuscheln. Lass mir meine paar Sekunden Glück.«

Meg lachte auf. »Schon gut. Die Maklerin ist da. Kommt ihr?«

»Geht's?«, flüsterte ich und warf einen Blick in Bells grüngraue Augen. Er zog scharf die Luft ein und nickte mir zu. Ich hauchte ihm einen Kuss auf die Wange und ergriff seine Hand. Gemeinsam liefen wir zum Haus zurück.

»Miss Lake erklärte mir, dass Sie ein schlichtes Objekt suchen«, hörte ich die Maklerin beim Eintreten sagen. Addison drehte sich zu mir um und sah mich ungläubig an. »So so. Etwas Schlichtes!«

Ich grinste. »Ohne Zweifel! So schlicht wie nur möglich. Und ich muss sagen, Mrs Renfield, Sie haben sich selbst übertroffen.«

»Vielen Dank, Miss Lake. Wenn Sie mir bitte folgen würden? Wir haben den zweiten Stock noch nicht gesehen«, entgegnete sie in einem fröhlichen Singsang und eilte mit beherzten Schritten die staubbedeckte Treppe hinauf, die bei jeder Berührung knarzte. So glücklich konnte ein einfaches Lob machen.

Addy wartete, bis ich sie eingeholt hatte, und rempelte mich beim Hinauflaufen an. Schmunzelnd. Amüsiert zuckte ich die Schultern. Meine Freundschaft kannte eben keine Grenzen.

***

Nachdem Mrs Renfield uns alles gezeigt hatte, überließ sie uns ein Exposé und verabschiedete sich. Wir gingen ins *Ol' Butternut*, um ein verspätetes Frühstück zu uns zu nehmen und über das Haus zu diskutieren.

»Dieses Haus ist eine Katastrophe!« Addison klappte die Mappe zu und griff nach einem Schokoladencrossaint.

»Ich finde, es ist perfekt«, erklärte Connor kauend.

Ich nickte. »Dito.«

Bell trank einen Schluck Kaffee und wandte sich an Addy. »Ich schließe mich den beiden an. Ich hab zwar die anderen Häuser nur per Exposé gesehen, bin aber der Meinung, dass dieses Haus dich am besten widerspiegelt.«

»Ramponiert und in die Jahre gekommen?« Addy runzelte die Stirn und verzog missmutig den Mund.

Megan prustete laut los und wir lachten gemeinsam mit.

»Knalltüten. Allesamt. Und du«, Addy zeigte auf Connor, »passt offensichtlich perfekt zu uns!«

Connor grinste. »Danke.«

Schmunzelnd trat mir Megan gegen das Bein und wackelte mit den Augenbrauen.

»Was Bell meint, ist, dass du, genau wie dieses Haus, einen neuen Anstrich brauchst. Verstehst du? Du musst dich neu erfinden und das Haus muss das auch«, sinnierte ich, ohne Megan zu beachten, und schob mir eine Gabel Rührei in den Mund.

»Das ist eine großartige Möglichkeit deinem Leben frischen Schwung zu geben. Es gibt nicht viele Menschen, denen das vergönnt ist. Die meisten Leute müssen sich mit ihrem gewählten Weg ein Leben lang herumschlagen«, sagte Connor.

»Na ja, ich kann gute Firmen beauftragen. Dann wird aus dem Haus bestimmt ein schmuckes Heim.«

Megans Schinkensandwich rutschte aus ihren Händen direkt auf den Teller. »Oh, nein. Das halte ich für keine gute Idee! Dann überlässt du wieder anderen die Entscheidung!«

Wir schüttelten alle die Köpfe. Ich stimmte Megan zu. Und wenn Addy ehrlich zu sich selbst war, wusste sie, dass Meg Recht hatte. Bedächtig schlürfte sie an ihrem Orangensaft und dachte nach. Wir aßen in Stille weiter und gaben ihr den Moment der Einkehr.

Ich schnappte mir das Exposé und sah mir die Bilder an. Das Haus lag abseits in einer Sackgasse. Das Grundstück, mitsamt dem Garten war groß, aber überschaubar. Hinter dem Haus lag eine kleine Bucht mit Zugang zum Silver Lake. Dicht bewachsene Bäume säumten den Weg rund ums Haus, so dass man in Ruhe lärmen, leben, lieben konnte.

Klar, es mussten einige Reparaturen gemacht, neue Leitungen verlegt und die Bäder saniert werden. Aber dafür bekam man ein Zuhause. Einen Rückzugs- und Lebensmittelpunkt. Ich hätte es vom Fleck weg gekauft. Bedauerlicherweise reichte mein Erspartes nicht aus.

Addy unterbrach räuspernd meine Gedanken. »Tja. Ich gebe es ungern zu, aber ihr habt Recht. Und wie könntet ihr nicht? Ihr seid meine besten Freunde und die einzigen Menschen in meinem Leben, die nicht nur sagen, was ich hören möchte, oder die mir befehlen zu tun, was angeblich am besten für mich ist. Ich bin dankbar und glücklich. Und froh, dass ich mich entschlossen habe nach Hause zu kommen. Ich liebe euch, Leute. Jeden Einzelnen. Damit ihr das wisst!« Sie schob sich ihre weißblonden Haare hinter die Ohren und deutete mit dem Zeigefinger in die Runde. »Ich kaufe das Haus. Wäre doch gelacht, wenn ich es nicht schaffe es auf Vordermann zu bringen, oder?«

»Halleluja!« Bell klatschte erfreut in die Hände und hob dann das Glas. »Auf Addy und ihr Haus.«

Sieben

Morgan

»Ich leihe dir gern ein paar Jeans aus.« Ash stand im Türrahmen zu meinem Zimmer und beäugte widerwillig meinen Aufzug.

»Danke. Aber, nein danke! Ich fühle mich in meinem Anzug sehr wohl. Er ist elegant und schick zugleich.«

Ash schlug mir auf die Schulter und grinste breit. »Mach dich mal locker. Du hast dich im Griff, und falls nicht, bin ich da, um dich im Zaum zu halten, okay?«

Ich atmete tief ein und nickte. Es stimmte. Seit gut einer Stunde kämpfte ich gegen das Hibbeln an, das Besitz von meinem Körper ergriffen hatte. Nach den Patzern, die mir in Elizas Gegenwart bisher passiert waren, und dem Kontrollverlust, sobald ich mich in ihrer Nähe aufhielt, konnte man mir das nicht verübeln.

Ich war fest entschlossen diesen Abend richtig anzupacken. Mich zu benehmen, damit ich mit klarem Verstand erfassen konnte, was hier passierte. Ob diese Verbindung unser Schicksal war, ein einzigartiger Fall, die Ausnahme, die die Regel bestätigte, oder der größte Fehler, den das Universum je gemacht hatte … na ja, zumindest fast. Ich schüttelte resigniert den Kopf. Jetzt wurde ich sogar schon größenwahnsinnig. Hoffentlich schaffte ich es, den Unterschied zwischen wirklicher und vorbestimmter Zuneigung festzustellen. Ich hielt diesen wankelmütigen Zustand kaum noch aus.

Ash drückte mir einen Becher Blut in die Hand und wir stießen auf den heutigen Abend an. »Bereit?«, fragte er mich, nachdem die Gläser geleert waren.

Ich nickte. »Absolut.«

***

Um kurz nach einundzwanzig Uhr standen wir vor der Eingangstür von Elizas Haus und warteten am Auto auf die zwei Frauen.

Ein ältlicher Mann beäugte uns aus dem Fenster oben links misstrauisch, was Ash sogleich zum Anlass nahm sich einen Spaß daraus zu machen. Lasziv wuschelte er meine Haare durch und drückte sich voll verliebter Inbrunst an mich heran. Der Mann war, wie erwartet, äußerst pikiert über diese Szene und ließ mit verkniffenem Gesichtsausdruck empört den Vorhang fallen.

Ash schüttelte den Kopf. »So ein Idiot. Menschen! Selbst nach Jahrhunderten haben einige noch nicht geschnallt, dass alles möglich ist. Auch Liebe zwischen zwei Männern«, monierte er grimmig.

Ich stieß ein lautes Lachen aus und fragte mich ernsthaft, wer von den beiden Männern nun entrüsteter war. Flink zog ich den kleinen, schwarzen Kamm aus der Innentasche meines Mantels, um meine Frisur in Ordnung zu bringen. Die Tür glitt auf und da standen die beiden, im Schein der Flurbeleuchtung, eine Frau schöner als die andere.

Aber mein Mädchen war unbestritten und unübertroffen das betörendste Wesen, das es gab! Ich seufzte innerlich auf und widerstand dem Drang sie sofort in Grund und Boden zu küssen. Mühevoll verschloss ich unsere mentale Verbindung und resümierte kurz.

Mein Mädchen? Nein.

Wunderschön? Ja!

Küssen? Nein!

So weit, so gut.

Immer locker bleiben.

»Hallo, die Damen. Ihr seht bezaubernd aus«, schmeichelte Ash und begrüßte die beiden mit einem Kuss auf die Wangen.

Ein Knurren unterdrückend stakste ich nach vorne, um es ihm gleich zu tun. Ich verpasste Megan eine Kopfnuss und erwischte Elizas Nase statt ihrer Wange. »Verdammt. Entschuldigt bitte.«

Die Frauen winkten ab. »Kein Problem. Wir sind hart im Nehmen«, meinte Megan belustigt, woraufhin Ash ein »Hm, das gefällt mir!« schnurrte und die Tür vom Audi aufhielt.

Eliza

Meg setzte sich nach hinten und bevor ich mich dazusetzen konnte, drückte sich Ash an mir vorbei und murmelte verschmitzt: »Sorry, Süße.«

Lächelnd nahm ich auf dem Beifahrersitz Platz, dessen Tür mir aufgehalten wurde. »Danke, Morgan«, hauchte ich, ehe die Wagentür donnernd zuknallte. Erschrocken zuckte ich zusammen.

Okaaay ... Dann wäre das ja geklärt. Ein Kuss auf die Nase und eine Tür ins Gesicht. Morgan erweckte nicht den Eindruck, dass er den Abend gerne mit mir verbringen wollte. Was meine Zweifel bestärkte. Immerhin war es Ashs Idee gewesen mich zu dieser Verabredung einzuladen.

Enttäuscht sackte ich im Sitz zurück und schaute durch das Fenster hinaus. Meine Vorfreude verpuffte zunehmend. Dabei war ich ab dem Zeitpunkt, an dem Megan mich aus dem Mittagschlaf gerissen hatte, im Rausch der Vorfreude gewesen.

Ich hatte die Musik aufgedreht, war durch die Wohnung getanzt, hatte mir extra viel Zeit beim Baden, Maniküren und Pediküren gegönnt. Hatte tausendunddrei Mal mein Outfit gewechselt, bis Megan mir geholfen hatte mich für das schwarze Etuikleid zu entscheiden, das ich sehr selten und nur bei sehr wichtigen Anlässen trug. Schwarze, an der Seite offene High Heels aus Leder und meine offenen Haare, die sanft auf den Schultern lagen, vervollständigten mein Dress.

Es fühlte sich wahnsinn an, mal komplett aufgebrezelt und von einem attraktiven Kerl in einem schicken Wagen abgeholt und ausgeführt zu werden. Auch wenn das oberflächlich klingen mochte, aber welche Frau träumte nicht einmal im Leben davon sich von einem gutaussehenden, mysteriösen Mann ausführen zu lassen? Einfach in die Nacht hinein, den Stress und Alltag hinter sich lassend und den Augenblick genießend?

»Verratet ihr uns, wo es hingeht?«, fragte Megan von der Rückbank, als Morgan sich hinters Steuer gesetzt hatte.

»Nope! Das würde der Sache den Spaß nehmen. Hoffentlich seid ihr abenteuerlustig.«

»Kommt auf die Begleitung an«, witzelte Meg, was Ash mit einem raunenden »Ach« quittierte. Da hinten sprühten die Funken in alle Richtungen und ein flaues Gefühl zog durch meinen Magen. War es wirklich eine gute Idee gewesen aus dieser Verabredung ein Doppeldate zu machen? Verstohlen linste ich zu Morgan. Ich wusste nicht, was mit diesem Kerl los war, aber allmählich bekam ich den Eindruck, dass er dauernd unter Strom stand. Sein Körper war angespannt wie eine Hochsicherheitsleitung. Das verbarg noch nicht mal der teure Kaschmirmantel.

»Was ist das?«, fragte ich, als mein Blick nach vorne glitt.

»Oh. Ähm. Ja, das ist für dich. Eigentlich wollte ich es dir beim Abholen geben, hatte es aber vergessen. Bitte!«

Ich nahm das kleine, in Gold und Seidengrün verzierte Päckchen vom Armaturenbrett und packte es aus. »Pralinen!«, sagte ich und lachte.

»Na ja, ich dachte, ich gebe dir einen subtilen Hinweis.«

»Danke, Morgan. Ich hatte schon so eine Vermutung. Diese Songauswahl ...«

»... und nicht zu vergessen, der Wahnsinnsgesang!«, jauchzte Megan.

»Möchte jemand eine? Gut möglich, dass es kein Dessert gibt, falls wir essen gehen«, schäkerte ich. Unter fröhlichem Gelächter öffnete ich die Packung und reichte sie reihum.

»Mmh. Lecker. Ich liebe Karamell!« Versonnen schob ich mir ein Stückchen in den Mund. Morgan sah schmunzelnd zu mir herüber, offensichtlich freute es ihn, dass mir sein Geschenk so gut gefiel.

»Wie heißt es so schön?«, merkte Megan an. »Das Leben ist kurz, also iss immer zuerst den Nachtisch.«

Ich grinste. »So ist es, Schwester!«

Morgans Lächeln verschwand augenblicklich und auf seiner Stirn bildeten sich minimal Falten. Fragend neigte ich den Kopf, aber er reagierte nicht darauf. »Was hat euch eigentlich in unsere schöne Stadt verschlagen?«

»Nun ja. Ursprünglich war ich angereist, um einen Vortrag über Literatur und Dichtung zu besuchen.«

»Schnarch«, gähnte Ash feixend.

»Den Vortrag von Professor Dr. Moller?«, entgegnete ich überrascht. »Der war super! Die Dichtung der zwanziger Jahre ist so überirdisch schön und ich finde, Professor Dr. Moller hat neben seiner fachlichen Kompetenz dieses spezielle Charisma die Texte mit seinen Worten aufblühen zu lassen.«

»*Du* hast daran teilgenommen?« Überrascht schlug Morgan aufs Lenkrad und schüttelte den Kopf.

»Entschuldige bitte?« Gekränkt verschränkte ich die Arme vor der Brust. »Auch Radiomoderatoren können lesen und sich für die Welt des geschriebenen Wortes interessieren!«

»O Mann! Und mir wirfst du vor, ich hätte kein Feingefühl«, spottete Ash.

»Ich ... O nein, Eliza. So war das nicht gemeint. Ich bitte höflichst um Entschuldigung. Ich war nur überrascht«, versuchte Morgan die Situation zu entspannen.

»Du sagst es, Morgan. Überrascht! Und überrascht kannst du nur sein, weil du offensichtlich nicht im Entferntesten damit gerechnet hast, dass ich solch einen Vortrag besuchen, noch gar ein Interesse dafür hegen könnte. Du kennst mich nicht, steckst mich aber trotzdem in eine Schublade.«

Mit zusammengekniffenen Augen sah ich demonstrativ zum Fenster hinaus. Ich mochte Schubladendenken nicht. Und am meisten störte mich, dass dieser Traum von einem Mann so über mich dachte.

Der Wagen vollzog einen Schlenker nach rechts und hielt zügig auf dem Seitenstreifen an. Morgan schnallte sich blitzschnell ab und im nächsten Moment war er aus dem Auto gesprungen. Ash folgte ihm in der gleichen Geschwindigkeit und schon saßen Megan und ich allein im Wagen. Auf der Landstraße, Richtung unbekannt.

Mein Herz pochte wild in meiner Brust. Erschrocken drehte ich mich zu Meg um, die sich mit aufgerissenen Augen über die Lehne zu mir vorbeugte. »Glaubst du, das gehört zum Unterhaltungsprogramm?«, fragte sie atemlos.

»Äh. Ich hoffe nicht. Das ist total strange, findest du nicht?«

Bedächtig nickte sie. »Und ob. Bell hat uns vor den beiden gewarnt.«

»Hast du Angst?«, flüsterte ich und presste die Lippen zusammen.

»Nö. Du?«

»Nein. Irgendwie nicht.« Ich legte meine Hand auf ihren Arm. »Sind wir verrückt?«

Megan grinste übers gesamte Gesicht. »Da fragst du noch?«

Morgan

»Ich schaff das nicht«, spuckte ich zornig aus und trat, Haare raufend, auf der Stelle. »Ich kann sie nicht die ganze Zeit anlügen oder ihr etwas vorspielen. Das ist nicht richtig!«

»Dann musst du sie mit der Wahrheit konfrontieren. Und zwar sofort und auf der Stelle.«

»Aber das ist genauso Wahnsinn. Ich hasse es, so zu tun, als würde ich nichts von ihr wissen, dabei beobachte ich sie schon seit Wochen. Ich hasse es zu lügen!«

»Sagte er und setzte sein Leben als Nachtschwärmer fort, das er nur aufrechterhalten konnte, weil er zu lügen wusste …«, erwiderte Ash kühl und steckte sich locker die Hände in die Jeanstaschen.

»Ach, komm, Ash. Das ist nicht fair. Und nicht vergleichbar.«

»Ist es nicht? Dann erklär mir den Unterschied! Nachtschwärmer sind Lügner. Wären wir keine Lügner, könnten wir nicht überleben. Und warum lügen wir? Weil es zum Besten für uns ist und zum Besten von den anderen. Und das ist es in diesem Fall auch.«

»Aber ich kann mich nicht kontrollieren. Siehst du das nicht? Mein Körper möchte sich jede verdammte Sekunde auf sie stürzen. Mein Verstand versucht so klar wie möglich zu bleiben, um zu unterscheiden, was *ich* will oder was *mir* vorgegeben ist. Ich habe das Gefühl innerlich zu zerreißen und ich weiß nicht, wie lange ich das noch aushalte!«

Verzweifelt kickte ich ein paar Eisbrocken zur Seite und starrte das Auto an. Wir standen abseits in dessen Schatten und ich war mir durchaus bewusst, dass ich die beiden mit meiner Aktion vermutlich verängstigt hatte. Das und die Tatsache, dass ich Eliza unbeabsichtigt gekränkt hatte, tat mir unglaublich leid. Ich war kein Nachtschwärmer, der sich an Angst oder Leid anderer ergötzte. Trotzdem, und das durfte ich nicht vergessen, war ich ein Nachtschwärmer, was bedeutete, dass ich unberechenbar war, wie man soeben hatte feststellen können. Und diese Unberechenbarkeit war Teil meines Selbst und das Verbindungsstück zu meinen Brüdern, den anderen Nachtschwärmern.

Es hatte Zeiten gegeben, jenseits dieser sittsamen Ruhe, welche ich heutzutage zu zelebrieren pflegte, in der wir diesen Teil gemeinsam ausgelebt hatten. Und das war auf eine selbstbezogene, rücksichtslose Art und Weise geschehen.

Seufzend fuhr ich mir übers Gesicht. Es war schon sehr, sehr lange her, dass ich so aus der Haut gefahren und diesen Part in mir gespürt hatte. Wie auch immer die Geschichte zwischen mir und Eliza ausgehen würde, so wusste ich jetzt, dass sie es schaffte den einzigen Teil aus mir herauszukitzeln, von dem ich gedacht hatte, dass er für ewig verschlossen und eingeschlafen war. Und ich wusste nicht, ob mir das gefiel.

»Was ist jetzt, Alter? Steigen wir wieder ein und verbringen den Abend mit zwei bezaubernden Frauen oder beenden wir das hier und du stellst Eliza vor vollendete Tatsachen?«

Kommentarlos stieg ich zurück in den Wagen. Dieser Abend würde mir für alle Zeit im Gedächtnis bleiben. Und das war bei einem Nachtschwärmer mit einer ewigen Verweildauer auf Erden eine Besonderheit.

Eliza

Bunte Lichter zierten den Weg links und rechts den Berg hinauf und verzauberten den umliegenden Wald in eine magische Landschaft. Wir waren eineinhalb Stunden von Zuhause entfernt, in einem kleinen, verschlafenen Örtchen abseits vom großen Trubel der Städte. Hier oben lag so viel Schnee, wie ich es selten gesehen hatte. Ein *Winter Wonderland* von seiner besten Seite.

»Wow!«, hauchte ich verzückt, als wir auf dem Parkplatz hielten. Große und kleine Flammen flackerten auf Holzstäben im Mondschein um die Wette. Die Bäume waren mit türkisfarbenen und violetten Schneesternen behängt, die je nach Lichteinfall der Fackeln schillernd glitzerten. Auf der Anhöhe thronte ein imposantes, uraltes Gebäude, mit bodennahen Fenstern und einer dazu passenden Außenveranda, die mit bunten Lichterketten behangen war.

Musik wehte gedämpft zu uns hinunter und das Gemurmel und Lachen von Menschen verwandelte diesen traumhaften Fleck in etwas Märchenhaftes.

»Das ist so schön!«, wisperte Megan bewundernd. »Falls ich es später vergesse zu sagen, möchte ich mich jetzt schon mal bei euch bedanken.«

Ash lächelte verschmitzt und zog sie an der Hand die Treppe hinauf.

Morgan beäugte mich von der Seite. Seit er zurück ins Auto gestiegen war, hatte er nicht mehr mit mir gesprochen. Ich sah ihm an, dass es ihm leidtat und er mit sich rang, warum auch immer. Für mich war dieser Abend bisher eine reine Achterbahnfahrt gewesen und tatsächlich wusste ich nicht, was ich denken oder fühlen sollte.

Ich stieg die Stufen hinauf und wurde, kurz bevor ich die Tür erreichte, von Morgan zur Seite gezogen.

»Warte mal kurz.« Seine tiefschwarzen Augen blickten mich traurig an. »Du hast Recht. Ich habe dich in eine Schublade gesteckt, obwohl ich dich nicht kenne. Das war kein angemessenes Verhalten. Ich entschuldige mich aufrichtig bei dir und bitte dich dir nicht den Abend durch meine Torheit verderben zu lassen.«

Mein Lächeln breitete sich zuerst in meinem Herzen und dann auf meinem Gesicht aus. Es machte *Bämm* und wäre ich nicht schon längst hin und weg von diesem großen, breitschultrigen, anziehenden Kerl gewesen, dann mit Sicherheit jetzt!

Ich hätte mich ihm am liebsten an den Hals geworfen und geküsst, so wie er da stand und mich betreten ansah. Aber wir waren ja hier nicht in irgendeinem Liebesroman, deswegen antwortete ich schlicht: »Entschuldigung angenommen.«

Morgan nickte und hielt mir die Tür auf. Drinnen empfingen uns sanftes Licht und wohlige Wärme. Er nahm mir den Mantel ab und ich meinte ein Zischen gehört zu haben, als ich mich zu ihm umdrehte.

»Du siehst umwerfend aus, Eliza.«

»Danke, das Kompliment gebe ich gern zurück. Du scheinst Anzüge zu mögen.«

»Könnte man so sagen.« Er grinste verschlagen. »Unter anderem.« Sein Blick tauchte in meinen und ein Kribbeln zog sich von meiner Fußspitze bis rauf zu meiner Schädeldecke.

»Weißt du was? Ich nehme die Mäntel und du besorgst uns einen Tisch«, hörte ich Ash von weit entfernt sagen.

»Okay«, flüsterte Morgan, ohne die Augen von mir zu nehmen oder sich nur einen Zentimeter zu bewegen.

Ash nahm uns die Mäntel ab. »Der Tisch, Morgan!«

Ich versuchte mich aus dieser funkelnden Tiefe seiner Iris zu lösen, aber verdammt, dieses Unterfangen glich einem enormen Kraftakt, wenn er mich auf diese Weise ansah. Dieser Blick zog mich fest an sich, verzehrte mich. So als wollte Morgan mich nie mehr gehen lassen.

Mein Atem stockte bei diesem Gedanken.

»Schau dir das an!«, quiekte Megan vergnügt, riss mich aus der Starre und zog mich vorbei an der Empfangstheke, rechts um die Ecke und zerbarst diesen intensiven Moment.

Hinter der ausladenden Treppe erschien eine gläserne, offene Doppeltür, die zu einem weiträumigen Saal führte. Einem Tanzsaal. Der

Raum zog sich in gigantische Höhe und von der Decke schwebten schwere, funkelnde Eiskristalle. Um die Tanzfläche herum standen Marmortische mit Polsterstühlen, die den Farben der Schneesterne von draußen glichen. Am Ende des Saals befand sich eine Bühne, auf der eine Band spielte. In Smokings! Eine wunderschöne Frau, in einem goldenen, bodenlangen Seidenkleid, sang mit kraftvoller Stimme *Will you still love me tomorrow* von den Shirelles in Begleitung von drei Backgroundsängerinnen. Für mich, die Musik bedingungslos liebte, war das wie ein Geschenk zum Geburtstag, zu Weihnachten und Ostern zusammen.

»Ah, die Ladys haben den Tanzsaal entdeckt«, bemerkte Ash hinter uns.

»Ich möchte mich Megan anschließen, für den Fall, dass ich es später vergesse. Ich danke euch! Dieser Ort ist bezaubernd!«

»Tja, wenn wir eins können«, sagte Ash und schnappte sich Megans Hand, „dann Frauen beeindrucken.«

Morgan

Entspannt. Und das in Elizas Nähe. Die Gelassenheit, die durch mich hindurch preschte, beschwingte mich regelrecht. Man konnte fast den Eindruck gewinnen, Ashs Charakter hätte in meinen Körper Einzug gehalten.

Nach der anstrengenden Fahrt im Auto dachte ich definitiv nicht, dass mir die Lockerheit überhaupt noch gelänge. Und doch ... hier saß ich und sah Eliza zu, wie sie genussvoll ihr Steak verspeiste. Und Rosmarinkartoffeln. Und buntes Gemüse. Und Salat. Und alles andere, was sie sich von unseren Tellern stibitzte.

Währenddessen führten wir eine zwanglose Unterhaltung. Besonders beim Thema Bücher schien Eliza in ihrem Element zu sein. Offensichtlich war sie genauso vernarrt in das geschriebene Wort wie ich.

Ich blickte zu Eliza und erzählte: »Meine Mutter übersetzt ausländische Frauenliteratur. Sie kann Bücher in Deutsch, Französisch, Spanisch, Italienisch und in Russisch übersetzen. Chinesisch macht sie auch, aber die lesen nicht so gerne Frauenromane, deswegen eher weniger.«

»Das ist beeindruckend, Morgan! Ich bin total begeistert. Deine Mutter scheint eine kluge Frau zu sein. Ich bewundere sie jetzt schon.«

»Danke. Ich bewundere meine Mutter auch. Sie ist eine tolle Frau. Und in der Tat sehr intelligent. Sprachen gehörten schon immer zu ihrer Leidenschaft. Aus diesem Grund hat sie eine Brücke zwischen ihrem Hobby und ihrem Berufswunsch geschlagen und ist Übersetzerin geworden. Eine gelungene Kombination. Und was macht deine Mutter?«

Fragend sah ich Eliza an, die plötzlich unruhig auf ihrem Stuhl hin und her rutschte. Sie kehrte einen Moment in sich und antwortete gedehnt: »Sie ... hilft Menschen.«

»Perfekt.« Ich lächelte anerkennend. »Ich hege höchsten Respekt vor Menschen, die es sich zur Aufgabe gemacht haben anderen in irgendeiner Weise zu helfen.«

Elizas Schultern sackten entspannt nach vorne. Es kribbelte in meinen Fingerspitzen, weil ich unbedingt mehr darüber erfahren wollte, trotzdem hakte ich nicht genauer nach. Die gelöste Atmosphäre war mir wichtiger, als dass ich unnötig weiterbohrte. Außerdem hatte ich selbst einen Batzen Geheimnisse, die mir zu erzählen mindestens ebenso unangenehm waren.

»Hast du das sprachliche Talent deiner Mutter geerbt oder kommst du eher nach deinem Vater?«, fragte sie.

»Nun. Mein Vater arbeitet in einem Museum. Für Kunst und Kultur interessiere ich mich schon, aber bei der Berufswahl schlage ich mehr nach meiner Mutter. Was sich äußerst vorteilhaft auf meinen beruflichen Weg ausgewirkt hat, da sie gute Kontakte zu den Verlagshäusern pflegt. Dadurch konnte ich mein erstes Praktikum ergattern.«

»Dann bist du bei einem Verlag beschäftigt?«

»So könnte man sagen.«

»Pff…«, schnaubte Ash und zog die Augenbrauen hoch. »Sorry, Alter, aber eins muss ausdrücklich gesagt werden: Dieser Kerl hat sich für seine Stellung den Arsch aufgerissen. Ich kenne keinen, der für seinen Traum so sehr geschuftet hat wie Morgan. Und verdammt, keiner hat das Erreichen seiner beruflichen Ziele so verdient wie dieser Mistkerl da.« Stolz packte Ash meine Schulter und drückte diese kurz.

Megan und Eliza schauten verwirrt zwischen Ash und mir hin und her. Hoffentlich fassten die beiden diese Lobesrede nicht falsch auf.

»Was Ash sagen will, ist, dass mir ein eigener, kleiner Verlag gehört, der ausnehmend erfolgreich läuft und diesen aufzubauen natürlich etwas an Arbeit erfordert hat.«

Eliza legte ihre Gabel zur Seite und schnappte sich ihr Weinglas. »Wie heißt dein Verlag?«

»Nighthawks Publishing.«

»Ist nicht wahr!«, rief sie erstaunt und ihr Glas sauste mit einem Schlag auf den Tisch. Einige Tropfen Wein schwappten auf die schneeweiße Tischdecke und tränkte sie blutrot. »Ich bin absolut vernarrt in diesen Verlag. Die meisten meiner Bücher stammen von da. Du hast einen guten Riecher für außergewöhnliche Literatur, das muss man dir lassen. Ich bin beeindruckt. Beeindruckt, beeindruckt!« Fassungslos schüttelte Eliza den Kopf.

»Nighthawks …«, bemerkte Megan neugierig, »so heißt der Titel meines Lieblingsgemäldes. Wie kommst du auf den Namen?«

»Du meinst *Nighthawks* von Hopper?« Ash schmunzelte verschlagen.

»Edward Hopper. Ja.«

»Morgans Verlag wurde nach diesem Gemälde benannt. Edward ist mein Onkel. Äh, war mein Onkel.«

Megan riss die Augen auf. »Das ist verrückt!«

»Absolut«, ergänzte Eliza und ich spürte Ashs Schmunzeln schon, bevor es sich auf seinem Gesicht abzeichnete.

Diese beiden Frauen waren schlicht bezaubernd. Und nicht im Mindesten so abgebrüht oder unterkühlt wie die meisten weiblichen Nachtschwärmerinnen. Besonders nicht wie diejenigen, die bereits einige Jahrhunderte auf dem Buckel hatten. Nein, diese Zwei strahlten pure Lebensfreude aus. Bereit die ganze Welt kennenzulernen, erstaunt, wissbegierig, fröhlich, so blutjung und herzergreifend erfrischend. So langsam verstand ich Ashs Hang zu menschlichen Frauen.

»Ich hoffe, dein Portemonnaie ist prall gefüllt?«, erkundigte sich Eliza nach dem Essen und ihre Augen glitzerten glücklich. Ich fragte mich ernsthaft, ob sie berauscht vom Essen war, denn tatsächlich hatte sie so viel gegessen, dass man die Befürchtung haben konnte, sie platzte jeden Moment aus allen Nähten. Nicht dass sie so aussah.

»Keine Sorge!«, erwiderte ich und lachte. »Wir werden keine Teller spülen müssen.«

»Super! Dann gibt's noch Nachtisch.« Versonnen schlug sie die Handflächen zusammen und lächelte mich neckisch an.

Amüsiert schüttelte ich den Kopf. In meinen 118 Jahren war mir so jemand noch nicht untergekommen.

»Huch, entschuldige. Das war echt unhöflich«, gab sie kleinlaut zu und kaute auf ihrer Lippe.

»Keine Sorge, Eliza, das verträgt der Dandy da drüben ganz gut.«

»Solange es keine Cocktails gibt«, ergänzte ich Ashs Kommentar belustigt.

Augenrollend schnalzte Eliza die Zunge. »Das war jetzt nicht sehr gentlemanlike.«

»Hm, ladylike war das damals aber auch nicht!«

Eliza warf mir einen neckischen Blick zu und ich klammerte mich am Stuhl fest, Millisekunden davon entfernt über den Tisch zu springen und ihr zu zeigen, wie sehr sie mit ihrer durchgeknallten Art mein Verlangen entfacht hatte.

»Wie heißt dieses Restaurant eigentlich?«, fragte Megan in die Runde und brachte mich damit ein Stück zurück zur Realität.

»*The Magical*«, antwortete Ash und die Belustigung in seiner Stimme nahm mit Sicherheit nicht nur ich wahr.

»Aha. Komisch, ich habe noch nie davon gehört. Dabei kennen wir vom Radio jegliche Lokalitäten im Umkreis von fünfhundert Meilen.«

»Ja, vor allem weil es so besonders schön ist. Eigenartig«, ergänzte Meg.

Ich griff mein Glas Chardonnay und überlegte kurz, bevor ich resümierte: »Das *Magical* ist, wie soll man sagen, ein Geheimtipp. Es macht keine Werbung, sondern lebt von Mund zu Mund Propaganda. Es ist auch eher für eine bestimmte Klientel.«

»Das würde es erklären. Aber was für eine Klientel meinst du? Soweit ich sehe, ist hier alles vertreten. Jung, alt, schwarz, weiß, Mann, Frau.«

»Hässlich und«, Ash zwinkerte Megan zu, »hübsch!«

Kichernd klemmte sie sich eine feuerrote Locke hinter das Ohr.

»Ja, das ist schwer zu erklären. Ich schätze, wir werden ein anderes Mal darauf zurückkommen«, entgegnete ich und stand auf. »Aber jetzt dachte ich, könnten wir vor dem Nachtisch ein bisschen zum Tanzen gehen?«

Eliza

Ash schnappte sich umgehend Megan und führte sie auf die Tanzfläche. Gemeinsam wirbelten sie zwischen den anderen Leuten umher. Kichernd und lachend. Unglaublich, wie gut die beiden miteinander harmonierten. Schade nur, dass Meg nach der Sache mit Kjell festen Beziehungen abgeschworen hatte.

Morgan stellte sich neben mich und wippte mit dem Fuß zur Musik.

»Magst du *Etta James*?«, fragte ich und linste zu ihm herüber.

»Ich liebe sie. Sie und all die andere Musik aus den Fünfzigern und Sechzigern. Wenn du mich fragst, hatten nicht nur die Texte Aussagekraft, sondern die Art, wie sie vorgetragen wurden, war authentisch. Das fehlt mir bei der Musik von heute. Es geht nur noch um die Verkaufszahlen, wer wie hoch in den Charts ist oder die meisten Likes bei YouTube hat. Das hat für mich nichts mit Musik zu tun.«

»Da stimme ich dir voll und ganz zu«, bekräftigte ich Morgans Aussage kopfnickend. »Allerdings gibt es auch in unserer Zeit jede Menge wirklich erstklassige Singer-Songwriter oder Bands, die aus ihrer Seele spielen und singen. Und ehrlich gesagt, muss manchmal einfach nur der Beat stimmen.«

Morgan drehte sich zu mir und hielt mir die Hand hin. »Darf ich bitten?«

Es kribbelte wieder in meinem Körper, als ich nickte. In einer fließenden Bewegung zog er mich an sich. Meine Brust drückte sich sanft gegen seinen Oberkörper und mit glitzernden Augen sah er auf mich herab. Das Blut rauschte mir in den Ohren und mein Atem stockte. Diese Augen. Dieses Schwarz. Ich konnte in seiner Iris mein Abbild sehen. Das war verrückt.

Morgans Mund verzog sich zu einem wissenden Grinsen. Mit Schwung riss er mich von der Stelle, um mit mir durch den Saal zu fliegen, und ich trieb mit ihm davon.

Wir tanzten zu Songs von The Ronettes, Otis Redding, Solomon Burke, Tom Jones und The Hollies. Er war der geborene Tänzer, und wenn ich schon von Ashs Tanzstil beeindruckt gewesen war, haute mich Morgans Leichtfüßigkeit komplett um.

***

Bis tief in die Nacht hinein erlagen wir dem Charme und dem Zauber des *Magicals*. Wir lachten, redeten, tanzten und aßen Unmengen von Desserts, und für jede Sekunde, die verstrich, wünschte ich mir zehn weitere zurück.

»Der letzte Tanz für heute Nacht«, hauchte Morgan und zog mich bei den einsetzenden Klängen von Nat King Coles *Unforgettable* fest an sich.

In einer Nische unweit der Band schmolz ich in seinen Armen dahin. Morgans unverkennbarer Geruch aus frischer Baumwolle und herbem Rasierwasser vernebelte mir die Sinne. Der Blick in seine tiefschwarzen

Augen, die Hände stark und sanft zugleich berauschten jede einzelne Faser meines Körpers. Unsere Lippen waren nur wenige Millimeter voneinander entfernt, ich konnte den Hauch seines Atems auf meinem Mund spüren. *Bitte,* dachte ich irgendwo im Nebel dieses Glücksrausches. *Bitte lass diesen Tanz nie, nie, niemals enden.*

»Unforgettable, that's what you are ...«, sang Morgan melodisch, streifte sacht meinen Mund und küsste mich.

Zart, sehnsuchtsvoll, unaufdringlich. Kühl.

Ich war verloren.

Acht

Morgan

»Der nächste Song ist für einen ganz bestimmten Zuhörer, als Erinnerung an einen wundervollen Abend. Genießt ihn!«

Meine Mundwinkel zuckten nach oben. Die Königin des Rocks, wie sie beim Radiosender genannt wurde, spielte eine Schnulze aus den Sechzigern. Und sang dazu.

Ich setzte mich auf die Bettkante und zog die Schuhe an. Nachdem wir Megan und Eliza in den frühen Morgenstunden nach Hause gebracht hatten, erwartete Simona uns bedauerlicherweise zu einem Gutenachttrunk in ihrer Suite. Sie hatte den Abend angeblich mit ihren Freunden verbracht, und obgleich sie in unserer Gegenwart außerordentlich freundlich war, wurde ich das Gefühl nicht los, dass irgendetwas an ihrem Besuch faul zu sein schien.

Mit uns mochte es nichts zu tun haben, da weder Ash noch ich privaten Kontakt mit Simona pflegten. Für diesen Abend hatte sie ihre Abreise geplant, aber zuvor wollte sie sich noch auf ein Frühstück treffen.

Mit mir allein.

Das widerstrebte mir zutiefst und es machte mich stutzig, dass Ash nicht eingeladen war. Nichtsdestotrotz nahm ich ihre Einladung an, denn dies war eine hervorragende Gelegenheit den Dingen auf den Grund zu gehen. Und die ließ ich mir, Widerstreben hin oder her, keinesfalls entgehen.

Ash, der Glückliche, würde die kommenden Nächte mit Megan verbringen, die das komplette Wochenende freihatte. Eliza hingegen arbeitete. Was sie, wie mir bereits aufgefallen war, ständig tat. Leider hatte ich gestern Nacht die Chance verpasst näher auf ihre Arbeit einzugehen, aber mich beschlich das Gefühl, das sie sehr zielstrebig an ihrer Karriere arbeitete. Und dieser Ehrgeiz gefiel mir ausnehmend gut.

Seufzend erhob ich mich, band mir die Krawatte um, schnappte mir das Jackett und schlug den Weg zu Simonas Suite ein.

Strahlend, in einem pastellfarbenen grünen Hosenanzug gekleidet, öffnete sie die Tür. »Morgan. Wie schön dich zu sehen. Komm bitte herein.«

»Simona. Guten Morgen. Vielen Dank für die Einladung. Du siehst wunderbar aus.«

Sie errötete leicht, wie ich erstaunt feststellte, und eine Alarmglocke bimmelte in mir auf. Hexen erröteten nicht. Dafür waren sie zu kontrollierte Wesen.

»Danke. Das ist freundlich von dir. Bitte nimm Platz.« Sie zeigte zum Esstisch, welcher reich bedeckt war.

»Bitte«, meinte ich höflich und ließ ihr den Vortritt, um ihr den Stuhl zurechtzurücken. Elizas entgeisterter Gesichtsausdruck blitzte in meinen Gedanken auf und ihre Stimme stob durch meinen Kopf: *»O nein. Lass das. Ich schätze deine Höflichkeit und du darfst mir gerne beim Aufstehen und Hinsetzen helfen - wenn ich achtzig bin. Vorher bestehe ich auf völlige Unterlassung dieser altbackenen Hilfestellung.«*

Ich presste die Lippen aufeinander, bevor ich noch laut loslachte. Das war an diesem Abend bestimmt der millionste Rüffel gewesen, den ich von ihr hatte einstecken müssen. Liebevoll ausgedrückte, aber trotzdem Rüffel. Ich wusste gar nicht, was ich davon halten sollte, denn ich legte viel Wert auf respektvolles Verhalten und Etikette, besonders Frauen gegenüber, und ich fragte mich ernsthaft, mit was für Typen sie bisher zu tun gehabt hatte.

»Ich hoffe, die Auswahl findet dein Gefallen.« Simonas Stimme durchschnitt meine Gedanken.

Ich nahm ihr gegenüber Platz und faltete die Serviette auseinander, um sie auf meinen Schoß zu legen. »Es sieht alles delikat aus. Ausgezeichnete Wahl.«

»Sehr schön«, freute sie sich und nahm eine aufgeschnittene Kiwi von dem reich bestückten Obstteller.

»Hattest du eine angenehme Nacht mit deinen Freunden?«, fragte ich sie und schenkte mir eine Tasse Kaffee ein.

»In der Tat. Es war sehr erfrischend sie mal wiederzusehen. Und wie war dein Abend? Wir hatten gestern Nacht ja leider keine Zeit mehr, um darüber zu reden.«

»Ashton und ich waren essen. Es war … vergnüglich. Das ist es die meiste Zeit mit Ash.«

»Das mag wohl stimmen«, pflichtete Simona mir bei. »Wie geht es deinen Eltern?«

»Sehr gut. Danke der Nachfrage. Meine Mutter schwärmt immer noch von der Jubiläumsfeier deiner Eltern. Ich hätte gerne daran teilgenommen.«

»Ja, es war spektakulär. Ich hatte auch kurz das Vergnügen mit deiner Mutter zu sprechen. Sie erzählte mir, dass du in Europa seist.«

Ich nahm mir ein Toastbrot und Rührei. »Ja, dort war ich. Zusammen mit Ashton. Wir wollten mal wieder eine Weltreise unternehmen. Aber persönliche Vorkommnisse machten dem einen Strich durch die Rechnung und so brachen wir vorzeitig ab.«

»Oh, wie bedauerlich. Ich hoffe, es handelte sich nicht um etwas Schlimmes?«

»Nein, keine Sorge.« Ich lächelte und verstärkte meinen Schutzwall zur Verschleierung meiner Gefühle und Gedanken. Dieses Gespräch wurde mir einen Tick zu persönlich und das missfiel mir gründlich. Es wurde Zeit, umzuschwenken. »Übrigens, Junie teilte mir mit, dass wir unser Kontingent an sozialen Patenschaften erweitern können. Wir haben beschlossen die Stiftung für heimatlose Nachtschwärmer zu unterstützen.«

Erfreut blickte Simona von ihrer Kiwi Hälfte auf und nahm ihr Sektglas in die Hand. »Das ist ja wunderbar. Wie du weißt, bin ich die Schirmherrin und ich kann dir versichern, dass dein Patenschaftsanteil in guten Händen sein wird. Darauf stoßen wir an!«

Ich schnappte die Kaffeetasse und prostete ihr zu. Noch bevor ich einen Schluck davon trinken konnte, schnalzte Simona mit der Zunge. »Morgan O'Malley. Es schickt sich nicht, eine Lady alleine Sekt trinken zu lassen.« Sie deutete auf den Kelch vor meiner Nase, dessen Inhalt vor sich hin prickelte, als wäre er soeben erst aufgefüllt worden. Ich unterdrückte meinen Unmut, stellte den Kaffee ab und ergriff das Sektglas, um mit ihr anzustoßen.

»Ich danke dir. Und natürlich auch Mrs McKellan«, säuselte sie nonchalant und nahm einen Schluck. »Wie lange arbeitet sie schon unter deiner Fittiche?«

»Wir arbeiten seit achtundfünfzig Jahren miteinander. Und es ist jeden Tag ein Vergnügen für mich«, antwortete ich und setzte das Glas an. Noch ehe ich davon trinken konnte, schlugen mir die angewiderten Gesichtszüge von Simona auf den Magen.

»Deine Zuvorkommenheit ehrt dich, Morgan. Ich bewundere, dass du es bereits so lange mit dieser Gestaltwandlerin ausgehalten hast. Wir beschäftigten mal welche als Hauspersonal. Das war eine Katastrophe, sag ich dir. Ich vertraue ihnen nicht.«

Tief in meinem Bauch begann es zu brodeln. Trotzdem stellte ich das Sektglas betont langsam auf den Tisch. Junie war eine der korrektesten Nachtschwärmer, die ich kannte. Nur weil sie zu den Gestaltwandlern gehörte, hieß das nicht, dass sie zweitklassig war. »Ich respektiere Junie. Sie vereint Würde und Klasse und ist ehrgeizig. Ich schätze mich glücklich, dass sie mit mir zusammenarbeiten möchte. Bisher gab es keine Probleme.«

»Dann hoffe ich für dich, dass dies auch so bleibt. An deiner Stelle würde ich mich aber in nächster Zeit nach einer anderen Angestellten umschauen. Achtundfünfzig Jahre ist ausreichend lange. Die Gesellschaft könnte eure Zusammenarbeit in den falschen Hals bekommen.« Simona reckte ihre Nase hoch und ein eisiges Lächeln setzte sich in ihrem Gesicht fest. »Cheers«, sagte sie und hielt mir erneut das Glas hin.

Kurz überlegte ich mich auf eine Diskussion mit ihr einzulassen, aber ich wollte keinen Streit anfangen und so schüttelte ich den Kopf. »Tut mir leid, Simona. Ich weiß, dass es sich nicht schickt, aber nach Alkohol steht mir nicht der Sinn. Ich habe noch unglaublich viel zu arbeiten heute. Du verstehst?«

Entgeistert sank ihr Arm, während sie nickte. »Natürlich.«

***

Eine quälend lange Stunde später stand ich im Aufzug zu meiner Wohnung. Das Frühstück hatte sich wie Kaugummi hingezogen und mit jeder Sekunde, die verstrichen war, fiel mir wieder ein, wieso ich sie schon während unserer Studienzeit nicht hatte leiden können. Bedauerlicherweise wusste ich nun um den wahren Grund ihres Besuchs. Besser gesagt, ich hatte so eine Vermutung. Und diese stieß mir übel auf.

Ich versuchte Ash auf dem Handy zu erreichen, bekam ihn aber nicht an die Strippe.

In der Suite angekommen schenkte ich mir einen Cragganmore ein und schaltete das Radio an. Augenblicklich entspannte sich alles an mir.

»... und nun ein weiterer Klassiker aus den Sechzigern. Dean Martin mit einer bezaubernden Version von *Blue Moon*. Viel Spaß.«

Verrückt. Absolut verrückt. Diese Musik. Diese Frau. Dieses unbeschreiblich schöne Wesen, das mir so den Kopf verdreht hatte. Dieser Abend. Ich hätte die Welt umarmen können, so glücklich fühlte ich mich. Es gab nichts Vergleichbares. Und hier setzte mein klarer Verstand ein. Wenn es nichts Vergleichbares gab, war es dann echt?

In der vergangenen Nacht war ich so überwältigt von den Gemeinsamkeiten gewesen, die wir teilten, dass ich dachte, diese Gefühle hätten nichts mit unserer zwangsläufigen Verbindung zu tun und ich Eliza aus freien Stücken berauschend fand ...

Konnte ich das mit Sicherheit behaupten? Nein!

War es mir egal? Jetzt und in diesem Augenblick? Absolut!

Es war mir so was von egal, aus welchen verdammten Gründen ich vernarrt in Eliza war.

Dass sie ein Mensch war und ich ein Nachtschwärmer.

Dass sie zarte 25 Jahre jung und ich 93 Jahre älter war.

Dass sie verrückt nach Rockmusik war und ich nach Hippieschnulzen.

Dass sie ihr Leben die meiste Zeit im Tageslicht verbrachte und ich ausschließlich nachts.

Dass sie in Lavon ihren Lebensmittelpunkt hatte und ich zwei Stunden entfernt lebte.

Dass sie sich ungesund ernährte, rauchte und wie ein Berserker trinken konnte, während ich alles dafür tat, fit und in Form zu bleiben, sowie die Grenzen zu wahren.

Dass sie sich einen Scheiß um Etikette scherte und ich mein Leben danach ausgerichtet hatte.

Das alles war mir verdammt noch mal egal. Denn ich spürte die eine Sache, die mir nicht egal war. Die richtig und wichtig war und für die sich all das lohnte, aus welchen Gründen auch immer …

Ich spürte Liebe.

Eliza

Mit meinen Fingern fuhr ich immer wieder meine Lippen nach. Ein Kuss. Es war wieder nur ein Kuss gewesen. Aber dieser Kuss war um Trillionen Mal intensiver als der Kuss zuvor gewesen.

»Elizaaaa. Erde an Eliza …«, tönte es aus der Gegensprechanlage. Erschrocken blickte ich auf und sah Lenny grinsen. »Wie lange arbeiten wir schon zusammen?«

»Keine Ahnung. So ungefähr sechs Jahre, wieso?«

»Weil ich dich noch nie so erlebt habe. Und deine Musikauswahl heute Nacht!« Lenny pfiff scharf durch die Zähne.

Ich winkte ab. »Glaub mir, Lenny, ich überrasch mich grad selber. Aber so was von!«

Lachend schüttelte er den Kopf und hob die Hand. Fünf Sekunden bis ich wieder auf Sendung sein würde. Zum ersten Mal seit Anbeginn meiner Radiokarriere hatte ich keinen Plan, wie ich diese Nacht überstehen sollte. Mir fiel kein gutes Thema ein, über das ich mit den Zuhörern reden wollte, kein Quiz, das ich zu spielen Lust hatte.

Eigentlich wollte ich nur eins. Morgan wiedersehen. Ich war zutiefst neidisch auf Megan, die den Abend gemeinsam mit Ash verbrachte. In den sie, wie sie gestern Nacht hoch und heilig beteuerte, kein bisschen verliebt wäre. Heiß fand sie ihn aber allemal!

»Aloha, an all meine Nachteulen da draußen. Für diejenigen, die erst zugeschaltet oder die es bis jetzt nicht erraten haben. Das Motto dieser Nachtsendung heißt: Sind wir nicht alle ein bisschen Retro? Ruft mich im Studio an und lasst mich an euren liebsten Songs aus den Fünfziger oder Sechziger Jahren teilhaben. Und nun, weil ich nicht genug von ihr bekomme: die Königin des Soul, Etta James mit *Tough Lover.*«

Ich lehnte mich zurück und schloss die Augen. *When he kisses me I get a thrill,* sang Etta. Wer weiß, wer ihr dieses Hochgefühl beschert hatte. Meinen Wohlfühlpeiniger kannte ich …

Mein Handy vibrierte und ich drückte auf Anzeigen.

Ich bin definitiv Retro. Deswegen wünsche ich mir Unforgettable von Nat King Cole.
Morgan.

Mein Herz vollführte Luftsprünge. Ich schoss vom Stuhl hoch und tanzte im Studio umher. *Er – hört sich meine Sendung aaan.* Ich klatschte in die Hände und wippte mit den Hüften. Lenny dachte wahrscheinlich jetzt wäre mir gar nicht mehr zu helfen, aber das war mir egal. Ich freute mich wahnsinnig über die Nachricht. Darauf hatte ich gehofft. Das war der Grund, weswegen ich heute Nacht diese Musik spielte.

Bevor ich dazu kam Morgan zu antworten, musste ich die erste Telefonrunde starten. Ich setzte den Kopfhörer auf und drückte auf ein beliebig leuchtendes Lämpchen.

»Radio Shine-a-Light. Hier spricht Eliza, wer spricht da?«

»Yo. Hier ist Brody. Und ich wünsche mir 'nen Song von Elvis. Ist doch klar. Der King of Rock'n'Roll darf heute Nacht nicht fehlen.«

»Da stimme ich dir absolut zu, Brody. Hast du einen Favoriten?«

»Nee, die sind alle fett.«

»Kommt sofort. Danke für deinen Anruf. Next One. Wer ist dran?«

»Hallo, hier ist Betty. Ich würde mich über Nancy Sinatra freuen. *These Boots Are Made for Walkin'*.«

»Hi, Betty. Gelungene Songauswahl. Und an alle Männer da draußen: Aufpassen! Betty hat 'ne klare Botschaft an euch. Nacht, Betty. – Hier ist Eliza, wer ist da?«

»Aloha, Eliza, wir sind Megan und Ashton. Und wir wünschen uns aus gegebenem Anlass *Oh, What a Night* von den Four Seasons«, riefen beide gleichzeitig ins Telefon.

»Hahaha, genial. Geht klar, wie könnte ich euch diesen Wunsch abschlagen?«

»Na, gar nicht!« raunte Ash. »Besonders weil wir dir gerne ein Buch ans Herz legen wollen.«

»Ein Buch? Okay. Ich bin gespannt. Legt los!«

»Wir empfehlen dir einen echten Klassiker. Er heißt *Flügel des Sommers* von J. J. Jameson.«

»Okaaay. Danke, für den außergewöhnlichen Tipp. Meine lieben Freunde der Nacht, diese zarten Stimmchen gehören meiner weltbesten Freundin Meg und ihrem heißen Flirt Ash. Schön, dass ihr an mich denkt, und für Brody kommt jetzt Elvis mit *It's Now or Never.*«

Ich wechselte die Kopfhörer gegen den Telefonhörer und bemerkte: »Ihr habt 'nen Knall.«

»Dito. Wie kommst du durch die Nacht?«, fragte Meg.

»Schleppend. Sehr schleppend. Und was macht ihr zwei Hooties mit dem angebrochenen Abend? Sagt mir nicht, dass ihr nur vor dem Radio sitzt und mir zuhört. Auch wenn das für mein Ego eine Streicheleinheit wäre.«

»Wir gehen ins *InsideOut* und eventuell noch ins *Air.* Addy und Connor sind heute dort.«

»Connor? Der Connor? Mein Connor?« fragte ich und zog überrascht die Augenbrauen hoch. Megan kicherte und giggelte. Ich wollte gar nicht wissen, warum. Oder wie die beiden bisher ihre Zeit miteinander verbracht hatten … Ja, okay. Eigentlich wollte ich es doch wissen, aber das musste warten.

»Ja, El. Dieser Connor. Nicht dein Connor. Falls du dich erinnerst, wolltest du ihn nicht.«

»Das habe ich nicht behauptet«, erwiderte ich und zog eine Schnute.

»Falscher Zeitpunkt, um das zu klären. Ich meld mich«, und zack, hatte sie aufgelegt.

So so, Addison und Connor waren verabredet. Diese Information überraschte mich. Die beiden waren beim Besuch im *Ol' Butternut* zwar länger als wir anderen geblieben, aber diese Wendung hatte ich nun doch nicht erwartet. *Hm,* brummte ich in mich hinein und Erleichterung floss durch meine Adern.

Ich gab Megan Recht. Ich wollte Connor nicht. Zumindest nicht für eine ernsthafte Beziehung. Ich mochte ihn. Zweifellos. Als Freund. Und nur als das. Denn wenn er eins nicht konnte, dann war es solche Gefühle in mir auszulösen, wie es Morgan tat.

***

Ich spielte die Songs für Betty, Meg und Ash und rundete den Schluss mit Nat King Cole ab.

»Eliza, da möchte ein Morgan zu dir«, meinte Lenny und sah mich fragend durch die Scheibe an. Die Eingangstür vom Studio war nachts verschlossen und Lenny kümmerte sich um mitternächtliche Besucher, was in den meisten Fällen Megan war.

Ein Blitz traf mich und sendete Schockwellen durch meinen Körper. Morgan war hier? Vor dem Studio? Hastig sprang ich auf, um vom ersten Stock runter zum Eingang zu sehen. Dort, im schwachen Schein der Straßenlaterne, stand er, eingehüllt in seinen schwarzen Kaschmirmantel und sah zu mir auf, als hätte er gespürt, dass ich ihn beobachtete. Er lächelte und für einen Moment kam es mir vor, als würden seine enorm weißen Zähne spitz aufblitzen …

Morgan

Da stand sie. An der Frontscheibe des Studios, eine Hand an das Glas gepresst und blickte auf mich herab. Dieses Bild ging mir durch Mark und Bein und augenblicklich verlängerten sich meine Fänge. Hektisch schloss ich den Mund. Ich war irritiert. Das war mir beim Anblick einer Frau noch nie passiert.

Für einen kurzen Moment überlegte ich den Rückzug anzutreten, doch dann verschwand Eliza vom Fenster und wenige Sekunden danach summte der Türöffner. Ich trat ein und folgte der Beschilderung. Im Studio war es dunkel und still. Das absolute Kontrastprogramm zu ihrer Sendung.

Als ich Ash mit Megan über den Äther vernommen hatte, hatte ich erneut einen kleinen Stich Neid und einen großen Batzen Sehnsucht verspürt. Die Nachricht war natürlich an mich gerichtet gewesen. J. J. Jameson war ein Autor, den ich unglaublich verehrte. Das Buch *Flügel des Sommers* handelte über verpasste Chancen. Und über Wagemut.

Es war ja nicht so, als hätte ich nicht selbst schon daran gedacht Eliza bei der Arbeit zu besuchen und meine Nähe zu ihr zu intensivieren. Aber mein Anstand verbat mir schon die Frage danach. Arbeit war immerhin kein privates Vergnügen, obgleich ich mir da bei Eliza nicht ganz sicher war.

»Hi«, hauchte sie von der Tür aus, an dessen Rahmen sie lehnte. Das rechteckige Studioschild leuchtete rot über ihrem Kopf und hüllte sie, verbunden mit dem Hintergrundlicht, in ein Strahlen ein. Sie sah aus wie ein verdammter Engel.

»Hey!«, stieß ich sanft aus, bewegte mich auf sie zu und blieb dicht vor ihr stehen. »Ich war grade so gar nicht in deiner Nähe und da dachte ich, ich komme vorbei und sag Hey! Also – Hey.«

Eliza kräuselte schmunzelnd die Nase, packte mich am Mantelkragen, stellte sich auf die Zehenspitzen und küsste mich. »Hey!«, flüsterte sie dicht an meinen Lippen, nahm mich bei der Hand und zog mich mit sich.

»Lenny, das ist Morgan. Mein Gast für heute Nacht.«

Ein Kerl, schätzungsweise Mitte dreißig, bekleidet mit schwarzen Röhrenjeans, einem *Sex Pistols*-Shirt, Chucks und einem knallbunten Irokesenhaarschnitt stand an einem riesigen Mischpult mit einem Kopfhörer auf einem Ohr und schaltete an irgendwelchen Knöpfen herum. Er hob kurz die Hand zum Gruß und schon wurde ich von Eliza ins Studio hineinbugsiert.

»El. Zwanzig Sekunden«, erklang plötzlich eine Stimme im Studio.

»Setz dich bitte. Deinen Mantel kannst du auf den Tisch schmeißen«, sagte sie hastig und schnappte sich die Kopfhörer vom Tisch, an dem gefühlt tausend Lämpchen blinkten.

Ich tat, wie geheißen, und schmiss mal eben meinen fünftausend Dollar teuren Mantel auf den Tisch zu den Getränken und einer fettdurchtränkten Pizzaschachtel und setzte mich.

»Radio Shine-a-Light. Hier ist Eliza, ihr Nachteulen, und ich freue mich auf die nächste Telefonrunde mit euch. Aloha, wer spricht?«

Ich konnte nicht hören, wer da sprach, aber ich konnte erkennen, was ich sah. Eine ehrgeizige und engagierte Frau, die konzentriert ihren Job erledigte. Und dabei Spaß hatte. Sie nahm einige Anrufe entgegen, tippte und schaltete an ihrem Computer herum, während ich sie still beobachtete. Kein einziges Mal schaute sie zu mir auf oder ließ sich durch meine Anwesenheit ablenken. Als hätte ich mich in Luft aufgelöst und wäre gar nicht vorhanden. Das gefiel mir. Es sprach für ihre Professionalität ... und ehrlich? Es turnte mich ziemlich an.

Nun ja. Das und die Tatsache, dass sie verdammt enge Jeanshosen trug.

»So. Ich habe uns ein bisschen Zeit verschafft. Das wird 'ne lange Musikrunde. Mit Werbung und den Nachrichten dürften wir circa eine halbe Stunde für uns haben.« Ihr Gesicht wurde von einem Lächeln eingerahmt und sie zuckte verlegen mit den Schultern.

»El. Ich mach 'ne Viertel.«

Eliza hob beide Daumen hoch und nickte Lenny zu. Sie drehte sich wieder zu mir und sah mich mit dem flüssigen Gold ihrer Augen an.

Lange. Intensiv. Dann stand sie auf und setzte sich rittlings auf mich. Oh, nein. Das war eine verdammt schlechte Idee. So konnte ich unter keinen Umständen klar denken, noch für meine Kontrolle garantieren.

Sie roch so gut nach Karamell, ihre Haut weich und zart und ihr Blick zerbarst mir mein Herz. Noch bevor ich ihn unterdrücken konnte, war er auch schon draußen.

Elizas Augen wurden groß. »Hast du gerade geknurrt?«

»Ich … Ja, ich schätze, das habe ich wohl. Entschuldige, aber du machst mich ganz verrückt«, antwortete ich ehrlich und krallte mich an das letzte Fünkchen Verstand, das ich unter diesen Umständen aufbieten konnte.

»Das ist ganz schön strange!« Eliza presste die Lippen aufeinander und schlug die Hände vors Gesicht. »Ich glaub's nicht«, sagte sie prustend und lachte laut los.

Und ich, ich stimmte erleichtert in ihr Lachen mit ein.

Neun

Eliza

Es blieben mir genau zweiundvierzig Minuten, bis ich zur Arbeit musste. Am liebsten hätte ich, und das wäre eine Premiere gewesen, meine Schicht getauscht.

Ich stieg aus dem Lift und steuerte auf die Penthousesuite zu. Morgan fuhr heute Abend für ein paar Tage nach Hause, um Geschäftliches zu erledigen. Nachdem er mich gestern angeknurrt hatte, war die gesamte Anspannung zwischen uns dem Humor gewichen. Unter anderen Umständen hätten wir mit Sicherheit zurück zum Knistern finden können, doch dafür war der Ort ausgesprochen ungeeignet gewesen und so hatten wir es dabei belassen. Morgan war den Rest der Nacht bis kurz vor Sonnenaufgang im Sender geblieben, was mir ziemlich gut gefallen hatte. Er hatte mir beim Arbeiten über die Schulter geschaut und viele Fragen über die Geräte, die Musik und die Moderatorenarbeit an sich gestellt.

Es imponierte mir, dass er Interesse an meiner Arbeit zeigte und ich fühlte mich geschmeichelt, weil ich gemerkt hatte, dass er nicht nur aus Höflichkeit nachgefragt hatte. Morgan war zudem ein angenehmer Zuhörer wie auch Erzähler. Sein Wissen über Bücher war enorm groß und ich hing förmlich an seinen Lippen, als er mir über seine Leidenschaft und die Arbeit erzählt hatte. Über Musik hatten wir auch diskutiert, kamen aber auf keinen rechten Nenner.

Die Nachtschicht war wie im Flug vergangen und noch niemals zuvor hatte ein Mann so eine Geborgenheit, so eine Sicherheit in mir ausgelöst.

Ich hob die Hand, um zu klopfen, als die Tür aufschwang. »Ha!«, rief ich erschrocken.

Zerknirscht rieb sich Morgan das Kinn. »Entschuldige, Eliza. Das nennt man wohl Timing.«

»Kein Problem«, antwortete ich abwinkend.

»Komm bitte rein.«

»Danke. Ist Ash auch da?« Ich zog den Mantel aus und sah mich in der Suite um. Puh. Was für eine edle Hütte.

»Nein. Der ist was erledigen.«

Ich drehte mich um und knallte mit der Nase auf Morgans Oberkörper. »Au.«

»Entschuldige, ich –«

»Hör auf dich ständig zu entschuldigen. Ich bin nicht aus Zucker, Morgan!« Grinsend legte ich den Kopf in den Nacken und zwinkerte ihm zu.

»Mit Sicherheit nicht. Ich bin aber ein höflicher Mensch. Immer. Das steckt in mir drin. Ich kann nicht anders.«

»Das nehm ich dir nicht ab«, flüsterte ich frech und schaute ihn herausfordernd an.

Er kam näher und ich wich ihm langsam rückwärtsgehend aus. Sein Blick hielt meinen fest und keine Sekunde später stand ich mit dem Rücken zur Wand. Morgans Unterarme rahmten umgehend mein Gesicht ein und sein Körper drängte sich dicht an meinen heran. Er neigte den Kopf und beugte sich zu mir. Mein Herz pochte gegen seinen Oberkörper, als er seine breiten, geschwungenen Lippen auf meine presste und mich küsste. Leise, zart, sanft. So wie er jeden Kuss begann.

Hitze stieg in mir hoch, gepusht von einer unterschwelligen Begierde, die mich unvermittelt überrollte. Ich wollte mehr. So viel mehr.

Meine Hände wanderten unter sein Hemd und strichen über die nackte, weiche Haut seines Rückens. Sachte knabberte ich an seinen Lippen, bevor ich tief in seinen Mund eindrang und den Geschmack von Whisky in mir aufnahm. Augenblicklich drückte er mich näher zur Wand und seine Männlichkeit gegen meinen Bauch.

Ein Stöhnen entwich ihm und seine Lippen streiften über mein Gesicht, zum Hals und wieder zurück zu meinem Mund. Ich umfasste seinen Nacken, als er mich in einer schnellen Bewegung auf seine Hüften hievte und mit mir durch eine Tür stolperte. Mit einem ordentlichen Fußtritt trat er sie ins Schloss und legte mich sanft aufs Bett.

Atemlos riss ich die Knöpfe seines Hemds auseinander und strich mit den Fingerspitzen über seinen nackten, muskulösen Oberkörper.

Morgan knurrte. Ein tiefes, männliches, besitzergreifendes Knurren und diesmal war nichts Komisches daran. Schockwellen waberten durch meinen Körper und peitschten mein Verlangen auf.

Mit wendigen Griffen zog er mir den Pullover aus, hielt inne und starrte keuchend auf mich herab. »Verdammt!«

Seine männlichen, starken Hände glitten über mein Schlüsselbein, hinab auf die Spitzen meiner Brüste zu meinem Bauch. Ich packte ihn an den Oberarmen, zog ihn an mich und verschloss seinen Mund mit meinen Küssen. Wild tanzten unsere Zungen umher, während unsere Körper sich immer dichter aneinanderdrängten.

»Wir … müssen …«, sagte Morgan schwerfällig.

»Ich … weiß …!«, antwortete ich knapp.

Doch keiner von uns hörte auf. Dieser Rausch hielt mich in seinen Klauen und verschlang mich. Ich konnte nicht genug kriegen von seiner Zärtlichkeit. Dieser Stärke und Männlichkeit, die Morgan versprühte. Von seinem Geschmack. Von seiner anfänglichen Kühle, die sich langsam zu einem Feuer entfachte.

»Morgan?«, brüllte es und die Tür knallte kurz darauf auf. »Oh. Hey, Eliza. Schön dich zu sehen. Alter, ich will dich nicht hetzen, aber es ist schon kurz vor zehn.«

»Was?«, rief ich entsetzt und schubste Morgan schwungvoll von mir. Wie von der Tarantel gestochen sprang ich vom Bett auf und vergaß völlig das freche Verhalten von Ash, der an der Tür gelehnt stand und mich schamlos anstarrte. »Fuck.«

»Verschwinde, Ashton«, dröhnte Morgan kühl, ohne mich aus den Augen zu lassen.

»Mist Mist Mist. Wo ist mein Pullover?«

»Hier!« Völlig ruhig warf Morgan mir das gute Stück zu.

In Windeseile zog ich mich an, rannte aus dem Zimmer und schnappte mir den Mantel. Auf dem Weg zur Penthousetür blieb ich wie angewurzelt stehen.

Ich drehte mich um und sah Ash, der an der Bar stand und sich grinsend einen Drink einschenkte. Und Morgan, der mit nacktem Oberkörper am Türrahmen lehnte und mich mit einer hochgezogenen Augenbraue bedachte.

»Huch!« Ich schnitt eine Grimasse und sprintete peinlich berührt zurück. »Sorry. Aber ich bin noch nie zu spät zur Arbeit gekommen.« In den Arm nehmend murmelte er in meine Haare: »Ich werde dich vermissen.« Dann küsste er mich zärtlich zum Abschied und ich hechtete in Windeseile zum Studio.

Nun bekam ich meine Premiere ja doch noch. Wenn auch nicht so, wie ich sie mir vorgestellt hatte.

Morgan

»You, your sex is on fire!«, sang Ash lauthals mit und trommelte mit den Händen auf den Knien, als würde er Schlagzeug spielen.

Genervt trat ich fester aufs Gaspedal. Wir mussten schnellstmöglich nach Hause. Ich hielt es mit dem Kerl kaum noch aus. Seit wir ins Auto gestiegen und ich Elizas Radiosendung eingeschaltet hatte, wusste er zu jedem Song, den sie spielte, einen passenden Kommentar. Bedauerlicherweise kannte er alle Songs, was er bei jedem Lied aufs Neue bewies.

»Ehrlich, Ashton. Wenn du nicht sofort die Klappe hältst, setz ich dich im Nirgendwo aus«, dröhnte ich bedrohlich im Wissen, dass ihn der scharfe Unterton meiner Stimme wenig beeindruckte.

»Aber Vater, im Wald ist es kalt und dunkel. Ich habe Angst, dass ich mich verirre!«, antwortet er in der Imitation einer ängstlichen Kinderstimme.

»Ich dreh dir gleich deinen Ach-so-hübschen-Macho-Hals um.«

»Wenn es dir hilft dein aufgestautes Problem in den Griff zu kriegen … tu dir keinen Zwang an!« Ashs Belustigung waberte in meinem Innern.

Kopfschüttelnd trat ich noch mal ein bisschen fester aufs Gaspedal. Mehr genervt davon, dass ich ihm Recht gab. Dieses kurze Aufeinandertreffen mit Eliza hatte nicht im Entferntesten zur Abkühlung meines Verlangens beigetragen. Im Gegenteil. Jetzt züngelte es in jeder Faser meines Körpers. Seitdem ich sie das erste Mal geküsst hatte, wollte ich mehr. So viel mehr. Und so weit wie möglich von meinem Anstand und Benehmen entfernt.

Ash stellte das Radio leise und fragte: »Was ist denn nun mit Simona?«

Puh, was für ein übler Themenwechsel. Perfekt. »Das Frühstück war eine Qual. Aber zumindest weiß ich jetzt, warum sie in Lavon war, beziehungsweise ich hab da so eine Vermutung.«

»Die da wäre?«

»Simona scheint ein reges Interesse an mir zu hegen.«

»Geschäftlich?«

»Das wäre kein Problem. Nein. Ich meine in romantischer Hinsicht.«

Ash pfiff scharf durch die Zähne. »Nicht gut. Ganz und gar nicht gut. Aber es ergibt Sinn. Cary wusste, dass sie angereist kam, weil er das zufällig von Lila aufgeschnappt hatte.« Er überlegte kurz. »Ich hatte schon auf der Uni den Verdacht, dass sie auf dich steht, aber dein damaliger gesellschaftlicher Rang ließ nicht zu, dass sie dies offen zur Schau stellte. Nun sieht die Sache ganz anders aus.«

»Hm. Soweit bin ich auch schon gekommen. Trotzdem frage ich mich, warum sie Eliza angegriffen hat. Und dass es ein Angriff war, ist unbestritten.«

»Wahrscheinlich hat sie etwas gespürt. Ihr beide habt eine gemeinsame Aura. Und ich bin mir sicher, dass das nicht nur unser Schlag erkennen kann. Wahrscheinlich sieht das jeder andere Nachtschwärmer genauso deutlich.«

»Das könnte eine Erklärung sein. Richtig glücklich bin ich damit nicht. Wie auch immer. Dieses Interesse ist einseitig und dabei bleibt es. Ich frage mich sowieso, was sie sich dabei denkt. Sie weiß doch, dass wir in dem Alter sind, wo wir jederzeit unserem Partner begegnen können.«

Ash lachte auf. »Alter! Lass dir eins gesagt sein und hör mir gut zu, denn das werde ich mit größter Wahrscheinlichkeit die nächsten hundert Jahre nicht mehr sagen: Du bist ein Wahnsinnstyp. Reich, verdammt gutaussehend, selbstständig, klug, humorvoll. Außerdem verfügst du über Klasse und Anstand. Bis auf den miserablen Musik- und Kleidergeschmack bist du alles in allem ein recht ansehnliches Paket. Was übrigens schon andere Nachtschwärmerinnen dazu veranlasste Zeit mit dir verbringen zu wollen. So viel, wie sie nur irgendwie von dir bekommen konnten.«

Amüsiert blickte ich zur Seite. »Hast du mir gerade eine verdammte Liebeserklärung gemacht?«

»Klappe, Alter«, sagte er und riss den Lautstärkeregler des Radios hoch.

Lachend konzentrierte ich mich wieder auf die Straße. Ich freute mich bereits auf die Gesichter von Cary und Logan, wenn ich ihnen das erzählte.

Eliza

Addison, gekleidet in einen Jeansoverall, Ugg Boots und offenem, dicken Parka, schritt voller Selbstbewusstsein in die falsche Richtung.

»Addy, Süße. Links rum!«, rief ich hinter ihr. Sie wechselte die Spur und inspizierte erneut ihren Zettel. Es war Donnerstagabend und wir befanden uns im Baumarkt.

»Acrylkleber. Fünf Stück. Mit Pistole«, las sie vor und inspizierte die Regale vor unserer Nase. Seit geschlagenen zwei Stunden cruisten wir nun schon durch den Laden. Jede von uns schob einen mächtigen Einkaufswagen vor sich her, beide zum Bersten gefüllt mit Baumaterialien.

Addison hatte den Kaufvertrag für das Haus in der Woche der Besichtigung gleich unterschrieben und stürzte sich zu unserer Überraschung seither voller Inbrunst in das Abenteuer Sanierung und Renovierung.

»Hier!«, quiekte sie vergnügt und mit einem Schwung lagen die Kartuschen samt Pistole im Einkaufswagen. Sie drückte den Zettel gegen das Regal und strich den Posten ab. »So. Fehlen noch die Wandfarben für die Schlafzimmer. Dann sind wir fertig für heute.«

Entschlossen packte sie den Wagen und schritt zur Farbenabteilung. »Schau mal. Das ist ein schöner Grünton. Oh, oder doch lieber Türkis?«

»Deine Entscheidung. Was gefällt dir denn besser?«, meinte ich gelassen und zum gefühlt hundertsten Mal an diesem Abend.

Bei jeder einzelnen Auswahl, Parkett oder Laminat, weißer Lack oder brauner, Türklingel mit oder ohne visuellen Ton, versuchte sie mir ein allgemeingültiges Urteil abzuschwatzen. Es fiel ihr so unglaublich schwer diese Fragen selbst zu beantworten, aus Angst sich falsch zu entscheiden. Es war anstrengend sich komplett rauszuhalten, da ich natürlich eine Meinung zu den verschiedenen Dingen hatte, aber es lohnte sich.

Addison blühte richtiggehend auf. Sie begann ihren Kopf einzusetzen, nachzudenken. Zu überlegen, was sie wollte, und nicht, was man von ihr erwartete. Wenn sie mit der Zeit noch lernte, dass man Fehler machen durfte, ohne einen Weltuntergang zu erwarten, war alles gut.

»Ich nehm beide. Lindgrün für mein Zimmer und Türkis für das Gästezimmer.«

»Prima Idee. Zeit an die Kasse zu gehen. Oder hat dir Connor noch einen Zettel mitgegeben?«

»Nein. Das war der einzige. Ich bin so froh, dass er mir hilft. Er ist wirklich sehr nett. Wo habt ihr euch eigentlich kennengelernt?«

Wir lenkten unsere Wagen durch die Gänge Richtung Kasse. »Im Supermarkt. Wir waren beide an Ravioli interessiert. Da sind wir ins Gespräch gekommen.«

»Ah, das ist Connor. Deine Stimme im Kopf?«

Verblüfft blieb ich stehen. »Du hast meine Sendung gehört?«

Leichtfällig zuckte sie mit den Schultern. »Während meiner Tourneen habe ich mir bei besonders schlimmem Heimweh mein I-Phone geschnappt und mir deine Sendung per Webradio angehört.«

»Ist nicht wahr!« Überrumpelt klatschte ich mir mit der Hand gegen die Stirn. »Wie oft hast du in den vergangenen Jahren über meinen Musikgeschmack geschimpft.«

»Na, der ist ja auch besonders schräg und nicht jedermanns Sache. Aber wenn ich ein bisschen deiner Stimme lauschte, ging es mir sofort besser. Das hat mich durch manch schwere Zeit gebracht, und es tat meinem Herzen gut.« Berührt schob sie den Wagen vor und zurück und krächzte leise: »Danke, dass du immer für mich da bist.«

Tränen schossen in meine Augen. Liebevoll nahm ich Addy in den Arm und drückte sie fest. Mit so einer Offenbarung hatte ich bei einem Einkaufsbesuch nicht gerechnet. Schon gar nicht in einem Baumarkt. Noch weniger von Addison.

Sie war eher eine verschlossene, leicht überhebliche Person. Zumindest von außen betrachtet, wenn sie im Scheinwerferlicht stand, oder beim Kontakt mit Menschen, die sie nicht persönlich kannten. Aber auch in ihrem privaten Umfeld kam sie oft ziemlich kühl und unnahbar rüber, was an ihrer Erziehung lag. Sie war in dem Verständnis aufgewachsen, Gefühle müsse man unter Verschluss halten und nur hervorholen, wenn es zum Vorteil oder präsentabel war.

Diese Worte der Offenheit waren unvergleichlich und ich würde sie ewig in meinem Herzen tragen.

***

Gegen Mitternacht saß ich allein auf meiner Terrasse, eingemummelt in dicke Decken und zog an einer Selbstgedrehten. Meine Wangen glühten vor Hitze, die der Wein entfacht hatte. Ich pustete den Rauch in die sternenklare Nacht und schloss die Augen. Durch meine Gehörgänge stob *Fame* von David Bowie, den ich über meinen Walkman anhörte.

Megan frotzelte immer über dieses Oldschool Teil, aber ich liebte ihn abgöttisch. Er sah zwar ziemlich lädiert aus und war mehrfach mit lila und schwarzem Tapeband ge- und beklebt, aber er lief noch einwandfrei. Ich würde ihn nie, nie, nie eintauschen wollen. Genauso wenig wie meine Tapes.

Kassettenband mit einem Bleistift aufzudrehen oder einen Song wieder und wieder zurückzuspulen in der Hoffnung, dass man den Anfang fand, gehörte zu den absolut unbezahlbaren Momenten, die einen in eine Zeit vor den schnellen Klicks zurückkatapultierte. Ich zelebrierte regelrecht die Aufnahme meiner Tapes. Das wirkliche Auseinandersetzen mit der Musik. Mit den Songs, die ich für neunzig Minuten hören wollte. Ein unersetzbares Gefühl.

Nachdem ich mit Addison die Baumaterialien in ihr Haus verfrachtet hatte, wäre es an der Zeit gewesen, sich fürs After-Work Feiern im *InsideOut* zurechtzumachen. Aber mir war heute nicht danach zumute. Es war der erste freie Abend seit knapp einer Woche und ich brauchte einen Moment zum Nachdenken. Oder auch zwei.

Morgan hatte sich seit seiner Abreise vor vier Tagen nicht gemeldet. Nicht dass wir in diese Richtung was ausgemacht hatten, aber ich würde lügen, wenn ich behauptete, nicht auf ein Lebenszeichen von ihm zu warten. Ich wusste, er war gut zuhause angekommen, da Ash sich täglich bei Megan meldete, das war aber auch schon alles. Und mir viel zu wenig und von der falschen Bezugsquelle.

Gerade hörte ich mir den Soundtrack von *Pretty Woman* an. Davon besaß ich sogar eine Schallplatte, wie von vielen anderen Bands und Filmen aus den Achtzigern. Und dieser Film gehörte zu meinen absoluten Lieblingen. Auch oder gerade weil ich nicht daran glaubte, dass es da draußen einen Prinzen gab, der einfach durch seine pure Anwesenheit das Leben eines Mädchens retten konnte.

Wahrscheinlich hatte meine Mutter mich in diesem Punkt viel zu selbstständig erzogen. Mein Vater, den ich nie kennengelernt hatte, war noch verschwunden, bevor ich überhaupt geboren wurde, und meine

Mutter hatte mir von klein auf immer eingetrichtert, man sollte sich im Leben niemals auf einen Mann verlassen.

»Wir Frauen sind unabhängige Wesen! Merk dir das, Eliza«, sagte sie immer in diesen furchtbar strengen Ton, als würde unser Leben davon abhängen. »Kein Mann macht uns vollständig. Dafür sind wir ganz allein verantwortlich.«

Warum aber fühlte ich mich gerade so unvollständig? So als fehlte mir etwas Urtümliches? Damit ich durchatmen konnte, oder klar denken oder mich geborgen fühlen?

Mein Handy leuchtete auf. Hoffnungsvoll sah ich aufs Display und riss dann irritiert die Kopfhörer von den Ohren. »Mom, ist alles in Ordnung?«, fragte ich und hielt den Atem an. Ich konnte mich nicht erinnern, dass sie mich schon einmal später als zwanzig Uhr angerufen hatte.

»Das würde ich gerne von dir wissen, Elizabetha Prudentia Lake. Du bist unglücklich und ich will wissen warum. Und versuch mich gar nicht erst so abzuwimmeln, wie du es neulich getan hast.«

Meine Anspannung trieb augenblicklich davon. Es ging ihr gut.

»Ich habe jemand kennengelernt. Und dieser Mann ist gerade geschäftlich unterwegs. Das ist alles, Mom.«

»Er hat sich noch nicht gemeldet. Seit wann ist er weg?«, stellte sie fest und ich schnaubte auf. Selbst bei einer meilenweiten Entfernung zwischen uns konnte ich ihr nichts vormachen.

»Seit Sonntag.«

Mom sog scharf den Atem ein. Ich konnte sie mir bildlich vorstellen, wie sie das lange Kabel des Telefonhörers durchs Haus zog, um beim Herumlaufen nachdenken zu können. Dabei schlurfte ihr langer, Patchwork geflickter Morgenmantel über die alten Eichendielen. »Hm, hm ... das ist komisch. Ich sehe ihn nicht. Ist es was Ernstes?«

»Ich weiß es nicht.«

»Natürlich weißt du das.«

»Nein, Mom. Ich weiß es nicht.«

»Jetzt ist nicht der richtige Zeitpunkt, um bockig zu sein, Eliza. Sieh in deinem Herz nach, dann kennst du die Antwort.«

»Okay, Mom.«

»Eliza, es beunruhigt mich, dass ich ihn nicht sehen kann. Versprich mir vorsichtig zu sein!«

»Klar, Mom. Bin ich doch immer.«

»Bei allen Göttinnen ... jetzt flunkert sie auch noch. Und dafür bin ich aufgestanden. Ich liebe dich, mein Herz, und als deine Mutter kann ich dir nur Folgendes mitgeben: Wenn er deinen Wert wirklich erkannt hat, wird er sich melden.«

»Danke, Mom. Für deinen Anruf. Ich liebe dich auch und ich versuche, so gut wie möglich auf mich achtzugeben. Versprochen.«

Morgan

Disturbed hallte durch die Gänge der Fitnessanlage. Ich seufzte. Cary und Ash waren mit ihrem Training noch nicht fertig, was bedeutete, dass meine Schwimmrunde von Hardrock Musik begleitet werden würde. Höchst entspannend.

Ich überlegte kurz mich oben in die Badewanne zu schmeißen, verwarf den Gedanken jedoch gleich wieder. Mein Körper brauchte nach der doppelten Joggingrunde einen geeigneten Ausgleich. Später in der Nacht hatte ich einige wichtige Verhandlungen mit Kunden aus Europa via Konferenzschaltung zu führen. Außerdem wollte ich heute unbedingt einen Schriftsteller abwerben, der meines Erachtens von seinem Verlag nicht genügend Unterstützung bekam und sowieso stark unterschätzt wurde.

»Morgan!«

Ich drehte mich um und sah Logan auf mich zuschlendern. Seine langen, braunen Haare waren zu einem Zopf zusammengebunden, was seine milchig-weiße Narbe an der Schläfe in den Vordergrund rückte. Seine türkisfarbenen Augen glimmerten wie das Meer und sein sonst so gediegener Gesichtsausdruck glich einem Fragezeichen.

»Hey. Ich wollte gerade eine Runde in den Pool springen. Kommst du mit?«

Logan holte auf und schüttelte den Kopf. »Nee, hab Dienst. Oben wartet Besuch auf dich.«

»Besuch?«

»Jap. Simona ist da. Unangekündigt, schätze ich?«

»Davon kannst du ausgehen. Verdammt, die kann ich überhaupt nicht brauchen.«

»Soll ich sie abwimmeln?«

»Danke, nein. Das mache ich schon selbst.«

»Deine Entscheidung«, erwiderte er, bevor er in der Garage verschwand.

Ich drehte um und stakste die Treppen zum Erdgeschoss herauf. Zum Glück trug ich noch die verschwitzten Laufkleider, die würden mir als Entschuldigung dienen.

Simona wartete mit überschlagenen Beinen in einem Sessel, der neben einer einladenden Couch in der Diele stand. »Simona. Was für eine Ehre.«

Sie erhob sich und musterte mich von oben bis unten.

»Entschuldige, dass die Begrüßung ausfallen muss. Ich komme gerade vom Joggen.«

»Hallo, Morgan. Das macht nichts. Ich muss mich für mein unangekündigtes Kommen entschuldigen. Du weißt, das ist sonst nicht meine Art, aber ich war auf dem Weg zu einem Treffen in der Stadt und ich dachte, ich lasse dir persönlich die Broschüre über unsere gemeinnützige Arbeit zukommen.«

Sie händigte mir eine Hochglanzbroschüre aus, die eher nach Werbung für ein hochwertiges Unternehmen aussah, als die Beschreibung für eine karikative Einrichtung.

»Vielen Dank. Sehr freundlich von dir. Ich werde mir diese sobald wie möglich ansehen.«

»Gern geschehen. Wenn du mir dann eine Rückmeldung geben würdest? Vielleicht könnten wir das Geschäftliche mit dem Privaten verbinden und alles Weitere bei einem gemeinsamen Abendessen besprechen?« Ihre blauen Augen glitzerten hell auf und eine leichte Röte überzog ihre Wangen. Sie war tatsächlich nervös.

Mein schlechtes Gewissen drängte sich in den Vordergrund und präsentierte mir in diesem Moment einfach die Frau in ihr, die sich ziemlich offensichtlich verliebt hatte.

»Natürlich. Warum auch nicht«, sagte ich deswegen. »Ich melde mich.«

Ein Lächeln umrahmte ihre dünnen Lippen und sie klimperte mit den Wimpern. »Ich freue mich jetzt schon, Morgan. So, nun muss ich aber los. Danke für deine Zeit.«

Nickend öffnete ich ihr die Haustür. »Auf Wiedersehen, Simona.«

Mit der Broschüre in der Hand ging ich nach oben in mein Zimmer, um zu duschen. Die Lust am Schwimmen war mir vergangen.

***

Als ich eine halbe Stunde später aus dem Badezimmer trat, lag Ash auf meinem Bett und schaute irgendeinen Mist im Fernsehen an.

»Hast du kein eigenes Zimmer?«

»Doch. Aber ich vermisse dich so, Alter. Seit wir da sind, haben wir uns kaum gesehen.«

»Was willst du?«

Gespielt betroffen blickte er zu mir auf. »Wie kommst du darauf, dass ich etwas von dir möchte?«

Ich zog die Augenbrauen hoch und bedachte ihn mit einem aussagekräftigen Blick.

»Ja ja, schon okay! Ich wollte nur mal nachfragen, wie's dir geht. Was machen die Gefühle? Die Sehnsucht?«

»Du hast mit Megan gesprochen!«

»Klar. Ich verfüge ja über Anstand.«

»Pff...«, stieß ich genervt aus und warf das Handtuch auf den Sessel, um mir ein paar Boxershorts anzuziehen. »Es geht mir gut. Anscheinend ist die Entfernung zwischen hier und Lavon kein Problem. Noch was?«

»Ja. Aber das weißt du selbst am besten. Ich mach die Fliege. Deine Laune ist unterirdisch.« Ash schaltete den Fernseher ab und warf die Fernbedienung auf mein Bett, ehe er verschwand.

Ich fuhr mir frustriert durch die feuchten Haare. Es stimmte. Meine Laune war zum Niederknien schlecht. Weswegen ich heute Nacht die doppelte Runde gelaufen war. Aber Besserung hatte es mir dennoch nicht verschafft.

Mein schäbiges Verhalten nagte in jeder Sekunde an mir und mich nicht bei Eliza zu melden fiel mir mindestens genauso schwer, wie die Kontrolle in ihrer Nähe zu behalten. Auf der Fahrt nach Magia wäre ich am liebsten jede verdammte Sekunde umgedreht, um sie schnellstmöglich wiedersehen zu können. Ihren Duft zu riechen, ihre Haut zu spüren, ihr Lachen zu hören.

Aber mit jedem Tag, den ich zuhause verbrachte, wurde ich ruhiger. Gelassener. Konzentrierter. Es ging mir richtig gut, da hatte ich Ash nicht angelogen. Nun stellte sich mir die Frage nach dem Warum. Lag es tatsächlich an der geringen Entfernung? Oder war Eliza doch nicht meine ewige Liebe? Sollte ich überhaupt wieder zurückkehren?

Zweifellos wurde ich von meinem schlechten Gewissen geplagt. Ich war kein Mann, der Frauen im Ungewissen ließ. Und Spielchen spielte ich grundsätzlich nicht. Aber diese Geradlinigkeit war der Grund, warum ich mich so verhielt. Ich wollte ganz genau wissen, was ich für Eliza fühlte. Wo es herkam. Und wie stark es war.

Vermisste ich sie? Verdammt, und wie!

Fand ich sie klug, hinreisend, sexy, wunderschön? Aber Hallo!

Und mein Interesse jenseits der Verbindungsgeschichte war geweckt. Dessen war ich mir jetzt, einige Tage auf Abstand, auch sicher.

Der Konflikt, den ich mit mir auszutragen hatte, belief sich auf folgende Tatsache: Waren Eliza und ich füreinander bestimmt, würde letztlich der Rat entscheiden, wie weiter vorzugehen war. Waren wir es aber nicht, weil in hunderten von Jahren ein Fehler vorlag, was würde ich dann machen?

Und genau da lag der Knackpunkt. Denn wenn es eins gab, was unter Nachtschwärmern nicht und unter keinen Umständen geduldet wurde, dann eine ernsthafte und langfristige Beziehung zu einem sterblichen Menschen einzugehen.

Niemals!

Zehn

Eliza

Der Duft von Kohlenfeuer stieg mir in die Nase und sofort meldete sich mein Magen zu Wort. Mann, hatte ich einen Kohldampf. Ich schnappte mir die letzte Einkaufstüte aus dem Kofferraum von Bells Ford und lief hinter Addisons Haus.

Der Abend war längst angebrochen und auch wenn die Temperatur endlich leicht in die Höhe geschossen und der Schnee geschmolzen war und wir schon zur großen Freude meinerseits die ersten Sonnenstrahlen erhaschen konnten, zog es abends immer noch mächtig an. Was uns nicht davon abhielt ein Barbecue zu veranstalten. Im Dunkeln, bei genau dieser Kälte.

Addison, Connor und meine Wenigkeit hatten heute bei Sonnenaufgang damit begonnen den Garten um das Haus auf Vordermann zu bringen. Neben Müll einsammeln, Hecken stutzen und Rasen mähen waren morsche Dielen ausgebessert und die Veranda geputzt worden, bevor sie einen neuen Anstrich in Blütenweiß verpasst bekommen sollte. Megan und Bell stießen nach der Frühschicht im Hotel dazu und gemeinsam schufteten wir Seite an Seite den Tag über, mit kurzen Unterbrechungen dazwischen.

»Wahnsinn! Was ein paar Lichter ausmachen!«, sagte ich und betrachtete die bunten Lampionketten, die zwischen den Bäumen hin und her flackerten und bunte Tupfen in die Dunkelheit warfen. Das Lagerfeuer prasselte rot leuchtend unter dem Grill, auf dem das Fleisch brutzelte. Ein grüner Gartentisch aus Plastik stand an der Seite und ein paar passende Plastikstühle, die wir heute Abend im Gartenhäuschen gefunden hatten, waren mit kuscheligen Decken in Gelb und Lila belegt.

»Schön, oder?« Megan tippte einen Lampion an und lachte. Ihre feuerroten Locken lugten unter einem grünfarbigen, mit weißen Punkten bedrucktem Kopftuch hervor.

Nickend stellte ich die Einkaufstüte auf den Tisch. Bell und ich hatten für unser spontanes Grillfest eingekauft, und während die Männer sich um das Fleisch kümmerten, dekorierten wir Mädels den Tisch und stellten die Salate und das Brot bereit.

»Hier!«, sagte Addy und drückte mir ein Bier in die Hand.

Wir stießen an und ich nahm einen kräftigen Schluck, in der Hoffnung, dass es meinen Körper anheizte. Wenn man nicht direkt neben dem Feuer stand, fröstelte es einen umgehend.

Ich warf einen Blick auf Addy, die verträumt auf die Rückseite ihres Hauses starrte. »Du siehst glücklich aus!«

»Das bin ich«, entgegnete sie. »Das hier ist sooo schön. Und es tut sooo gut. Und weißt du, was das Beste daran ist?«

Ich schüttelte abwartend den Kopf und setzte mich auf einen Stuhl.

»Es ist so simpel. Entscheidungen zu treffen ist total einfach. Zu arbeiten und pausieren zu dürfen, ohne schnippische Kommentare, Augenrollen oder Unverständnis. Oder ohne dass die Lücke gleich mit irgendetwas anderem geschlossen wird, das ist sooo gut. Es ist gut. Es fühlt sich gut an. So simpel und so gutgutgut!«

Lachend breitete sie die Arme aus, stellte sich auf die Zehenspitzen und tanzte im Kreis, bevor sie neben mir in den Stuhl fiel. Addisons zügellose Freude sprühte Funken und ich wünschte, ich hätte mich ein bisschen davon anstecken lassen können.

Am Rande bemerkte ich die aufblühende Freundschaft zwischen Addison und Connor. Und freute mich ehrlich für die beiden. Vielleicht gab es Dinge, die ihren Grund hatten. Auch wenn wir ihn auf den ersten Blick nicht erkannten. Diese Hoffnung verkeilte sich in mir, um ansatzweise mit der Situation klarzukommen, dass Morgan, der mich unausweichlich in seinen Bann gezogen hatte, sich weder bei mir meldete, noch zurückkam.

»Hat er sich gemeldet?«, fragte Addy, als hätte sie in meinen Gedanken gelesen, und musterte mich mit einem Hundeblick, den ich absolut nicht ausstehen konnte.

Ich schüttelte den Kopf und drückte kurz ihre Hand. Dann stand ich auf und stellte mich an den Rand des Silver Lakes, um einen Augenblick für mich zu haben. Ich trank gemächlich das Bier und verfolgte das Schimmern der Seeoberfläche, das im Mondschein sanft glitzerte.

Zwölf Tage. Zwölf Tage waren vergangen, ohne ein Zeichen seinerseits. Ash und Megan mailten sich täglich oder telefonierten, aber es fiel kein Wort über Morgan und auch keins über mich. Als wäre unter uns vier stillschweigend ausgemacht worden, dass das, was sich da in den paar Tagen ihres Aufenthalts zwischen Morgan und mir abgespielt hatte, niemals passiert wäre. Ein Traum, ein wunderschöner, herzantastender, verrückter Traum. Und nun war ich daraus aufgewacht.

Eine Bewegung auf der anderen Seite des Sees erregte meine Aufmerksamkeit. Irritiert schloss ich die Augen, weil ich nicht glauben konnte, was ich da sah. Als ich sie wieder öffnete, war der Platz vollkommen leer. Jetzt halluzinierte ich also schon. Soweit war es gekommen. Dass ich dachte, dort drüben auf dem Steg im Schein des Mondlichts würde Morgan stehen und mich beobachten.

»Burger, heiß und fettig!« Bell schlug mit der Gabel auf den Flaschenhals seines Biers.

Erleichtert seufzte ich auf. Essen! Endlich!

Morgan

Pure Traurigkeit stürzte auf mich ein und erwischte mich eiskalt. Mit solch einer tiefen Sehnsucht hatte ich nicht gerechnet. Und das, obwohl mich Elizas Gefühlszustand zurück nach Lavon beordert hatte.

Vorgestern Nacht hatte ich mir ihre Sendung im Radio angehört. Das erste Mal seit der Fahrt nach Hause. In ihrer Sendung war es um einen Song gegangen, bei dem sich zwei Frauen über den Unterschied zwischen Liebe und Besessenheit, beziehungsweise über den Unterschied zwischen Besessenheit und Sehnsucht unterhielten. Diese Frage hatte Eliza in ihrer Sendung thematisiert, woraufhin eine heiße Diskussion entbrannt war.

Elizas Standpunkt erschütterte mich bis aufs Mark. Sie vertrat die Ansicht, dass alles miteinander verwoben wäre. Die Besessenheit ein Teil der Sehnsucht wäre, die sich aus der ungestillten Sucht nach dem Gefühl, was Liebe in ihr auslöste, herauskristallisierte. Und sie diese Sucht so lange nicht aufgäbe, bis sie gestillt werden würde.

Mir wurde schlagartig klar, dass es egal war, aus welchen Gründen wir zueinandergefunden hatten. Eliza würde nicht zur Ruhe kommen, bis ihre Sehnsucht gestillt war. Eine Sehnsucht, die ich in ihr ausgelöst und zu verantworten hatte.

Also war ich zurückgekommen. Um mich dem zu stellen, was vor uns lag. Egal was es war und wo es hinführte.

Ich lehnte mich an den Baum und schloss die Augen, um mich auf Eliza zu konzentrieren.

»Ah. Mein Retter. Mein Held für alle Zeit«, sagte sie zu Mr Sullivan. *Nicht Knurren,* schalt ich mich. Es geht nur um ... was? Burger? Natürlich! Essen! Dieses wohlselige Gefühl in ihr.

Sie schnappte sich das Fleisch. Und noch mehr Fleisch und Salat. Kopfschüttelnd unterdrückte ich einen Lachflash. Wo aß sie das nur alles hin? Ob die anderen auch noch etwas abbekamen?

»Ist dieser Platz frei, schöne Frau?«

»Wenn du deinen knochigen Arsch nur ansatzweise in diesen Stuhl –«

»Fuck«, spie ich aus, sprang hinter den Baum und linste postwendend durch einen Zweig zu Eliza. Der Burger entglitt ihren Händen und die äußerliche Starre war das absolute Gegenteil zu ihrem rasenden Herzen.

Verärgert über meinen Fauxpas trat ich auf den Baum ein. Wut brodelte in mir, stärker als je zuvor. Dieser Raviolifuzzi machte vor meinen Augen mein Mädchen an! Schlimm genug, dass er sich da überhaupt herumtrieb, wo er meines Erachtens nichts zu suchen hatte. Aber sich dann Eliza anzuschmeicheln, war zu viel des Guten.

»Roarrr«, knurrte ich und verpasste dem Ahornbaum so einen kräftigen Schlag, dass die Zweige zitterten. Dieser Bursche und ich würden mit Sicherheit keine Freunde werden und für seine Gesundheit wäre es das Beste, wenn er mir aus dem Weg ging.

Ich war stinksauer.

Auf mich selbst. Jetzt hatte ich sie erneut mit meinen Gedanken erschreckt. Zu Beginn hatte ich es amüsant und aufregend gefunden mit ihr in Gedanken zu sprechen. Bis mir klargeworden war, wie massiv ich sie damit ängstigte; wie stark sie darunter litt. Und dieser Aspekt nahm der einzigartigen Möglichkeit, eine intime Unterhaltung mit seinem Partner zu führen, komplett den Reiz und hinterließ einen faden Beigeschmack. Außerdem war es ihr gegenüber nicht fair. Ich sollte sie auf die Art kennenlernen, wie sie es mir zeigen wollte.

Dass ich eben in ihre Gedanken hereingerutscht war, schuldete ich dem Zufall. Bevor ich Eliza gegenübertrat, brauchte ich einen klaren Kopf, deswegen zog ich meine Joggingrunde vor, ehe ich mich bei ihr melden würde. Denn ich war mir nicht sicher, was mich erwartete, nachdem ich sie zwei Wochen ignoriert hatte. Würde sie meine Entschuldigung akzeptieren? Mir verzeihen?

Niedergeschlagen ging ich, ohne zurückzublicken, ins Hotel. Meine Anspannung wuchs, was total verrückt war. Ich war in Gegenwart meiner Liebschaften noch nie angespannt oder unsicher gewesen.

Aber die wussten um diese klitzekleine Begebenheit, die mich ausmachte, Bescheid. Diese eine Sache, die ich Eliza verschwieg, obwohl sie wichtig war, um zu verstehen. Mich zu verstehen

Eliza

Den Schreck gekonnt überspielend, bot ich Connor einen Platz neben mir an und versuchte den restlichen Abend trotz mulmigen Gefühls im Bauch in Ruhe zu genießen. Mein heißgeliebter Burger schmeckte fad. Auch der Hot Dog. Oder der Nudelsalat. Und erst recht der Gurkensalat.

Was, verflucht, war das nun wieder? So lange Zeit hatte ich vor der Stimme aus dem Off meine Ruhe gehabt, so dass dieser psychische Ausfall nahezu in Vergessenheit gerückt war.

Wo kam sie bitte wieder so plötzlich her? Warum war sie überhaupt da? Was war der verflixte Auslöser? Und warum tadelte diese Stimme ständig?

Ich checkte es echt nicht. Ich empfand völliges Unverständnis, aber dafür umso mehr Angst. Jetzt war es wirklich soweit für einen Besuch beim Arzt.

***

»El?« Fragend schaute mich Megan aus dem Wagenfenster an, als sie mich nach dem Barbecue bei mir absetzte.

»Jap?«

»Ich brauche einen Absacker. Kommst du mit ins *InsideOut*?«

Ich überlegte kurz. Eigentlich war ich total kaputt. Müde und unglücklich. Ah. Und verrückt. Offensichtlich. »Gib mir zehn Minuten«, antwortete ich und verschwand hinter der Eingangstür.

Keine Stunde später, nachdem wir einen Zwischenstopp bei Meg eingelegt hatten, suchten wir uns an der Bar einen Platz, den wir überraschenderweise sofort bekamen. Es war egal, an welchem Tag und um wie viel Uhr man hier antanzte. Das *InsideOut* konnte sich zu keiner Zeit über mangelndes Publikum beschweren.

»Bestellst du uns zwei Shots? Bin gleich zurück«, zwitscherte Megan in einem fröhlichen Singsang über die Musik hinweg.

Ich nickte, setzte mich auf den Barhocker und orderte vier Shots. Jack Johnson sang in seiner immer gleichbleibenden Tonlage darüber, dass man seinem Herz nicht zu weit entfernt sein sollte. In mich reinfühlend dachte ich, dass ich dem guten, alten Jack so was von Recht gab, es andererseits verflixt gefährlich wurde, wenn man dann sein Herz verschenkt hatte.

»Danke!«, rief ich dem Barkeeper zu, schlug die Beine über und schob wartend eines der Gläser hin und her.

Die Hitze des Clubs drang in jede Pore meines Körpers und auf Linderung hoffend wedelte ich an meinem knallpinken Seidenkleid herum. Brachte nur nichts und so schloss ich die Augen und versuchte es mit kühlen Gedanken. *Ein Badesee im Sommer. Himbeer-Vanille Eis mit Schlagsahne. Ein Gefrierschrank in Menschengrö-*

Der Duft frischer Baumwolle mit dem Hauch eines Windzugs der Person, die sich neben mir auf dem Barhocker niederließ, wehte mir zeitgleich mit einsetzendem Herzrasen in die Nase.

Ich zog tief die Luft ein, öffnete die Augen und atmete langsam aus. Lässig kippte ich die vier Shots, schnappte mir meine Tasche und glitt mit zitternden Knien auf meinen High Heels den Stuhl hinunter. Ohne einen Ton zu sagen, noch einen Blick auf ihn zu werfen, stöckelte ich Richtung Ausgang und rempelte dabei einige Clubbesucher an. Was mir schnuppe war. Ich musste raus. Sofort.

Die kühle Nachtluft knallte auf mich ein und verpasste mir eine Gänsehaut. *Verdammt. Meine Jacke!* Mit selbstbewusstem Schritt lief ich zur Bushaltestelle. Sollte Megan die Jacke doch mitnehmen. Offensichtlich war dieses Treffen von ihr arrangiert gewesen.

Ein Jackett glitt um meine nackten Schultern und eine starke Hand packte mich am Oberarm und wirbelte mich herum. Tiefschwarze Augen tauchten in meinen Blick, ehe Morgan mein Gesicht in seine Hände nahm und mich küsste. Schnell, hart, drängend.

Er drückte mich an die nächstbeste Wand und presste sich eng an mich. Seine Hände wanderten von meinem Gesicht die Arme hinunter bis zu meinem Bauch, um an meinem Po zu enden, den er sanft knetete. Ein Stöhnen entwich ihm. Oder kam es von mir? Meine Hände bahnten sich ihren Weg über die wohldefinierten Muskeln seines Oberkörpers, die sich unter seinem Hemd abzeichneten. Meine Lippen erwiderten seine fordernden Küsse saugend, beißend, verzehrend.

Morgan rückte ein Stück von mir ab und starrte mich mit glitzernden Augen an, ehe er mich erneut am Arm packte und mich mit sich zog. Mit unmenschlich schnellen Schritten stoben wir die paar Straßen bis zum *Oceans* entlang. Immer wenn ich im Begriff war, wegen meiner hohen Absätze zu stolpern, umfasste er meine Hüften und ich schwebte plötzlich den Gehsteig entlang.

»Guten Abend, Miss Lake. Mister O'Malley«, lächelte Rupert wissend, als wir den Eingang des Hotels erreichten.

»Hey, Rupert«, antwortete ich atemlos und befand mich im nächsten Moment im Aufzug.

Ich löste mich aus Morgans Griff und mein Blick huschte über den Spiegel. Meine Haare standen in alle Richtungen ab, mein Lippenstift war verschmiert. Meine Wangen gerötet. Morgan stand in der gegenüberliegenden Ecke der Kabine und beobachtete mich. Seine Augen waren zu Schlitzen verzogen, die Nasenlöcher aufgebläht. Als wäre ich seine Beute, die nur ihm und keinem anderen gehörte. Noch nie zuvor hatte ich mich derart sexy und begehrenswert gefühlt wie in diesem Moment.

Morgan sprang auf mich zu und schnappte sich meine Hand, just als der Fahrstuhl anhielt und die Türen aufglitten. In einer fließenden Bewegung hievte er mich auf seine Hüften, legte eine Hand an meinen Rücken, während die andere mein Genick packte. Ich legte den Kopf in den Nacken und stöhnte unter den heißen Küssen an meinem Hals auf. Seine Lippen bahnten sich ihren Weg zu meinem Mund.

Küssend stolperten wir aus dem Fahrstuhl den Gang entlang und zur Suite hinein. Ich knallte mit dem Rücken an die Wand und rutschte langsam an seinem Körper hinab, vorbei an seiner harten Männlichkeit.

Keuchend zerrte Morgan das Jackett von meinen Schultern und riss mir das Kleid vom Körper. Verrückt vor Verlangen öffnete ich ihm die Hose, die sich genauso schnell wie sein Hemd, seine Schuhe, samt seiner Socken von ihm verabschiedeten.

Seine starken Hände glitten kühl über meine heiße Haut, fanden selbstsicher den Verschluss meines BHs, der auf den Boden fiel. Morgan rückte ein Stück ab und betrachtete mich von oben bis unten. Sein Blick war glasig, wie flüssiger Teer.

Wie ein Raubtier kam er auf mich zugeschossen, zog mich erneut auf seine Hüften und liebkoste genussvoll meine Brüste. Zärtlich saugte er an meinen hart gewordenen Brustwarzen. Reizte sie, bis das Prickeln mir zwischen die Schenkel fuhr und mich an den Rand des Erträglichen trieb.

Langsam glitt ich hinab und lehnte mich mit wackligen Beinen an die Wand, während Morgan sich von meinen Brüsten hinab zu meinem Bauch küsste. Ich schloss die Augen und genoss seinen feuchten Mund auf meiner erhitzten Haut. Millimeter für Millimeter schob er meine Unterhose von den Hüften, die an den Knöcheln meiner High Heels hängenblieb.

Ein durchdringendes Knurren erfüllte die Stille der Suite und im nächsten Augenblick sog sein Mund hart und gierig an meiner Weiblichkeit. In einem gleichmäßigen Rhythmus spielte seine Zunge mit meiner Perle. Vor und zurück. Gierig und sanft. Zart und hart. Stöhnend spreizte ich die Beine, soweit es der Slip zuließ, und suchte Halt in seinem dichten, schwarzen Haar.

Bevor er mich zum Höhepunkt brachte, zog er mich wieder auf seine Hüften. Seine Shorts waren mittlerweile verschwunden und ich spürte seine harte Männlichkeit unter mir hin und her gleiten.

Ich umklammerte seinen Hals und schaute Morgan an. Als unsere Blicke miteinander verschmolzen, stieß er hart und fest zu. Ich schrie auf und Morgan hielt einen Moment inne. Langsam begann ich mich auf und ab zu bewegen. Als ich einen guten Rhythmus gefunden hatte, vergrub er sich tiefer und tiefer in mir und mit jedem weiteren Stoß stöhnte er auf.

Es dauerte nicht lange, bis ich kam, und als Morgan seinen Höhepunkt direkt nach mir erlebte, glaubte ich violette Funken um uns herum stoben zu sehen.

Das war mit Abstand der beste Orgasmus gewesen, den ich je erlebt hatte, und es würde sicher nicht der einzige in dieser Nacht bleiben.

Morgan

Sachte strich ich eine Strähne von ihrer Wange und schob sie ihr hinter das Ohr. Eliza sah aus wie Schneewittchen, mit den schwarzen, langen Haaren und dem pulsierenden Rot ihrer Lippen. Mein Körper glühte nach, vor Befriedigung und vor Hunger nach mehr zugleich.

Nachdem wir übereinander hergefallen waren, nahm unser Zusammensein erst richtig Fahrt auf. Wie zwei Ertrinkende stürzten wir uns aufeinander und versanken in einem Meer aus Lust und Leidenschaft. Ein Höhepunkt jagte den anderen und wäre mir der Aufgang der Sonne nicht bewusst gewesen, würden wir uns immer noch aneinander berauschen. Jetzt sah ich ihr schon eine Weile beim Schlafen zu und Unruhe stellte sich ein.

Kein einziges Wort war bisher gefallen und das verunsicherte mich gewaltig. Dass ich mich bei ihr entschuldigen musste, stand außer Frage, aber wie ging es weiter?

Das erste Problem stellte sich mir genau in diesem Augenblick. Die Sonne stand schon am Himmel, und da ich nicht davon ausging, dass Eliza bis zum kommenden Sonnenuntergang schlief, konnte ich schlecht bei ihr liegenbleiben. Sie nach dem Aufwachen Knall auf Fall nach Hause zu schicken kam auch nicht infrage, denn das würde diese Nacht in ein falsches Licht tauchen. Abgesehen davon quälten mich die Besitzgier und der Beschützerinstinkt, die tief und eigentümlich in meinem Innern ihre Bahnen zogen. Ich wollte sie an keinem anderen Ort wissen als bei mir.

Seufzend rieb ich mir über die Stirn. Blieb nur eine Möglichkeit dem Problem entgegenzutreten. Ich stand auf, schrieb eine Notiz, legte diese neben Eliza aufs Kissen und küsste sie auf den Nacken zum Abschied. Dann schnappte ich mir ein paar Kleidungsstücke, schlich ins Wohnzimmer und trank ein Glas Blut, ehe ich herüber in Ashtons Zimmer ging.

»Ah. Endlich. Jetzt kann ich beruhigt die Äuglein schließen, der Junge ist zu Hause!« Ash grinste süffisant und schaltete den Fernseher aus.

Ich legte die Kleidung auf den Brokatsessel, schloss die Tür hinter mir ab und schlüpfte unter die Decke.

»Wann bist du heimgekommen?«, fragte ich beim Umdrehen.

»Vor zwanzig Minuten. War mit Megan noch Pancakes essen.«

»Geht's ihr gut?«

»Yo, bei uns ist alles bestens.« Er schaltete das Licht aus und drehte sich ebenfalls auf die Seite. Gerade als ich am Wegdriften war, flüsterte er: »Falls du deine Shorts suchst ... die hängen an der Deckenlampe.«

Eliza

Das Erste, was mir auffiel, als ich aufwachte, war nicht die Tatsache, dass ich alleine im Bett lag. Nein. Das Erste, was mir auffiel, war die Tatsache, dass ich mich vor Muskelkater kaum bewegen konnte.

Schwerfällig setzte ich mich auf. Ich schaltete die Nachttischlampe an, denn es war verdammt dunkel in diesem Zimmer. Auf dem Radiowecker leuchtete in roten Zahlen die Uhrzeit. Sechzehn Uhr vier? Kein einziger Lichtstrahl huschte durch die Fenster. Aufmerksam lauschte ich zur Badezimmertür hinüber. Ob Morgan da drinnen war? Ich sah mich im Zimmer um, und entdeckte einen Zettel auf der anderen Bettseite.

> Eliza, ich hoffe, du hast gut geschlafen. Leider musste ich geschäftlich weg. Sehen wir uns heute Abend? Morgan P. S.: Bitte sei so frei und bestell dir Frühstück. Oder Nachtisch ...

Soso. Geschäftlich weg? Das entkräftete Bells Aussage, die beiden würden sich unter Tag nicht aus der Suite wagen. Und gut geschlafen hatte ich allemal. Eher wie ein Stein. Ich war schon lange nicht mehr so kaputt gewesen.

Vorsichtig stieg ich aus dem Bett, als mir einfiel, dass ich nackt war. Und meine Kleidung draußen. Vor der Tür. Wo Ashton jeden Augenblick aufkreuzen konnte.

Nachdenklich blieb ich auf dem Bettrand sitzen. Ich konnte mir aus Morgans Schrank ein Hemd leihen. Oder war das unhöflich? Egal, jetzt musste ich sowieso zuerst dringend auf die Toilette. Ich tapste zum Badezimmer und schaltete das Licht ein.

Verdammt! Das war doch im Leben kein Badezimmer. Das war eindeutig eine Wellness Oase. Oder eine Ein-Zimmer-Wohnung!

Mit den Fingerspitzen umrandete ich die freistehende, barocke Wanne mit Goldrand, stellte mich unter die begehbare Regendusche, besah mir die zwanzig Knöpfe für den Whirlpool. Ich schnappte mir einen Bademantel aus Seide und warf ihn mir über, ehe ich mich vor den Schminktisch setzte und die Kosmetik, Cremes und allerlei Pflegeprodukte bestaunte.

Kein Wunder, dass man für diese Suite so viel blechen musste. Ich schüttelte mich und rieb mir über die Gänsehaut an den Armen.

Ehrlich? Ich dachte gar nicht daran von hier zu verschwinden. Da ich die letzten zehn Tage durchgearbeitet und nun drei Tage freihatte, entschied ich mich diesen Luxus zu genießen. So ein unglaubliches Badezimmer und die Aufforderung Essen zu bestellen waren keine Dinge, die man nebenher erledigte. Für manches sollte man sich genügend Zeit nehmen. Und diese Gelegenheit schrie förmlich danach.

Außerdem wollte ich Morgan wiedersehen. Und wie ich ihn wiedersehen wollte!

Ich suchte die Toilette auf, die am Ende des Raums hinter einer halben Wand versteckt stand, und ließ mir danach ein Bad ein. In den Einbauregalen fand ich unzählige Badeessenzen, Kerzen in den unterschiedlichsten Größen und Farben, mit und ohne Duft, und sogar Rosenblätter zum Einstreuen in die Badewanne. Ich wählte ein Kokos-Mandelblütenbad, verteilte überall Kerzen im

Raum, schaltete das Licht aus und glitt in das wohlig warme Wasser.

Aaah. Mein geschundener Körper seufzte auf. Tat das gut! Jeder Muskel brannte vor Schmerz, und wenn ich gestern eine Sache gelernt hatte, dann war es Gartenarbeit und Sex nicht mehr nacheinander so exzessiv auszuführen. Morgans durchtrainierter Körper geisterte vor meinem inneren Auge und mein Puls schnellte hoch. Dieser Sex hatte mir den Atem geraubt. Diese Ausdauer. Dieser Kerl. Sanft und stark zugleich. Verträumt schloss ich die Augen.

***

Ich zog die Jalousien nach oben und öffnete die Fenster. Frische Luft wehte durch meine feuchten Haare und sehnsuchtsvoll warf ich mich aufs Bett. Wie lange Morgan wohl arbeiten musste?

Mein Magen knurrte, deswegen schnappte ich mir das Telefon und wählte die Rezeption.

»*Oceans Hotel*, Rezeption. Sie sprechen mit Mister Sullivan. Was kann ich für Sie tun?«

»Hallo, Mister Sullivan. Hier spricht Zimmer Nummer, äh, weiß ich gar nicht, aber ich hätte gerne einmal die gesamte Speisekarte bestellt und außerdem eine Antwort auf folgende Frage: Warum haben wir nicht schon längst mal eine Beautysession in diesem gigantisch schönen Bad abgehalten?«

Bell sog scharf den Atem ein. »Bist du etwa in der Penthousesuite? Mit *ihm*?«

»Woher sollte ich sonst wissen, dass das Bad ein Traum ist, du Schnelldenker? Morgan ist allerdings nicht da. Aber er war es, und wie er es wa-«

»Halt. Stopp. Keinen Ton mehr!«, fiel Bell mir ins Wort, »Lass das. Okay? Falsche Adresse, falscher Zeitpunkt. Das muss ich erst mal verarbeiten. Du schläfst mit meinen Kunden!«

»Also, Mister Sullivan. Das hört sich jetzt irgendwie unanständig an. Ich glaube, das gefällt mir!« Amüsiert kicherte ich ins Telefon.

»Eliza!«

»Schon gut, schon gut. Ist Meg da?«

»Noch nicht. Sie hat heute Nachtschicht. Ich muss Schluss machen, Kunden warten.«

»Na gut, du Spaßbremse. Denk an meine Bestellung!«

Es klickte in der Leitung und ich legte auf. Giggelnd rutschte ich vom Bett und lugte zur Tür raus. Die Wandleuchten waren eingeschaltet, weit und breit war nichts und niemand zu sehen, außer unserer Kleidung, die im Eingangsbereich herumlag. Schnellen Schrittes sammelte ich die Sachen ein und rannte zurück ins Zimmer. Dann angelte ich mir mein Handy aus der Tasche. Acht Anrufe in Abwesenheit und zwei Nachrichten. Beide von Megan.

Wo seid ihr?

und

Melden. Sofort! Was? Du starrst immer noch auf die SMS? Hör sofort auf und wähle meine Nummer!

Lachend drückte ich die Kurzwahltaste.

»Nicht sauer sein«, ertönte Megs Stimme hektisch.

»Bin ich nicht. Wobei ... warte, wie lange wusstest du schon, dass die beiden wieder da sind?«

»Kurz bevor ich dich nach dem Barbecue heimgefahren habe, hatte Ash mir gemailt, ob wir in einer Stunde im *InsideOut* sein könnten. Ich wusste bis zu dem Zeitpunkt auch nicht, dass die beiden in Lavon sind. Ash und ich haben das Thema geflissentlich unangesprochen gelassen.«

Im Hintergrund klirrte etwas und Meg fluchte unelegant.

»Okay. Ich bin definitiv nicht sauer. Was machst du da?«, fragte ich neugierig.

»Bin in Eile. Ich habe Addy versprochen mit ihr zur Maniküre zu gehen. Und danach muss ich arbeiten. Und jetzt spann mich nicht weiter auf die Folter! Was hat er gesagt?«

»Nichts.«

»Wie, nichts? Ihr müsst doch was gesprochen haben?«

»Nein, nichts. Kein einziges Wort ist gefallen. Na ja, kein Deutliches, wenn du verstehst …«

»Uuuh, und ob ich verstehe! Tut dir auch alles weh?«

»Ich … äh, ja?«

Megan kicherte. »Morgan ist mindestens genauso gut in Schuss wie Ash. Diese Körper kommen nicht von ungefähr. Ausdauer ist das Zauberwort.«

»Amen!«, antwortete ich mit deutlichem Genuss in der Stimme. »Hör mal, könntest du mir ein paar Kleider mitbringen? Ich schätze, dass ich heute nicht mehr nach Hause komme, un-«

»Du bist noch dort? In der Suite?«, schnitt Meg mir das Wort ab.

»Jap.«

»Nicht wahr! Verdammt, El!«

»Was ist? Du triffst dich regelmäßig mit Ash dort.«

»Klar. Aber nie lange genug.«

»Lange genug für was?«

Megan seufzte sehnsuchtsvoll. »Für das gigantisch schöne Badezimmer!«

Morgan

Lächelnd öffnete ich die Augen. Sie war noch da! Zum Glück hatte ich vorausgedacht und mir einen Anzug mit zu Ash genommen. Es ging mir zwar gegen den Strich, dass ich so tun musste, als würde ich von der Arbeit kommen, aber die Vorfreude sie wiederzusehen überwog mein schlechtes Gewissen.

Ich sprintete ins Bad, duschte und putzte mir die Zähne. Als ich zurück ins Zimmer kam, säuselte Ash: »Hach, Alter. Du bist so eine Augenweide!«

»Halt die Klappe!«, sagte ich lachend und warf meine Krawatte nach ihm. »Was machst du heute?«

Geschickt fing er sie mit einer Hand auf und warf sie zurück. »Hm. Wahrscheinlich schaue ich später mal im *Air* vorbei. Und wenn ich zurück bin, werde ich mir im Zehn-Minuten-Takt was zu essen bestellen. Oder zu trinken. Oder ein Badetuch.«

Skeptisch musterte ich ihn. »Geht's dir noch gut?«

»Es ging mir nie besser! Megan hat heute Nachtschicht und ich möchte sie ein bisschen auf Trab halten.«

»Du Arsch.«

»Genauso lieben die Frauen mich!«

Kopfschüttelnd trat ich leise aus dem Zimmer, ging zur Eingangstür, öffnete sie und wuchtete sie krachend ins Schloss. Bemüht langsam ging ich ins Schlafzimmer.

»Hi.« Ich blieb in der Tür stehen und genoss den Anblick, der sich mir bot. Eliza lag mit dem Bauch auf dem Bett und las in einem meiner Bücher. Ihre nackten Beine lugten unter einem meiner schwarzen Hemden hervor. Um das Bett herum standen vier Servierwagen. Ich fing lauthals an zu lachen.

»Ich sehe, du hast dir Frühstück bestellt. Und Desserts!«

»Sorry, Morgan, ich hoffe, du bist jetzt nicht pleite. Allerdings trägst du da die Schuld dran«, flüsterte sie den letzten Satz und setzte sich kniend auf, was mir einen Einblick in ihr Dekolleté bescherte, da sie das Hemd einzig an einem Knopf in der Mitte geschlossen hatte.

»So«, raunte ich und begann mich auszuziehen. »Und der wäre?«

»Du hast mir vergangene Nacht sämtliche Energien genommen. Die musste ich ja irgendwie wieder auffüllen.« Eliza öffnete den Knopf und das Hemd glitt auf und gewährte mir den Blick auf das, was sie darunter trug: Nichts!

»Ich hoffe, du warst erfolgreich.« Ich schluckte den Kloß hinunter, der sich in Sekundenschnelle in meinem Rachen gebildet hatte, und schlenderte, zwischenzeitlich nackt, auf sie zu.

»Das probieren wir am besten gleich aus«, antwortete sie atemlos, während ich mich aufs Bett kniete, um mit einem Kuss da weiterzumachen, wo wir aufgehört hatten.

Elf

Eliza

Die Wochen vergingen wie im Flug. Der Frühling hatte endlich den Winter vertrieben und Liebe lag in der Luft.

So oft ich konnte, traf ich mich mit Morgan. Wir gingen essen (vorzugsweise Desserts), ins Kino (keine Vampirfilme), zum Tanzen (ins *Magical*). Die meiste Zeit aber verbrachten wir gemeinsam bei Morgan im Hotel oder im Sender. Er hatte für mich seinen Aufenthalt im *Oceans* verlängert, was mir total imponierte. Dass ich ihn dafür tagsüber nicht zu Gesicht bekam, weil er in jeder freien Minute arbeitete, störte mich nicht. Im Gegenteil. Einen Verlag zu führen war verdammt viel Arbeit und ich war glücklich, dass er für mich seinen Arbeitsplatz nach Lavon verlagert hatte.

Es ging mir richtig gut und mit jedem weiteren Treffen verliebte ich mich mehr in Morgan. Er war klug, ausgesprochen belesen, auf seine Art witzig, aber vor allem wild und leidenschaftlich.

Dieser biedere, ernste Anzugträger, der so massiv mit meinem unkonventionellen Wesen kollidierte, mein persönliches Kontrastprogramm, mein Yin, brachte mich immer mehr um den Verstand. Ich wusste manchmal nicht, ob dieses Herzrasen jemals abflauen würde und ob ich das überhaupt wollte.

Zu meiner Schande musste ich mir eingestehen, dass ich meine Freunde in dieser Zeit vernachlässigt hatte, was mir ein schlechtes Gewissen bescherte. Obgleich wir das ein oder andere Mal mit Ash und Meg ausgegangen oder Addison bei der Hausrenovierung geholfen hatten, so war unsere gemeinsame Zeit doch auf ein Minimum geschrumpft. Deswegen waren wir heute endlich mal wieder miteinander verabredet. Und zwar nur wir vier. Bell, Addison, Megan und ich.

Es hupte und ich schnappte mir meine Tasche. Auf dem Weg nach draußen sammelte ich meine Post ein.

»'N Abend«, zwitscherte ich vergnügt, stieg ins Auto ein und gab Bell einen Kuss auf seine weiche, frisch rasierte Wange.

»Guten Abend, Sonnenschein. Noch immer so gut gelaunt.«

»Und wie! Du kannst dich ruhig ein bisschen davon anstecken lassen.« Lachend knuffte ich ihn in die Seite.

Bell winkte ab. »Lass mal. Sobald wir Megan eingesammelt haben, reicht die gute Laune für eine komplette Fußballmannschaft. Ich würde mich gerne mit euch freuen, aber die beiden Männer sind mir nach wie vor suspekt.«

»Fängt das schon wieder an!«, entgegnete ich und rollte genervt mit den Augen.

Bell schnalzte missbilligend mit der Zunge. »Schon gut. Meine Meinung werde ich wohl noch vertreten dürfen!«

»Klar, darfst du. Aber wir haben dir schon erklärt, dass die beiden tagsüber sehr wohl auf den Beinen und außer Haus sind. Du musst dir also nicht unnötig Sorgen machen. Spar dir deine Energie für die schönen Dinge im Leben auf. Wie ... Frauen zum Beispiel!«

»Kein Interesse. Mit meinem Job und euch drei Mädels bin ich mehr als ausgelastet.«

»Hm, ja«, sagte ich und kicherte. »Da kann ich dir schlecht widersprechen.«

Wir hielten vor Megs Haus und Bell hupte kurz. Ich nutzte die Pause, um rasch die Post durchzusehen. Gasrechnung, Wasserrechnung, Werbung für Teppiche, Erinnerung für die nächste zahnärztliche Kontrolle, noch mehr Werbung. Und, ganz zum Schluss, ein Brief. In edlem Seidenpapier gehalten. Ohne Absender, aber mit der korrekten Anschrift an mich adressiert. Fragend riss ich vorsichtig die Seitenlasche auf. *Komisch,* dachte ich. Brieffreunde hatte ich keine und meine Fanpost ging an den Sender, also von wem stammte dieser Brief?

»Eine Streichparty? Echt jetzt?«, jammerte Megan und schlug missmutig die Tür zu. »Hätten wir nicht was Entspannendes für unser Date aussuchen können? Es ist Freitagabend, verdammt noch mal.«

»Ha, dass ich nicht lache. Als wenn es dir an *Entspannung* in der letzten Zeit gemangelt hätte!«, sagte Bell schnaubend, legte den Gang ein und fuhr los.

Megan rutschte nach vorne, um ihm und mir einen Kuss zu geben, und plumpste dann zurück auf die Rückbank. »Neidisch?«, fragte sie.

»Und wie. Mehr noch besorgt!«

Meg stöhnte auf. »Fängt das schon wieder an!«

Lachend drehte ich mich zu ihr um. »Das habe ich eben auch schon gesagt.«

Wir klatschten ab, aber Bell murrte: »Ja ja, super. Wäre nur eine von euch mit solch einem Prachtkerl zusammen, würde die andere sich genauso viel Sorgen machen, wie ich es tue. Denkt mal drüber nach!«

Augenblicklich herrschte im Auto Totenstille.

»Mann!«, maulte Meg und verschränkte die Arme vor der Brust.

»Du Spaßbremse!«, ergänzte ich genauso mäklig und schlug die Karte auf, die ich aus dem mysteriösen Briefumschlag genommen hatte. Darauf stand in goldenen Lettern geschrieben:

Sehr geehrte Miss Lake,
wie wir mit Freude erfahren haben, sind Sie seit geraumer Zeit mit einem unserer Mitglieder, dem hochgeschätzten Mister Morgan O'Malley, verbandelt. Um Sie gebührend in unserer Gemeinschaft begrüßen zu können, möchten wir Sie herzlich in der Nacht von

Samstag auf Sonntag, dem 28./29. Mai 2016, um 02 Uhr,

zu einem Dinner mit anschließendem Ball einladen.
Wir hoffen, dass Sie sich die Zeit für ein gegenseitiges Kennenlernen nehmen werden.

Erwartungsvolle Grüße
Ihr Nash-Rat

Was? Wie bitte? Perplex klappte ich die Karte zu und schaute zuerst Bell und dann Megan fragend an.

»Lies mal!« Ich reichte die Karte an Megan weiter, deren Augen beim Lesen immer größer wurden.

»Hä? Was soll denn das sein?«

»Ich hab keine Ahnung! Was ist ein Nash-Rat?«

Megan zuckte mit den Schultern und schüttelte den Kopf.

»Könnte mich mal jemand aufklären?«, fragte Bell mit einem kurzen Blick auf mich.

Meg las die Karte laut vor und gab sie mir zurück.

»Also, Mädels. Auch auf die Gefahr hin, dass ihr beide heute kein Wort mehr mit mir redet ... aber das ist es, was ich meine. Irgendwas ist komisch an den beiden *Herren*.«

»Ist da eine Absenderadresse drauf?«

»Nein, nichts. Und ich hatte mich schon gewundert, wer mir bitte einen Brief schreibt. Was, verflixt, ist ein Nash-Rat?«

»Noch nie gehört. Ich kann mir da auch nichts darunter vorstellen.« Bell zuckte mit den Schultern.

»Ich auch nicht«, sagte Meg. »Hört sich wie eine Verschwörungstheorie an. Irgendwas Futuristisches.«

»Hast du auch eine Einladung bekommen?«

»Nein. Zumindest war heute keine in der Post. Allerdings sind Ash und ich nicht *verbandelt*. Was übrigens ein total abgefahrenes Wort ist. Wir haben einfach 'ne gute Zeit miteinander.« Megan zwinkerte belustigt, aber mir war nicht nach Frotzeleien zumute.

»Na ja. Dass Morgan und ich fest zusammen sind, hat noch keiner in Worte gefasst. Im Grunde ist sie eurer Beziehung ähnlich.«

»Pff«, schnaubte Bell und schüttelte den Kopf. »Das glaubst du doch selbst nicht. Darf ich dich an die Zeit erinnern, in der Morgan nicht da war?«

»Oder allein die Tatsache, dass er dich jede Nacht bei der Arbeit besucht. Dir Pralinen schenkt und dich anschmachtet, das kann man in Worte gar nicht fassen«, ergänzte Meg.

»Also, halt. Jetzt Stopp mal. Wenn du arbeitest, ist Ash auch da. Und ... und Geschenke hat er dir bestimmt auch schon gemacht. Außerdem sieht er dich auch immer so ... so ... na, so intensiv an. Uuuund er hat sich während deren Abwesenheit immerhin bei dir gemeldet!« Siegessicher richtete ich den Finger auf sie.

Der Wagen hielt vor Addys Haus. Bell zog den Schlüssel ab und drehte sich ebenfalls zu Megan um.

Diese schüttelte resigniert den Kopf. »Eliza. Ash wohnt in meiner Arbeitsstelle. Außerdem ärgert er mich. Das ist mit Sicherheit nicht das Gleiche, wie den Arbeitstag mit mir zusammen zu bestreiten. Und diesen *intensiven* Blick nennt man schlicht Geilheit. Womit wir zum Schenken kommen. Das Einzige, was Ash mir bisher geschenkt hat, waren gigantische Orgasmen.«

Bell klatschte sich die Hände auf die Ohren und sang: »Lalala. Ich höre einfach nicht hihin.«

»Okay, ich hab dich verstanden. Besprechen wir das drinnen weiter. Lasst uns hören, was Addison dazu sagt«, lenkte ich ein.

Megs Gesichtszüge entglitten und sie deutete mit dem Zeigefinger zum Fenster hinaus. »Ist das etwa ...?«

Ich folgte ihrem Blick und mein Herz machte einen Satz. »Mom?«, rief ich überrascht aus und betrachtete meine Mutter, wie sie die Treppen von Addisons Veranda herunter geflitzt kam. Mein Herz schlug mir bis zum Hals. Irgendwas stimmte nicht. Mit einem Satz war ich aus dem Wagen gesprungen und lief ihr entgegen. Ihr langes, buntes

Maxikleid wirbelte umher, ebenso wie die zwei Schals, die sie immer trug. Ihre Sandaletten schlugen hart gegen das Holz, die goldenen Armreife und die zig verschiedenen Ketten klimperten bei jeder Bewegung. Kaum das sie mich erreicht hatte, zischte sie: »Wage es ja nicht die Einladung vom Nash-Rat anzunehmen!«

Morgan

Ein ungutes Gefühl kribbelte mein Rückgrat hinauf, als wir auf unser Anwesen fuhren. Da Eliza sich mit den anderen zu einer Streichparty in Addisons Haus getroffen hatte und dort das Wochenende verbrachte, nutzte ich die freie Zeit und fuhr bis Sonntag nach Hause. Es gab einiges Geschäftliches zu erledigen, das keinen Aufschub mehr duldete und meine Anwesenheit vor Ort erforderte. Außerdem stand das Essen mit Simona wegen der Unterstützung ihrer gemeinnützigen Stiftung an.

Seit meiner Rückkehr nach Lavon, die mit der gemeinsamen Nacht geendet hatte, waren Eliza und ich unzertrennlich gewesen.

Jede Minute, die ich nicht mit Eliza verbrachte, war eine Qual für mich und ich sehnte mich Sekunden zählend nach ihrer Anwesenheit. Sie war redegewandt, äußerst albern, und ständig in Aktion. Wenn sie nichts zu sagen hatte, sang sie. Und wenn sie nichts zu tun hatte, tanzte sie. Solch eine lebendige Energie haute mich geradewegs um.

Mir war, als wäre ich all die Jahre zuvor schlafgewandelt und eben erst aufgewacht. Endlich verstand ich die Frauen, die immer mehr von mir haben wollten, als ich bereit gewesen war zu geben …

»Spürst du das?«, fragte ich Ash, der mit geschlossenen Augen neben mir auf dem heruntergelassenen Beifahrersitz lag.

»Nein. Was spürst du?«, wollte er wissen.

Ich zuckte mit den Schultern. Dieses Kribbeln hatte einen dunklen Unterton. Eindeutig. »Es gibt Nachrichten.«

Ash richtete sich auf und warf mir einen ernsten Blick zu.

Ich parkte vor dem Haus und wir eilten die Stufen hinauf. Bevor ich den Türknauf erreichte, stand die Tür auf und Cary vor uns. »Du hast

Post!« Statt eines Willkommens reichte er mir einen Briefumschlag. Sein Augenbrauenpiercing zuckte unruhig hoch, während sich das Violett seiner Iris einen Tick verdunkelte.

Das war es. Die Bestätigung meiner Vorahnung.

Das Kribbeln verebbte, während ich auf das Siegel des Nash-Rats starrte. Drinnen wartete Logan schon auf uns. Die Tür schloss sich und ich öffnete den Umschlag. Ich überflog die Karte und las sie dann laut vor.

Sehr geehrter Mister O'Malley,
wie wir mit Freude erfuhren, sind Sie seit geraumer Zeit mit einer gewissen Miss Eliza Lake verbandelt. Um diese gebührend in unserer Gemeinschaft begrüßen zu können, möchten wir Sie beide herzlich in der Nacht von

Samstag auf Sonntag, den 28./29.Mai 2016, um 02 Uhr

zu einem Dinner mit anschließendem Ball einladen. Wir hoffen, dass Sie sich die Zeit für dieses Treffen einrichten können.

Erwartungsvolle Grüße
Ihr Nash-Rat

Cary klopfte mir auf die Schulter. Von uns vieren war er der Stärkste der Truppe, weswegen ich sanft nach vorne ruderte. »Früher oder später hättest du dich dem Rat sowieso stellen müssen.«

»Cary hat Recht«, erwiderte Logan. »Die Frage ist nur, wer ihnen die Info zugesteckt hat.«

»Das interessiert mich gerade am wenigsten«, antwortete ich gereizt und wählte hektisch die Nummer von Eliza. Nach mehreren Klingelzeichen sprang der Anrufbeantworter an. »Verdammt!« Ich probierte es gleich noch mal. Ohne Erfolg.

»Glaubst du, Eliza hat auch eine Einladung erhalten?«, fragte Ash.

»Das gilt es herauszufinden. Vor allem muss ich wissen, ob der Rat über Elizas Menschlichkeit Bescheid weiß. Sollte das nicht der Fall sein, wird es an diesem Abend zu einer unangenehmen Überraschung kommen.«

Logan rannte die Treppen rauf. »Ich zieh mich um und mach mich auf die Suche nach Antworten.«

»Bin dabei!«, rief Ash ihm hinterher und drehte sich zu mir um. »Locker bleiben. Wir kümmern uns drum. Erledige deinen geschäftlichen Kram und versuche Eliza zu erreichen. Wir halten dich auf dem Laufenden.« Zwei Stufen auf einmal nehmend sprintete er Logan hinterher.

»Ich höre mich bei der Arbeit um. Aber wenn ich dir einen Rat geben darf«, sagte Cary, während er sich seine Lederjacke überzog und den Motorradhelm schnappte, »besorg Wodka, am besten gleich zwei Flaschen.«

Eliza

»Sagst du mir bitte, was los ist?«

Mom schaute stur geradeaus. »Elizabetha Prudentia, ich möchte es dir nicht noch einmal erklären. Wir reden über alles, wenn wir zuhause sind. Und jetzt steig endlich aus und pack ein paar Sachen zusammen.«

Wütend funkelte ich Mom an, die mit gefalteten Händen hinterm Steuer saß. »Ich warte«, sagte sie scharf, ohne mich eines Blickes zu würdigen.

Geräuschvoll warf ich die Autotür auf, knallte sie zu und stampfte in meine Wohnung. Kindisch, das wusste ich selber. Aber wenn mich jemand zurück in ein pubertäres Verhalten beordern konnte, dann Mom.

Anstatt mir zu erklären, weshalb sie den weiten Weg auf sich genommen hatte, um mich persönlich darüber zu informieren, dass ich nicht zu diesem mysteriösen Nash-Abendessen gehen durfte, hatte sie mir befohlen mich umgehend in ihren alten, klapprigen Käfer zu setzen. Und zwar sofort und natürlich ohne Widerrede.

Ich hievte den Reisekoffer aufs Bett und schmiss zornig ein paar Kleider und alles Nötige für einen kurzen *Urlaub* hinein. Dann rief ich im Sender an und nahm mir zähneknirschend ein paar Tage frei. Lächerlicherweise hoffte ich, dass mir derart kurzfristig kein Urlaub zur Verfügung stand.

»Du gehst doch nicht freiwillig. Ist zufällig deine Mom da?«, fragte Bernie amüsiert.

»Ja«, knurrte ich mehr, als das ich es sagte, woraufhin er laut loslachte. »Na dann viel Spaß, Eliza. Du hast es dir verdient. Und richte Claire ein paar Grüße aus.«

Ich nuschelte ein sarkastisches *Danke* in den Hörer und legte auf. Das hatte ich davon, dass mir allein durch unzählige Überstunden eine Menge an freien Tagen zustanden und ich zusätzlich Urlaub aus den vergangenen Jahren abzubauen hatte.

Ich schnappte mir das Handy und schrieb Megan, dass ich mich melden würde, sobald wir bei Mom angekommen waren. Zum Glück kannten die drei meine Mutter und wussten um ihr hartnäckiges Wesen.

Bevor ich das Telefon in meine Hosentasche steckte, überlegte ich, ob ich Morgan auch eine Nachricht schicken sollte, verwarf den Gedanken jedoch gleich wieder. Zuerst musste ich wissen, was meine Mutter über den Nash-Rat zu berichten hatte. Und weswegen meine stets ruhige und ausgeglichene Mom so aufgebracht war.

Morgan

Mit zwei Flaschen französischem Ciroc bepackt klopfte ich an die Haustür. Die Nacht neigte sich dem Ende zu und mir blieb wenig Zeit, um mit den beiden zu sprechen. Neuigkeiten gab es bisher keine und auch Eliza blieb unerreichbar.

Die Tür öffnete sich von allein und eine Stimme wehte auf mich zu. »Morgan O'Malley. Tritt ein, wir haben dich schon erwartet.«

Langsam betrat ich den dunklen Hausflur. Modriger Holzgeruch schlug mir entgegen. Aus einem der hinteren Räume hörte ich Geklapper, dem ich folgte. Unzählige Bilder hingen an den Wänden und interessiert begutachtete ich die verschiedenen Fotos. Aus längst vergangenen Epochen und Jahrzehnten gab es Abbildungen von Leuten, die ich entweder schon mal gesehen hatte, aus Erzählungen heraus oder gar nicht kannte. Verdammt, war das beeindruckend! Am liebsten hätte ich ewig hier verweilt und mich in den Bildern verloren.

»Gefällt dir unsere Galerie?«, ertönte es plötzlich hinter mir und ich zuckte vor Schreck zusammen.

»Merlin. Hör auf unsere Gäste zu erschrecken«, rief Emerson, als ich mich umdrehte und ihm meine Hand zum Gruß reichte. »Merlin. Vielen Dank, dass ich euch so kurzfristig besuchen darf.«

Der kleine, hagere Mann schüttelte kraftlos meine Hand und zeigte Richtung Küche. Im Schummerlicht machte Merlin einen alten, zerbrechlichen Eindruck. Er war das älteste auf Erden verweilende Geschöpf. Zusammen mit seiner Frau Emerson. Das Auftreten täuschte aber, und auch wenn ich persönlich nie gesehen hatte, wie er seine Kräfte einsetzte, so wusste ich eins mit Sicherheit: Merlin war weder schwach, noch gebrechlich. Und wenn er wollte, konnte er eine ganze Armee mit einem Pusten umhauen.

Ich hatte ungeheuren Respekt vor ihm. Jedoch nicht vor Angst. Merlin war weder rachsüchtig noch gemein oder sonstiges. Zumindest nicht, wenn man ihm seine Ruhe ließ. Es gebührte ihm Respekt für das Wissen, welches er über Jahrhunderte angesammelt hatte.

Wir betraten eine kleine Küche, in der eine behagliche Wärme wummerte und es herrlich nach frisch gekochtem Eintopf duftete.

»Emerson, auch dir möchte ich für meinen kurzfristigen Besuch bei euch danken. Eine kleine Aufmerksamkeit!« Ich lächelte aufrichtig und hielt ihr die zwei Flaschen Ciroc Coconut hin. Sie schmunzelte erfreut, nahm die beiden Flaschen und stellte sie auf die Küchentheke. Dann packte sie mich bei den Oberarmen und betrachtete mein Gesicht aus ihren silbernen Augen heraus.

Es vergingen ein paar Momente und ein Windhauch wehte mir ins Gesicht, der sich an meinem Körper hinunterschlängelte. Für einen kurzen Augenblick glaubte ich zu schweben. Dann nickte sie lächelnd und flüsterte: »Die Magie ist keine Magie, wenn sie nicht aus dem Herzen stammt.«

Fragend schaute ich auf sie herunter. Sie war mindestens genauso schmal und zierlich wie ihr Ehemann. Als Emerson jedoch meine Oberarme losließ, spürte ich den nachlassenden Druck ihrer Finger.

»Setz dich, Junge«, bellte Merlin und ich nahm auf einem knarzigen, alten Holzstuhl am Küchentisch Platz.

Emerson holte Trinkgläser und goss von dem mitgebrachten Wodka ein. Wir hoben die Gläser und Merlin nickte. »Ich bin einverstanden, Emerson.« Diese blinzelte einmal und violett-rote Flammen züngelten aus meinem Glas.

»So sei es!«, sagten Merlin und Emerson im Chor und stießen mit mir an.

Da es mir nach altem Brauch nicht zustand Fragen zu stellen, kippte ich mein Flammengetränk hinunter, in der Hoffnung nicht selbst in Flammen aufzugehen.

Entgegen meiner Befürchtung floss das Getränk eiskalt meinen Rachen hinunter, so dass ich von innen heraus fröstelte. Ich leckte mir über die Lippen und schloss versonnen die Augen. Das war verrückt. Ich schmeckte Eliza! Ich roch Eliza. Ich fühlte sie. Verwirrt fuhr ich mir übers Gesicht.

Emerson stand auf und schöpfte drei Teller Eintopf raus. »Morgan O'Malley. Ich spüre deine Angst.«

Sie reichte uns die Teller und setzte sich zu uns.

»Ja. Ich habe Angst, Emerson«, gab ich ehrlich zu. »Ich bin in einer Situation, in der mir etwas genommen werden kann.«

»Und du möchtest es unter keinen Umständen verlieren. Weil es dir wichtig ist. Aber liebst du es auch?«

Ich legte den Löffel beiseite und ging in mich. »Es macht den Anschein. Aber ich kann es aufgrund der Umstände nicht hundertprozentig sagen. Und das kann gegen mich verwendet werden.«

Beide nickten. »Was du liebst, kann dir nicht genommen werden. Außer von der Liebe selbst. Bei allem, was du tust, sei clever«, betonte Emerson mit Nachdruck.

Wir aßen unsere Suppe auf und dann war es Zeit für mich zu gehen. Auch wenn ich das Gefühl hatte nicht klüger als vorher zu sein, machten mir Merlin und Emersons verrückt klingenden Aussagen Mut.

Ich bedankte mich höflich und verließ die eigenartige Hütte, die mitten in den Wäldern versteckt auf einer Anhöhe stand. Die beiden gingen, soweit man den Gerüchten trauen durfte, nicht mehr außer Haus. Und alles, was sie zum Leben brauchten, kam zu ihnen.

Diesen Besuch würde ich nie vergessen und voller Demut, dass die beiden mich überhaupt empfangen hatten, stieg ich in meinen Audi und brauste durch die bald endende Nacht.

***

Zu Hause erwarteten mich Ash und Logan, die gemeinsam an der Küchentheke saßen und Bier tranken. Ich berichtete ihnen rasch von meinem Besuch.

»Strange. Ich würde die beiden auch gern mal kennenlernen«, meinte Ash ehrfurchtsvoll. »Bedauerlicherweise kann ich dir keine Informationen zum Rat liefern. Allerdings habe ich mit Megan telefoniert.«

Angespannt sah ich meinen kleinen Seelenbruder an. »Ich habe Eliza noch nicht erreicht. Also?«

»Tja. Jetzt wird es interessant. Eliza wurde heute Abend von ihrer Mutter abgeholt.«

»Von ihrer Mutter?« Logan grinste amüsiert. »Bekommt sie Hausarrest, weil sie mit dem großen, dunklen Buben gespielt hat?«

»Tatsache!«, antwortete Ash und zog seine Stirn in Falten.

Logans Bier sauste auf die Theke. »Klar, Alter. Hör auf uns zu verarschen.«

Ash schlenderte zum Kühlschrank und zog sich noch ein weiteres Bier aus dem Regal.

»Yo«, hallte es von der Diele aus und eine Tür knallte zu.

»Küche. Bier. Gaaanz komische Stimmung«, antwortete Logan.

Cary kam in seiner kompletten Biker Montur in den Raum gedonnert. »Was für 'ne Nacht.« Ash reichte ihm eine Flasche und er lehnte sich an die Küchentheke. »Ihr seht aus, wie ich mich fühle. Diese Menschen machen mich fertig.«

Bejahend stießen wir gemeinsam an.

»Leider keine Informationen. Sorry, Morgan. Allerdings hatte ich heute einen ziemlich deplatzierten Besuch im Club. Simona war da.«

»Simona DeDay?«

»The one and only.«

»Was bitte hat die Enkelin des Ratsvorsitzenden und Etepetete Nummer Eins in so einer Spelunke wie deiner zu suchen?«, erkundigte sich Logan und sprach mir damit aus der Seele.

»Diese Spelunke ist der angesagteste Club in dieser Stadt, du Arsch.«

»Trotzdem kein Pflaster, worauf sich jemand wie Simona jemals freiwillig begeben würde«, entgegnete ich rau.

»Stimmt. Aber vielleicht ist ihre überhebliche Art nur Fassade. Immerhin hat sie dort jemand getroffen. Und das war mit Sicherheit keiner aus der Oberschicht, denn dieser Kerl war ein Mensch und sie wirkten sehr vertraut.«

Ash schüttelte den Kopf. »Komisch. Sagtest du nicht, sie zeigt Interesse an dir?«

»Das dachte ich zumindest. Möglich, dass ich als Ablenkungsmanöver diene ... egal, Ash, erzähl weiter. Was hast du noch von Megan erfahren?«

»Das wird dir nicht gefallen. Eliza hat ebenfalls eine Einladung vom Rat erhalten.«

Ich zog scharf den Atem ein.

»Und jetzt kommt der verrückte Part. Elizas Mutter wartete bei Addison und das Erste, was sie sagte, als Eliza ankam, war, dass Eliza unter keinen Umständen an dem Dinner teilnehmen darf!«

»Das ist unmöglich. Woher sollte ihre Mutter davon wissen?«, überlegte ich und wanderte unruhig in der Küche auf und ab.

»Vielleicht hat diese Addison der Mutter Bescheid gegeben?«, fragte Cary.

»Kann sie gar nicht. Megan hat erzählt, dass Eliza die Post während der Fahrt geöffnet hat. Bell, Meg und Eliza diskutierten nämlich auf dem Weg zu Addison über diese mysteriöse Einladung.«

»Morgan«, unterbrach Logan, »besteht irgendein Zweifel an ihrer Menschlichkeit?«

»Nein. Keiner! Ash?«

»Ich schließ mich dir an. Sie ist eindeutig ein Mensch.«

Logan rieb sich nachdenklich über die Stirn. »Das ist verworren. Wenn ihr mich fragt, fehlen uns ein paar gewichtige Informationen. Irgendetwas ist faul!«

»Jap. Womit wir bei meinen Nachforschungsergebnissen wären. Das Abendessen mit dem Rat ist die gängige Methode verbandelte Paare als vollwertige familiäre Mitglieder in die Gemeinschaft aufzunehmen und gemeinsam mit ihnen einen Vermählungstermin auszumachen.«

»Okay. Aber das bedeutet, dass sie nicht über Elizas Menschlichkeit Bescheid wissen. Wir müssen auf jeden Fall die Ohren aufhalten. Bis zum angesetzten Termin sind es zum Glück noch ein paar Tage.«

Logan stand auf. »Wird gemacht. Ich hau mich aufs Ohr. Das solltest du auch versuchen, O'Malley.«

Cary klopfte auf den Tisch und verschwand mit Ash die Treppen hinauf. Ich sammelte die Bierflaschen ein und stellte sie in den Kasten. Es war kurz vor sieben Uhr in der Früh. Wahrscheinlich schlief Eliza noch. Auch wenn es unhöflich erschien, aber es konnte nicht warten. Wir mussten dringend miteinander reden.

Zwölf

Eliza

Das Telefon vibrierte unter meinem Kopfkissen und ich musste gar nicht erst aufs Display sehen, um zu wissen, wer mich zu erreichen versuchte. Morgan hatte es in dieser Nacht mit Sicherheit an die zwanzig Mal probiert, aber ich konnte mich nicht durchringen, mit ihm zu sprechen.

Noch nicht.

Meine Gedanken, wie auch meine Gefühle waren überfordert. Gnadenlos überbelastet mit den Informationen, die mir meine Mom gestern Stück für Stück über den Abend hinweg bis tief in die Nacht so sanft wie möglich hatte zukommen lassen.

Ich drehte mich auf die andere Seite des Bettes. Viel geschlafen hatte ich nicht. Und wenn ich doch ein Auge zugemacht hatte, wurde ich von Albträumen geplagt.

Wie konnte das passieren? Gestern war die Welt noch in bester Ordnung gewesen. Ich war gesegnet mit den besten Freunden, die man sich vorstellen konnte, einem Job, den ich liebte, und einem gutaussehenden, klugen Mann an meiner Seite. Und heute war ich die Tochter einer 208 Jahre alten Hexe.

»Ha!«, stieß ich ungläubig aus. 208 Jahre alt! Das musste man sich mal auf der Zunge zergehen lassen.

Unvermittelt setzte ich mich im Bett auf und mein Blick wirbelte umher. Vielleicht war mir das Glück hold und jeden Augenblick sprang jemand aus der Ecke, der rief: »Reingefallen. Willkommen bei der Versteckten Kamera!«

Ich seufzte laut auf. Tief in mir drinnen ahnte ich, dass das nicht passieren würde. Und tief in mir drinnen wusste ich schon seit meiner Kindheit, dass meine Mutter nicht die war, die sie vorgab zu sein.

Klar, sie besaß diese besondere Gabe, mit der sie ihr Geld verdiente. Sie half Menschen in deren Zukunft zu sehen. Was sie, um es in Worte zu fassen, zu einer Wahrsagerin machte, und zwar mit all diesem albernen Brimborium. Glaskugel, goldenem, mit Pailletten verziertem Tuch auf dem Kopf und so weiter.

Zu Hause war sie aber eine ganz normale Mom. Die kochte, Wäsche wusch und staubsaugte. Keine Hexenküche, keine mystischen Figuren, keine Zauberei. Schlicht eine wunderschöne Frau mittleren Alters – mit einem Hang zu immens viel Schmuck und wallenden Kleidern –, die ihr Kind alleine großzog.

Und trotzdem hatte mich immer dieses Gefühl begleitet, das mir sagte: Da steckt viel mehr dahinter!

Meine Mom deutete meine Gefühle grundsätzlich richtig. Auch wenn ich nicht in ihrer Nähe war. Sie traf immer ins Schwarze. Und wenn ich mal flunkern oder was aushecken wollte, wusste sie schon Tage vorher Bescheid.

Ich erinnere mich an eine Begebenheit als Fünfzehnjährige. Megan und ich hatten unbedingt in diesen neuen Club gehen wollen, in den man erst mit achtzehn reinkam. Wir hatten uns gefälschte Ausweise beschafft, die uns drei Monate unseres Taschengelds gekostet hatten. Ich hatte den Ausweis über zwei Wochen lang immer bei mir getragen, aus Angst, dass Mom ihn sonst gefunden hätte. An dem besagten Abend war ich zu Megan gegangen, um bei ihr zu übernachten. Sobald wir aus dem Fenster gestiegen waren, wiegten wir uns schon in Siegerlaune. Als wir die halbe Stunde in unseren, wie wir damals gemeint hatten, heißesten Dresses zum Club per Fuß und Bus hinter uns gebracht hatten, waren wir vor Euphorie total geflasht gewesen. Das Gefühl hatte bis zum Eingang des Clubs gehalten.

Anstatt uns in den Club zu lassen, hatte der Türsteher auf ein Auto gezeigt, das im Halbdunkeln geparkt hatte. Der klapprige Käfer gehörte meiner Mom, die wartend darin gesessen hatte. Kaum waren wir eingestiegen, hielt sie die Hand auf. Kommentarlos hatten wir ihr die Ausweise ausgehändigt, die in Nullkommanix in eine Millionen Teile zerschnitten gewesen waren.

Mit einer Nagelschere.

Statt einer Strafpredigt, noch uns bei Megs Eltern bloßzustellen, hatte sie uns bis einen halben Block vor Megans Haus gefahren und kurz gehupt, just in dem Moment, wo wir wieder durchs Fenster geklettert waren.

War das cool gewesen? Oder peinlich? So oder so redeten wir nie darüber und ich dachte, das war die beste Lektion, die ich hatte bekommen können. Keine Strafe oder Predigt wäre lehrreicher gewesen.

Lange Zeit schrieb ich diesen Vorfall dem normalen Instinkt einer Mutter zu. Aber je älter ich wurde und ein Vorfall dem nächsten ähnelte, wurde mir klar, dass meine Mom einen besonderen Draht zu mir und den Dingen, die ich tat, hatte.

Kopfschüttelnd schleppte ich mich aus dem Bett und schlurfte ins Bad. Vielleicht brachte eine Dusche meinen Verstand zurück. Oder weckte mich aus diesem Albtraum auf.

***

Ich inhalierte einen tiefen Zug meiner Zigarette und lehnte mich mit dem Rücken ans Geländer. Mein Blick schweifte über den weitläufigen Garten, ehe ich einen Schluck Kaffee trank.

Addy und Bell hatten sich zwischenzeitlich gemeldet, um zu fragen, ob ich jemanden zum Reden bräuchte. Und wie ich das tat! Trotzdem hatte ich verneint. Denn bevor meine Mom gestern zu erzählen begonnen hatte, musste ich ihr hoch und heilig versprechen nicht mal mit Meg über alles, was sie mir anvertrauen würde, zu sprechen. Niemals und unter keinen Umständen.

Und das war furchtbar für mich. Wir vier waren immer füreinander da und jeder wusste über den anderen Bescheid. Nichts zu sagen, Dinge zu verschweigen kam für mich einer Lüge gleich, und wenn ich eins überhaupt nicht ausstehen konnte, dann wenn gelogen wurde.

Leise Schritte näherten sich. Mom setzte sich neben mich auf die Treppe. Ihr Kleid bedeckte die Stufen und ein Teil meines Beins. Heute trug sie das Vanillegelbe mit einem weißen und einem hellgrauen Seidenschal. »Wie geht's dir?«, fragte sie und die Sanftheit in ihrer Stimme ärgerte mich.

»Sag du's mir, Mom«, erwiderte ich deswegen schnippisch.

Ihr Gesicht verzerrte sich getroffen und sie nickte sacht. »Hm. Das habe ich wohl verdient.«

Das schlechte Gewissen stürmte auf mich ein. Meine Mutter war ein guter Mensch und ich war behütet und liebevoll aufgewachsen. Trotzdem tat es weh jahrelang so hintergangen geworden zu sein.

»Es tut mir so unendlich leid. Ich hatte gehofft dir all das ersparen zu können. Damit du ein normales Leben führen kannst.«

»Ein Leben mit dir war noch nie normal, Mom.« Ich rauchte aus und drückte den Stummel im Aschenbecher aus.

»Eliza, mein lieber Engel. Eine Hexe zu sein bringt Verpflichtungen mit sich. Und vor diesen wollte ich dich beschützt wissen. Da steckt so viel dahinter.«

»Erklär es mir. Sag mir, was dahintersteckt und warum es dich so unendlich traurig macht und wieso du nicht möchtest, dass ich damit in Berührung komme. Warum du es mir jahrelang verschwiegen hast!«

Sie überlegte kurz und ihre gelockten, haselnussbraunen Haare, wehten im Wind hin und her. »Hast du die Einladungskarte dabei?«

»Ich glaube schon. Wieso?«

»Hol sie mir mal, Schatz, ja? Ich denke, das ist ein guter Anfang für eine lange Geschichte.«

Morgan

Entnervt stieg ich aus dem Bett und glitt durch das dunkle Zimmer. Meine Sinne waren geschärft, wie immer, wenn ich in der Dunkelheit agieren musste. Letztlich sagte das mehr über mich aus als alles andere. Ich war und blieb das Raubtier unter den Schwärmern.

Ich schlich die Treppe runter in mein Arbeitszimmer, schenkte mir einen Cragganmore ein und setzte mich an den Schreibtisch. In dieser Stille verweilte ich. Meine Gedanken rasten wild umher und ich versuchte Ordnung reinzubringen. Aber wo sollte man in einem Chaos am besten anfangen?

»Die Magie ist keine Magie, wenn sie nicht aus dem Herzen stammt.«

Was hatte die alte Emerson damit nur gemeint? Grübelnd öffnete ich den Laptop. Ein Bild von Eliza und mir flimmerte auf dem Desktop auf. Es zeigte uns in der Nacht beim Tanzen im *Magical.* Megan hatte ein Foto mit ihrem Handy von uns gemacht, als wir zu *Unforgettable* in der Nische tanzten. Unbewusst hatte sie den perfekten Moment eingefangen. Kurz bevor ich Eliza geküsst hatte und unsere Blicke ineinander verschmolzen waren. Das war ein magischer Moment gewesen und der Augenblick, der alles in mir verändert hatte.

Ich stürzte den Whisky in einem Zug herunter. Verdammt, sie fehlte mir so sehr. Ich vermisste ihr Lachen, das Glitzern ihrer Augen, wenn es Desserts gab, ihre kratzige Stimme, wenn sie einen Song mitsang, und diese Leichtigkeit, wenn sie in meinen Armen lag.

Ich empfand Liebe für sie. Pure, tiefe Liebe. Aber ich musste mir sicher sein. Und das konnte ich nicht, wenn ich den Rat nicht informierte. Was mir wiederum Angst einjagte, da mir klar war, dass dieser einer Beziehung nie zustimmen würde. Und sollte sie doch die Eine für mich sein, was würden sie mit ihr machen? Immerhin war sie ein menschliches Wesen.

Ich gab das Suchwort *Nash-Rat* in die private Suchmaschine der Nachtschwärmer ein. 489 Treffer wurden gelandet. Die meisten zeigten ein Bild der Mitglieder des Rats mit Namen und Funktion. Außerdem gab es einen Lebenslauf einzusehen, sowie die Tätigkeiten, beziehungsweise über ihre Arbeit im Rat und die unzähligen Beschlüsse, die seit der Gründung vor fünfhundert Jahren beschlossen worden waren.

Fünfhundert Jahre! So alt war der Rat noch gar nicht und trotzdem waren seine Gesetze überholt. Allein in den vergangenen Jahrzehnten war die menschliche Welt von solch großen Fortschritten geprägt worden, dass wir Nachtschwärmer dem nicht hinterherhinken sollten.

Wäre da Elizas und meine Geschichte eine gute Gelegenheit, um ein Exempel zu statuieren? Vielleicht würden alte Regeln und Gesetze aufgebrochen werden. Wäre es nicht schön, wenn wir frei in unseren Entscheidungen wären?

Natürlich war mir klar, dass unsere Spezies diese Sicherheit zur Nachkommenschaft brauchte. Und ich schätzte, dass sich die meisten für einen anderen Nachtschwärmer entscheiden würden, allein aus Gründen der Umsetzungsmöglichkeit.

Dass Eliza einen Job hatte, bei dem sie ebenso nachts arbeiten musste, war für unsere Beziehung klar von Vorteil. Aber nicht jeder Mensch und auch mancher Nachtschwärmer mochte sein Leben gänzlich in der Nacht führen, was ich durchaus nachvollziehen konnte.

Ich rieb mir demotiviert die Augen und goss das Glas voll. Die heutige Menschheit hatte es wirklich besser. Es war egal, ob sie gelb, weiß oder schwarz waren. Deutsche, Spanier oder Amerikaner. Selbst ob Mann und Mann oder Frau und Frau zusammen ein Leben bestreiten wollten, alles war möglich. Das gefiel mir und mittlerweile konnte ich mir ein bisschen Neid auf diese Möglichkeiten nicht verwehren.

Ich scrollte zum Gruppenbild des Nash-Rats. Er bestand aus jeweils einem Mann und einer Frau jeder *Art*. Da gab es also das Vampirpaar, Etienne LaRue und Charlotte King. Die Feen (auch Vertreter der Elfen und Kobolde), Daisy DeLaFuego und Crispin Marley. Die Werwölfe, Duncan McFaden und Fiona Lindtholm. Die Gestaltwechsler, Robin Stonewood und Linnley Finn. Und zu guter Letzt die Hexen, als einziges Ehepaar, Georgia und Tal DeDay, die Großeltern von Simona.

Die Vorfahren der Vertreter hatten gemeinsam den Rat gegründet und das Zepter an ihre Enkel weitergegeben. Irgendwann würde Simona den Posten ihrer Großeltern übernehmen, gemeinsam mit ihrem jüngeren Bruder.

Ich gab als weiteres Suchwort *Verbindung* ein. Die Trefferquote war gleich null. Und auch unter *Paarbindung* und *Hochzeit* konnte ich nichts Aussagekräftiges finden.

Enttäuscht loggte ich mich aus. Während der Laptop herunterfuhr, suchte ich im Bücherregal nach dem alten Nachschlagewerk der Nachtschwärmer, dem *Reglement*.

Unter der Überschrift: *Verbindungen. Absatz drei, Punkt acht: Scheidung und Trennung* las ich: *Eine Trennung findet statt, wenn ein Partner verstirbt. Und nur dann. Eine Scheidung ist ausgeschlossen. Sollte das Schicksal Differenzen zwischen einem Nachtschwärmerpaar hervorbringen, kann eine Trennung oder Scheidung nur unter Anhörung des Rats und nur unter strengen Bedingungen vollzogen werden.*

Perplex starrte ich auf das verblichene Papier. Wieso musste man sich dafür erst den Segen des Rats einholen?

Ich klappte das Buch zu und lehnte mich ans Regal. Ein flaues Gefühl schlängelte sich meine Magenwand hinauf. Mir fiel kein einziges Paar ein, das getrennt oder geschieden war. Und keins war kinderlos. Kein. Einziges. Ich lachte trocken auf. Das hatte die Natur verflixt gut ausgerichtet. Ich stellte das Buch zurück und ging in mein Schlafzimmer.

Mir schwirrte vor Fragen der Kopf. Wieso nahm sich der Rat das Recht heraus zu entscheiden, wer sich trennen durfte und wer nicht? Was war mit der persönlichen Entscheidungsfreiheit? Und was war, wenn man sich entliebte? Oder seinen Partner verlor? Es konnte doch nicht sein, dass es nur glücklich vereinte Paare gab? Wir waren Nachtschwärmer und keine Figuren aus Disneyland, verdammt noch mal ...

Eliza

Mit der Karte in der Hand kehrte ich in den Garten zurück. Mom saß auf der weißen Hollywoodschaukel, die unter einer hochgewachsenen Eiche stand, und wippte sanft hin und her. Sie sah wunderschön aus mit ihrer lockigen Haarpracht, der makellosen Haut, den Sommersprossen und den dunkelbraunen Augen. Gänsehaut überzog meinen Körper.

Mom hatte sich kein bisschen verändert. Seit meinen fünfundzwanzig Jahren auf Erden sah sie immer gleich aus. Wieso war mir das nicht aufgefallen?

»Hexen altern sehr langsam, mein Schatz«, flüsterte sie unvermittelt und ich zuckte auf.

»Kannst du meine Gedanken lesen?«, fragte ich und setzte mich neben sie auf die Schaukel.

»Nein. Aber deine Gefühle erzählen mir all die Dinge, die du denkst. Oder fühlst. Nicht in kompletten, direkten Sätzen. Aber doch so, dass ich sie ausgezeichnet verstehen kann. Du kannst lernen diese zu verschließen. Und das ist eines der ersten Dinge, die ich dir beibringen möchte. Denn tagtäglich begegnest du anderen Hexen, die dich genauso gut lesen können, wie ich es kann.«

Ich überlegte kurz. »Dann war es nie dein mütterlicher Instinkt, der all die Dinge in meiner Kindheit und Jugend gewusst hat?«

Sie lachte mild auf. »Ja und nein. Natürlich habe ich mit meinen Fähigkeiten den bestmöglichen Zugang zu dir gehabt. Letztlich steckt in jeder Mutter eine kleine Hexe. Zu wissen, was das eigene Kind fühlt oder denkt und sei es nur ansatzweise, gehört zu einer guten Mutter-Kind-Bindung dazu. Tatsächlich sind die menschlichen Wesen viel näher an uns Hexen dran, als man vermuten mag. Empathie, Intuition oder ganz lapidar das Bauchgefühl ... das sind alles Fertigkeiten einer Hexe. Wie stark diese bei einem Menschen ausgeprägt sind, ist individuell verschieden. Aus diesem Grund gibt es auch viele Wahrsager, die diese Fertigkeiten nutzen, aber keine wahren Hexen sind.«

»Ich ... bin ich ... also ...«, stotterte ich aufgeregt, was Mom veranlasste meine Hand zu nehmen, »... bin ich auch eine Hexe? So eine richtige, meine ich?«

»Nein, bist du nicht. Mittlerweile kann ich das mit Sicherheit sagen. Dein Vater ...«, sie legte den Kopf schief und ihre Augen schimmerten traurig, »dein Vater ist ein Mensch.«

»Mom?« Ich drückte kurz ihre Hand und presste die Lippen aufeinander.

Mit tränenverschleiertem Blick und einem Zittern in der Stimme wisperte sie: »Dein Vater … er hat uns nicht verlassen. Wir haben uns aus tiefstem Herzen geliebt! Und ich liebe ihn heute noch so sehr.«

Mom fing an zu schluchzen und in diesem Augenblick zerbrach etwas in mir. Ich hatte meine Mom noch nie weinen sehen. Sie war immer eine starke, toughe Frau gewesen. Nichts hatte sie je aus der Bahn geworfen. Nichts. Niemals.

Ich schlang die Arme um sie und weinte mit ihr. Ihr Schmerz schwappte ungebremst auf mich über und nahm mir den Atem. Jahrelang war ich davon ausgegangen, dass mein Vater sich einfach aus dem Staub gemacht hatte und dass das der Grund gewesen war, warum Mom bis auf gelegentliche Verabredungen keinen Mann mehr in ihr Leben gelassen hatte. Weil sie die Angst lähmte, erneut verletzt zu werden.

Es tat weh. Es tat so verdammt weh Mom so gebrochen zu sehen. Es tat weh zu erfahren, dass mein Vater uns gar nicht verlassen hatte. Es tat weh zu wissen, dass mein Leben nicht mehr so sein würde wie am Tag zuvor.

Mein Herz war eingekesselt in einer dicken, fetten Schmerzwolke. Und das Schlimmste daran?

Ich spürte, dass das erst der Anfang war.

***

Ein Dutzend Taschentücher später verlagerten wir unser Gespräch in die Küche, um Frühstück zu machen. Mom hatte sich ebenfalls ein paar Tage freigenommen. Durch ihre Selbstständigkeit ging das relativ problemlos, allerdings fehlten ihr während dieser Zeit die Einnahmen. Ich wollte ihr den Verlust ersetzen, weil ich im Gegensatz zu ihr sowohl bei Urlaub als auch bei Krankheit mein Gehalt bekam. Aber sie wollte nichts davon hören und so gesellten sich zu meiner Traurigkeit zusätzlich Schuldgefühle, da ich der Grund für ihren Spontanurlaub war.

Es war lange her, dass ich selbst Frühstück zubereitet hatte, und mit meiner Mom zusammen schien es mir eine Ewigkeit her gewesen zu sein. Ungeachtet vom Chaos und der abrupten Veränderung meiner Lebensumstände machte mich das glücklich. Das spiegelte zumindest einen Hauch von Normalität wider und davon konnte ich unter diesen Umständen nicht genug bekommen.

»Erzählst du mir von ihm?«, fragte ich und setzte mich auf den Barhocker.

»Natürlich. Jetzt kann ich dir endlich die ganze Geschichte erzählen, Eliza. Endlich, nach so einer langen Zeit.« Mom stellte die Marmelade auf den Tisch und zog sich den Hocker an die Küchentheke. »Das wird jetzt schwer für mich und deswegen wünsche ich mir, dass du mit deinem Urteil wartest, bis ich dir alles erzählt habe. Wenn du nur einen Teil unserer gemeinsamen Geschichte kennst, wirst du mich und die Dinge, die ich gemacht habe, nicht nachvollziehen können.«

Ich schnappte mir ein Toastbrot und beschmierte es dick mit Butter. »Alles klar. Aber wenn es mir zu viel wird, werde ich Pausen brauchen. Zeit für mich, um das alles sacken zu lassen.«

Mom hob ihren Kaffeebecher hoch. »Abgemacht!«

Ich nickte.

»Na gut.« Sie stellte den Becher auf den Tisch und rieb sich die Hände. »Der Grund, warum du zum Radio gegangen bist ...«

Erstaunt riss ich die Augen auf. Was hatte das denn mit meinem Vater zu tun? »Ja?«

»Du verehrst doch diesen Radiomoderator. Dessen Sendung wir uns jahrelang jeden Tag angehört haben.«

»Sir-Mix-a-Lot. Elliot, mein Held! Niemand konnte die Musik so an mein Herz führen wie er. Ich höre ihn nur noch sporadisch, seit ich selbst arbeite. Moderiert er denn überhaupt noch? Er muss bestimmt schon um die sechzig sein!«

»Er ist jetzt einundfünfzig. Und ja, er moderiert noch. Ich höre mir seine Sendung jeden Tag an.«

»Sollen wir das heute gemeinsam machen? So wie früher?« Lächelnd biss ich in den Toast. Oh, ich liebte Sir-Mix-a-Lot!

»Ja. Lass uns das machen. Das wäre schön.« Mom atmete tief durch. »Eliza, Elliot James, Sir-Mix-A-Lot ... ist dein Vater.«

»Was?«, brüllte ich und spuckte dabei ein paar Reste des Toasts auf die dunkle Holztheke. »Das ist nicht wahr! Elliot Sir-Mix-a-Lot ist *mein* Vater? Der Mann, dem ich es zu verdanken habe, dass ich Musik so heiß und innig liebe?«

Mom nickte bedächtig. »Genau. Und der Grund, warum ich jeden Tag seine Sendung hören wollte.«

Ich schlug die Hände vors Gesicht. Das war der pure Wahnsinn. Ich vergötterte diesen Mann. »Das ... das ... das kann nicht wahr sein. Elliot James! Mein Vater?«, murmelte ich zwischen den Fingern hindurch und schüttelte vehement den Kopf. Das alles wurde immer abstruser.

»Er weiß nicht, dass es dich gibt«, lenkte Mom ein. »Bevor ich ihm von unserem Glück erzählen konnte, musste ich ihn aus meinem Leben verbannen. Eine unverzeihliche, aber notwendige Entscheidung.« Sie kniff die Augen zusammen. »Ich bin mir sicher, dass er dich genauso sehr lieben würde, wie ich dich liebe.«

»Hast du dich von ihm getrennt, weil du eine Hexe bist?«

Sie nickte langsam. »Ja. Wenn man alles andere außer Betracht lässt, dann ist das wohl der Grund. Dass ich eine Hexe bin. Oder Elliot eben keine. Wir waren so glücklich, dass ich mir darüber keine Gedanken gemacht hatte. Was im Nachhinein absolut inakzeptabel war. Denn dort, woher ich komme, gibt es ein klares Reglement, an das man sich strikt halten muss.«

Verwirrt schaute ich sie an. »Was meinst du damit? Von dort, wo du herkommst. Du stammst doch ursprünglich aus Lavon, oder nicht?«

»Nein, mein Schatz. Dahin bin ich erst gezogen, als ich mit dir schwanger war und mich von deinem Vater getrennt hatte. Ich habe meinen Nachnamen in Lake umändern lassen, als Erinnerung an Elliot. Das ist sein richtiger Nachname. Mein Geburtsname ist Leonard und ich stamme ursprünglich aus einem Ort, der circa eine halbe Stunde von Santos entfernt liegt. Dort ist der Hauptsitz derer, die die Gemeinschaft in unserem Land unter sich hat. Der Nash-Rat.«

»Der Nash-Rat? Du kennst ihn? Dann weißt du, was das mit der Einladung auf sich hat?«

»Ja. Aber dazu komme ich später. Der Nash-Rat ist sehr mächtig. Die Mitglieder entstammen jeweils einer alten und reinen Linie. Dieser Rat hat ein Sammelsurium an Rechten und Pflichten zusammengestellt, an die sich jeder Nachtschwärmer halten muss.«

»Moment-Moment!« Ich hob die Hände hoch. »Was sind bitte Nachtschwärmer?«

»Ich bin eine. Und all jene, die ihr Leben überwiegend in der Nacht verbringen müssen oder wollen.«

»Das verstehe ich nicht. Du lebst doch gar nicht nachts! Und wer möchte sein Leben schon ausschließlich nachts leben?«

»Da gibt es einige. Die, die müssen, haben sowieso keine andere Wahl. Und jene, die auch unter Tag leben könnten, entscheiden sich zugunsten der Gemeinschaft und der eigenen Sicherheit für ein Nachtleben. Nachts ist es für die meisten von uns einfacher zurechtzukommen.« Sie nickte zur Bekräftigung ihrer Worte. »Bevor du geboren wurdest, lebte ich mein Leben vorrangig während der Dunkelheit. Das hat sich mit dir und der Tatsache, dass ich mit der Gemeinschaft brechen musste, geändert.«

»Okay. Stopp! Verstehe ich das richtig? Du hast mal einer Gemeinschaft angehört, die sich selbst als Nachtschwärmer bezeichnet und von einem Rat angeführt wird, welcher ausschließlich in der Nacht agiert?«

Meine Mom verlagerte ihr Gewicht auf dem Stuhl und angelte sich einen Muffin aus dem Korb. »Genau.«

»Bist du dir sicher, dass du nicht in einer Sekte gefangen warst?« Ich beäugte Mom skeptisch. Vielleicht litt sie an einer Geisteskrankheit und war gar keine Hexe!

Mom schüttelte ausdruckslos den Kopf. »Ich bin mir sicher, Eliza. Wir Nachtschwärmer sind definitiv keine Sekte. Wir sind lediglich eine Zusammenkunft verschiedener außergewöhnlicher Wesen.«

»Hm«, murmelte ich und Mom lachte auf.

»Eliza. Deine Gefühle sind so klar. Daran müssen wir wirklich arbeiten. Aber vorher …« Sie stellte den zuvor genommenen Muffin auf ihre Handfläche, streckte sie hoch und nahm dann die Hand weg. Der Muffin kreiste einmal um Mom, schwebte über den Tisch zu mir herüber, und landete auf meinem Teller. Atemlos griff ich nach dem Gebäck. Dann schaute ich in die Luft und fuchtelte mit den Händen hin und her. Irgendwo musste eine Schnur oder irgendein anderes Zauberhilfswerk sein.

Aber da war nichts.

Nur Luft.

Mom kicherte belustigt, wenn auch sichtlich nervös, und schon erhob sich der Muffin wieder, umkreiste nun mich einmal und tanzte durch die Küche zurück zu ihr.

»*Das* jagt mir eine scheiß Angst ein«, sagte ich. »Aber irgendwie ist es … cool!« Ich rang mir ein unsicheres Grinsen ab und heftete den Blick auf den Muffin, in den Mom genussvoll reinbiss. Kein Spielzeug. Keine Attrappe. *Okay. Durchatmen, Eliza. Das ist deine Mom. Sie ist eine Hexe. Alles ist gut.*

»Brauchst du eine Pause?«

Ich schüttelte den Kopf. »Nein. Was für Nachtschwärmer gibt es noch?«

»Das sind einige. Es gibt Feen, Kobolde und Elfen.«

»Tinkerbell lebt?«, unterbrach ich sie und klatschte mit der Hand auf die Theke.

»Absolut! Und glaub mir, die haben es ganz schön in sich. Mal davon abgesehen, dass sie unglaublich schön sind, gehören sie zu den cleversten Wesen überhaupt. Und zu den frechsten. Also verscherz es dir nie mit ihnen!«

»Bist du mit Feen befreundet?«

Ihr Blick trübte sich. »Ich war es. Offiziell ist es mir nicht mehr gestattet mich mit Nachtschwärmern zu treffen. Natürlich bleibt es nicht aus, dass man diesen oder jenen mal am Abend oder zur Nachtzeit trifft. Im Kino, beim Essen und so weiter. Aber da ich auf der schwarzen Liste stehe, und alle meinen Namen kennen, ist es ihnen verboten sich auch nur mit mir zu unterhalten.«

»Was? Das ist doch albern. In was für Zeiten leben wir denn?«

»Eliza, die menschliche Zeit ist nicht die Zeit der Nachtschwärmer. Dort herrschen andere Gesetze. Und die müssen strikt befolgt werden. Würden sie nicht, wäre unser Volk in Gefahr. So eine große Population wie unter den Menschen gibt es unter unsersgleichen nicht. Wir übertreffen die Menschen vielleicht im Alter, aber niemals an der Zahl.«

»Okay, okay. Weiter! Was oder wer noch?«

»Sag du es mir. Was für Fabelwesen, denkst du, könnten unter den Menschen weilen?«

Ich stand auf und ging zum Kühlschrank. Meine Mom besaß eine wunderschöne, hochmoderne Hightech Küche. Mit Doppelkühlschrank, Gasherd und all diesem neumodischen Kram. *Total unpassend,* dachte ich, als ich den Kühlschrank aufriss. Sollte sie nicht so eine alte, verschrobene Küche aus Ahornholz haben? Ich suchte mir einen Smoothie aus und setzte mich zurück auf den Hocker. Mein Körper kribbelte vor Spannung und härter als beabsichtigt schüttelte ich die Flasche hin und her.

»Hm. Vampire, vielleicht?«

»Richtig. Vampire sind jene, die ein Leben unter Tag nie führen können. Es giert sie im Übrigen nicht so sehr nach Blut, wie es immer dargestellt wird. Auch diese Spezies hat sich weiterentwickelt und es hat sich Anstand eingestellt. Vergleichbar mit den Menschen, die früher mit einer Keule losgezogen sind. Das ist ja auch schon lange her.«

Ein ungutes Gefühl beschlich mich. Vampire? Ich musste sofort an Morgan denken. Aber nein, das konnte nicht sein. Denn er arbeitete ja tagsüber. Niemand konnte ein erfolgreiches Unternehmen leiten, wenn er nur nachts aktiv war. Oder?

Meine Mutter runzelte die Stirn, sagte aber nichts. Diese verdammte Gefühlsleserei.

»Dann fallen mir noch Werwölfe ein. Und Ghule. Oder noch besser: Zombies!«

»Werwölfe ja, Ghule und Zombies, nein. Stattdessen gibt es noch die Gestaltwandler. Jene, die sich in jede beliebige Gestalt verwandeln können. Diese haben jedoch die strikte Auflage sich niemals in einen Menschen zu verwandeln.«

»Und Geister?«

Sie schüttelte den Kopf. »Sie gehören nicht den Nachtschwärmern an, denn Geister sind durch und durch menschlich, Eliza. Ich kann mit ihnen kommunizieren, deswegen bin ich als Wahrsagerin so erfolgreich.«

Puuh, mir dröhnte der Kopf. Ich schloss kurz die Augen. »Sorry Mom, aber ich brauch jetzt etwas Hochprozentiges!«

»Na gut. Dann lass uns den Tisch abräumen und ins Wohnzimmer gehen.«

***

Bevor wir uns auf die Couch setzten, goss ich mir einen Whisky ein. Mom holte derweil eine Schatulle aus dem Wohnzimmerschrank. Darin lagen alte Erinnerungen, sorgfältig verschlossen, gebettet auf rotem Samt.

Sie zeigte mir Bilder von sich und meinem Vater. Bilder voller Glück und Liebe. Bilder von meinen Großeltern, die ich bisher nicht kennengelernt hatte, da diese sich vor langer Zeit nach Europa abgesetzt hatten.

Briefe und Postkarten aus ihrem vorherigen Leben, bevor Mom mich auf die Welt gebracht hatte.

»Du vermisst sie. Deine Eltern, deine Freunde, meinen Vater.« Traurig sah ich sie an.

»Ja. Stimmt. Jeden Tag ein bisschen mehr und es wird nie aufhören. Aber das ist es wert. Dich hätte ich mehr vermisst.«

»Wie meinst du das?«

»Der Rat entschied, dass die Beziehung zwischen mir und deinem Dad beendet werden müsse. Sie hatten erfahren, dass ich mit dir schwanger war, und stellten mir ein Ultimatum. Deinen Vater verlassen und als Strafe dich abtreiben zu lassen. Oder deinen Vater verlassen und den Ausschluss aus der Gemeinschaft.«

Entsetzt keuchte ich auf. *Was für Arschlöcher!*

»Wie du siehst, kam dich abtreiben zu lassen für mich nicht infrage. Das stand nicht eine Sekunde zur Debatte. Also verließ ich die Gemeinschaft mit der Auflage deinen Vater nie wiederzusehen. Zusätzlich sollte ich ihn mit einem Zauber belegen, der die Erinnerung an unser gemeinsames Leben mit Dunkelheit belegt. Das habe ich nie getan. Und bis heute sitzt mir die Angst im Nacken, dass sie es herausfinden.«

Angewidert schüttelte ich mich. »Es ist mir unbegreiflich, wie dieser Rat so viel Macht ausüben kann! Wie ist das möglich?«

»Menschen, Nachtschwärmer ... letztlich sind wir alle ein Rudel. Und jedes Rudel braucht einen Anführer. Ohne Grenzen, ohne Gesetze würde unser Zusammenleben nicht funktionieren. Dir mag das unfair vorkommen, doch der Rat hat das getan, was für die Gemeinschaft der Nachtschwärmer am besten ist. Und das ist im Verborgenen zu bleiben. Dadurch, dass ich mich mit einem Menschen eingelassen hatte, ernsthaft eingelassen, hatte ich die Regeln missachtet und die Gemeinschaft gefährdet. Es war noch nie vorgekommen, dass ein Nachtschwärmer von einem Menschen schwanger wurde. Noch nie.«

Ich kippte den Whisky runter und goss mir das nächste Glas ein. »Wieso bist du nicht zu Dad zurückgegangen, als du mit den Nachtschwärmern gebrochen hast? Ihr hättet euch doch ins Ausland absetzen können.«

Mom stand von der weichen, braun gegerbten Ledercouch auf und schritt zum Fenster. Gedankenverloren blickte sie hinaus und ich merkte, wie sie um Fassung rang. So wie sie da stand, die Hände um ihren Bauch geschlungen, den Blick verloren in die Ferne gerichtet, keimte eine unbändige Wut in mir auf.

»Davon abgesehen, dass ich mich bei Vergehen der Auflage vor dem Ratsgericht wiedergefunden hätte, wie hätte ich deinem Dad erklären sollen, dass ich so langsam altere?« Sie schüttelte den Kopf. »Außerdem wusste ich nicht, ob sich meine Gene in dir verankern würden. Ob du magische Fähigkeiten haben würdest. Das wäre in Kinderjahren aufgefallen und das kann man nicht erklären.«

»Und wie machen das die Kinder von Hexenpaaren? Oder von Vampiren? Oder den anderen Nachtschwärmern?«

Meine Mom runzelte die Stirn. »Diese Kinder werden im menschlichen Leben erst erfasst, wenn sie erwachsen sind und sich eine Arbeit außerhalb der Gemeinschaft suchen. Bis dahin sind die gemeinschaftseigenen Ausbildungsstätten, wie Kindergarten, Schule und Uni, für sie verantwortlich. Viele Dörfer, aber auch Stadtteile, sind klar abgegrenzte Areale für Nachtschwärmer. Du als Mensch kannst das nicht sehen. Durch einen Schutzzauber fallen etwaige Unstimmigkeiten der menschlichen Spezies nicht auf. So war es uns möglich im Laufe der Jahrhunderte gemeinsam neben- und miteinander zu leben.«

Okay, so langsam wurde mir der Input zu viel. Zur Linderung kippte ich zwei weitere Whiskys herunter. Mein Hals und Rachen brannten und mein Magen stand unter Feuer, aber mein Kopf bettete sich genussvoll auf eine Wolke.

»Solange wir beide allein waren, hatte ich die Möglichkeit gegebenenfalls den Ort zu wechseln oder dich von zu Hause aus zu unterrichten. Unter diesen Umständen bin ich dankbar, dass du nur ein Mensch bist.«

Mir schnürte es den Atem ab und mein Herz zu. »Entschuldige, Mom. Das ist, glaube ich, doch alles zu viel für mich. Mein Herz tut so weh. Du hast alles für mich aufgegeben. Und das Schlimmste wird sein, dass du mich sterben sehen wirst, und du wirst Dad sterben sehen und selbst noch so lange weiterleben, ohne jemanden an deiner Seite zu haben, der dein Geheimnis kennt und dir zur Seite stehen kann!« Ich schluchzte lauthals los und mein Körper erzitterte.

Meine Mom hatte ihr Leben für mich aufgegeben. Sie hatte sich von dem Mann, den sie von Herzen liebte, abgewendet und fristete nun ein Leben ohne Freunde, ihrer Familie und der Gemeinschaft, in die sie eigentlich gehörte.

»Du bist nicht schuld! Hörst du! Rede dir das bloß nicht ein!«, sagte sie und eilte zu mir, um mich in den Arm zu nehmen. »Eliza. Meine kluge und wunderschöne Tochter. In solchen Dimensionen darfst du nicht denken! Es wird alles seine Richtigkeit haben. Wer weiß, was das Leben für uns bereithält? Ich werde schon zurechtkommen, das weißt du, oder?«

»Nein, Mom. Kein Mensch oder Nachtschwärmer oder was auch immer sollte sein Leben alleine fristen müssen. Das ist nicht fair. Ich hasse diesen Rat und ich hasse diese Gesetze!«

Ich schnäuzte in ein Taschentuch und Wut verdrängte meine Traurigkeit schlagartig. »Ich gehe zu diesem Dinner, Mom. Die können sich auf etwas gefasst machen!«

»Am besten ruhst du dich erst mal aus und wir besprechen später Weiteres, okay?«

Sie drückte mich auf die Couch runter und zog die Vorhänge im Wohnzimmer zu.

»Ich liebe dich«, flüsterte sie, legte eine kuschelige Decke über mich und gab mir einen Kuss auf die Stirn.

In Nullkommanix war ich mit Tränen auf den Wangen und einer maßlosen Wut im Bauch eingeschlafen.

Morgan

Noch bevor die Sonne aufging, war ich wach, hatte geduscht, gegessen und meine Sachen gepackt. Eliza meldete sich einfach nicht zurück und ich hielt diesen unwissenden Zustand nicht länger aus. Deswegen beschloss ich zu ihr zu fahren. Besonders, da ihre Mutter offensichtlich etwas über den Nash-Rat wusste, und es war wichtig zu erfahren, woher sie die Information über die Einladung hatte. Sie konnte alle in Gefahr bringen.

»Guten Morgen, Junie. Mir ist ein Notfall dazwischengekommen und ich muss dringend weg. Ich bitte Sie meine Termine zu übernehmen oder gegebenenfalls zu verschieben. Ach, und sagen Sie bitte das Essen mit Miss DeDay ab. Ich habe vor spätestens in zwei Tagen zurück zu sein. Danke.« Beruhigt legte ich den Hörer auf.

»Haust du ab?« Ash lehnte am Türrahmen zu meinem Büro.

»Ja. Kannst du mir die Adresse von Elizas Mom besorgen?«

Ash zückte unvermittelt sein Handy. »Aaah, deine Stimme. Mein Abend ist gerettet.« Er lachte. »Hm, klar. Da fragst du noch ... Ach, ehrlich? Kann es kaum erwarten. Hör mal, ich bräuchte die Adresse von Elizas Mom.«

Ich schnappte mir einen Stift und notierte die Adresse, die Ash vorsagte. Lautlos formte ich einen Dank und er glitt aus der Tür, um sich weiter mit Meg zu unterhalten.

Summerlane 18
030721 Francis

Erleichtert seufzte ich auf. Wenn ich auf die Geschwindigkeitsbegrenzungen achtete, benötigte ich knapp zwei Stunden. Und in meinem derzeitigen Zustand pfiff ich aufs Tempolimit. Aber so was von.

Eliza

Ich richtete mich auf und rieb mir die Augen. Das war nötig gewesen. Die schlaflose Nacht, die Überflutung mit Informationen und dann der Whisky. *Over und Out.*

Lauschend stand ich auf, um zu ermitteln, wo sich Mom herumschlich, aber ich hörte nichts.

»Mom?« Ich streifte durchs Haus, doch egal wo ich nachsah, ich konnte sie nirgends finden.

Ich schlappte zurück in die Küche und bereitete mir einen starken Kaffee zu, den ich direkt an der Theke trank.

Vampire? Feen? Kobolde? Elliot, Sir-Mix-A-Lot? Oh, Mann. Das war unglaublich. Ich zwickte mir in die Wange. »Autsch«, stieß ich mitleidig aus. Wäre auch zu schön gewesen, dass ich noch träumte. Verstohlen linste ich in alle Ecken. Ich schaute sogar unter der Zuckerdose nach. Keine Kamera. Nirgends.

»Fuck!« Einatmen, Ausatmen, Einatmen, Ausatmen. *Okay, ich bekomme das hin. Ich werde mich daran gewöhnen, dass meine Mom eine Hexe ist. Und der Nash-Rat ein gottverdammtes Arschloch!*

Die Wut kochte erneut in mir hoch. Zu keinem Zeitpunkt in meinem Leben war mir etwas derart ernst gewesen. Ich würde dahin gehen und denen mächtig die Meinung sagen. Sie mussten Mom wieder in die Gemeinschaft aufnehmen. Dafür würde ich sorgen.

Die Eingangstür knallte zu und Mom kam mit Einkaufstüten bepackt die Küche herein. »Hallo, mein Schatz. Na, wie geht's dir?« Sie stellte die beiden Taschen auf der Theke ab und gab mir einen Kuss auf die Wange.

»Besser, danke.«

»Ich war für uns einkaufen. Das bisschen Essen hätte nicht gereicht. Hilfst du mir auspacken?«

Ich stieß mich von der Theke ab. »Klar.«

»Super. Ach, Meg hat angerufen. Es ist dringend.«

»Alles klar. Mach ich später. Jetzt habe ich erst mal einen Bärenhunger.«

Mom lachte. »Den hattest du schon immer. Deswegen habe ich uns was vom Chinesen mitgebracht. Es steht noch im Auto. Ich geh's schnell holen.« Und schwupp, war sie zur Tür raus.

Ich verstaute die letzten Packungen Müsli und Nudeln und räumte die Taschen weg. Dann holte ich ein paar Servietten und stellte Gläser auf den Tisch.

***

Wir aßen in Stille. Außer gelegentlichen Seufzern meinerseits war nichts zu hören. Nach dem Essen setzte ich mich auf die Verandatreppe und rauchte eine Zigarette.

»Ich wünschte, du würdest das sein lassen.«

»Das wünschte ich auch!«, antwortete ich grinsend.

Mom nahm neben mir Platz. »Soll ich dir einen Anti-Raucher-Zauber auferlegen?«

Überrascht sah ich sie an. »Das kannst du?«

»Ich bin eine begabte Hexe, Eliza. Meine Großeltern haben ihr unglaublich vielfältiges und immens großes Wissen an mich weitergegeben.«

Ich überlegte kurz. »Nee. Ich glaube, ich schaff das lieber allein.«

»Meine Tochter!« Lächelnd klatschte sie in die Hände und ihre Armreife klapperte laut.

»Jetzt haben wir Sir-Mix-A-Lot verpasst!«, sagte ich.

»Du, ja. Ich habe ihn mir angehört.«

»Wie ist es für dich? Seine Stimme zu hören? Weißt du, was er privat so macht?«

»Seine Stimme beruhigt mich. Jedes Mal, wenn ich sie höre, weiß ich, dass es richtig war, wie ich entschieden habe. Dass ich dich bekommen und mich von ihm getrennt habe. Dass er seine Erinnerungen noch besitzt.« Sie schob sich die Locken hinter die Ohren und ihr Blick glitt ins Leere. »Ganz zu Anfang hat er in seiner Show immer wieder Songs untergebracht, die von seinem Schmerz erzählten. Oder Songs, die für uns von Bedeutung waren. Im Laufe der Jahre flaute das aber ab, bis es schließlich ganz zum Erliegen kam. Er hat geheiratet.«

»Das tut mir leid.«

Sie winkte ab.

»Woher weißt du das?«

»Es steht im Internet. Auf der Homepage des Radiosenders.«

»Klar.« Ich tappte mir an die Stirn. Hätte ich von allein draufkommen können. Obwohl. Bei einer Hexe wusste man ja nie … »Wir diskutieren schon eine Weile mit Bernie, wegen einer Internetpräsenz für den Sender. Er ist der Meinung, dass sich das bei unserer Größe nicht lohnt. Außerdem findet er, muss man heutzutage nicht alles bebildern.«

»Bernie«, sagte Mom seufzend. »Der gute, alte Bernie hat einen gewichtigen Grund sein Bild zu verschleiern. Er ist ein Kobold, Eliza.«

»Was? Du veralberst mich!«

»Stimmt. Er ist kein Kobold. Er ist ein Gestaltwandler.«

Ich kreischte lachend auf. »Verdammt!«

Gemeinsam lachten wir ein bisschen und Erleichterung durchflutete mich. Zumindest war uns der Humor nicht abhandengekommen.

»Ich lauf schnell rauf und hole den Laptop«, unterbrach ich die vergnügte Stimmung. »Dann kannst du mir mal das Profil von Dad zeigen.«

Sie nickte und ich sprintete die Treppen hinauf.

Morgan

Das Haus von Elizas Mutter stand abseits der Straße unter dicht bewachsenen Azaleenbüschen. Es wirkte sauber und gepflegt, wenn auch in die Jahre gekommen. Ich parkte am Straßenrand und hechtete die Vorderveranda hinauf.

Ich spürte Eliza und fragte mich, ob sie wusste, dass ich vor der Haustür stand. Sie hatte mir mal erzählt, dass jedes Mal Herzrasen einsetzen würde, wenn ich in ihrer Nähe auftauchte. Ich ließ unsere mentale Verbindung gekappt und nervös knallte meine Hand gegen den Klingelknopf.

Das Licht im Flur leuchtete hell auf und mit einem Ruck flog die Tür auf.

»Claire?«, stieß ich erstaunt aus und schaute in die altbekannten braunen Augen der schönsten Hexe, die ich je gesehen hatte.

»Morgan?«, erwiderte sie mindestens genauso verblüfft und im selben Moment kam Eliza die Treppe heruntergestürmt.

»Ihr kennt euch?«, fragte sie mit aufgerissenen Augen und blieb wie angewurzelt am Treppenabsatz stehen. »Mom?«

»Mom?«, wiederholte ich dümmlich, trat einen Schritt zurück und schaute auf das Klingelschild, welches ich zuvor aufgrund der Aufregung missachtet hatte. Dort stand in großen Buchstaben: *Claire Lake.* Ich öffnete den Mund, aber Claire schnitt mir das Wort ab. »Wir haben den Nachnamen von Elizas Vater angenommen, Elliot Lake. Und jetzt steh hier nicht wie festgenagelt herum, Morgan O'Malley, und komm rein.«

Ich trat wie geheißen ein und schloss die Tür hinter mir. Eliza stand stocksteif auf der Treppe und schaute zwischen ihrer Mutter und mir hin und her. Sie trug schwarze Leggins und einen pinkfarbenen Oversizepullover, welcher ihr zur Hälfte über die blanke Schulter fiel. Ihre Füße waren nackt und die Haare unachtsam zu einem Zopf zusammengeknotet.

Verdammt. Meine Sehnsucht sprengte fast mein gutes Benehmen. Es kostete mich unsagbar Kraft und noch mehr Mühe mich zurückzuhalten und so bündelte ich meine gesamten Gefühle und legte diese in meinen Blick, den ich ihr zuwarf.

Claire räusperte sich. Zweimal. Ich schaute sie an und in ihren großen Augen zeichnete sich Erkenntnis ab.

»So ist das. Jetzt wird mir klar, warum ich dich nicht sehen konnte. Und du bist der Grund, warum meine Tochter vom Nash-Rat eingeladen wurde!«

»Ja, Claire. Deine Tochter ist die *Eine.*«

Erschrocken hielt sich Claire die Hand an ihr Herz. Ihre Armreife klapperten und klimperten bei dieser Bewegung. »Das kann nicht sein! Bist du dir ganz sicher?«

»Ich unterbreche euch echt ungern, aber würde mich irgendjemand aufklären? Woher kennt ihr euch? Und warum bin ich die *Eine* und was wäre so verkehrt daran?«, quetschte Eliza angestrengt durch die Zähne, sichtlich um Fassung bemüht.

»Du hast Recht, Liebes. Eins nach dem anderen. Ich gehe den Gartentisch richten und lasse mir Zeit dabei. Ihr könnt euch in Ruhe begrüßen. Kommt bitte raus, wenn ihr soweit seid«, meinte Claire beschwichtigend und lief in ihrem flatternden Kleid davon.

Langsam wandte ich mich Eliza zu. Von der Stufe, auf der sie stand, konnten wir uns direkt in die Augen sehen.

»Hey«, raunte ich und stupste mit meiner Nase ihre an. Ihre Augen verengten sich und schimmerten in einem kühlen Ton. Ihr Verhalten machte mich tatsächlich unsicher und so wartete ich ab.

„Bist du ein Nachtschwärmer?“

»Ja«, entgegnete ich zögernd. „Das bin ich.« Zu meiner Unsicherheit gesellte sich nun auch noch Aufregung hinzu. Hätte ich ein lebendiges Herz gehabt, hätte es mir jetzt bis zum Hals geschlagen.

Eliza schloss die Augen und nickte mit zusammengepressten Lippen. Als sie sie wieder aufschlug, war ihr Blick durchdringend.

»Bitte sag mir, dass du kein Kobold bist!«

»Ich bin kein Kobold.«

»Und auch kein Werwolf?«

Die Ernsthaftigkeit in ihrer Stimme bremste meine Belustigung aus. Ich schüttelte sanft den Kopf. »Auch nicht.«

»Was bist du?«, hauchte sie kaum hörbar, weil ihr Herz so verdammt laut in ihrer Brust schlug, dass es alles andere übertönte.

Der Mann, der dich abgöttisch liebt, dachte ich sehnsüchtig, sagte aber keinen Ton und ließ stattdessen meine Fänge ihre Frage beantworten.

Das helle, süffige Bernsteinfarbene ihrer Augen verdunkelte sich und entgegen meiner Befürchtung wich sie weder zurück, noch verzog sie angeekelt das Gesicht.

»Wo hast du tagsüber gesteckt?«

Ich fuhr die Fänge wieder ein. »Im *Oceans.* Und wenn du auch da warst, habe ich bei Ash geschlafen.«

»Das bedeutet, du kannst nie raus ans Tageslicht? Nie?«

»Es wäre schon möglich, aber nicht ohne Schäden davonzutragen.«

»Welche Schäden?«

»Verbrennungen bis hin zu verkohlter Asche.«

»Wie alt bist du?«

»Hundertachtzehn. Ich wurde als Vampir geboren. Das ist die einzige Art, einer zu werden.« Ihr Atem fegte über mein Gesicht und die Anspannung, die von ihr ausging, vibrierte zu mir herüber.

»Wirst du mich beißen und mein Blut trinken?«, fragte sie mich und umklammerte den Laptop so fest, dass ihre Fingerknöchel weiß hervortraten.

Ein Lachen unterdrückend kniff ich den Mund zusammen und schüttelte den Kopf. Dass ich so eine Frage mal beantworten musste, hätte ich nie für möglich gehalten. »Das habe ich nicht vor. Ich bin zivilisiert, Eliza, und trinke mein Blut vorzugsweise aus dem Glas.«

»Wessen Blut und was bedeutet, du hast es nicht vor?«

»Menschliches Spenderblut.« Ich räusperte mich. »Und, nun ja ... was deine zweite Frage betrifft. Es könnte in bestimmten Situationen passieren, dass ich etwas fester zubeiße ...«

»Bestimmte Situa-« Elizas Augenbrauen schossen nach oben und Verständnis zeichnete sich in ihrem Blick ab. Sie kaute sich auf den Lippen. »Halt mal!«, murmelte sie und drückte mir den Computer in die Hand. Dann legte sie beide Arme um meinen Hals. »Hattest du was mit meiner Mutter?«

»Was? Nein! Niemals.«

Eliza seufzte erleichtert, legte den Kopf schief und küsste mich. Ihre weichen Lippen schmiegten sich an meine und verwandelten die Kühle in ein heißes Feuer. Die gleiche Erleichterung, die ihr Seufzen deutlich gemacht hatte, wummerte gerade durch meinen Körper.

Ich genoss ihre Nähe, ihre Wärme und verlor mich völlig in dieser Zärtlichkeit, die viel zu schnell endete.

Mit glasigen Augen sah sie mich an. »Warum nicht? Meine Mom ist verdammt attraktiv!«

»Ich ... was?«, stammelte ich und hörte Claire von draußen lachen. »Ja ja. Dass mir das nicht aufgefallen ist. Der gleiche Sinn von Humor!« Glücksgefühle überrannten mich. Dass sie mit Humor auf diese Enthüllung reagierte, hätte ich nicht erwartet.

Lächelnd schmuste Eliza sich an mich. »Ich hab dich vermisst!«

Ich gab ihr einen Kuss auf die Stirn. »Ich dich auch.«

Gemeinsam bummelten wir in den Garten, wo Claire auf uns wartete. Inmitten hochgewachsener Azaleenbüsche, Fliedersträucher und Kirschbäumen stand im hohen Gras ein alter, weißer Holztisch mit dazu passenden Stühlen. An den Ästen hingen Lampen aus Glas in verschiedenen Farben, in denen jeweils ein Teelicht brannte. *Wie damals*, dachte ich nostalgisch. Manche Dinge änderten sich eben nie.

»So. Und jetzt lass dich mal ansehen!«, sagte Claire und packte mich bei den Armen.

Sofort kam ich mir wie der kleine Junge vor, der aus ihrem Garten die Kirschen stibitzt hatte und erwischt worden war. Wie machten Mütter das nur? Dass man sich innerhalb einer Sekunde von einem gestandenen Mann in einen Sprössling verwandelte ...

»Du siehst gut aus! Ellen muss sehr stolz auf dich sein. Übrigens gratuliere ich dir zu deinem Verlag.«

»Danke, Claire. Ellen ist natürlich stolz. Sie vermisst dich sehr.«

Claire winkte ab und setzte sich. »Jetzt trinken wir mal was. Vielleicht entladen sich unsere Emotionen ein bisschen.«

Wir hoben die Weingläser und stießen an. Auf uns. Auf heute Abend.

»Wer von euch beiden erzählt mir, woher ihr euch kennt?«, fragte Eliza.

Ich nickte Claire zu.

»Morgans Mutter Ellen und ich sind – waren beste Freundinnen. Wir kennen uns schon von Kindesbeinen an und es verging kein Tag, an dem wir nicht beisammensaßen. Ich war die Trauzeugin auf der Hochzeit von Morgans Eltern und ich war dabei, als dieser attraktive Kerl da geboren wurde.« Sie lächelte mir voller Wärme zu.

»Meine coole Tante Claire!«, bestätigte ich mit genauso viel Wärme.

Eliza knallte den kompletten Wein in einem Zug hinunter und ihr Glas auf den Tisch. »Ich werd verrückt. Darauf brauch ich noch einen.«

»Es ist alles ein bisschen viel für sie.« Claire zuckte entschuldigend die Schultern.

»Da kannst du einen drauf lassen, Mom. Tatsächlich warte ich seit gestern darauf, dass irgendjemand *Versteckte Kamera!* ruft. Aber so langsam dünkt mir, dass die Hexenmama da und der Vampirfreund dort echt sind.«

Entgeistert schaute ich die Liebe meines Lebens an. Oh oh. So ganz gediegen nahm sie die Sache wohl doch nicht auf. Dabei kannte sie bestimmt nur die Hälfte der Geschichte. Mir wurde das erste Mal in meinem langen Leben bewusst, was es für einen Sterblichen bedeutete, die Welt der Nachtschwärmer kennenzulernen. Dafür hielt sie sich dann doch wacker. Ich ergriff ihre Hand und streichelte sanft mit dem Daumen über den Handrücken.

»Du weißt, dass du dir Ärger einhandeln kannst, wenn jemand mitbekommt, dass du hier bist?«, unterbrach Claire meine Gedanken.

»Vorm Nash-Rat habe ich keine Angst!«

»Du solltest ihn trotzdem nicht unterschätzen. Ich spreche aus Erfahrung.«

»Entschuldige, Claire. Das war taktlos von mir.«

»Nein, Morgan. Du warst ehrlich, das schätze ich. Hast du ebenfalls eine Einladung von ihnen erhalten?«

Ich nickte und zog ebendiese aus meinem Jackett.

»Eliza, wo ist deine Karte? Wir haben sie vorhin vergessen anzusehen.«

»Sie liegt wahrscheinlich noch bei der Hollywoodschaukel. Ich gehe sie schnell holen«, antwortete sie und sprang vom Stuhl auf.

»Ist sie eine Hexe?«, fragte ich leise.

»Nein. Außer dass sie in ihrem ganzen Leben nicht einmal krank war, gab es bisher keine Zeichen. Aber ganz ausschließen lässt sich das nicht.«

Eliza kam zurück und reichte ihrer Mutter die Karte. Claire verglich sie und gab sie an mich weiter. »Hm. Nahezu identisch.«

»Wissen sie über ihre Menschlichkeit Bescheid?«

»Ich weiß es nicht. Meine Recherchen haben nichts ergeben. Dass Eliza die *Eine* ist, habe ich nur mit meinen Brüdern besprochen. Ash, Logan, Cary. Und die halten dicht, wie du weißt.«

Claire nickte. »Dann kannst du mir auch nicht sagen, ob der Rat eventuell weiß, dass Eliza meine Tochter ist? Ich habe zwar einen Verschleierungszauber über sie gelegt, aber …«

Ich schüttelte den Kopf. »Nein, tut mir leid. Aber das kann ich mir nicht vorstellen. Seit du weg bist, wurde nichts Genaues über dich bekanntgegeben. Hinter vorgehaltener Hand entstanden zwar unzählige Spekulationen, aber wie ich die Sache sehe, war nichts Stichhaltiges dabei.«

»Wie kommst du darauf, dass meine Tochter die Eine ist?«

»Was bedeutet *die Eine*?«, fragte Eliza gleich darauf und zog ihre Knie den Stuhl hoch.

»Die Symptome. Der Stich in die Brust, die Unruhe, wenn sie sich von mir entfernt und … die mentale Verbindung. Alles vorhanden.«

Claire verschluckte sich am Wein. »Wie ist das möglich? Du bist ein Vampir und Eliza ein Mensch. Und selbst wenn sie eine Hexe wäre –«

»Was bedeutet *die Eine*?«, drängelte Eliza weiter.

Ich wandte mich ihr zu. »Bei uns Nachtschwärmern findet jede Spezies ihren dazugehörigen Partner. Und dieser Partner ist vom Schicksal vorherbestimmt.«

Sie legte das Kinn auf ihre angezogenen Knie. »Ihr glaubt also an schicksalhafte Bestimmung? Und die bin ich?«

Claire schüttelte den Kopf. »Nein, so ist das nicht. Ein Vampir findet nur in einem anderen Vampir seinen Seelenpartner. Und dieser wird durch die Symptome, die Morgan beschrieben hat, aufgezeigt. Beide Vampire fühlen gleich. Sie können gar nicht anders, als sich zu lieben. Sie gehören zusammen, ob sie wollen oder nicht.«

»Sie werden heiraten und den Rest ihres Lebens miteinander verbringen«, ergänzte ich ihre Erklärung. »Claire, kennst du Paare, die sich getrennt oder sich sogar haben scheiden lassen?«

Sie überlegte und verzog den Mund. »Jetzt wo du es ansprichst … nein. Niemanden. Ich kenne auch keine Geschichten.«

»Das ist doch verrückt. Was ist denn bitte, wenn eine Hexe und ein Vampir sich verlieben?«, bellte Eliza dazwischen.

»Man kann sich verlieben. In jeden, den man möchte. Man kann auch Beziehungen eingehen, aber nur bis zu dem Zeitpunkt, an dem eben der oder die Eine in dein Leben tritt. Dann sind die Würfel gefallen. Das passiert allen Nachtschwärmern«, antwortete Claire.

»Wer ist dein Einer?«, fragte Eliza ihre Mutter.

»Ich habe ihn nie getroffen. Zumindest nicht den vom Schicksal bestimmten. Aber für mein Herz war und wird es sowieso immer dein Vater sein.«

Eliza stand auf und schlich zwischen den Bäumen umher. Das komplette Chaos, das sie umfing, prasselte auf mich ein. Der verzweifelte Versuch alles zu kapieren. Am liebsten hätte ich ihr die Bürde abgenommen, aber ich konnte nichts für sie tun. Nichts außer ihre Fragen zu beantworten und ihr zuzuhören.

Sie blieb stehen und schaute mich an. »Was ist die mentale Verbindung?«

Still stöhnte ich auf. Jetzt musste ich mich outen, obwohl ich diesen Punkt gerne hinausgezögert hätte.

»Wir können zueinander sprechen. Na ja, ich weiß zumindest, dass ich zu dir sprechen kann.«

Eliza runzelte die Stirn. »Ähm. Natürlich können wir miteinander reden. Das ist doch nichts Ungewöhnliches.«

Ich schluckte den Kloß hinunter und räusperte mich. »Doch. Wenn es in Gedanken geschieht.«

»In Gedanken?« Sie schüttelte den Kopf und öffnete den Mund, als sie erstarrte. Sämtliche Farbe wich aus ihrem Gesicht. »Du warst es? Die Stimme in meinem Kopf?«

»Es tut mir leid«, flüsterte ich und hob entschuldigend die Handflächen nach oben. »Ich hätte dich gerne aufgeklärt, aber mir waren die Hände gebunden.«

»Ich habe gedacht, ich würde an einer Geisteskrankheit leiden! Ich hatte die Befürchtung einen Tumor zu haben. Ich habe meine Mom mitten in der Nacht aus dem Bett geholt, weil ich dachte, ich würde verrückt werden. Und jetzt stellt sich raus, dass du das warst, der in meinen Gedanken herumgepfuscht hat«, spie sie tonlos aus.

Ich stand auf und wollte sie in den Arm nehmen. Mich entschuldigen und ihr versichern, dass ich das nie mehr ohne ihre Erlaubnis tun würde. Aber Eliza wich zurück. »Nicht!«, sagte sie scharf und ihre Stimme schnitt mein Inneres blutig. »Fass mich nicht an!« Sie machte kehrt und rannte ins Haus.

»Eliza!«, rief ich und wollte ihr hinterhergehen, doch Claire hielt mich fest. »Nicht, Morgan. Gib Eliza den Freiraum, den sie jetzt braucht.«

Ich drehte mich um und blickte in Claires verständnisvolles Gesicht.

»Du liebst meine Tochter wirklich, nicht wahr?«

»Mehr als alles andere auf dieser Welt. Und ich bin mir sicher, dass ich das aus freien Stücken tue.«

»Aber du weißt es trotzdem nicht genau. Das macht dir zu schaffen.«

Ich nickte. »Sie werden sie mir nehmen, Claire. Genauso wie sie dir Elliot genommen haben. Und ich werde nichts dagegen tun können.«

Eliza

Benommen wankte ich in mein Zimmer. Ich brauchte Ruhe. Zeit für mich. Diese Offenbarung war der endgültige Rest, der das Fass zum Überlaufen gebracht hatte. Es kam mir alles surreal vor und ich fühlte mich vollkommen machtlos. Was in meinem Leben entsprach denn noch der Wahrheit? Was oder wem konnte ich noch Glauben schenken? Was oder wer war überhaupt wirklich der, der er vorgab zu sein?

Ich rieb mir unbehaglich die Arme. Ich fühlte mich nackt. Nackt und ausgeliefert. Morgan konnte jederzeit in meinem Kopf spazieren gehen? Er kannte jeden meiner Gedanken, was ich fühlte, wie ich tickte? War dann alles, was er mir gesagt hatte, nur gespielt? Aus den Fetzen meiner Gedanken, Erinnerungen, meines Seins zusammengewoben, um mich zu beeindrucken, für sich zu gewinnen, sich anzupassen, damit er mir gefiel?

Ich, die ja nur ein Mensch war. Ohne besondere Special Effects. Einfach zu manipulieren.

Ich öffnete den Zopf und stakste unbeholfen durchs Schlafzimmer. Raufte die Haare. Band sie wieder zusammen. Verschränkte die Arme und ließ sie fallen. Ich wollte raus aus meiner Haut. Oder zumindest den Druck loswerden.

War ich tatsächlich die Eine? Und was bedeutete das? Für ihn? Für mich?

Ich erstarrte. Ein schrecklicher Gedanke keimte in mir auf. Wenn ich die Eine für Morgan war, wie freiwillig war dann sein Verlangen nach mir? Seine Liebe?

Eigentlich sollte ich diesem verdammten Nash-Rat dankbar sein. Wer weiß, wie lange mich Morgan und Mom weiter mit Lügen vernetzt hätten. So wie ich das einschätzte, konnte ich von Glück sagen, dass die Beziehung zwischen Morgan und mir noch frisch war. Theoretisch gab es nicht viel, was in mir kaputtging. *Theoretisch …*

Praktisch gesehen war diese Theorie schlichtweg falsch. Denn letztlich kam es nicht auf die Länge unserer Beziehung an, sondern auf die Intensität. Ich hätte zehn Jahre mit jemand anderem zusammen sein können, ohne das zu fühlen, was ich in einer einzigen Stunde mit Morgan fühlte …

»Darf ich reinkommen?«, ertönte seine Stimme unvermittelt vor der Tür und ich zuckte auf.

»Ja«, flüsterte ich und im nächsten Moment stand er im Zimmer, blieb aber mit gebührendem Abstand stehen. Ich musterte ihn von Kopf bis Fuß. Seine beeindruckende Körpergröße, seine breiten Schultern, die gepflegten, starken Hände. Das markante Gesicht mit den schwarzen Augenbrauen und den noch schwärzeren Augen. Er war perfekt. Und ich liebte ihn so sehr.

»Es tut mir leid, Eliza«, krächzte er. »Das alles war niemals meine Absicht gewesen.«

Ich verschränkte die Arme und reckte das Kinn hoch. »Gehört mich zu lieben auch dazu, was du niemals wolltest?«

Er seufzte schwer und fuhr sich fahrig durch das dichte, schwarze Haar. »Ja.«

Tränen brannten hinter meinen Lidern.

»Eliza, ich möchte ehrlich zu dir sein.«

»Ach, jetzt willst du ehrlich sein?«, fragte ich und wischte mir zornig über die Augen.

»Der Umstand, dass du ein Mensch bist, hat mich in die Bredouille gebracht. Ich war total verrückt nach dir. Ich wusste nicht, wie mir geschah.«

»Und das berechtigt dich in meinen Kopf zu schauen und mir damit meine Privatsphäre zu nehmen?«

»Nein. Nein, du hast Recht. Aber ich war der Meinung, das gehört sich so. Wir werden jahrelang erzogen in dem Glauben, wenn der oder die Eine da ist, hat es seine Berechtigung so zu fühlen, so zu handeln.« Morgan gestikulierte aufgeregt mit den Händen. »Es stimmt. Ich habe mir zwar jede Menge Gedanken über diese Situation gemacht, aber nur im Auge gehabt, was es für mich bedeuten würde. Dich hatte ich dabei total übergangen. Ich kann es nicht oft genug sagen, wie leid es mir tut, Eliza, bitte. Bitte nimm meine Entschuldigung an. Gib uns eine Chance.«

Ich umfasste meinen Bauch und starrte auf einen toten Punkt hinter seinem Kopf. »Ich kann nicht. Ich kann einfach nicht, Morgan. Selbst wenn ich dir verzeihen kann, wird sich an unserer Situation nichts ändern. Ich bin ein Mensch, du ein Vampir. Ich kann nicht *die Eine* sein und ich weiß nicht, welchem grausamen Zustand wir es zu verdanken haben, dass wir nun hier stehen. Aber auch das ist egal. Wir beide werden nie eine Zukunft miteinander haben können. Ich möchte meine Gedanken für mich haben. Ich möchte mir sicher sein, dass du mich aus freien Stücken liebst. Ich möchte mit dir alt werden und nicht dafür verantwortlich sein, dass du, wie meine Mutter, den Rest deines Lebens nach meinem Tod alleine verbringen musst. Das alles ist mehr, als ich ertragen kann.«

Mein Herz zersprang in tausend Teile. Ohne einen Blick oder eine Antwort abzuwarten, ging ich ins angrenzende Badezimmer. Bevor ich die Tür schloss, sagte ich: »Bitte, Morgan. Geh. Und komm nie wieder zu mir zurück.«

Ich verriegelte die Badezimmertür und stellte das Wasser an. Überwältigt vor Schmerz sackte ich am Badewannenrand hinunter und ertrank in einem Meer aus Tränen.

Dreizehn

Morgan

Etta James Stimme brannte sich in mein Herz. Laut und in Dauerschleife. Seit drei Tagen versank ich in ihren Worten, verbarrikadierte mich, betrank mich mit einer Flasche Cragganmore nach der anderen, um Erleichterung zu finden. Auch wenn wir Vampire die dreifache Menge von dem benötigten, was ein Mensch brauchte, um einen Rausch zu erreichen, und ich mindestens noch mal das Doppelte davon runtergehauen hatte … es war nicht genug. Dieser verdammte Schmerz weigerte sich zu verschwinden. Gelegentlich schaute ich an mir herunter, um sicherzugehen, dass ich mich irrte. Dass ich nicht aus jeder verdammten Pore meines Körpers blutete.

Eliza hatte mich aus ihrem Leben verbannt. Mit Gründen, die präzise und einleuchtend waren. Was hätte ich ihr antworten sollen? Wie hätte ich die Argumente, die zwischen uns standen, entkräften können?

Ich wusste nicht, ob wir gemeinsam ein Leben aufbauen konnten. Ob es uns gestattet war zusammenzubleiben, sollte sie die Eine sein. Ob ich die Gemeinschaft verlassen musste, weil ich sie liebte. Und wie es sein würde, wenn sie die Siebzig oder Achtzig erklomm, alt und gebrechlich wurde und ich weiterhin jung und dynamisch neben ihr hersprang?

Es gab nur eine Antwort, die ich hätte in diesem Moment erwidern können. Nur eine, die es überhaupt wert gewesen wäre sie anzuhören. Darüber nachzudenken. Sie zuzulassen. Für die es kein Richtig oder Falsch gab. Die einfach so dastand und gut war, wie sie war.

Die Antwort wäre gewesen: *Ich liebe dich.*

Die ersten Takte von *Only Time Will Tell* erklangen und fluteten zum Millionsten Mal meinen Körper. Ich schloss die Augen und flüsterte den

Song mit, als Ash unvermittelt in meinem Zimmer stand und die Anlage ausschaltete. Innerhalb einer Sekunde hatte ich ihn am Kragen gepackt und gegen die Wand gedonnert.

»Lass deine verfluchten Finger von meiner Anlage!«, zischte ich ihm zornig zu, Nase an Nase.

»Sonst was?«, erwiderte er kühl, ohne sich einen Millimeter zu bewegen.

»Sonst breche ich dir sämtliche deiner verdammten Vampirknochen!«

»Dann fang mal an, Alter!« Ash starrte mich herausfordernd an. Dieser Mistkerl würde das durchziehen.

»Ich brauche Etta!«, sagte ich und ließ ihn los.

»Was du brauchst, sind eine Dusche, ein Kaffee und ein klarer Kopf! Es reicht, Morgan. Seit dieser Sache bist du nicht mehr du selbst.« Ashs Angst legte sich wie ein Schal um mein Herz.

»Glaubst du, das weiß ich nicht?« Ich rückte ein Stück von ihm ab, ohne mich umzudrehen. »Sehr edel von euch, den Jüngsten vorzuschicken!«

Cary und Logan kamen ins Zimmer geschlendert. »Das Jüngelchen hat sich angeboten«, antwortete Cary und öffnete die Fenster.

»Das Jüngelchen gibt dir gleich einen Tritt in den Arsch, du Pfeife.«

Cary grunzte nur. »Ich war dafür dir den Saft abzudrehen. Dann hätten wir uns alle diesen Mief ersparen können.«

»So taktvoll. Das bin ich gar nicht von dir gewohnt«, entgegnete ich müde.

»Tja, pass mal auf. Hier!« Cary hielt mir einen Stick vor die Nase. »Steck rein!«, forderte er mich auf.

Ich tat, wie geheißen, und im nächsten Moment donnerte laute Rockmusik durchs Zimmer.

Ash schüttelte den Kopf. »Du Arsch. Ich hatte gesagt, spiel ein paar motivierende Songs drauf. Was Beschwingtes!«

Cary zuckte mit den Schultern. »Weiß gar nicht, was du hast. *A kiss with a fist is better than none!*«, sang er lauthals ins Rockstarpose mit. »Lockerer geht's nicht!«

Ash verdrehte genervt die Augen.

Logan drückte mir einen Becher dampfenden Kaffee in die Hand. »Also, ich mag Etta!«

Alle Blicke glitten zu ihm.

Das war der Auslöser. Das absolute Highlight der vergangenen Tage. Ich schnaubte zuerst los und lachte dann so sehr, dass mir Tränen aus den Augen schossen. Ich konnte nichts dagegen machen. Der verdammte Druck musste raus.

»Jetzt flippt er total aus. Wir hätten schon gestern das Zimmer stürmen sollen. Auf mich hört ja hier niemand!«, flüsterte Cary.

Ich explodierte gleich vor Lachen. Niemals im Leben hätte ich mir träumen lassen, vor meinen Brüdern so derart die Nerven zu verlieren. Meine Seele und mein Herz zu offenbaren. So verwundbar zu sein. So machtlos. Verdammt, ich liebte diese Bande bedingungslos.

»Oh, Fuck«, fluchte ich atemlos, »ich bin so was von im Arsch!«

»Macht nichts. Wir lieben dich trotzdem, Alter. Und jetzt geh dich duschen, verflucht noch eins. Du stinkst uns die ganze Bude voll!«, Cary klopfte mir auf die Schulter und brauste davon.

Logan salutierte kurz und verschwand genauso schnell.

Ash drückte sich langsam Richtung Tür.

»Sag schon«, sagte ich resolut.

»Deinen Mut und deinen unglaublichen Ehrgeiz hab ich schon immer bewundert. Du legst eine machtvolle Entschlossenheit in die Dinge, an die du glaubst ...«

Ich runzelte die Stirn und schaute Ash fragend an. »Und?«

»Du bist kein Schwanzeinzieher, Morgan! Fang jetzt nicht aus den falschen Gründen damit an.«

Er klopfte an den Türrahmen und verschwand wie die anderen zwei aus meinem Zimmer.

Ich stürzte den Kaffee runter und genehmigte mir eine ausgiebige Dusche. Danach schwang ich mich in ein paar verblichene Jeans und ein altes, graues T-Shirt, welches ich weit hinten im Schrank verstaut hatte, und ging barfuß in die Küche.

»Dass ich das noch erleben darf!«, jubelte Cary und fiel vor mir auf die Knie.

»Und mir unterstellst du durch zu sein? Steh auf, du Pfeife!« Grinsend setzte ich mich an die Theke.

Cary stand auf und stellte mir einen Teller Rührei mit Toast vor die Nase, als es unvermittelt aufblitzte. Blinzelnd starrte ich ihn an. »Was?«

»Schnappschuss Erinnerung an diesen bedeutsamen Tag.« Er hielt sein I-Phone hoch. »Ich liebe diesen Technik Schnick Schnack!«

Logan lachte. »Das wird von Jahrzehnt zu Jahrzehnt schlimmer mit dir. Erinnert ihr euch, als der Fernseher erfunden wurde?«

»Oder in dem Jahr, als die elektrische Zahnbürste revolutionierte?«, feixte Ash. »Hast du dir da nicht sogar damit deine Augenbrauen glatt gebürstet?«

»Geniale Dinge sollte man huldigen. Es erschreckt mich, wie wenig ihr den Fortschritt zu ehren wisst.«

Ich schluckte den Bissen Toast hinunter und sagte: »Wohl nicht nur wir. Die menschliche Rasse entwickelt sich kontinuierlich weiter, aber wir stehen, dank dem Nash-Rat, immer noch mit den gleichen Regeln von längst vergangener Zeit da.«

Logan legte sich Tomaten auf sein Mozzarella-Sandwich. »Ganz deiner Meinung. Es wird Zeit den Laden kräftig aufzumischen. Wenn nicht jetzt, wann dann?«

»Ich glaube nicht, dass man die Gesetze im Schnellverfahren neu auflegen kann«, meinte Ash ruhig.

Kopfschüttelnd legte ich die Gabel beiseite. »Nein. Das ist aber nicht der Punkt. Es wäre ein guter Anfang, wenn sie zumindest aufgelockert würden.«

»Was hast du jetzt vor?«, fragte Cary.

Ich zuckte mit den Schultern. »Keine Ahnung. Ich habe Claire versprochen dem Rat nichts von ihr zu erzählen. Sie hat Angst vor den Konsequenzen. Ich kann es ihr nicht verübeln.«

»Erzählst du Ellen von ihr?«, wollte Ash wissen.

»Nein.«

Logan bedachte mich mit einem skeptischen Blick.

»Was?«, entgegnete ich ungläubig. „Das Versprechen einer Frau sollte ein Gentleman nie brechen!«

Cary verdrehte die Augen. »Wenn du was ändern willst, dann wäre die Angelegenheit mit Claire ein guter Fixpunkt. Und je mehr Leute du auf deiner Seite stehen hast, desto mehr Erfolgsaussichten sind dir sicher. Rede noch mal mit Claire. Ich kann mir nicht vorstellen, dass sie glücklich mit ihrem Leben ist.«

Eliza

»Aaah ... ich liebe mein Leben!« Mom seufzte wohlig und räkelte sich im warmen Sonnenschein.

»Ganz meine Worte, Claire!«, antwortete Addison und cremte sich die Beine ein.

Ich sah den beiden zu, wie sie an diesem herrlichen Tag in der Sonne brutzelten, während ich im Schatten verweilte. Was, wenn ich es recht überlegte, meine derzeitige Verfassung perfekt beschrieb.

Seit Morgan weg war, verharrte ich in einem Nebel aus Heulen, Heulen, Musik und Heulen. Jedes Mal, wenn ich zu kapieren versuchte, warum wir keine Chance auf ein gemeinsames Leben hatten, zersplitterten die lädierten Teile meines Herzens in weitere Stücke. Ein Vampir und ein Mensch funktionierten in Büchern schon nicht. Wie sollten sie es dann im wahren Leben?

Ich schlief nicht und aß kaum. Das Einzige, zu dem ich mich aufraffen konnte, war zu lernen, wie ich um meine Gefühle und Gedanken eine Mauer errichtete. Ich tat das mehr, um Mom nicht weiter zu beunruhigen, die mich seither mit Argusaugen beobachtete. Als ihr der

Umstand, dass ich nicht mehr essen wollte, zu unheimlich geworden war, hatte sie bei Megan angerufen, die wiederum bei Addy anrief. Da ihr als Rentnerin genügend Zeit zur Verfügung stand, hatte sie sich kurzerhand ins Auto gesetzt und bereicherte seit ein paar Stunden mit ihrer Anwesenheit unser Leben.

»Das war übrigens ein cleverer Schachzug von dir, Claire. Eliza hätte in den nächsten zehn Jahren keinen Urlaub genommen, wenn du sie nicht übers Ohr gehauen hättest.«

Mom schob sich die Sonnenbrille auf die Augen. »Vielen Dank, Addison. Obwohl es mir lieber wäre, dass meine Tochter mich von sich aus ein paar Tage besuchen kommt. Dann müsste ich nicht zu solch hinterlistigen Tricks greifen.«

Ich rollte mit den Augen. »Schon gut, Mom. Ich hab den Wink verstanden. Du brauchst keine komischen Einladungskarten mehr an mich zu verschicken. Beim nächsten Besuch komme ich freiwillig.«

Kichernd drehte sich Addy auf den Bauch. »Da hast du einen doppelten Sieg verbucht, Claire. Der Urlaub jetzt und die kommenden, die von nun an nicht mehr vom imaginären Nash-Rat initiiert werden müssen.«

»Gewusst wie«, erwiderte Mom und ich legte mich auf der Sonnenliege zurück, um in den Himmel zu schauen. Mein Urlaub neigte sich dem Ende zu und es war Zeit sich dem Alltag zu stellen. Leere waberte bei diesem Gedanken durch mein Inneres. Es gab momentan nichts, worauf ich mich freute, und das war schlimm für mich.

Vor der Geschichte mit Morgan war ich eine zufriedene Mittzwanzigerin mit tollen Freunden und einem gigantisch coolen Job gewesen. Aber jetzt ... wo ich wusste, dass da draußen seit Jahren mein Vater tagtäglich auf Sendung ging und er nie erfahren würde, wie sehr ich ihn verehrte und dass ich in seine Fußstapfen getreten war. Oder dass ich davon ausging, dass Morgan vor seinem Radio saß und meine Sendungen verfolgte ... das verdarb mir schlicht den Spaß an meiner Arbeit.

Die Geschichte schien sich zu wiederholen. Und Schuld trug einzig und allein dieser Nachtschwärmer-Rat und ihr Reglement. Ich hasste sie. Jeden Einzelnen, und dafür musste ich sie gar nicht persönlich kennen. Sie trugen Schuld, dass ich hatte ohne Vater aufwachsen müssen. Ohne Großeltern. Und nun nahmen sie mir meine erste und vielleicht einzige große Liebe.

»El?«

»Was? Entschuldige, ich war mit den Gedanken woanders.«

»Ich habe vorgeschlagen heute Abend auszugehen. Dein letzter Urlaubstag. Wäre doch schön ein bisschen Stadtluft zu schnuppern.«

Meine Füße baumelten über der Liege und strichen am hohen Gras entlang. Ich schloss die Augen und murmelte: »Hm, warum nicht«, ohne zu wissen, was ich mit dieser lapidaren Zusage ins Rollen bringen würde.

***

Addy hatte in einem angesagten Restaurant mit Warteliste für den Abend einen Tisch reservieren lassen. Einer der Vorteile, wenn man bekannt und beliebt war. Man bekam Zutritt zu all den Etablissements, die einen interessierten, und das zu jeder Zeit.

Meine Mom trug ihrem Stil treubleibend ein bodenlanges weißes Kleid, jedoch ohne ihre beiden Schals. Ihr kastanienbraunes Haar fiel ihr sanft über die Schultern und den Schmuck, den sie sonst trug, hatte sie gegen eine lange Kette mit einem lilaglänzenden Stein ausgetauscht. Sie sah unglaublich schön und jung aus für ihre angeblichen fünfzig Jahre.

Addison war mit ihrem Lieblingsoutfit, einem smaragdgrünen, seidenen Hosenanzug bekleidet, was ihre klassische Schönheit perfekt unterstrich.

Ich für meine Wenigkeit hatte mir aus dem Kleiderschrank meiner Mutter ein schwarzes Kleid geliehen, da sich in meinem Reisegepäck keine Ausgehoutfits befanden. Der Satinstoff reichte bis knapp über die Knie, war ärmellos und oberhalb vom Brustbereich mit durchsichtigem Nylon geschlossen. Dazu trug ich meine Haare offen und ein Paar Lack-Stilettos in Schwarz.

Wir nahmen uns ein Taxi, da wir gemeinsam ein paar Cocktails genießen wollten.

»Was für ein schöner Stein. Wo hast du den her?« Neugierig beäugte Addison Moms Anhänger.

Deren Finger glitten sacht über die tropfenförmige Kette. »Er war ein Geschenk von einem wundervollen Menschen.«

»Wir sind da«, unterbrach ich die beiden, bezahlte den Taxifahrer und öffnete die Tür.

»Hier, Addison. Schau mal hierher.«

»Wie geht's dir?«

»Was macht das Leben als Rentnerin?«

»Du siehst toll aus.«

Stimmengewirr und massives Blitzlichtgewitter brachen über uns herein, dermaßen unvermittelt, dass es einem Tränen in die Augen trieb. Wie versteinert sah ich zu, wie Addison sich, ganz der Profi oder auch aus Reflex, sogleich in Pose stellte.

»Mir geht's gut, danke. Ich genieße mein Leben. Jetzt möchte ich aber einen ruhigen Abend mit meinen Freundinnen verbringen. Danke.«

Mom zerrte mich hektisch zum Eingangsbereich des Restaurants und schubste mich durch die Tür.

»Aua!«, rief ich pikiert.

»Entschuldige Eliza, aber ich darf auf keinen Pressefotos zu sehen sein. Das wäre verheerend.«

»Verdammt! Daran habe ich nicht gedacht. Was machen wir jetzt?«

Die Tür schwang auf und Addison stand augenblicklich bei uns. »Tut mir leid, Mädels. Großstadt eben. Irgendjemand muss meinen Namen auf der Gästeliste gelesen und sich sein Taschengeld für die Information aufgebessert haben. Mein Fehler. Normalerweise werden mir die Tische reserviert. Ich hätte daran denken sollen nicht meinen eigenen Namen zu benutzen.« Addison rang nervös die Hände.

»Addison! Hör auf dich ständig für alles zu entschuldigen. Du machst deine Sache wirklich gut und ein Weltuntergang ist das auch nicht«, sagte Mom und strich ihr mitfühlend über den Rücken.

Hoffentlich nicht, dachte ich und ein mulmiges Gefühl breitete sich in meinem Bauch aus.

***

»Hey«, sagte Mom und schloss die Tür zu meinem Zimmer hinter sich. Seit einer Stunde waren wir wieder zuhause. Trotz des Vorfalls hatten wir einen wahnsinnig amüsanten und lustigen Abend genossen.

»Wo ist Addy?«

»Im Bad. Was gibt's?«, fragte ich und setzte mich im Bett auf.

»Dreh dich mal um.«

Ich tat, wie geheißen, und im nächsten Moment glitt jene Kette, die sie beim Dinner getragen hatte, über meine Brust.

»Das kann ich nicht –«

»Bitte, Eliza. Es würde mir viel bedeuten, wenn du sie annimmst. Sie war ein Geschenk deines Vaters.«

Ich wandte mich zu Mom, als der lilafarbige Stein plötzlich kurz rot aufleuchtete. Ein zaghaftes Lächeln umspielte Moms feine Lippen.

»Hu. Hast du das gesehen?«

Mom nickte. »Es funktioniert. Sehr gut. Ich habe den Stein mit einem Spruch belegt. Jedes Mal, wenn er kurz aufleuchtet, weißt du, dass ein Nachtschwärmer in der Nähe ist. Wir Nachtschwärmer erkennen uns für gewöhnlich daran, dass wir uns in die Augen sehen. Dann erscheint genau so ein Glimmern, wie du es bei der Kette gesehen hast. Die verschiedenen Farben zeigen dir an, um welche Art Wesen es sich dabei handelt. Silber für die Vampire. Grün für die Kobolde, Rot für die Hexen, Gelb für die Werwölfe, Rosa für die Feen und Elfen und Blau für die Gestaltwandler.«

Ich umarmte Mom innig. »Danke. Ich werde gut auf ihn achtgeben.«

»Das weiß ich, mein Schatz. Trag ihn so oft wie möglich. Er ist auch mit einem Schutzzauber belegt. So kommst du nicht in die Gefahr von einem Nachtschwärmer beeinflusst zu werden.« Sie stand auf und gab mir einen Kuss auf den Kopf. »Ich liebe dich.«

Morgan

»Junie?« Fragend sah ich in ihr Arbeitszimmer.

»Hier!«, rief sie und krabbelte unter dem Bürotisch hervor.

Stirnrunzelnd schaute ich auf sie herab. »Alles in Ordnung?«

»Natürlich. Ich habe mich nur kurz in eine Katze verwandelt. Dort hinten hatte sich eine Maus verschanzt. Lecker!«

»Äh. Ähm. Okay.«

Junie zog eine Augenbraue hoch und bedachte mich mit einem fassungslosen Blick. »Das war ein Scherz, Morgan! Sie wissen schon … Ich habe einen Witz gemacht, um Sie zu erheitern. Sie dürfen lachen.«

»Ich … na gut.« Unbeholfen fuhr ich mir durch die Haare.

»Ach, Morgan. Ich weiß wirklich nicht, was mit Ihnen los ist. Sie gefallen mir überhaupt nicht!«

»Ich gefalle mir auch nicht, Junie. Glauben Sie mir.«

Junie glättete ihren Bleistiftrock und setzte sich in den Bürostuhl. »Wollten Sie etwas Bestimmtes?«

»In der Tat. Ich gehe heute früher. Gibt es noch irgendetwas Wichtiges zu besprechen?«, fragte ich mit Blick auf die Uhr.

»Moment!« Sie wühlte sich durch einen Wulst von Papieren. Das Telefon klingelte und Junie schob die Lesebrille von den Augen. »Miss DeDay. Mal wieder. Sie müssen mir endlich einen Ersatztermin für das Essen bestätigen.«

Genervt stöhnte ich auf. Simona hatte ich total vergessen. »Gehen Sie ran. Machen Sie einen Termin für Samstag. Dann sind Sie die Anrufe los und ich habe endlich den Abend mit Miss DeDay hinter mich gebracht.«

Junie nickte und ich verabschiedete mich. Ein Abendessen mit Simona war zwar das Letzte, was ich derzeit gebrauchen konnte, aber es diente letztlich einer guten Sache. Außerdem war der Vorschlag in ihre Stiftung zu investieren von mir gekommen, also gab es keinen Grund für jeglichen Unmut.

Als ich im Auto saß, angeschnallt, den Motor gestartet, hielt ich einen Moment inne. Sollte ich es wagen das Radio anzuschalten? Wollte ich ihre Stimme hören? Die Songs, die sie für ihre Sendung ausgewählt hatte und die eventuell auf mich zugeschnitten waren?

Ich wagte es. Ich musste einfach. Die Möglichkeit, dass sie keine Nachtschicht hatte, war gegeben, und wenn es nicht ging, würde ich auf CD umschalten ... die sie mir gebrannt hatte ...

»... dank, Rana. Hippe Songauswahl. Hat Spaß gemacht, diesen Song zu sezieren! Das letzte Musikstück für diese Runde habe ich ausgewählt. Fangen wir an. Wer ihn erkennt, anrufen, Meinung sagen, diskutieren. Also, aufgepasst: Noch ein Glas Whisky bitte, Barkeeper. Und schenk mir so lange nach, bis ich mich an nichts mehr erinnere. Wie sehr es schmerzt, seit du gingst. Dreh die Musik ein bisschen lauter und lass mich hier sitzen bis weit nach der Midnight Hour. Vielleicht wird es morgen nicht mehr so schwer sein. Radio Shine-a-Light, Eliza spricht. Ich bin gespannt, was du zu sagen hast.«

Ich schaltete den Motor aus und griff nach dem Handy. Elizas Stimme forderte schon meine Sehnsucht heraus, aber dieser Song gab mir den Rest.

»Hi Eliza, hier ist Landon. Es ist schön, dass du wieder auf Sendung bist. Wir haben dich schon vermisst.«

»Danke, Landon. Das kann ich nur zurückgeben.«

»Der Song heißt *I'm just a Fool* von Christina Aguilera und diesem heißen Countrysänger – wie heißt der doch gleich?«

»Blake Shelton.«

»Genau.«

»Und jetzt erzähl, Landon, saßt du auch schon an der Bar und hast dich wegen Herzschmerzen bis zur Besinnungslosigkeit betrunken?«

Ich tippte die Nummer des Radiosenders ein und verharrte über dem Anrufzeichen.

»... meistens brechen. Aber das ist es wert, denn der Schmerz ist wenigstens für ein paar Stunden wie weggeblasen.«

»Dito, Schwester. Danke für deine Meinung. Nächster Anrufer. Hallo, wer ist da?«

»Hihi, mein Name ist Nora und ich denke, dass jeder, der schon einmal richtig verliebt war, sich in diesen Song reinversetzen kann. Denn jeder von uns wurde doch schon mal verlassen oder hat jemanden verlassen. Da schließe ich mich nicht aus und du dich auch nicht, oder?«

»Ganz sicher nicht, Nora. Das Glück, verliebt gewesen zu sein, wiegt den Schmerz aber auf, was meinst du?«

»Hm. Ich weiß nicht. Vielleicht wenn ich diejenige bin, die verlässt. Aber wenn ich verlassen werde und ich möchte es eigentlich gar nicht, dann finde ich, hat der Schmerz alles andere Gute übertüncht.«

»Interessanter Ansatz. Du meinst, dass es abhängig ist von demjenigen, der gegangen ist. Aber was ist, wenn du Schluss gemacht hast, obwohl du es eigentlich nicht gewollt hast, es aus bestimmten Gründen aber tun musstest?«

Mein Herz brannte. Lichterloh. »Fuck!«, brüllte ich und warf das Handy auf den Nebensitz.

»... nicht gehen.«

»Danke, Nora, für deine aufrichtigen Worte. Weiter geht's. Eliza hier, wer spricht?«

»Eliza, hier ist Ryder.«

»Hi Ryder, wie schön, dass sich auch mal ein Mann traut hier anzurufen.«

»Klar. Wir haben ja ebenfalls verletzliche Herzen, auch wenn wir es nicht gerne zugeben wollen!«

»Wahre Worte. Also, Christina singt: Es ist mein Fehler gedacht zu haben, du würdest ehrlich sein! Was meinst du?«

»Klar. Liebe macht blind. Man übersieht die Dinge, die einem nicht gefallen oder seltsam vorkommen. Ich finde das ganz korrekt so.«

»Warum?«

»Na ja. Jetzt stell dir nur mal vor, du würdest, jedes Mal wenn du dich verliebst, immer nur die negativen Seiten sehen. Das macht ja das Verliebtsein zunichte. Voll übel. Nee, da hab ich lieber für ein paar Wochen die rosarote Brille auf. Etwas glückliche Zeit, verstehst du? Gibt nicht vieles, das vergleichbar wäre.«

»Da hast du verdammt Recht, Ryder. Danke für deine Sicht der Dinge. Meine Nachteulen, ruft mich an, und erzählt mir, wer euch verletzt hat oder ob sogar ihr jemanden verletzt habt und wie es euch damit ergangen ist. Bis dahin zum Reinfühlen, Christina Aguliera *und* Blake Shelton mit *Just a Fool.*«

Ich drehte den Lautstärkeregler bis zum Anschlag auf und tauchte in diesen Song. Das Lied ging mir durch Mark und Bein und jede einzelne Facette meines Körpers quälte mich vor Verlangen nach Eliza.

Ich liebte sie. Ich liebte sie so sehr, und ich wusste immer noch nicht, wie ich um unsere Liebe kämpfen konnte.

Es war Zeit ein paar Worte zu wechseln.

***

Meine Mutter saß wie gewöhnlich auf dem Fußboden und lehnte an der grünen, velourbezogenen Couch. Ein Kissen war unter die Beine geschoben und um sie herum lagen unzählige Blätter, Notizen, Bücher. Ein Bleistift klemmte hinter ihrem Ohr, einer war in ihren Pferdeschwanz gesteckt und den anderen hielt sie fest in der Hand. Sie war hochkonzentriert, wie immer, wenn sie in ihrer Arbeit versunken war.

Mit den schwarzen, langen Haaren und den schwarzen Augen sah sie geheimnisvoll und mystisch aus. Ich ähnelte ihr sehr stark, besonders da sie mit einem jugendlichen Aussehen gesegnet war.

Wir Vampire alterten um einiges langsamer, als es die Hexen taten, und waren hierbei auch … geschmeidiger. Mom und ich konnten glatt als Geschwister durchgehen, was uns mitunter in der menschlichen Welt ab und an passierte.

Ich wusste nicht genau, wie ich anfangen sollte, ihr von dem Zwist zu erzählen, in dem ich steckte, daher wählte ich die intimste Möglichkeit. Ich legte meine Gefühle offen.

In weniger als einer Sekunde war sie aufgesprungen und hielt mein Gesicht in ihren Händen. »Was ist passiert?«, fragte sie mit einem Schwung Sorge in der Stimme.

»Hi, Mom!«, flüsterte ich. »Ich schätze, ich steck in Schwierigkeiten!«

»Komm.«

Wir setzten uns in die Küche und während sie uns einen Becher Blut warmmachte, erzählte ich ihr die komplette Geschichte von Anfang an.

»Ich war überrascht, dass ihre Mutter von der Einladung des Nash-Rats wusste, und da ich Eliza nicht erreichen konnte und mehr über die näheren Umstände erfahren wollte, fuhr ich kurzerhand dorthin.« Ich ergriff die Hand meiner Mutter. »Mom, Claire öffnete mir die Tür. Eliza ist Claires Tochter.«

Erschrocken zuckte meine Mutter zurück und schlug sich die Hände vor den Mund.

»Eliza ist keine Hexe. Sie ist ein Mensch.«

»Oh, du grundgütiger Mond! Wie ist das möglich?«

Ich schüttelte den Kopf. »Ich weiß es nicht.«

»Das ist … Wie geht es Claire?«

»Gut. Den Umständen entsprechend wirklich gut. Es hat den Anschein, dass sie sich ihr Leben bestmöglich eingerichtet hat.«

Meine Mutter klatschte in die Hände. »Natürlich hat sie das. Sie ist eine starke Persönlichkeit! Und ihre Tochter, Eliza, hat sie viel von ihrer Mutter?«

»Äußerlich kaum. Wahrscheinlich wäre mir eine Ähnlichkeit aufgefallen. Aber sie ist mindestens genauso außergewöhnlich und unglaublich klug. Und von unfassbarer Schönheit.«

Lächelnd umfasste Mom meinen Arm. »Von allen Töchtern auf der Welt verliebst du dich ausgerechnet in Claires! Eigentlich sollte ich vor Freude tanzen und dem Mond huldigen, aber –«

»Du glaubst nicht, dass sie die Eine ist«, stellte ich nüchtern fest.

»Nein, Morgan. Das ist sie auf keinen Fall. Ich bin mir sicher noch nie davon gehört zu haben, dass eine Bindung zwischen Vampir, geschweige denn einem anderen Nachtschwärmer und einem Menschen eingegangen wurde. Selbst aus Europa ist mir nichts Derartiges bekannt. Vielleicht hattest du damals so gefühlt, weil du die Verbindung zu Claire gespürt hast. Du weißt, dass Claire eine mächtige Hexe ist. Deswegen wundert es mich, dass Eliza ihr nicht nachkommt.«

Nachdenklich tippte sie sich gegen die Lippen. Moms Ansicht beruhigte mich. Nichts strebte ich mehr an, als Eliza aus eigenem Willen zu lieben.

»Ich war bei Emerson und Merlin.«

»Du warst bei ihnen eingeladen?«

Grinsend nickte ich. Es war jedes Mal so erfrischend die Reaktion der Zuhörer zu sehen, wenn ich diesen Part erzählte.

»Was haben sie gesagt?«, fragte sie neugierig.

»Dass die Magie keine Magie ist, wenn sie nicht aus dem Herzen stammt.«

»Aha.« Ihr Gesicht nahm eine Denkerpose ein. Sie kräuselte ein paar Mal die Nase und meinte: »Hast du Claire davon erzählt?«

Ich schüttelte den Kopf. »Das ist in dem Chaos total untergegangen.« In kurzen Worten schilderte ich ihr den Besuch bei Claire und Eliza.

»Puh!«, schnaubte sie, als ich fertig war. »Jetzt brauch ich einen Drink.«

Überrascht sah ich sie an. »Du trinkst doch gar nicht!«

»Manchmal, mein Schatz, ist es aber bitternötig.« Sie holte zwei Gläser und goss uns von Dads Brandy ein. »Es ist unerlässlich, dass du zum Rat gehst und ihm von diesem Vorfall erzählst. Zum einen brauchst du die Gewissheit und zum anderen musst du dafür kämpfen mit Eliza zusammen sein zu dürfen. Ich spüre, wie sehr du leidest und auch wie sehr du sie liebst. Und wenn ich dich eins gelehrt habe, dann, dass du deine Ziele erreichen kannst, wenn du nur stark genug dafür eintrittst!«

Ich schloss Mom in meine Arme. »Ich hatte gehofft, dass du das sagen wirst.«

»Und trotzdem zögerst du. Warum?«

»Selbst wenn der Rat mir die Verbindung gewährt, was passiert, wenn ich eines Tages der wirklichen Einen gegenüberstehe? Wir Nachtschwärmer können uns damit arrangieren. Wir werden so erzogen und wissen mit dieser Situation umzugehen. Aber Eliza wird nicht von dieser höheren Macht berührt. Für sie wäre die Beziehung augenblicklich beendet und sie könnte nicht mal was dagegen tun. Ich möchte sie nicht verletzen!«

Meine Mom nickte bedächtig. »Das ist sehr edelmütig von dir, mein Sohn. Du untergräbst hierbei allerdings eine wichtige Tatsache: Solltest du der Einen erst in hundert Jahren begegnen, dann hast du entweder ein schönes Leben gemeinsam mit Eliza verbracht oder ein sehnsuchtsvolles ohne sie.«

Eliza

»Miss Lake!« Fragend drehte ich mich um und sah im Schein der aufgehenden Sonne einen spitzbübisch grinsenden Kerl auf mich zuschlendern.

»Connor! Hey, schön dich zu sehen. Was machst du hier?«

Er hielt mir einen Pappbecher entgegen. »Ich bin auf dem Weg zur Uni und dachte, ich bring dir einen Kaffee vorbei.«

»Danke!«, stieß ich hocherfreut aus und nahm den Becher an mich.

»Nach der Nachtschicht wird dir der hier bis nach Hause guttun.« Lächelnd wippte er auf den Fußballen hin und her.

Ich blinzelte ihn an. »Was ist los?«

»Komm. Ich begleite dich zur Bushaltestelle.«

Schweigend liefen wir eine Weile nebeneinander her und ich genoss die schwarze Köstlichkeit.

»Ja, ich weiß jetzt nicht so richtig, wie ich anfangen soll«, meinte Connor vorsichtig und steckte die Hände in seinen grauen Kapuzenpulli.

»Am besten geradeheraus. Keine Zeit für große Umschweife, mein Bus kommt in weniger als einer Minute.«

»Okay! Ich möchte Addison gerne für ein richtiges Date ausführen und wollte wissen, ob das für dich in Ordnung ist?«

Überrascht sah ich ihn an. »Hä? Hilf mir mal auf die Sprünge. Ich war der Meinung, ihr seid euch schon nähergekommen.«

Connor verzog missmutig die Lippen. »Nein. Leider nicht. Aber das liegt zum Teil auch daran, weil ich das zuerst mit dir klären wollte. Immerhin hatten wir ein Date und ich habe Addison über dich kennengelernt.«

»Dass es zwischen uns zwar geknistert, aber nicht gefunkt hat, ist kein Geheimnis. Ich für meinen Teil würde mich freuen, wenn du Addison daten würdest. Du tust ihr gut!«

Der Bus kam angerollt und ich boxte Connor spielerisch auf den Oberarm. »Wobei ich es ein wenig bereue, dass unser Feuer nicht ein bisschen gezüngelt hat.« Grinsend stieg ich in den Bus. »Danke für den Kaffee!«

Während der Fahrt lächelte ich unentwegt. Ich freute mich für Addy und musste unbedingt herausfinden, was sie für Connor empfand. Dieser Kerl war einfach zu gut. Den durfte sie sich nicht durch die Lappen gehen lassen. Das Handy klingelte.

»Es geht mir gut«, sagte ich, ehe Meg nur einen Ton von sich geben konnte.

»Flunkern ist uncool.«

»Worte wie uncool sind uncool«, erwiderte ich.

»Morgan geht's beschissen.«

Ich presste die Lippen aufeinander und lehnte mich mit der Stirn an den Sitz vor mir. Ich bereute keines meiner Worte, die ich an jenem Abend zu Morgan gesagt hatte, denn selbst jetzt, Tage später, hatte ich keine Lösung gefunden, die uns beide in dieser verzwickten Situation weiterhalf. Es war schlichtweg aussichtslos. Ich würde besser damit fahren ihn endgültig ad acta zu legen und mein Leben neu auszurichten.

»Eliza?«

»Wir haben uns entschieden. Es ist so am besten«, quetschte ich leise hervor.

»Ehrlich? So hörst du dich nicht an und Morgans Gefühlszustand bestätigt das auch nicht.«

»Seit wann reden Ash und du über uns? Das letzte Mal ist kein Wort über eure Lippen gekommen!«

Megan seufzte. »Das liegt daran, dass weder Ash noch ich verstehen, warum ihr beide eurer Beziehung keine Chance gebt. Sich zu trennen, weil ihr nicht glaubt, dass eine Fernbeziehung funktionieren kann, ohne es ausprobiert zu haben, ist uns schleierhaft.«

Ash spielte seine Rolle verdammt gut. Aber das wurde den Nachtschwärmern wohl in die Wiege gelegt. Er war von Morgan über den erfundenen Trennungsgrund informiert worden. Eine Geschichte, die ich meinen menschlichen Freunden auftischen konnte, ohne dass irgendein Nachtschwärmer in Gefahr geriet. Hoffentlich wurde ich nicht wie sie. Das ewige Lügen, die Heimlichkeiten belasteten mich jetzt schon.

»Ich bin müde, Meg. Lass uns heute Mittag weiterreden, okay?«

»Okay. Ich komme direkt nach der Frühschicht.«

»Alles klar. Bye«, sagte ich und legte auf.

Zu Hause dunkelte ich das Schlafzimmer ab, putzte mir die Zähne und legte mich aufs Ohr. Im Hintergrund ließ ich eine Platte von The Cure laufen.

Robert Smith tat meinem geschundenen Herzen mit seiner melancholischen Sangesart so gut. Es war, als würde er in mich hineinsehen und genau wissen, was ich fühlte. Es war, als würde er verstehen.

***

Ein paar Stunden später weckte mich die Stimme von Michael Poulsen. Verschlafen griff ich zum Telefon, nuschelte »Du hast dich verwählt« und legte auf. Ich war echt fix und fertig. Müde zog ich die Decke unters Kinn, als das Telefon erneut klingelte. »Ehrlich. Ich bin nicht die, mit der du sprechen willst!«, sagte ich und stellte das Handy auf lautlos. Wer auch immer sich mit mir unterhalten wollte, musste einfach mal warten. Mein Schlaf war mir inzwischen heilig geworden. Seit den Enthüllungen plagten mich Albträume von bösen Hexen, Monstern und … Vampiren.

Ein penetrantes *Drdrdrdrdrrrrr* hielt mich kurz darauf davon ab wieder wegzudriften. Dieses Mistding war auf Vibration eingestellt. Genervt warf ich die Decke zur Seite und schnauzte in den Hörer. »Also los, warum verdammt noch mal bist du so hartnäckig?«

»Weil … na ja, ich schätze, ich könnte dein Vater sein«, entgegnete eine raue, dunkle und mir bestens bekannte Stimme.

Mit einem Ruck saß ich hellwach und kerzengerade im Bett. »Was?«, brüllte ich lauter als beabsichtigt.

»Ja, ich … nein warte. Es tut mir leid, dass ich dich geweckt habe. Mein Name ist Elliot Lake und ich würde dich gerne treffen, um mit dir zu reden. Darüber zu reden. Über meine Vermutung.«

»Äääh … Ähm, einen Moment, bitte.«

Ich stellte das Telefon auf Warteschleife und sprang aus dem Bett. Mein gesamter Körper stand unter Strom und aufgescheucht tippelte ich ins Bad. Dann in die Küche. Ins Wohnzimmer. Und zurück ins Schlafzimmer. Noch mal in die Küche, wo ich mir eine Butterbrottüte nahm und hektisch rein und raus pustete. *Besser. Viel besser.*

Das ist verrückt. Total verrückt. Woher weiß er, wer ich bin? Wieso kennt er meine Telefonnummer? Und wie verflucht kommt er plötzlich auf diese Vermutung?

Als ich der Meinung war, ohne Begleithecheln sprechen zu können, schnappte ich mir das Handy. »Hi, Mister Lake. Das ist eine schwerwiegende Vermutung, die Sie da anstellen. Darf ich fragen, wie Sie zu dieser Annahme kommen?«

Atemlos wartete ich seine Antwort ab. »Um das zu klären, würde ich mich gerne mit dir treffen, Eliza. Ich möchte so etwas Wichtiges nicht gerne am Telefon besprechen. Und bitte nenn mich El.«

El. Wie Eliza. El. Wie Elliot, fuhr es mir mit einem Zucken durch den Kopf, mitten in mein Herz. »Ich ... okay.«

»Perfekt. Wie wär's in einer Stunde? Da gibt es so ein Café, das ganz passabel aussieht, es heißt, Moment, *Ol' Butternut* ... Kennst du das?«

»Du bist hier?«, platzte ich ungestüm heraus. »In Lavon?«

Elliot lachte. Es war ein inniges, erleichtertes und ehrliches Lachen. »Ja, allerdings. Ich habe so spontan nur zwei Tage freischaufeln können, deswegen war ich eben auch derart hartnäckig.«

»Ha!« Hoffnungslos überfordert plumpste ich wie ein nasser Sack aufs Bett. Was für Knaller hielt das Leben noch für mich bereit?

Nach einer kurzen Pause entgegnete Elliot: »Nun, gut. Bis in einer Stunde, Eliza. Ich bin sehr gespannt!«

»Das bin ich auch. Tschüss, Elliot.«

Einen Moment der Ruhe gönnte ich mir, dann sprang ich auf und hechtete ins Bad, um zu duschen und mich anzuziehen. Ich entschied mich in der Eile für Sneakers, Bluejeans und einem Band Shirt von Pearl Jam.

Während der Fahrt in die Innenstadt sagte ich die Verabredung mit Megan ab und überlegte, ob ich Mom anrufen und ihr von dem Treffen erzählen sollte. Mir war durchaus bewusst, dass es keine gute Idee war sich mit Elliot zu treffen, aus Gründen, die ja nun allseits bekannt waren.

Was sollte ich ihm sagen, wenn er nach Mom fragte? Oder wieso er mein Vater war und nichts davon gewusst hatte?

Ich schaute durchs Fenster, hinaus zu den gepflegten Vorgärten und Einfamilienhäusern, an denen der Bus vorbeirauschte. Die Sonne schien herab, die Natur blühte in allen Farben des Regenbogens und die Vögel flogen zwitschernd umher.

Ein perfekter Tag, um seinen Vater kennenzulernen, auch wenn es dafür fünfundzwanzig Jahre gebraucht hatte.

Vierzehn

Eliza

»Elliot Lake?«, fragte ich zurückhaltend, trat an den Tisch und blickte zu ihm hinunter.

Sofort stand er auf und hielt mir die Hand hin. »Hallo, ja, der bin ich. Schön, dass du gekommen bist, Eliza«, sagte er mit rauer Stimme. Er war ein ganzes Stück größer als ich, mit sportlicher Figur trotz des kleinen Bauchansatzes.

»Hi. Danke, für die Einladung!«

Elliot zeigte auf die Bank gegenüber. »Bitte setz dich.«

Ich warf die Tasche auf die Sitzbank und rutschte hinterher.

Die Bedienung kam prompt zu uns. »Hey, Eliza, was kann ich euch bringen?«

»Hi, Rosie. Ich bestelle das Übliche. Und du?« Mein Vater beugte sich über die Karte und meinte: »Bitte bringen Sie mir Rührei mit Speck, gebackenen Toast, einen Gemüseteller, die Käseplatte, den Müslibecher mit frischem Obst, Pancakes mit Ahornsirup, stilles Wasser, einen Multivitaminsaft und einen Kaffee.« Er schaute hoch und fragte: »Machen Sie die Cupcakes selbst?«

»Wir bereiten hier alles eigenständig und frisch zu, Sir. Darf ich Ihnen welche bringen?«

»Sehr gern. Danke, Rosie.«

Sie nickte und kaum dass sie verschwunden war, fing ich an zu lachen.

»Was ist so komisch?«

»Das wirst du schon sehen!«

Die Belustigung griff nach meiner Anspannung und zerbröselte sie in Krümel. Das erste Eis war gebrochen. Zumindest für mich. Elliot aber starrte mich konzentriert an. Sein Blick musterte mein Gesicht, Millimeter für Millimeter. Klar, ich wusste ja genau, dass er mein Vater war, aber er war sich dessen noch nicht hundertprozentig sicher. Dabei sah ich ihm zum Verwechseln ähnlich. Die schwarzen Haare, die braunen Augen, die Gesichtszüge, selbst die Form unserer Lippen war dieselbe. Eine Sache, die mir hätte schon längst mal auffallen müssen.

Es war nahezu unheimlich, wie wenig ich Mom glich. Mein Vater verfügte offensichtlich über ziemlich dominante Gene und das sollte schon etwas heißen, wenn man seine Mutter eine überaus mächtige Hexe schimpfte.

»Also«, begann ich das Gespräch, »was hat es nun mit der Vermutung auf sich?«

Elliot lehnte sich zurück und verschränkte die Arme vor dem Brustkorb. Er schien über seine Worte genauestens nachzudenken. »Dürfte ich dir zuerst ein paar Fragen stellen? Nur um sicherzugehen, dass ich mich nicht komplett als Idiot aufführe?«

Ich nickte. »Klar, frag nur.« Meine Haut kribbelte vor Aufregung. Mir wurde schlagartig klar, dass er möglicherweise gar nicht begeistert war Vater zu sein. Wenn er nun nie Kinder gewollt hatte? Oder er sich belogen und betrogen fühlte und sauer wurde? Was machte ich dann?

»Wann bist du geboren worden?«

»Am 18. August 1990, und zwar hier in Lavon.«

Seine Augen weiteten sich einen Tick. »August neunzig«, murmelte er. »Und Lake ist dein Familienname?«

»Ja, das ist er. Mom hat ihn ändern lassen, als sie mit mir schwanger war.«

Elliot ließ die Arme fallen und beugte sich über den Tisch. »Hieß sie ursprünglich Leonard? Claire Leonard?«

Mein Kopf bewegte sich langsam auf und ab.

Er neigte sich zur Seite und zog aus dem Rucksack, der neben ihm lag, eine Zeitschrift hervor. »Ist sie das?«, fragte er und tippte auf ein

Bild. Seine buschigen Augenbrauen zogen sich zusammen. Die Anspannung, die von ihm ausging, war zum Schneiden dick.

Mit zusammengepressten Lippen senkte ich den Blick auf die Zeitschrift. *Verdammte Scheiße!* Krampfhaft krallte ich mich an der Sitzbank fest. *Spaß im Ruhestand – Addison Hartwood feiert ihre frühe Rente,* stand in dicken Lettern über dem Bild, dass Mom, Addy und mich beim Aussteigen aus dem Taxi zeigte.

Daneben waren noch zwei Fotos platziert. Eins von Addison allein, jenes, wo sie posiert hatte, und das andere, wo Mom und ich schnellen Schrittes in das Restaurant reinhuschten. *Radiomoderatorin Eliza Lake mit unbekannter Freundin. Bitte?* Seit wann erkannte man mich auf offener Straße?

Mein Blick glitt nach oben. »Das ist meine Mom!«, wisperte ich atemlos.

»Siehst du diesen Anhänger?« Elliot deutete auf die gleiche Kette, welche ich gerade nah an meinem Herzen trug.

Ich zog sie unter meinem T-Shirt hervor und hielt den Stein auf meiner Handfläche. »Diesen hier?«

Mit einem lauten Knall flog seine Hand auf den Tresen. »Verflucht! Das ist er. Den habe ich Claire geschenkt.«

Ich weiß, dachte ich still.

Elliot fuhr sich fahrig mit den Händen über sein Gesicht. Ehe ich was sagen konnte, kam Rosie mit dem Essen. Auf einem Wagen. Als sie endlich alles abgestellt hatte und wieder gegangen war, brummte Elliot: »Also, wenn ich bis jetzt noch unsicher war, ob du meine Tochter bist – und verdammt, wenn ich dich ansehe, ist es, als würde ich in den Spiegel blicken –, dann würde ich es spätestens jetzt wissen!«

Mit Blick auf den Tisch, auf dem kein freies Plätzchen mehr zu sehen war, zuckte ich die Schultern. »Ich esse für mein Leben gern!«

Elliots dunkle Augenbrauen schossen hoch. »Ich auch!«, sagte er und lachte laut auf.

Und ich, ich stimmte mit ein.

Morgan

»Morgan O'Malley, bitte.«

Ich strich beim Aufstehen meinen dunkelblauen Anzug glatt, knöpfte das Jackett zu und folgte der Sekretärin in den Sitzungssaal des Nash-Rats. An einem großen Tisch aus rötlich glänzendem Mahagoni saßen am oberen Ende sämtliche Mitglieder, ohne jedoch das Kopfende besetzt zu haben. Niemand war wichtiger als jemand anderes. In dieser Gesellschaft herrschte strikte Demokratie.

Heute Abend war freies Vorsprechen, was bedeutete, dass ich mein Anliegen ohne Vorwarnung vortragen musste. Nervös trat ich von einem Fuß auf den anderen. Im besten Fall würde der Rat gleich entscheiden. Im schlechtesten würde meine Angelegenheit auf Wiedervorlage gelegt und ich musste warten, bis sie sich beraten hatten. Das konnte mitunter einige Wochen dauern. Je nach Dringlichkeit anderer Anliegen.

»Mr O'Malley. Bitte sprechen Sie.«

Räuspernd blickte ich in die Runde. Keine einzige Gefühlsregung, keine einzige Schwingung waberte durch den Raum oder erzitterte in meinem Innern. Zehn äußerst beherrschte Nachtschwärmer starrten mich an und führten mir mit ihrem Verhalten meine Unsicherheit vor Augen. Wenn sie meinen Gemütszustand spürten, ließen sie es sich nicht anmerken.

»Sehr geehrter Nash-Rat. Vielen Dank, dass Sie mich empfangen und sich mein Anliegen anhören. Vor einigen Tagen habe ich Ihre Einladung für ein Abendessen zum Kennenlernen von Miss Eliza Lake und meinerseits erhalten. Auch hierfür möchte ich mich bedanken. Die Umstände erlauben es mir jedoch nicht, diese Einladung anzunehmen. Auch Miss Lake wird an diesem Abendessen nicht teilnehmen können.«

»Wie begründen Sie diese Absage, Mr O'Malley?«, fragte Etienne LaRue, der Vertreter der Vampire.

»Wir haben uns getrennt.«

Einige Köpfe glitten zusammen, ehe der Vampir erwiderte: »Das ist unmöglich. Uns wurde aus vertraulicher Quelle zugetragen, dass Miss Lake und Sie füreinander bestimmt sind.«

»Das ist kompliziert, Mister LaRue. Die Symptome der Verbindung waren eindeutig. Allerdings gab es eine Sache, die nicht stimmig war.«

Erwartungsvoll sahen mich zehn Augenpaare an. Mit angespannten Muskeln reckte ich den Kopf hoch und sagte mit fester Stimme: »Miss Lake ist von menschlicher Natur. Sie ist keine Nachtschwärmerin.«

Die Atmosphäre veränderte sich schlagartig. In der Stille, die sich wie dicker Nebel auf uns legte, flogen mir die widersprüchlichsten Gefühle zu. Entsetzen. Zorn. Gewissheit. Das war interessant. Offensichtlich war die Reaktion der Ratsmitglieder nicht annähernd gleich gesinnt, wie sie in diesem Fall zu erwarten gewesen wäre. Irgendwas war hier im Gange.

»Wir bitten Sie draußen einen Moment Platz zu nehmen«, trug mir Mr LaRue auf, dem ich allzu gerne nachkam. Nickend kehrte ich auf dem Absatz um und verließ den Raum.

Ich setzte mich zurück in den Warteraum zu ein paar Kobolden und Gestaltwandlerinnen und zückte mein Handy. Kein verpasster Anruf. Keine Kurznachricht. In ein paar Minuten würde ich endlich wissen, ob meine Gefühle der Wahrheit entsprachen. Und wie es mit Eliza und mir weiterging. Dann konnte ich endlich handeln.

Es knackte und irritiert sah auf ich das Display. *Fuck*, dachte ich still und betrachtete die Splitter in meinen Händen. *Okay, Morgan. Zeit runterzukommen.*

Ich steckte das Telefon zurück in die Hosentasche und konzentrierte mich auf die Gemälde, die an den Wänden hingen. Es waren insgesamt acht Werke, und wenn ich hätte wetten müssen, dann würde ich darauf tippen, dass jedes Mitglied ein Bild hatte beisteuern dürfen. Disharmonie vom Feinsten. Einen *Monet* neben *Alice Brown* zu hängen zeugte letztlich nur von einem: absolut keinem Kunstverständnis.

»Mister O'Malley.«

Ungelenk stand ich auf und ging in den Saal zurück. Die Mitglieder hatten zu ihrer distanzierten und kühlen Art zurückgefunden und die Stille, die den Raum umfing, minderte meine Hoffnung auf ein positives Ergebnis schlagartig.

»Mister O'Malley, entschuldigen Sie unser Verhalten höflichst. Aber dieser Umstand ist noch nie vorgekommen. Bisher haben sich alle Paare gefunden, so wie es das Schicksal voraussieht. Um nun weiter über diesen prekären Fall entscheiden zu können, bräuchten wir einige Informationen von Ihnen. Seien Sie ehrlich und in Ihren Antworten so genau wie nur möglich. Um die Konsequenzen ausloten zu können ist jedes noch so vielleicht für Sie unwichtige Detail für uns von großer Bedeutsamkeit.« Ermahnend nickte mir Duncan McFaden, der Werwolf, zu.

»Natürlich«, entgegnete ich mit gebotenem Respekt und schaute dabei jedem Mitglied kurz in die Augen, um mein ehrliches Entgegenkommen zu unterstreichen.

»Wunderbar. Fangen wir an. Beschreiben Sie Ihre Gefühle, als Sie Miss Lake das erste Mal begegnet sind.«

»Mein Blick schweifte sofort zu ihr, als ich das Hotel betrat. Ein Stich in die Brust, gefolgt von einem brennenden Schmerz ließ mich innehalten. Die mentale Verbindung öffnete sich von allein. Zunächst war ich überrumpelt, da ihre Gedanken so ungestüm auf mich einstürzten, als ich mich gefasst hatte, räusperte ich mich kurz. Sie drehte sich zwar in meine Richtung, schien aber überhaupt nicht zu wissen, dass ich es war, der sie soeben angesprochen hatte. Ihr Blick huschte nur kurz über mich hinweg. Lange genug für den Glimmer, der da aber nicht vorhanden war.«

»Das sind die regulären Symptome«, bekräftigte Robin Stonewood, die Gestaltwandlerin. »Wie gingen Sie weiter vor?«

»Ich zog mich vorerst zurück. Aber das Bedürfnis in ihrer Nähe sein zu wollen, verstärkte sich. Ich bildete einen uneingeschränkten Beschützerinstinkt aus und nahm zuerst mental, dann richtig mit ihr Kontakt auf, um sie kennenzulernen.«

»Warum haben Sie sich nicht an den Rat gewandt? Ihnen muss doch klargeworden sein, dass etwas nicht stimmig ist.«

»Durchaus. Aber zunächst wollte ich mir ganz sicher sein. Immerhin begegnet man der Einen nur einmal in seinem Leben. Aus diesem Grund wollte ich sorgfältig überprüfen, wie es um meine Gefühle stand. Ob sich etwas änderte, wenn ich Zeit mit ihr verbrachte. Ich musste jedoch feststellen, dass das Einzige, was sich veränderte, meine Liebe zu Miss Lake war. Sie wuchs stetig an.«

Wieder glitten einige Köpfe zusammen und ein undeutliches Gemurmel stob durch den Raum.

»Mr O'Malley. Sie sind sich sicher, dass Miss Lake ein Mensch ist?«

»Absolut!«

»Weiß Miss Lake über uns Bescheid?«

»Das tut sie. Ich konnte mich in Verschwiegenheit hüllen, bis die Einladung von Ihnen in ihrem Briefkasten lag. Kurz danach trennten sich unsere Wege. Ich vertraue Miss Lake in ihrem Versprechen um Stillschweigen.«

»Das wird natürlich nicht reichen, Mr O'Malley. Deswegen und weil wir Miss Lake trotz oder wohl gerade wegen dieser besonderen Situation kennenlernen müssen, um dem Fehler auf die Schliche zu kommen, werden wir ihr erneut eine Einladung für ein Abendessen senden, an dem selbstverständlich auch Sie teilnehmen werden«, sagte Tal DeDay, der Hexer, bestimmt.

»Sehr geehrter Rat, gerne würde ich noch mein eigentliches Anliegen vortragen.«

Tal DeDay nickte.

»Ich möchte gerne mein Leben mit Miss Lake teilen, bis ihres zu Ende ist. Oder die Eine in mein Leben tritt, falls ich überhaupt noch auf diese treffe.«

»Das ist unter keinen Umständen möglich. Wer garantiert uns, dass Miss Lake, wenn sie in die Lage kommt, die Position der Verlassenen einzunehmen, sich an das Versprechen der Verschwiegenheit hält? Und wenn wir ihr einen Zauber auferlegen, wie wollen Sie ihr Ihre Lebensumstände erklären? Oder das Sie nicht altern.« Gestaltwandler Linnley Finn schüttelte den Kopf. »Sie müssen einsehen, dass es für unsere Gemeinschaft das Beste ist sich von diesem Anliegen zu trennen. Vertrauen Sie darauf, bald der wirklichen Einen zu begegnen. Vergessen Sie nicht, Miss Lake ist nur ein Mensch!«

»Ich –«

»Vielen Dank, Mister O'Malley. Wir sehen uns dann beim gemeinsamen Abendessen!« Mister LaRue streckte die Hand Richtung Tür aus. »Guten Tag.«

Mit zusammengebissenen Zähnen verbeugte ich mich. »Meine Damen, meine Herren. Vielen Dank für Ihre erbrachte Zeit. Auf Wiedersehen.«

Noch während die Tür ins Schloss fiel, ließ ich den Schutzwall fallen und zügelloser Zorn preschte durch meinen Körper.

Die Kobolde senkten umgehend ihre Köpfe, während die Gestaltwandlerinnen näher zusammenrückten. Schnaubend donnerte ich aus dem Wartezimmer hinaus in die sternenklare Nacht.

Eliza

»Und damit beenden wir die heutige Sendung mit einem Wunschsong meines Stargasts Elliot James. Elliot, ich hoffe, es hat dir genauso viel Spaß gemacht wie mir.«

»Aber Hallo! Eine wunderschöne, talentierte, junge Frau, ausgezeichnete Musik, eine aktive Zuhörerschaft, Lenny, und Pizza bis zum Abwinken, es gibt nichts Besseres. Ich würde mich freuen, wenn wir diese spontane Session mal wiederholen, vielleicht sogar in meiner Stadt?«, raunte mein Vater charismatisch ins Mikrofon und zwinkerte mir zu.

Mein Herz glühte vor Glück. »Das lasse ich mir nicht zweimal sagen! Freunde aus Hunter: Zieht euch warm an. Wir kommen wieder!«, erwiderte ich lächelnd. »Und nun, der gediegene Jack Johnson mit *Change*.

Aloha, ihr Nachteulen. Habt einen wunderschönen Morgen und einen gigantischen Start in den Tag!«

Ich lehnte mich zurück und grinste Elliot an. Nachdem wir uns im Diner die Bäuche vollgeschlagen hatten, hatte er mich gefragt, ob wir uns zum Abendessen treffen könnten, um uns kennenzulernen. Da ich aber arbeiten musste, hatte ich ihm angeboten, mit mir ins Studio zu kommen, wofür er sofort Feuer und Flamme gewesen war. Spontan hatte er sich mit ins Geschehen eingeklinkt und die Telefone klingelten Sturm. Elliot hatte unglaublich viele Fans, aber ich war der größte. Meinen persönlichen Helden live bei der Arbeit zusehen zu können war einfach nur bombastisch gewesen.

»Ich bin sehr stolz auf dich, Eliza«, unterbrach Elliot meine Gedanken. »Claire hat dich wunderbar erzogen. Und dass du deinen Weg beim Radio gemacht hast, ist ein unbeschreibliches Gefühl für mich. Genau das hätte ich mir für meine Kinder gewünscht. Ich bedauere es sehr, dass ich nicht für dich da sein konnte.«

Ich schürzte die Lippen und Traurigkeit floss durch mich hindurch. »Danke. Das bedeutet mir sehr viel. Als ich klein war, wünschte ich mir immer einen Vater wie den großen Elliot James und nun sitzt du hier, an meiner Seite, und bist tatsächlich mein Vater. Das ist so surreal.«

Elliot zog tief die Luft ein. »Surreal. Das trifft es ganz gut!«

Der Song verklang und es war Zeit den Platz für die nachkommende Schicht zu räumen. Bevor wir aus dem Studio traten, musste Elliot noch ein paar Hände schütteln und Autogramme geben.

»Soll ich dich zum Hotel begleiten?«, fragte ich ihn, als wir es endlich auf die Straße geschafft hatten.

»Hm, nein, danke, Eliza. Es ist ja nicht weit und ich möchte die Zeit nutzen, um über die vergangenen Stunden nachzudenken.«

Verständnisvoll nickte ich. Auch mir dröhnte der Kopf und noch mehr mein Herz vor Emotionen.

»Ich muss heute Abend wieder nach Hause fahren, die Arbeit ruft. Vielleicht kannst du gegen Mittag noch etwas Zeit für deinen alten Dad abzwacken?« Aufmerksam musterten seine braunen Augen mein Gesicht.

Dad, hallte es in mir nach und löste eine Glückswelle in mir aus, die mir von Kopf bis Fuß eine Gänsehaut verpasste. »Das wäre schön. Du hast ja meine Nummer. Melde dich, wenn du ausgeschlafen hast.«

»Wehe du behauptest wieder, ich möchte gar nicht mit dir sprechen!«

Lachend breitete er die Arme aus. Ohne zu zögern, glitt ich in seine Umarmung und wurde umgehend von einem geborgenen Gefühl eingehüllt. Elliots breite Schultern und dieser Geruch nach ländlicher Idylle weckten meine Zuneigung. Das war mein Vater. Mein Held!

Beim Loslassen hielt er mich noch einen kurzen Moment an den Armen fest und starrte mich ungläubig an. Dann schüttelte er den Kopf, gab mich frei und ging davon. »Dass ich alter Sack noch Vater werde! Muss ganz schön was gut haben bei dem Herrn da oben!«, flüsterte er und ich sah ihm lächelnd nach, bis er um die Ecke verschwand.

***

Verdammt, dachte ich und schloss die Wohnungstür. »Hi, Mom!«, rief ich und verharrte einen Moment in der Diele, ehe ich in die Küche schlenderte. Ich hatte sie nicht informiert, aber wie man erkannte, war das bei ihr sowieso nicht nötig. Ich setzte mich zur ihr an den kleinen Esstisch und nahm die Tasse entgegen, die sie mir hinschob.

»Also?«, fragte sie, ohne von ihrem Becher Tee aufzusehen.

»Elliot James ist mein Vater. Und er ist ein großartiger Mann. Und mein Herz bricht, wenn ich daran denke, dass euch ein gemeinsames Leben verwehrt wurde und mir mein Vater«, antwortete ich traurig.

Claire schüttelte den Kopf. »Eliza ...«

»Nein, Mom. Nichts, was du sagst, kann es bessermachen. Zu deiner Beruhigung, ich habe Elliot nicht kontaktiert. Was dir aber nicht gefallen wird ist das Foto von uns in so einer Klatschschmonzette, wir beide sind leider sehr gut darauf erkennbar. Aber eben durch dieses Klatschblatt ist Elliot auf uns aufmerksam geworden. Diese Heftchen liegen bei ihnen im Sender herum. Und als er da in der Kaffeeküche stand und zufällig zur Seite sah, wer blickte ihm da entgegen? Du! Neben einer Frau, die haargenau so aussieht wie er!«

Mom schloss die Augen und stützte ihr Gesicht in die Hände. Es tat mir in der Seele weh sie so zu sehen. *Dieser verflixte Nash-Rat!* Zorn waberte in mir hoch.

»Wut ist kein Schlüssel zur Antwort, Elizabetha«, murmelte Mom.

»Nein. Wahrscheinlich nicht, aber es ist ein verdammt gutes Ventil!«

Mit trüben Augen und heruntergezogenen Mundwinkeln wandte sie sich zu mir. »Wie geht's ihm?«

»Ich glaube, er ist sehr enttäuscht von dir. Aber auch stolz. Er sagte, du hast mich wirklich gut erzogen und dass er sich so eine Tochter wie mich gewünscht hätte.«

Augenblicklich tropften meiner Mom dicke Tränen aus den Augen. »Oh, wie soll ich das nur alles ertragen? Ich habe die Menschen, die ich am meisten liebe, verletzt und im Stich gelassen.«

Ich rutschte zu ihr herüber und nahm sie in den Arm. »Das stimmt nicht, Mom. Du hast getan, was du für richtig gehalten hast. Und das war sehr mutig von dir! Ich hatte eine schöne Kindheit, auch ohne Vater oder Großeltern. Du hast mir alles gegeben, was ich brauchte. Wir stehen das gemeinsam durch, okay?«

Mom schnappte sich ein Taschentuch und wischte sich die Tränen weg. »Du hast Recht. Traurigkeit bringt uns genauso wenig weiter wie Wut.«

Ich stand auf und gab ihr einen Kuss auf den Kopf. »Ich bin müde. Reden wir später weiter?«

»Natürlich, mein Schatz. Ich werde mich auch etwas hinlegen. Ich habe mir schon lange nicht mehr die Nacht um die Ohren gehauen.«

Überrascht blieb ich im Türrahmen stehen. »Wie meinst du das?«

Mom schob sich die Locken zurück und lächelte sanft. »Denkst du wirklich, ich verpasse die erste gemeinsame Radiosendung von den beiden Menschen, die ich am meisten liebe?«

Morgan

Innerlich betäubt vor Wut sprintete ich auf dem Laufband entlang. Es war nach neun Uhr in der Früh und der Zorn hielt mich vom Schlafen ab. Ich hatte gehofft Antworten zu erhalten, stattdessen war ich abgewürgt worden und musste nun gemeinsam mit Eliza zum Dinner erscheinen, bei dem es wahrscheinlich nur auf eine Sache hinauslief: Sie würden Eliza einen Spruch auferlegen, der sie unsere Liebe, alles, was wir gefühlt und miteinander geteilt hatten, und alles, was mit den Nachtschwärmern zu tun hatte, vergessen ließ.

Ich beschleunigte das Gerät bis zum Anschlag und rannte mir die Seele aus dem Leib. Wenn der Rat Eliza die Erinnerung nahm, wäre das nicht nur unser Ende, sondern auch das von Ash und Megan. Außerdem müsste Claire sich wieder in Schweigen hüllen und Eliza würde vergessen, wer ihr Vater war.

Und das war falsch. Und zwar alles. Dass Eliza und ich uns nicht lieben durften. Dass Claire eine Ausgestoßene war, weil sie nicht lieben durfte, wen sie wollte. Was war das nur mit den Nachtschwärmern und der Liebe?

Das Handy klingelte. In Sekundenschnelle sprang ich vom Band und nahm das Gespräch an.

»O'Malley.«

»Morgan, hallo, ich hoffe, ich habe dich nicht geweckt. Hier ist Claire!«

»Claire, hallo. Nein, ich war noch nicht im Bett. Ist etwas mit Eliza?«

»Nein, nein. Mach dir keine Sorgen. Ihr geht es den Umständen entsprechend. Hör mal, es ist eine kleine Unannehmlichkeit eingetreten.«

»Da bin ich aber gespannt. Was gibt's?«

»Neulich waren Eliza, Addison und ich zum Essen aus. Bevor wir das Restaurant betraten, überrumpelte uns eine Meute Fotografen, die sich Neuigkeiten über Addison versprachen. Eine dieser Blätter hat ein Foto von uns abgedruckt.«

»Scheiße!«

»Du sagst es, Morgan. Ich befürchte, dass Elliot nicht der Einzige war, der dieses Foto zu Gesicht bekam. Das wird dem Rat ganz und gar nicht gefallen!«

»Das ist doch nicht deine Schuld. Das kann jedem anderen Nachtschwärmer auch passieren. Heutzutage, wo jeder Fotos und Videos mit dem Handy machen kann, ist es meines Erachtens ein Kunststück jahrelang so unerkannt zu bleiben, wie es früher einmal der Fall war.«

»Sie werden es mich wissen lassen. Ändern kann ich es nun auch nicht mehr. Auf jeden Fall hat Elizas Dad auch das Foto gesehen und Kontakt zu ihr aufgenommen. Nach fünfundzwanzig Jahren in Verschwiegenheit. Hast du ihre Nachtsendung gehört?«

»Nein, leider nicht. Ich war beim Rat und hatte hinterher Geschäftliches zu erledigen.«

»Beim Rat?«

»Ja, das erzähl ich dir gleich. Was war nun mit ihrer Sendung?«

»Ihr Dad ist in die Stadt gekommen. Sie haben sich getroffen und gemeinsam ihre Sendung moderiert. Sie ist sehr, sehr glücklich. Ich aber nicht, wie du sicher verstehst. Ich bin mir noch nicht sicher, was für eine Geschichte wir Elliot auftischen, aber es ärgert und belastet mich ungemein, dass ich selbst Jahre später noch genötigt werde zu lügen, jetzt wo mein Mädchen endlich die Wahrheit kennt.«

»O Mann, Claire.« Ich lehnte mit der Stirn gegen die Wand und schloss die Augen. »Es tut mir leid, aber ich fürchte Eliza wird sich daran nicht mehr lange erinnern können.«

»Was? Wie meinst -« Claire seufzte auf. »Der Rat, richtig?«

»Sie gewähren mir und Eliza keine gemeinsame Zukunft.«

»Das wäre ja auch eine Überraschung gewesen. Was sagen sie zu den Symptomen?«

»Bisher nichts, obwohl sie darauf vertrauen, dass die Eine doch noch kommt. Sie bestellen Eliza erneut zu einem Dinner ein, um der Sache auf den Grund zu gehen, aber diese Zwischentöne ...«

»Der Vergessenheitszauber! Genau diesen hätte ich ihrem Vater auferlegen sollen.«

»Ich wollte sie von Elizas Verschwiegenheit überzeugen, aber –«

»Das Wort eines Menschen zählt bei ihnen nichts«, schnitt Claire mir das Wort ab.

»Und wenn sie einfach nicht geht?«, fragte ich und drehte mich um und lehnte mich gegen die Wand.

»Das wäre keine Lösung. Dann schicken sie ihr eine Hexe vorbei. Ich habe Eliza zwar meinen Anhänger zum Schutz überlassen, bin mir aber nicht sicher, ob sie ihn wirklich immer trägt. Nein, nein. Wenn sie in die Höhle des Löwen geht, ist es besser, sie ist vorbereitet. Möchtest du denn, dass sie vergisst?«

Ich überlegte keine Sekunde. »Nein. Ist das egoistisch von mir?«

»Nein. Ist es nicht. Das ist Liebe, Morgan. Ich möchte auch nicht, dass sie vergisst. Das wollte ich schon bei Elliot nicht.«

»Okay. Dann bereite sie gut darauf vor oder verstärke den Schutzzauber oder … keine Ahnung …«

»Mach dir keine Sorgen, Morgan. Niemand verzaubert meine Tochter gegen ihren Willen!«

Die Anspannung, die mich seit der Ratssitzung begleitet hatte, fiel unvermittelt von mir ab. Ich vertraute Claire voll und ganz. Solange Eliza ihre Erinnerungen behielt, würde ich Mittel und Wege finden, um mit ihr zusammen sein zu können.

»Genau das habe ich erwartet. Ich halte die Ohren auf, ob jemand dein Bild gesichtet hat.«

»Mach das. Elizas Name ist daneben abgedruckt. Wenn jemand, der mich kennt oder von dir und Eliza weiß, dieses Bild von uns zweien sieht, dann geht das Chaos erst richtig los.«

»Okay. Ähm, Claire?«

»Ja?«

»Ich war bei Mom.«

»Du hast ihr von mir erzählt?«

»Ich brauchte ihren Rat.«

»Natürlich. Es war vermessen von mir, dich zu bitten ihr nichts zu erzählen. Entschuldige!«

»Ich muss mich entschuldigen. Du weißt, ich halte mein Wort. Immer. Sie vermisst dich. Und sie ist stolz auf dich, wie du dein Leben seither meisterst. Für Ellen ist es das schönste Geschenk der Welt, das Eliza und ich uns lieben.«

»Oh, Morgan. Ich vermisse sie auch. Jeden Tag, seit ich fort bin. Sag ihr das, ja? Und du und meine Tochter ... du weißt es ja. Ich leg jetzt auf. Pass auf dich auf, Morgan.«

»Du auf dich auch, Claire«, sagte ich, legte auf und starrte ins Leere. Was für eine verdammte Lawine hatte ich da nur losgetreten?

Eliza

Aufgeregt trippelte ich hin und her. »Ich weiß nicht, Mom ich bin keine besonders gute Lügnerin.«

Claire beugte sich vor und reichte mir mein T-Shirt. »Denk einfach daran, dass du es zum Schutz für uns alle tust. Es ist besser so. Und jetzt beeil dich, dein Bus kommt gleich.«

Ich zog das Shirt über und grinste. »Ich fühl mich, als wäre ich sieben und würde wieder in die Grundschule fahren.«

Mom lächelte. »Das habe ich auch gerade gedacht. Gute, alte Zeit.«

Ich schnappte mir die Tasche und warf Mom eine Kusshand zu, bevor ich aus der Tür eilte, um Elliot zum Mittagessen abzuholen.

***

»Ich bin gespannt, was du mir über Claire erzählen kannst«, sagte Elliot, nachdem die Bedienung abgeräumt und uns den Kaffee serviert hatte.

Mein Rückgrat kribbelte unangenehm und innerlich wappnete ich mich auf die Lüge, die ich gleich raushauen sollte. Unruhig schweifte mein Blick durch *Sal's Diner* und blieb an den rot-weißen Wimpeln hängen. Ich hasste Lügen. Alles in mir sträubte sich, deswegen fing ich mit etwas Unverfänglichem an. »Mom geht es gut, wie du mit Sicherheit schon auf dem Foto erkannt hast. Sie lebt ein bescheidenes Leben ein paar Stunden von hier entfernt.«

»Gibt es einen Grund, wieso sie nicht mehr hier bei dir wohnt?«

»Sie wollte sich beruflich verändern«, antwortete ich gedehnt, als mir schlagartig auffiel, dass sie nicht deswegen weggezogen war. Bestimmt war ihr unverändertes Aussehen der Grund gewesen.

»Eliza?«

»Was?« Ich schüttelte mich und lächelnd schaute ich in Dads braune Augen. »Ach so. Ich war schon zwanzig, da war das okay für mich. Es war sogar ganz schön. Hatte etwas von sturmfreier Bude, wenn du verstehst.«

Elliot lachte herzlich. »Klar, versteh ich. War sie sehr streng?«

»Nein. Eher sehr beschützend.«

»Hat sie dir je von mir erzählt?«

Ich schüttelte den Kopf und legte die Arme um meinen Bauch. »Bis vor Kurzem wusste ich auch noch nichts von dir.«

Dad griff nach dem Becher und trank langsam einen Schluck. »Weißt du, Eliza. Ich bin wirklich ziemlich sauer auf deine Mom. Und enttäuscht. Dass sie mir dich vorenthalten hat, wird niemals in Ordnung für mich sein. Ich kann mir keinen Grund vorstellen, der dieses Verhalten rechtfertigen würde.«

Der Kloß in meinem Hals schwoll schlagartig an. Jetzt wäre es an der Zeit gewesen Dad die Lüge, die sich Mom ausgedacht hatte, aufzutischen. Aber alles, was ich herausbrachte, war ein »Ich weiß«.

»Damals, als sie sich von mir trennte, gab sie als Begründung an, sie habe sich von mir entliebt. Entliebt! Dass es so ein Wort überhaupt gibt. Ich dachte, Claire belügt mich. Ich war der festen Überzeugung, dass etwas Anderes dahintersteckt. Wir waren so glücklich miteinander, ich wollte sie heiraten, hatte schon einen Ring für sie gekauft und plötzlich war sie entliebt? Das war verrückt!«

Er seufzte tief und schwer und der sichtbare Schmerz, den er immer noch verspürte, überrannte mich augenblicklich, drängte sich in jede Faser meines Körpers und nahm mir den Atem.

»Jahrelang hoffte ich darauf deine Mom wiederzutreffen. Ich spielte unsere Songs während meiner Sendungen in der irrsinnigen Annahme, das würde sie mir zurückbringen. Es dauerte fast ein Jahrzehnt, bis ich mir eingestand, dass sie nicht zu mir zurückkommt.« Er hielt kurz inne und rieb sich über die Augen. »Deine Mom wird immer die Liebe meines Lebens sein, Eliza! Selbst die Ehe mit Jessica änderte nichts daran. Letztlich war die Heirat nur ein kläglicher Versuch mit meinem Leben weiterzumachen. Was wohl auch der Grund ist, warum ich nun geschieden bin. Ich konnte Claire einfach nicht vergessen.«

Er beugte sich über den Tisch. »Wenn du jemanden liebst, aus tiefstem Herzen liebst, dann wird das niemals enden. Egal was passiert!«

Elliot lehnte sich zurück auf seinen Sitz und flüsterte: »Ich habe sie gesucht, weißt du. Immer wieder, im Laufe der ganzen Jahre. Aber sie war wie vom Erdboden verschluckt. Es war, als hätte es Claire nie gegeben und ich hätte mir das alles nur eingebildet. Dich hier jetzt vor mir zu sehen ist wie ein Geschenk des Himmels. Wenn ich ehrlich bin, hatte ich die Hoffnung nie aufgegeben, Claire doch irgendwann wiederzutreffen. Sie nun in Form von dir wiederzufinden hat mir aber gänzlich den Boden unter den Füßen weggezogen. Als ich das Foto in der Zeitschrift gesehen habe, wusste ich sofort, dass du meine Tochter bist. Ich meine, schau uns doch mal an!«

Mein Magen krümmte sich zusammen und die Tortellini drückten sich unangenehm meine Speiseröhre hinauf. Ungelenk stand ich auf. »Entschuldigst du mich kurz«, quetschte ich abgehackt hervor und begab mich zügig zu den Toiletten.

Würgend hielt ich den Kopf übers Waschbecken, aber es kam nichts. Nichts außer dicke, heiße Tränen. Ich konnte nicht mehr. Diese ganze Lügerei, diese Heimlichtuerei. Was war denn ein Leben noch wert, wenn man es nicht so leben durfte, wie man es sich wünschte? Wenn man es dafür verschwendete, sehnsüchtig auf einen Menschen zu warten, der nie zurückkommen würde, den man nicht lieben durfte, nur weil er anderer Natur war? Was ergab das alles für einen Sinn?

Schluchzend glitt ich an der Wand entlang und fummelte das Handy aus der Hosentasche. Mit verschwommenem Blick wählte ich seine Nummer.

»Wer da?«, nuschelte es verschlafen am anderen Ende der Leitung.

»Ich ... ich ... kann nicht mehr lügen!«, stotterte ich und heulte mir die Seele aus dem Leib.

Morgan

»So früh schon wach?«

Ash kam in die Küche geschlendert. Angezogen im üblichen legeren Kleiderstil: Baggy Pants, Sneakers, verwaschenes T-Shirt. Sein Drei-Tage Bart unterstrich sein Outfit perfekt. »Sieht ganz so aus.«

»Wohin gehst du?«

Grinsend nahm er sich ein paar Beutel Blut aus dem Kühlschrank und warf sie in seine Tasche. »Ich fahr für ein paar Tage weg.«

»Ach. Und wohin?«

»Mann, Alter, stehe ich heute unter Beobachtung, oder was?«

Ich stand auf und räumte den Teller in die Spüle. »Vielleicht, nein, ganz sicher solltest du endlich deine Gefühle kontrollieren. Sie belästigen ungehindert jeden Nachtschwärmer im Umkreis von fünfhundert Metern.«

»Wer fährt weg?« Cary betrat die Küche und sein Blick schweifte zu Ash. »Ah. Alles klar.«

Ash lachte leise. »Wenn's was Neues gibt, weißt du, wie du mich erreichen kannst.« Er schnappte sich die Tasche und in der nächsten Sekunde war er zur Haustür raus.

»Warum hat er's so eilig?«, fragte Logan, als er zu uns stieß und sich einen Kaffee eingoss.

Cary zuckte mit den Schultern. »Gibt doch nur einen Grund, weswegen er so flott unterwegs ist, und der ist immer der gleiche.«

»Ich bin mir nicht sicher, Cary«, antwortete ich. »Wenn er sich tatsächlich mit irgendeiner Frau trifft, dann wird es Megan sein. Seit er sie kennengelernt hat, war er mit keiner anderen mehr aus.«

»Verdammt«, fluchte Cary. »Dieses Drama muss sich nicht wiederholen.«

»Sicher nicht. Immerhin verspürt er die Symptome –« Logan hielt mitten im Satz inne. »Oh, fuck.«

»Jep«, erwiderte ich nickend. »Keine andere Frau. Seit Wochen. Und das ohne Symptome.«

»Okay. Mir ist der Appetit vergangen.« Logan schob den Teller zur Seite und fuhr sich durch seine langen Haare. »Wie war's beim Rat?«

»Katastrophal. Sie konnten mir nicht sagen, wieso ich die Symptome verspüre, und schmetterten mein Gesuch ab. In ein paar Tagen muss ich mit Eliza beim Dinner antreten. Ihr wisst, was das bedeutet.«

»Warum scheißen die sich nur so in die Hosen?«, fragte Cary kopfschüttelnd.

»Sie haben Angst um die Gemeinschaft. Und um ehrlich zu sein, kann ich das sogar nachvollziehen.«

Cary knallte mir ein paar gegen den Kopf. »Sei nicht so verdammt heilig, du Arsch. Auch du darfst mal egoistisch sein.«

Ich stieß ein Schnauben aus.

»Und nun?« Logan beäugte mich fragend.

»Claire bringt ihr bei, wie sie ihre Gedanken und Gefühle verschließen kann. Außerdem hat sie ihr einen Abwehrzauber in Form einer Kette auferlegt.«

Logan nickte zufrieden. »Sehr gut. Wenn alle Stricke reißen, solltest du in Erwägung ziehen mit Eliza zu Emerson und Merlin zu fahren. Die beiden stehen über allen. Vielleicht können sie ja doch etwas für euch tun.«

»Das ist eine Überlegung wert«, sagte ich, stand auf und stellte die Kaffeetasse in die Spüle. »Bin arbeiten.«

»Komm später noch im Club vorbei«, rief Cary mir hinterher.

»Warum?«

»Weil Joggen auch keine Lösung ist.«

Eliza

»Ashton James Gardner!«, tönte es von der Tür her, an der meine Mutter stand.

»Claire Leonard, die schönste aller Hexen. Du bist um keinen Tag gealtert! Wie machst du das nur?« Grinsend griff Ash die Hand von Mom und drückte ihr auf den Handrücken einen Kuss drauf.

Sie trat zur Seite und schnalzte mit der Zunge. »So charmant wie eh und je.«

»Manche Dinge ändern sich eben nie, Claire.« Er zwinkerte ihr zu und zog mich in seine Arme. »Hi, Süße. Wie geht's dir?«

Ich drückte ihn fest an mich. »Danke, dass du da bist.«

»Du kannst mir noch so viel Zucker um den Bart schmieren, das wird mich nicht davon abhalten, dir den Marsch zu blasen«, verkündete Mom unheilvoll.

»Ah. Ich sehe, sie ist immer noch pikiert, wegen der Geschichte mit deinem Vater.« Ash ging etwas auf Abstand und lächelte Claire an. »Ich bin jetzt erwachsen, Claire. Du kannst mir nicht mehr den Popo versohlen.«

»Du hast ihm den Popo versohlt?«, stieß ich entsetzt aus.

»Eliza, dieser Junge hier hat es faustdick hinter den Ohren. Und vor hundert Jahren war das noch gang und gäbe, um die frechen Zöglinge unter Kontrolle zu bringen. Das hat ihm nicht geschadet. Im Gegenteil!«

»Hat auch gut geklappt, wie man sieht. Völlige Demut!« Seine Mundwinkel zuckten auf, aber mir war nicht zum Lachen zumute. Das durfte doch nicht wahr sein!

»Mom!«, krächzte ich. »Das ... Mom!«

Ash prustete los. Und Mom stieg darauf ein. Dann nahmen sie sich in den Arm und hielten sich liebevoll fest.

»Dieser Kerl hier war mir der Liebste der Bande! Immer vorlaut. Immer frech. Immer unberechenbar. Mutig. Angstfrei. Und das war so dumm!«, schalt meine Mom und die Zuneigung, die aus ihrem Gesicht strahlte, erwärmte sogar mein Herz.

Ich ging ins Wohnzimmer und setzte mich auf die Couch. Natürlich kannte Mom Ash. Sie kannte ja auch Morgan. Und mit Sicherheit kannte sie Logan und Cary. Wieso hatte ich da nicht dran gedacht? Mom hatte bereits ein langes Leben vor mir gelebt. Aber mit ihnen! Eifersucht perlte durch meine Blutbahnen und beschämt strich ich mir über die Stirn. Ich war tatsächlich neidisch auf die Jungs, weil sie schon so viel Zeit mit meiner Mom verbringen durften, und auf meine Mom, weil sie die vier schon so lange Zeit kannte.

»Süße!«, sagte Ash und gesellte sich zu mir. »Ich beneide dich viel mehr um deine Mom, als dass du eifersüchtig sein müsstest.«

»Sie lernt es noch«, entgegnete Mom. »Im Gegensatz zu dir …«

»Ich bin der Nudist unter den Nachtschwärmern!« Lachend legte er den Fuß auf das Knie.

»Weiß Morgan, dass du hier bist?«, fragte ich.

»Ich hätte es niemals lebend hierher geschafft, wenn er das wüsste. Ich schätze, er denkt, ich bin bei Megan. Weiß sie, dass ich hier bin?«

Ich schüttelte den Kopf. »Da ich mir nicht sicher war, ob du sie sehen magst, habe ich mich bedeckt gehalten.«

»Natürlich will ich das freche Stück sehen!«

Meine Mom verschränkte die Arme und lehnte sich an die Wand. »Ach du lieber Mond! Dabei haben wir noch nicht mal diese Krise überwunden.«

Ash zog die Augenbrauen hoch. »Komm schon, Claire. Du kennst mich doch. Alles im grünen Bereich!«

»Hm … du sagst es. Ich kenne dich«, murmelte Mom hinter halb zusammengekniffenen Lidern. »Und jetzt erzähl mir mal, was du dir dabei gedacht hast Eliza so einen unangebrachten Rat zu geben?«

»Tja, Claire. Zwischen dem Heulen, Schluchzen und dem totalen emotionalen Zusammenbruch, den deine Tochter auf der Toilette eines

Restaurants hatte, schien mir Ehrlichkeit noch die beste aller möglichen Lösungen.«

Mom warf die Hände hoch und der Klang von sieben vergoldeten Armreifen stob durch den Raum. »Regel Nummer Eins, Ash?«

»Pff ... Regel Nummer eins! Bist du es nicht leid ständig zu lügen, Claire? Jetzt sag mir nicht, dass du dich nicht total befreit fühlst nach so vielen Jahren Eliza endlich die Wahrheit gesagt zu haben? Macht es dein Leben nicht einfacher? Überschaubarer? Wir lügen und lügen und manchmal habe ich das Gefühl mich selbst nicht mehr zu kennen vor Heimlichtuerei.« Resigniert fiel er gegen die Rückenlehne. »Außerdem hat sie nichts gesagt, was nicht mit viel Geschick in eine Unwahrheit umgewandelt werden kann, oder Süße?«

Ich zuckte mit den Schultern. »Nein. Ich schätze nicht.«

Moms Augen verengten sich. Ihr Blick verhieß nichts Gutes. »Du hast Elliot gesagt, dass ich ihn liebe und ihn gern wiedersehen möchte, Eliza!«

»Ja, und? Stimmt doch, Mom. Du leidest schon viel länger als ich, weil du nicht mit der Person zusammen sein kannst, die du liebst. Und tatsächlich bin ich der Meinung, dass der Rat dich mal gelinde gesagt am Arsch lecken kann! Und damit du es weißt, mein Vater, die Liebe deines Lebens, ist mit Sicherheit kein Mensch, der Geheimnisse in alle Welt herausposaunt. Und wenn du das befürchtest, dann beleg ihn doch mit einem Verschwiegenheitszauber. Du bist doch so mächtig, warum nutzt du das dann nicht?« Aufgebracht sprang ich vom Sofa auf.

»Uuh. Dieses Mädchen ist definitiv deine Tochter!«, versuchte Ash zu beschwichtigen, aber im Gesichtsausdruck meiner Mutter erkannte ich, dass ich sie verletzt hatte.

»Du willst es einfach nicht verstehen, Eliza. Der Rat ist mächtiger, als ich es bin. Sie könnten mir das Leben zur Hölle machen. Dass wir die Jahre über gemeinsam in Ruhe verbringen konnten, lag daran, dass ich verschwiegen war, gelogen habe, Tag für Tag, und mich vor allem ruhig verhielt. Ich bin dankbar, dass ich dich behalten durfte, für den Preis eine Verstoßene zu sein. Das ist ein geringer Preis für das Leben meiner Tochter.« Sie stand auf und verließ den Raum.

»Scheiße!«, brüllte ich. »Der Rat kotzt mich an! Eure Gemeinschaft kotzt mich an! Niemand auf dieser beschissenen Welt darf so viel Macht über einen Menschen haben! Ich werde zu diesem Abendessen gehen und denen meine Meinung sagen!« Mit fahrigen Händen schnappte ich mir meinen Tabak und drehte mir eine Zigarette.

»Ich schätze, die Phase des Kummers ist vorbei. Super. Und eigentlich bin ich liebend gerne bei jeder Art von Aufstand mit von der Partie, aber leider muss ich dir sagen, dass ich es in diesem Fall für keine gute Idee halte. Deine Mom hat bedauerlicherweise Recht, Eliza. Der Rat ist sehr mächtig. Von allen Ländern ist er der mächtigste, alle anderen orientieren sich an ihm. Die Mitglieder sind sehr alt, reich an Erfahrung und was noch viel wichtiger ist, sie sind wirklich sehr einflussreich. Wenn deine Mom sagt, sie können ihr das Leben zur Hölle machen, dann ist das schlichtweg die Wahrheit. Claires Leben geht ein wenig länger als deins, Süße. Ich glaube nicht, dass du von Erden gehen möchtest mit dem Wissen, dass sie wegen dir leiden muss.«

»Tut sie das nicht schon, Ash? Wo ist da der Unterschied?«

»Der Unterschied ist, dass sie es auf ihre Art verarbeiten und damit umgehen kann. Das ist ihr sonst nicht möglich. Deswegen hat sie es die Jahre über auch so gut ausgehalten.«

Er beugte sich nach vorne und legte dabei die Unterarme auf den Knien ab. »Wenn wir etwas ändern möchten, ein gutes Ergebnis für uns alle erzielen, dann müssen wir uns etwas überlegen, das den Rat überzeugen kann. Und das geht, auch wenn es mir gehörig gegen den Strich geht, nicht mit Rebellion, sondern mit einem kühlen Verstand.«

Fünfzehn

Morgan

Mit Blick auf die Uhr zog ich mir ein graues Hemd über. Noch eine halbe Stunde. Ich schlüpfte in weiche, graue Slipper und stellte mich vor den Spiegel, um die Krawatte zu binden. Argwöhnisch betrachtete ich meinen Aufzug. So schick und förmlich wie jeden Tag. Frisch rasiert, damit auch kein einziges Barthaar zu sehen war. Keine Falte im Anzug, kein Fleck auf der Krawatte. Geschniegelt und gestriegelt bis ins letzte Detail.

Wann hatte ich mich zu so einem stilsicheren Dandy verwandelt – oder um es in Ashs Worten auszudrücken: Seit wann hatte ich so einen Stock im Arsch?

Plötzlich kam mir der Anzug zu eng vor. Die Krawatte schnitt mir die Luft ab, was aus naheliegenden Gründen unmöglich und total bescheuert war. Trotzdem. Ich fühlte mich eingeengt. In weniger als einer Sekunde hatte ich den gesamten Anzug von mir gerissen und stand einzig in Pants gekleidet da.

Viel besser. Und nun? In Unterhosen konnte ich wohl kaum mit Simona zum Abendessen gehen. Und etwas Anderes als gekleidet im Anzug würde sie als persönliche Beleidigung auffassen.

»Fuck!«

Ich zog mich wieder an und lief runter in mein Arbeitszimmer. Dort checkte ich kurz meine E-Mails und hörte die Mailbox ab. Ich hatte Eliza vor ein paar Stunden eine Nachricht auf ihrem Anrufbeantworter hinterlassen. Das Abendessen war auf den morgigen Abend gelegt worden und ich wollte sie unbedingt vorher sprechen.

Das schlechte Gewissen nagte an mir. Respekt gehörte zu meinen Grundtugenden. Mich bei ihr zu melden, obwohl sie mich gebeten hatte, sie in Ruhe zu lassen, war mir schwergefallen. Besonders weil ich ihr nichts bieten konnte. Keine Antwort, keine Universallösung auf irgendeinen Grund, der gegen unser Zusammensein sprach.

Doch die Sehnsucht verzehrte mich. Meine Liebe zu ihr war seit unserer Trennung ins Unermessliche gestiegen. Und genau das wollte ich ihr vor dem Treffen sagen. Danach wurden die Karten neu gemischt und wer konnte schon vorausahnen, wie es ausging?

Angst streckte ihre Fühler aus. Was, wenn Eliza mir, wenn sie uns keine Chance mehr gab? Wenn sie mich nicht mehr liebte? Nichts für mich riskieren wollte?

Es klingelte und seufzend stand ich vom Schreibtisch auf. Wenn sie sich bis nach dem Abendessen nicht bei mir gemeldet hatte, würde ich zu ihr fahren. Respektvolles Verhalten hin oder her.

***

»Wow. Simona. Ich bin wahrlich überrascht!«

Simona klatschte vor Freude in die Hände. »Wie schön, dass es dir gefällt, Morgan. Nun, dies war auch der Grund, warum ich dich unorthodoxerweise abholen wollte. Ich weiß, dass es sich nach der Etikette nicht ziert, aber ich wollte die Überraschung nicht verderben.«

»Die ist dir gelungen. Das hier ist wirklich unglaublich!« Aufmerksam schaute ich mich in der Galerie um. Wir befanden uns in New Castle, einem kleinen Ort etwa eine dreiviertel Stunde von Magia entfernt.

Hier war das einzige Museum für das geschriebene Wort, welches auf unserem Kontinent angesiedelt war. Erstausgaben, Briefe, Karten, Papiernotizen von Dichtern und Denkern, Schriftstellern oder Journalisten waren hier ausgestellt. Dies war einer meiner liebsten Orte, aber öfter als zweimal im Jahr, wenn die Nacht der Museen stattfand, konnte ich aus verständlichen Gründen die Galerie nicht besuchen.

Mitten im Museum stand ein Tisch, gedeckt für zwei Personen. Ein Ober wartete an der Seite mit einem Servierwagen. Ein Spot strahlte den Platz an. Als würden hier gleich lebendige Worte ausgestellt sein.

»Kommst du?«, rief Simona mir freudestrahlend zu. »Wir haben nach dem Essen noch genug Zeit, um die Werke zu betrachten.«

»Selbstverständlich!« Ich rückte ihr den Stuhl zurecht und setzte mich ebenfalls. Klassische Musik ertönte unvermittelt. Ein Stück von Bach, insofern ich mich nicht täuschte.

»Gehört das zum Begrüßungsprogramm der gemeinnützigen Arbeit?«, wollte ich von Simona wissen.

»Gemeinnützige Arbeit?«

Fragend blickte ich Simona an.

»Ach so. Nein, natürlich nicht, entschuldige, bitte. Ich freue mich, dass alles gut geklappt hat. Und ich hoffe, du genießt den Abend, Morgan.«

»Wie könnte ich nicht in diesem außergewöhnlichen Ambiente. Ich wusste gar nicht, dass du dich so für das geschriebene Wort, für Dichter und Denker interessierst.«

»Oh. Wahrscheinlich tue ich das nicht so sehr in dem Maße, wie es bei dir der Fall ist. Manchmal sollte man aber offen für Neues sein«, antwortete sie verschmitzt und hob ihr Weinglas.

Wir stießen an und der Ober servierte den ersten eines Fünf-Gänge-Menüs. Eliza wäre mit Sicherheit ganz high beim Anblick der kompletten Mahlzeit gewesen. Simona hingegen schob bei jedem Gang das schmackhafte Essen nur geschäftig hin und her. Lediglich beim Salat und der Obstplatte griff sie etwas beherzter, beziehungsweise überhaupt zu. Und beim Wein.

Nach dem Dinner, das von belanglosem Geplänkel untermalt gewesen war, starteten wir einen Rundgang durch das zweistöckige Museum. Während des Dinners hatte sich Simona, wie üblich, selbst in den Himmel gelobt und sich ausschweifend über die minderklassige Arbeiterschicht beschwert. Außerdem hatte sie in Erinnerungen an unsere gemeinsame Studienzeit geschwelgt. Über die gemeinnützige

Arbeit, den Grund des eigentlichen Treffens, hatte sie bisher kein Wort verloren und von Minute zu Minute irritierte mich dieser Zustand mehr.

»Gibt es eigentlich noch Wissenswertes über die Organisation zu erfahren?«, fragte ich sie deswegen, als wir vor den Schaukästen mit den Erstausgaben standen.

Verwirrt sah Simona mich an, um dann mit einem verlegenen Lachen mit den Wimpern zu klimpern. »Wenn du die Broschüre gelesen hast, wovon ich ausgehe, dann bist du bereits bestens informiert. Hast du diesbezüglich noch Fragen?«

»Tatsächlich wollte ich gerne etwas wissen«, meinte ich sachlich.

Simonas Lächeln erlosch und vorsichtig strich sie über ihr bronzefarbenes Paillettenkleid. »Oh. Nun ja. Deswegen sind wir ja hier, nicht wahr? Bitte!«

»Wenn meine Firma die Organisation unterstützt, möchten wir das nicht nur in finanzieller Hinsicht tun.«

»Wie meinst du das, Morgan? Unsere gesamte Klientel hilft uns rein finanziell. Um den Rest kümmern wir uns«, stieß Simona kopfschüttelnd aus.

»Das dachte ich mir schon, aber mir ist diese Art von Unterstützung zu wenig. Geld geben können viele. Versteh das bitte nicht falsch. Natürlich ist es großzügig von jedem Einzelnen, der sich an solchen Projekten beteiligt. Aber ich finde, gerade diese Geldgeber sind in der Lage viel mehr zu tun. Miss McKellan und ich haben uns lange darüber unterhalten und sind uns einig, dass wir gerne in regelmäßigen Abständen Praktika in unserem Verlag vergeben wollen. Mit Aussicht auf Ausbildung und späterer Festanstellung.«

Gewinnend lächelte ich Simona an. Diese Idee trug ich schon einige Zeit mit mir herum und die Einrichtung der heimatlosen Nachtschwärmer war ideal für die Umsetzung.

Simona bedachte mich mit einem lasziven Blick, rückte ein Stück näher und flüsterte: »Das ist so großzügig von dir! Ich werde das mit den anderen Vorstandsmitgliedern bei der nächsten Versammlung besprechen.«

»Super!«, sagte ich, ignorierte geflissentlich ihren offensichtlichen Annäherungsversuch und lief zum nächsten Ausstellungsstück. Jetzt war ich vollkommen verwirrt. Dieses Essen, das mehr privat war als geschäftlich, die Röte in ihrem Gesicht, der Augenaufschlag. Sie flirtete mit mir. Eindeutig! Aber was hatte es mit dem Kerl auf sich? Der, mit dem sie so vertieft in Carys Club gesichtet worden war?

Ich betrachtete die Erstausgabe von *Flügel des Sommers* und fragte: »Bist du mit dem Besitzer des Museums bekannt?«

»Nein. Wie kommst du darauf?«

»Dann kann man das hier buchen?«

»Nein. Kann man nicht.«

»Wie hast du dir sonst Zugang verschafft?«

»Das, mein lieber Morgan, bleibt mein Geheimnis.« Ihre Hand legte sich auf meinen Rücken und sie beugte sich ebenfalls über die Vitrine. Der würzige Duft von Zedernholz schlängelte sich in meine Nase und ich musste einen Niesreiz unterdrücken.

»Jameson. Ach, mit diesem Literaten habe ich noch nie etwas anfangen können. Ich bin eindeutig Austen Fan.«

»Ich bin ein riesiger Jameson Anhänger und tatsächlich gehört diese Ausgabe zu meinen Favoriten.« Eliza huschte durch meine Gedanken. »Simona, ich danke dir für den angenehmen Abend, aber es wird Zeit für mich. Ich habe heute noch einen Termin.«

»Oh, ich hatte gehofft, dass wir noch einen Cocktail miteinander genießen könnten? Eine Eigenkreation!«

Sie schnippte mit den Fingern und im nächsten Moment stand der Butler mit einem Tablett vor uns. Orangefarbene Getränke in trichterförmigen Gläsern, garniert mit einer Orangenscheibe, leuchteten uns entgegen.

»Bitte«, sagte sie und hielt mir ein Glas vor die Nase. »Danach können wir sofort aufbrechen.«

»Cheers.« Ich stieß mit ihr an. Noch ein Getränk und der Abend wäre endlich beendet und ich auf dem Weg zu Eliza. Ich setzte das Glas an, als das Telefon klingelte. Einhändig zog ich das Smartphone aus der Hosentasche.

»Ash?«

»Bist du zu Hause?«

»Nein. Was gibt's?«

»Sag ich dir dort. In knapp 'ner Stunde.«

»Alles klar. Ich mach mich gleich auf den Weg.« Ich drückte auf Beenden und dem Ober das Glas in die Hand. »Tut mir leid, Simona. Ich muss sofort los.«

***

Fünfzig Minuten später standen wir vor dem Haus. Der Mondschein strahlte in voller Blüte auf uns herab und die Pailletten von Simonas Kleid glitzerten mit ihrem Strahlen um die Wette.

»Vielen Dank für diesen Abend! Es war sehr angenehm«, sagte ich lächelnd.

»Gern geschehen, Morgan. Ich freue mich zutiefst, dir ein paar schöne Stunden bereitet zu haben. Und natürlich begeistert mich dein Einstieg in das gemeinnützige Projekt. Du bist wirklich ein unglaublicher Mann!«, hauchte sie, trat ein Stück näher und küsste mich. Direkt auf den Mund. Mit Zunge.

Das Auto, welches gerade vor unserem Haus hielt, hörte ich vor Schreck gar nicht kommen.

Eliza

Mein Herz setzte aus. Ich krallte mich am Armaturenbrett fest und starrte atemlos zur Frontscheibe hinaus. »Sag mir, dass es nicht das ist, wonach es aussieht!«

»Das Gleiche wollte ich auch gerade sagen!«, erwiderte Ash grimmig und stieg aus dem Auto.

Hastig folgte ich ihm.

»Mitmachen!«, flüsterte er, nahm meine Hand und zog mich flott die Stufen hinauf, vorbei an Morgan und dieser Frau, die unglaublich teuer und schick aussah und die mir irgendwie bekannt vorkam.

»Alter, Simona. Lasst euch nicht stören, meine Süße und ich sind gleich weg«, sagte Ash gutgelaunt und im nächsten Moment fand ich mich im Eingangsbereich des Hauses wieder.

Den Blick, den mir Morgan beim Vorbeigehen zuwarf, würde ich mein Leben lang nicht vergessen. Wahrscheinlich hatte ich noch niemals in einem Gesicht so viele Emotionen auf einmal entdecken können. Seine Gesichtszüge zeigten Überraschung, Entsetzen, Zorn, Machtlosigkeit, Schmerz, Liebe, Sehnsucht und ... *Ekel?!*

Ash grinste und schob mich weiter in einen Raum, der links abging. Mein Puls befand sich irgendwo zwischen einem Autorennen und einem Raketenstart. *So sehr leidet er also?*

Ich ballte die Hände zu Fäusten und schaute mich in der Küche um. In der Mitte des Raums thronte eine zwei mal zwei Meter breite Theke aus schwarzem Marmor. Sämtliche Küchengeräte standen an der Wand und waren aus Edelstahl. Der Kühlschrank knallte zu und ein wahnsinnig gutaussehender Mann kam dahinter zum Vorschein. Er war mindestens zwei Köpfe größer als ich, trug einen dunkelviolett gefärbten Irokesen Haarschnitt, schwarze Lederhosen, Bikerboots, ein schwarzes T-Shirt, unter dem sich ein Sixpack abzeichnete, und hatte ein umwerfendes Lächeln, das zwei Grübchen zum Vorschein brachte. Seine Arme waren von oben bis unten tätowiert. *Verwegen* drückte sein Erscheinungsbild in einem Wort maßgeblich aus. Seine samtenen, violetten Augen scannten mich genüsslich ab, bevor er mit einer tiefen, männlichen Stimme sagte: »Hi, ich bin Cary. Cary Grant. Und du bist?«

»Cary Grant?«, fragte ich. »Das gefällt mir. Ich bin Eliza!«

Er zog eine Augenbraue hoch. »Morgans Kleine? Claires Tochter? Puh. Volltreffer!« Er umschloss meine Hand mit seinen kräftigen Fingern und gab dem Handrücken einen flüchtigen Kuss.

Die Tür krachte mit einem Knall ins Schloss und Morgan kam donnernd in die Küche gestiefelt.

»Showtime!«, witzelte Ash vergnügt und hielt mir ein Bier hin, welches ich dankend annahm.

»Du!«, dröhnte Morgan laut und zeigte auf Ash. »Wage es ja nicht noch mal mein Mädchen anzufassen! Und du!« Morgans Zeigefinger glitt weiter zu Cary. »Wenn deine Lippen noch einmal nur in die Nähe von Eliza kommen, machen sie Bekanntschaft mit meinen Fäusten!« Dann baute er sich vor mir auf und zischte: »Und du! Was hast du verdammt noch mal hier zu suchen?«

Das war es. Diese Frage brachte das Fass zum Überlaufen. *Fremdküssen! Sich wie ein Macho aufführen! Und in diesem Ton mit mir reden? Ganz sicher nicht!*

Aufgebracht knallte ich das Bier auf die Theke, stellte mich auf die Zehenspitzen und rammte Morgan mit aller verfügbaren Kraft meine Fingerspitze bei jedem einzelnen Wort in seinen Brustkorb. »Bevor du dich wie ein Neandertaler darüber mokierst, dass deine Freunde sich höflich um mich kümmern, Mister Etikette, solltest du erst mal erklären, warum du verflucht noch mal mit einer anderen rumknutschst!«

Wild funkelnd starrten wir uns an. Wut rauschte durch meine Ohren, ansonsten war es totenstill. Kein Ton war zu hören. Morgan sah mich durchdringend an, die Augen tiefschwarz wie die dunkelste Nacht. Er sagte kein Wort, noch bewegte er sich.

Eine Tür knallte zu. Ich neigte den Kopf zur Seite. Ein weiterer verdammt gutaussehender Kerl schlenderte in die Küche.

»Oh. Wir haben Besuch. Hi, ich bin Logan!«, sagte er und hielt mir die Hand hin.

»Keine gute Idee!«, flüsterte Ash. »Keine gute Idee!«

Logan schaute sich verwirrt um, doch bevor er seine Hand fallenließ, ergriff ich sie. »Hab ich mal wieder das Beste verpasst?«, fragte er und lächelte mich an. Seine positive Ausstrahlung war zum Niederknien.

Morgan setzte zum Sprechen an.

»Wage es ja nicht, O'Malley!«

Ich warf ihm einen schnellen Seitenblick zu. Seine Augen waren schockiert aufgerissen. Man sah ihm die Überraschung förmlich an.

»Hi, Logan. Ich bin Eliza.«

»Oh. Ah. Jetzt verstehe ich. Gut, schön, dass du da bist?«, nickte er zuerst und schüttelte dann den Kopf, als er in die Runde sah. »Ja, nein?« Fragend sah er sich um.

»Natürlich ist das gut, dass sie da ist. Deswegen habe ich sie ja auch hierhergebracht!« Ash packte Morgan fest am Oberarm. Der sah seinen besten Kumpel an, als würde er ihm gleich den Kopf abreißen. Ash indessen achtete gar nicht darauf und schubste ihn unsanft aus der Küche. »Logan, kannst du Eliza ein freies Zimmer zeigen? Am besten eins, das am weitesten von diesem Brüllaffen entfernt liegt.«

Logan lächelte mich mit seinen schneeweißen Zähnen an. Seine Fänge blitzten hervor. Überrascht schaute ich darauf.

»Klar. Mach ich. Entschuldige. Ich komme gerade von der Arbeit und hatte mein spezielles Powergetränk noch nicht.«

»Bitte. Lass dich von mir nicht vom Essen abhalten«, entgegnete ich gelassen und setzte mich an die Theke vor mein Bier, welches durch den Aufprall in einer Pfütze stand. Mit einem Zug kippte ich den Rest herunter.

»Das war nötig!« Seufzend stellte ich die Flasche zurück in die Pfütze.

Cary lachte. »Du gefällst mir jetzt schon. Noch eins?«

»Da fragst du noch!«, antwortete ich und stieß einen Augenblick später mit ihm an. Logan setzte sich dazu und trank einen Becher Blut, den er sich zuvor in der Mikrowelle warm gemacht hatte. *Interessant.* So sah also die Esskultur der Vampire im neuen Jahrtausend aus. *Hoch lebe die Mikrowelle.*

Schweigend verharrten wir ein paar Minuten und langsam, ganz langsam, entlud sich meine Anspannung. Hier zu sitzen, zwischen ein paar Vampiren, und ein kühles Bier zu trinken hatte irgendwie etwas Beruhigendes.

Morgan

Ashton stieß mich unsanft in mein Büro und knallte die Tür hinter sich zu. »Sag mal, spinnst du? Warum um alles in der Welt küsst du dieses überhebliche Miststück?«

Ich lockerte unwirsch die Krawatte und öffnete die oberen Hemdknöpfe. »Ich habe sie nicht geküsst, okay? Wir waren gerade dabei uns zu verabschieden und da beugt sie sich vor und plötzlich hab ich ihre verdammte Zunge im Hals. Ich habe den Kuss noch nicht mal erwidert!«

»Was? Warum sollte sie das tun? Ich dachte, du bist einfach nur ihr Prellbock?«

»Ich habe keine Ahnung. Vielleicht gehört das zu ihrem perfiden Spiel? Womöglich hat sie es aber doch auf mich abgesehen ... Auf jeden Fall habe ich ihr unmissverständlich klargemacht, dass ich kein Interesse habe.«

Ich schenkte uns was zu trinken ein und setzte mich dann gegen die Wand auf den Boden. »Du hast mein Mädchen hierhergebracht.«

»Jep.«

»Zu einer Bande durchgeknallter Vampire. Und mir.«

Ash schwang sich zu mir, die Flasche Cragganmore in der Hand. »Haha, Alter. Also wegen deines Humors hat sich Eliza mit Sicherheit nicht in dich verliebt.«

Er füllte nach und wir tranken bedächtig die zweite Runde Whisky.

»Ich liebe sie. Wirklich.«

»Ich weiß. Und sie liebt dich auch.« Ash streckte die Beine aus. »Obwohl, nach dieser Darbietung eben ...«

Mein Hinterkopf schlug an die Wand. Ich schloss die Augen und Elizas Bild blitzte vor mir auf, wie sie mir wütend den Finger in die Brust gerammt hatte. Ich strich mir mit der Hand über die Stelle. Sie verfügte über ganz schön viel Kraft. »Das habe ich ganz schön vermasselt.«

»Aber mit voller Inbrunst, Alter.«

Eliza

Ich legte den Reisekoffer aufs Bett und nahm daneben Platz. Logan ließ mir die freie Wahl zwischen diesem und noch drei weiteren Gästezimmern, die alle im oberen Stockwerk lagen.

Jeder Raum war komplett anders eingerichtet. Logan betonte stolz, dass er mit den andern gemeinsam das Haus erbaut und seit ihrem Einzug vor knapp sechzig Jahren immer wieder eigens renoviert und neu eingerichtet hatte.

Das Zimmer, in welchem ich nun saß, ging in Richtung Kolonialstil. Es war mit dunklem Mahagoniboden, einem Himmelbett aus dunklem Holz, weißen Leinenvorhängen, inklusive einer dunklen, lederbezogenen Polsterbank, einem knarzigen, alten Eichenschrank, silbernen Kerzenständern und samtweichen, weißen Teppichen ausgestattet. Das war so stilvoll. Und das von diesen Chaoten.

Ich öffnete die Balkontüren und trat hinaus. Von dort blickte ich über das rückwärtige Anwesen, das sich von einer gepflegten Gartenanlage bis zu einem weitläufigen See mit angrenzendem Wald erstreckte. Es war wunderschön. Ruhig, idyllisch. Sogar romantisch, wenn man den Mondschein, der sich in schimmernden Wellen auf dem See widerspiegelte, betrachtete.

Der Kuss zwischen Morgan und dieser Frau, die mir irgendwie bekannt vorkam, verdrängte den verträumten Moment und schlängelte sich höhnisch in mein Bewusstsein. Das Feuer in meinem Bauch und der Schmerz in meinem Herzen waren schlagartig zurück.

Seit Mom, Ash und ich beschlossen hatten, dass es am besten wäre, wenn ich mit nach Magia fahren würde, um Morgan und mich auf das Abendessen vorzubereiten, war ich hin und her gerissen zwischen meinem Verlangen nach Morgans Nähe, der Zärtlichkeit, seinem Lachen, seinem Duft, einfach alles, was ihn ausmachte, und der Realität, die sich wie ein Schatten an all das Schöne klammerte und unser Wiedersehen vermieste. Und durch diese Aktion seinerseits zusätzlich auch noch verletzte.

Tränen drückten sich hinter meine Lider. *Flenn jetzt nur nicht wieder rum, Eliza,* schalt ich mich. So viel wie in den vergangenen Wochen hatte ich in meinem ganzen Leben nicht geheult und es reichte für die nächsten zwanzig Jahre.

Durfte ich überhaupt so reagieren? Immerhin war ich diejenige, die Morgan in die Wüste geschickt hatte. Gebeutelt stakste ich zurück ins Zimmer und packte meine Sachen aus. In dem ganzen Chaos über den Nash-Rat, den Nachtschwärmern, meinem Dad und all dem Liebeskummer hatte ich keinen Augenblick daran gedacht, ob Morgan mich überhaupt noch wollte. Wenn er inzwischen der Meinung war, dass unsere Verbindung nicht kompatibel war?

Ich wusste, dass der Rat ihm eine Absage bezüglich unserer Beziehung erteilt hatte, und auch wenn Ash an der Überzeugung festhielt, dass ich zu Morgan gehörte, so schien er über den Gefühlszustand von ihm wohl nicht gerade up to date zu sein.

Was verdammt noch mal suchst du hier?, dröhnte es wieder und wieder in meinem Kopf. Und jedes Mal fiel mein Herz noch ein kleines Stück mehr in sich zusammen. Wie bei einem Gebäckstück, das zu früh aus dem Ofen geholt wird.

Schwungvoll schmiss ich den Koffer in die Ecke. »Scheiße!«

Es klopfte und mit einem Ruck riss ich die Tür auf.

»Stör ich?« Cary grinste mich schelmisch an.

»Nein. Bin gerade am Auspacken«, erwiderte ich, reckte den Kopf hoch und verschränkte die Arme vor der Brust.

»Cool. Die Nacht ist noch jung. Magst du mich zur Arbeit begleiten?«

»Klar. Warum nicht?« Etwas Ablenkung kam mir in meinem Zustand gerade recht.

»Okay, dann treffen wir uns in zwanzig Minuten unten. Hast 'n heißen Fummel dabei?«

»Äh. Gut möglich«, stieß ich verwundert hervor.

»Ausgezeichnet. Anziehen!« Cary zwinkerte mir zu und trabte davon. Perplex stand ich einen Moment in der Tür. *Einen heißen Fummel? Zum Arbeiten?*

Ich sprang schnell unter die Dusche, band mir die Haare zu einem hohen Pferdeschwanz zusammen, frisierte meine geliebte Tolle und schminkte mich so dunkel, wie ich mich fühlte. Ich schlüpfte in schwarze Röhrenjeans, einem schulterfreien Vintage Oberteil in Violett und ergänzte den Look mit einem Paar schwarzer Peeptoes.

Auf dem Weg nach unten betrachtete ich mich im Spiegel, der an der Flurwand hing. Für eine emotionale Achterbahnfahrt, wie ich sie die vergangenen Tage und Wochen hingelegt hatte, sah ich doch recht respektabel aus. *Vielen Dank, Make-up.*

Bereits mit der ersten Treppenstufe, die ich nahm, spürte ich Morgan auf mich warten. Mit erhobenem Kopf und kühlem Blick schritt ich nach unten. Die Gespräche verstummten augenblicklich und vier Augenpaare starrten mich stumm an. Das war strange.

Ich lächelte Cary an. »Ich bin soweit!«

»Soweit für was?« In Morgans Stimme schlich sich ein rauer Unterton. Mit zusammengekniffenen Augen scannte er mich von oben bis unten ab. Mein Puls beschleunigte sich automatisch.

»Ich gehe arbeiten und dachte mir Eliza bräuchte nach diesem Start ein bisschen frische Luft«, entgegnete Cary lässig und klopfte Morgan auf den Rücken.

Noch bevor dieser die Chance bekam darauf zu antworten, bugsierte Cary mich nach draußen. Er reichte mir einen Helm und schwang sich auf eine tiefblaue Maschine. Mein Herz stockte für einen Moment. Das war zu schön, um wahr zu sein. Ich liebte Motorräder. Den Klang, die Geschwindigkeit, das Gefühl von völliger Freiheit. Wäre ich je bereit gewesen einen Führerschein zu machen, dann mit Sicherheit den für ein Zweiradmodell. Grinsend setzte ich mir den Helm auf und nahm hinter Cary Platz.

»Gut festhalten, Kleine«, rief er mir zu und im nächsten Moment heulte schon der Motor auf. Ein Kribbeln packte mich vom Haaransatz bis zur kleinen Fußzehe und voller Vorfreude umschlang ich seinen stählernen Bauch.

Kurz bevor wir vom Anwesen donnerten, blickte ich zurück. Morgan stand auf der Veranda. Und er sah nicht glücklich aus.

Morgan

Wütend schritt ich auf mein Zimmer. Ash bot sich zwar an zum Club zu fahren, aber ich fand, das machte keinen Sinn. Tatsächlich hatte ich eher die Befürchtung, dass er mit den beiden eine heiße Nacht durchfeiern würde, anstatt ein Auge auf Eliza zu halten.

Ich vertraute Cary. Ganz ohne Frage. Ich vertraute jedem meiner Brüder. Aber es bedrückte mich, dass Eliza sich davonmachte, während ich hier saß und mir den Kopf darüber zerbrach, wie es mit uns weiterging.

Okay, das ist jetzt Jammern auf kleinem Niveau. Es wurde Zeit für eine kühle Dusche und ein paar klare Gedanken.

***

Zehn Minuten später joggte ich in Jeans und einem grauen T-Shirt gekleidet nach unten und knallte mich vor den Fernseher im Wohnzimmer. Logan gesellte sich nach einer Weile schweigend dazu. Wir zappten so durchs Programm, als Ash hinzukam.

»Ich habe gerade mit Claire telefoniert.«

»Seit wann hast du Kontakt zu Claire?«

»Seit deine Süße mich angerufen und um Hilfe gebeten hat. Claire war bei Eliza zu Hause und zwar aus gutem Grund. Eliza, Claire und Addison verbrachten einen gemeinsamen Abend beim Essen und wurden von den Paparazzi abgelichtet. Diese Bilder tauchten in einem Klatschblatt auf. Elizas Vater, der sich nach wie vor bester Gesundheit erfreut, hat es entdeckt, Claire erkannt und kurzerhand Kontakt zu Eliza aufgenommen.«

»Ich weiß es schon. Claire hat es mir neulich erzählt«, entgegnete ich ernst.

»Die Frage lautet nun, wenn der Vater von Eliza die Bilder entdeckt hat, wer sonst noch?«, kommentierte Logan die Situation.

Ash nickte. »Sei darauf gefasst, dass der Rat nun über Claire und Eliza Bescheid weiß, Morgan. Es ist nicht ratsam, so zu tun, als hättest du keine Ahnung.«

»Das muss ich mit Claire absprechen. Ich hatte ihr versprochen –«

»Versprochen nichts über sie zu erzählen. Ja. Ich soll dir ausrichten, dass du sagen kannst, was am besten für dich und Eliza ist. Sie stellt sich allem, was daraufhin kommen mag.«

»Was könnten sie ihr noch antun?«, sagte ich und schaute in die Runde. »Immerhin ist sie bereits eine Ausgestoßene.«

Logan stand auf und wanderte vor dem Kamin auf und ab. Das verhieß nichts Gutes. Der Ruhigste und Bedachteste unter uns war Logan. Es gab nichts, das ihn jemals aus der Fassung brachte.

»Habt ihr schon mal von der Verbannung gehört?«

Ich schüttelte den Kopf. »Ash?«

»Nope. Was soll das sein?«

»Laut Gerücht gibt es einen Ort, an dem all diejenigen ihr Dasein fristen, die sich nicht an die Regeln des Reglements gehalten und die Gemeinschaft gefährdet haben.«

Ash lachte trocken. »Alter. Das nennt man Gefängnis.«

»Das mein ich aber nicht. Dieser Ort soll nicht auf ein Gebäude begrenzt sein. Er ist wie eine Stadt, aber ohne Weg raus oder rein. Wie eine Art Zwischenwelt.«

»Das ist doch Blödsinn. Davon habe ich noch nie gehört!«, sagte ich.

»Das bedeutet aber nicht, dass er nicht existiert!«

Ich fuhr mir übers Gesicht. »Wer ist deine Quelle?«

»Die gebe ich euch nicht preis. Aber ich kann euch sagen, dass es jemand aus dem Heim ist. Und ich rede nicht vom Personal.«

»Verdammt!«

Logan arbeitete als Pfleger in einem Heim für alte oder kranke Nachtschwärmer. Gerade die Formwandler verloren irgendwann im Laufe ihres Lebens die Kontrolle über ihren Körper und so brauchten sie einen Ort, wo sie sich ohne Probleme zu verursachen in ein anderes Lebewesen verwandeln und ihre restliche Zeit in Würde verbringen konnten. Diese Wandler waren teilweise schon sehr alt und verfügten über großes Wissen. Und auch wenn sie vom Alter und der Weisheit her nicht an Emerson und Merlin oder an den Rat heranreichten, so waren diese Nachtschwärmer immer noch ausreichend nah dran für eine Information solcher Art.

»Fuck!«, brummte Ash. »Warum hast du uns das nicht schon längst mal erzählt, du Arsch?«

»Zum einen bin ich an die Schweigepflicht gebunden, und zum anderen hättet ihr bestimmt schon vor Jahren die Ohren dichtgemacht, wenn ich euch immer erzählen würde, was ich während meines Dienstes so aufschnappe«, verteidigte sich Logan vehement.

»Er hat Recht. Was hätte uns die Information bisher schon genützt? Wichtig ist, dass wir nun darüber Bescheid wissen. Also, danke, Logan.«

Er nickte und setzte sich wieder auf die Couch. »Gibt es denn kein Druckmittel, das du einsetzen kannst?«

»Keins das mächtiger wäre als der Rat.«

»Alter, hast du noch alle Tassen im Schrank? Du kannst den Rat doch nicht unter Druck setzen wollen! Den machst du dir nicht zum Feind!« Ash feuerte wütende Blicke in Logans Richtung.

»Sagt der Rebell des Jahrhunderts«, spottete Logan. »Wann bist du zu so einem Weichei verkommen?«

»Du bist so ein Arschloch, Logan.«

»Angst, diesen Posten zu teilen, Ashton?«

Ash verzog das Gesicht und donnerte davon.

Stirnrunzelnd sah ich Logan an.

»Was? Jeder darf sich hier wie ein Idiot aufführen, nur der ruhige, freundliche Logan nicht? Wenn du so denkst, kannst du mich jetzt auch Mal am Arsch lecken, Morgan!«

»Das ist nicht der Punkt. Aber wenn du nicht die Ruhe bewahrst, tut es keiner. Und wer bringt uns dann runter?«

»Genau das ist es. Seit über hundert Jahren bin ich schon euer Prellbock. Beabsichtigt oder nicht. Ich war schon immer der, der den Frieden zurückgebracht hat. Aber hat schon mal einer von euch daran gedacht, dass ich auch manchmal Druck ablassen muss?« Logan sprang auf. »Tut mir leid, Morgan. Aber das ist zu groß für mich. Wenn die Sache morgen den Bach runtergeht, verlierst du deine große Liebe. Eliza ihr Anrecht auf die Wahrheit, ihre Liebe und ihre Familie. Wir möglicherweise unseren Bruder. Und wenn's knüppeldick kommt, Claire ihr Leben in Freiheit.«

Mit diesen Worten ließ er mich allein und begrub mich unter einem fünfzig Zentner schweren Stein, ohne Chance mich darunter befreien zu können.

Eliza

Dick eingemummelt lag ich unter der weichen Kuscheldecke im Gästezimmer des Anwesens. Vor einer Stunde waren wir zurückgekehrt. Cary hatte es geschafft, dass ich für die paar Stunden alles um mich herum vergessen konnte. Als er mir vorgeschlagen hatte ihn zur Arbeit zu begleiten, hatte ich mir ganz sicher nicht vorgestellt, in einem der beliebtesten Clubs des Landes zu landen.

Von dem er der Besitzer war. Das beeindruckte mich schwer, was ich Cary auch mitgeteilt hatte. Mit seinem spitzbübischen Lachen hatte er es abgetan, aber ich wurde das Gefühl nicht los, dass er sich über mein Kompliment gefreut hatte.

Er hatte ein paar geschäftliche Sachen erledigt und war dann den restlichen Abend an meiner Seite geblieben, was einigen weiblichen Gästen ziemlich missfallen war. Offensichtlich, und das konnte ich nun wirklich nicht leugnen, war er einer der heißesten Junggesellen, die es dort gab.

Als ich Cary nach einer Freundin gefragt hatte, hatte er nur gelacht und gemeint: »Bist du verrückt? Welche Frau würde so ein Leben, wie ich es führe, freiwillig mitmachen?«

Also, meines Erachtens, mindestens die Hälfte der Frauen, die ich in dieser Nacht beobachtet hatte. Aber das hatte ich für mich behalten.

Wir hatten die Zeit mit Tanzen, Lachen, Tanzen und Trinken verbracht. Und das zu einer wirklich guten Songauswahl verschiedenster Stilrichtungen. Dieser Club war keine üble Rockkascheme, was man vielleicht aufgrund von Carys Aussehen hätte meinen können. Und Cary war nicht halb so Furcht einflößend, wie er aussah, wenn er nicht gerade seine Grübchen zeigte.

Mein schlechtes Gewissen meldete sich zum wiederholten Male, seit ich im Bett lag, zu Wort. War es wirklich okay gewesen mit Cary zu verschwinden und mir die Seele aus dem Leib zu tanzen, wo es doch an allen Ecken und Enden brannte? Eigentlich war ich mit Ash so frühzeitig angereist, damit ich in Ruhe mit Morgan über unsere Vorgehensweise beim Dinner sprechen konnte.

Gähnend drehte ich mich auf die Seite. Das Abendessen war zwar erst für dreiundzwanzig Uhr angesetzt, aber da ich nicht wusste, ob man mich rechtzeitig wecken würde, entschied ich mich vorsichtshalber den Handywecker zu stellen.

Im Dunkeln tappte ich nach meinem Handy, stieß aber nur an das Wasserglas. Mist. Die Tasche lag noch in der Küche. Nach der wilden Tanzerei hatte mich der Heißhunger geplagt, weswegen Cary uns dick belegte Sandwiches mit Schinken, Käse und Jalapenos zubereitet hatte, die wir vor dem Schlafengehen miteinander vertilgt hatten.

Seufzend hüpfte ich aus dem wohlig warmen Bett und öffnete leise die Tür. Im Flur des oberen Stockwerks war nichts zu hören, aber zum Glück brannten in regelmäßigen Abständen sanft leuchtende Wandlichter, so dass ich wenigstens sah, wohin ich lief.

Um in die Küche zu kommen, musste ich an Morgans Arbeitszimmer vorbei. Die Tür war einen Spalt breit geöffnet und warmes, weiches Licht strömte hinaus. Ich hielt kurz inne. Ob er noch wach war? Ich streckte die Hand aus, um die Tür aufzustoßen, als ich von drinnen ein Geräusch hörte. Schnellen Schrittes huschte ich in die Küche und angelte mir die Tasche vom Stuhl.

»Du hättest ruhig reinkommen können«, ertönte es sanft hinter mir.

Langsam drehte ich mich um, und als ich ihn sah, traf mich fast der Schlag. Morgan lehnte lässig am Türrahmen, in dunkelblau verwaschenen Jeanshosen und einem grauen, ausgeleierten T-Shirt.

So hatte ich ihn noch nie gesehen. Ich kannte ihn in Anzügen. Graue Anzüge. Blaue Anzüge. Einreiher. Zweireiher. Schwarze Hemden. Weiße Hemden. Mit Schlips. Mit Krawatte. Und natürlich im besten Outfit aller Zeiten: nackt! Aber so locker und lässig? Nein, niemals. Er war atemberaubend schön.

»Mir dröhnt noch der Kopf von deiner letzten Brüllattacke, deswegen …«, sagte ich und tapste gegen meine Stirn. Kühner, als es in meinem Inneren gerade zuging.

Morgans dunkle Augen fixierten mich. »Hm. Oder vom Saufgelage mit Cary …«

Meine Augen verengten sich augenblicklich zu kleinen Schlitzen und ich stemmte die Hände in die Hüften. »Ist das deine Art dich zu entschuldigen?«

Morgan kam auf mich zu, hob mich hoch und ließ mich mit einem Schwung auf der Theke nieder. Dann schlängelte er sich zwischen meine Beine und legte seine Hände links und rechts von meinem Po ab. Sein Mund näherte sich meinem, einen Tick, bevor seine Lippen meine berührten, murmelte er: »Es tut mir leid, Eliza. Ich habe mich wie ein Arsch aufgeführt. Bitte verzeih mir.«

Er berührte mich nicht. Er bewegte sich nicht. Er küsste mich nicht.

Mehrere Sekunden verstrichen. Und mit jedem vergangenen Moment verstärkte sich meine Sehnsucht nach ihm. In diesem Augenblick wurde mir erst bewusst, wie heftig ich Morgan vermisst, wie heftig er mir gefehlt hatte. Wie sehr ich ihn brauchte. Wie sehr ich ihn liebte.

Es war mir egal, was morgen war. Oder wer was dagegen haben konnte, dass wir zusammen waren. Oder dass er irgendwann mal seiner wahren Liebe begegnen würde. Jetzt und hier hatten wir die Möglichkeit zusammen zu sein. Einfach und bedingungslos.

Ich strich mit meinen Lippen über seine und löste den Bann. Schockwellen waberten über meinen Körper und kickten meinen Adrenalinspiegel in schwindelerregende Höhe.

»Entschuldigung angenommen«, murmelte ich heiser, legte meine Arme um seinen Nacken und küsste ihn.

Sechzehn

Morgan

Vollständig. So fühlte ich mich, als ich aufwachte. Elizas nackte Haut schmiegte sich sanft an meine. Als wären wir eins, umhüllt in einem Kokon. Ich war noch nie so glücklich gewesen.

Allerdings, wenn ich an die zurückliegende Nacht dachte ...

Nachdem sie mich geküsst hatte, schafften wir es gerade noch bis in mein Arbeitszimmer. Dort hatten wir uns zwei Mal geliebt und ein weiteres Mal hier in meinem Bett. Der Sex war mit Abstand der beste gewesen, den ich jemals erlebt hatte, und ich musste schmunzelnd dran denken, dass die Aussage über Versöhnungssex offensichtlich zutraf. Trotzdem verzichtete ich liebend gerne auf eine Wiederholung, wenn es bedeutete, dass ich Eliza wochenlang nicht nah sein konnte.

Die Uhr zeigte bereits sieben. Seufzend zog ich Eliza an mich und küsste ihren Nacken. Sie räkelte sich und drehte sich zu mir um.

»Guten Morgen«, wisperte sie.

»Hey. Gut geschlafen?«, raunte ich.

»Der beste Schlaf seit Wochen. Ohne Zweifel.«

Dem konnte ich mich nur anschließen. »Wir sollten ...«

Eliza verschlang den Rest vom Satz mit einem Kuss. Und setzte sich dann rittlings auf mich. Ihre schwarzen Haare flossen über ihre nackte, alabasterfarbene Haut und bildeten einen sinnlichen, betörenden Kontrast. Ihre Hände glitten über meinen Oberkörper. Sacht streichelnd, bis sie sich hinunterbeugte, um mich erneut zu küssen. Überall.

Aufstöhnend packte ich ihren Po und massierte ihn. Schlagartig war ich hellwach. Und bereit. Ich fuhr ihren Rücken mit meinen Händen nach und genoss ihre weichen Lippen auf meinem Gesicht. Meinem Nacken. Meinem Oberkörper. Ich schloss die Augen und kostete dieses

Glücksgefühl aus. Ein zarter Duft von Karamell schlich sich in meine Nase, wand sich in meine Gehirnbahnen und ließ mich wohlig aufseufzen. Das hier war so gut.

Langsam erhob sich Eliza und nahm mich in sich auf. Ruhig. Gelassen. Tief. Das brachte mich fast um den Verstand. Diese Selbstsicherheit, diese Kontrolle, diese Ruhe. Meine Fänge verlängerten sich und ein Knurren brach aus mir heraus. Mit Mühe unterdrückte ich den Höhepunkt. Sanft bewegte sie sich auf und ab. Ihre Hände umfassten meine Brust und mit jedem Atemzug nahm ihr Tempo an Fahrt an. Ihre Augen glitzerten, ihre Lippen leuchteten rot, ihre Wangen glühten vor Hitze. Stöhnend packte ich ihren Po und umschlang sie mit meinen Beinen.

Im Einklang unserer Körper ritten wir uns in Ekstase. Als ich mich mit einem schwindelerregenden Knall in ihr entlud, verspürte ich einen bittersüßen Schmerz.

Eliza

Was auch immer in der letzten Stunde passiert war, es hatte etwas in mir ausgelöst und hinterließ einen bittersüßen Schmerz.

Trotzdem war das der beste Sex, den ich bisher in meinem so kurzen Leben gehabt hatte. Und das, wo er noch nicht mal besonders heftig oder außergewöhnlich gewesen war. Er war ruhig, rhythmisch und unaufgeregt gewesen.

Ich blickte in den Spiegel und betrachtete mein Gesicht. Das Ebenbild meines Vaters sah mir entgegen. Die geröteten Wangen als Beweis meiner Nähe zu Morgan. Meine Glücksgefühle zeichneten sich als Lächeln ab. Meine Augen glühten und in mir wuchs eine unbändige Kraft. Stark, mutig, furchtfrei. Das gefiel mir.

Ich schlüpfte rasch in Jeans und zog einen Oversizepullover über. Meine Haare steckte ich locker zusammen, so dass einzelne Haarsträhnen entweichen konnten. Dann sprang ich die Treppen runter in die Küche, wo vier unverschämt heiße Kerle dabei waren, den Frühstückstisch zu richten. Die Theke war belegt mit allen Köstlichkeiten, die man sich nur vorstellen konnte.

»Morgen«, trällerte ich fröhlich in die Runde, die Hände in die Jeanstaschen gesteckt, auf den Fußballen hin und her wippend.

Augenblicklich hörte die Geschäftigkeit auf und vier Augenpaare starrten mich an. Schon wieder. Okay, das war echt merkwürdig. Ich schaute an mir runter. »Stimmt was nicht?«

Ash kam grinsend angeschlendert, legte den Arm um meine Schultern und drückte mir einen Kuss auf die Schläfe. »Liegt wohl daran, dass wir noch nie so ein menschliches, heißes Teil zum Frühstück hier hatten, Süße!«

»Äh?«

Logan lachte laut auf. »Falls in deinem Kopfkino grade irgendeine verquere Szene von *True Blood* spielt, kann ich dich beruhigen. Wir sind Vegetarier. Alle.«

»Glitzernde Vegetarier?«

Die Jungs grölten amüsiert.

»Wären dir *Black Dagger* lieber?«, fragte Cary und zwinkerte mir zu.

»Kommt auf die Situation an«, erwiderte ich ebenfalls zwinkernd.

»Du kannst sie jetzt wieder loslassen!«, knurrte Morgan, grinste aber dabei.

Ash drückte mich noch mal und kümmerte sich weiter um die Rühreier.

Ich setzte mich an die Theke und Cary schob mir einen Becher mit heiß dampfendem Kaffee vor die Nase. »Na, Kleine. Hast 'n Brummschädel?«

»Nicht im Geringsten. Da muss schon ein bisschen mehr gehen.«

Cary klopfte Morgan auf die Schulter. »Jetzt versteh ich deine Passion zu Etta.«

Der lachte knapp, beugte sich zu mir und gab mir einen langen Begrüßungskuss.

»Wo findet das Abendessen eigentlich statt?«, fragte ich und schlürfte an der schwarzen Köstlichkeit.

Ash verteilte das Rührei und setzte sich zu uns an die Theke.

»Im Hauptgebäude der Nash-Anlage. Dort gibt es einen Ballsaal, in dem wichtige Zeremonien abgehalten werden. Es ist ungefähr vierzig Minuten entfernt. Deswegen müssen wir uns ein bisschen beeilen«, antwortete Cary.

»Wo ist deine Kette?« Mit gerunzelter Stirn deutete Ash auf meine Brust.

Verwundert sah ich ihn an. »Du hörst dich an wie Mom.«

»Sorry, Süße. Aber ich habe Claire versprochen dafür zu sorgen, dass du sie trägst.«

»Was für eine Kette?«, wollte Cary wissen.

»Ein lilafarbener Stein, der mit einem Schutzzauber vor Hexensprüchen belegt ist. Außerdem kann ich damit den Glimmer erkennen.«

Logan griff nach der Butter. »Genial. Das ist genau Claires Stil. Ich mag deine Mom, Eliza. Sie ist eine tolle Frau!«

Ich nickte. »Das ist sie. Okay, Jungs. Ich hab echt keinen Bock, um den heißen Brei zu reden! Ich finde den Nash-Rat zum Kotzen. Er und sein Reglement sollten sich mal den Stock aus dem Arsch ziehen und sich zeitgemäß verhalten. Das werde ich ihnen auch sagen. Ob es dir gefällt, Morgan, oder nicht, ist mir dabei herzlich egal. Diesen Leuten habe ich es zu verdanken, dass mein Leben vom Tag meiner Geburt an auf einem Lügengerüst aufgebaut wurde, meine Mom die Liebe ihres Lebens verloren hat und mir ein Teil meiner Familie vorenthalten wurde. Ich bin, gelinde gesagt, stinksauer.«

»Ich weiß. Das sind wir alle. Aber mit dieser Wut wirst du nicht weit kommen«, antwortete Morgan.

»Mir gefällt Elizas Einstellung und diese Wut macht sie furchtlos. Das macht einen starken Eindruck. Du weißt selbst, dass du gleich verschissen hast, wenn sie Angst riechen.«

Logan nickte. »Cary hat Recht. Eliza, weißt du, ob andere Hexen sehen können, dass du einen Schutzzauber umhängen hast?«

»Laut Claire ist er sicher. Der Anhänger deutet nur auf die Erkennung von anderen Nachtschwärmern hin und das war‘s.«

»Gut. Du weißt, dass die Hexen dir eventuell dein Erinnerungsvermögen nehmen wollen?«

»Ja«, sagte ich und holte mir noch eine Tasse Kaffee. »Mom hat mich aufgeklärt und mich vorbereitet, so gut es in der kurzen Zeit eben ging. Versuch mal meine Gedanken zu lesen, Morgan.«

»Nichts. Ich weiß, ich hab es schon versucht.«

»Du Arsch«, rief ich empört aus.

Abwehrend hielt Morgan die Hände hoch. »Langsam, das war nur ein Test. Ich wusste, dass Claire dich vorbereitet. Offensichtlich hat sie dir auch beigebracht, dass du nun mental mit mir Kontakt aufnehmen kannst.«

Ich dachte an gestern und der Anblick seines geschockten Gesichts erheiterte mich. Schmunzelnd dachte ich: *»Vielleicht hatte ich es schon gekonnt, aber nur nicht gewusst.«*

»Hm. Schon möglich.«

»Übrigens ... du siehst heiß aus. Ist das jetzt dein neuer Look?«

»Mal sehen. Ich könnte mich daran gewöhnen.«

»Locker zu sein?«

Morgan hüstelte verschmitzt.

»Hört auf zu turteln. Wir haben Wichtigeres zu besprechen!«, maßregelte uns Ash und fuchtelte mit der Gabel in unsere Richtung.

»Der lustige Ash gefällt mir besser«, stellte ich fest und zog eine Schnute.

»Übrigens«, begann Cary, »wir kommen mit.«

Morgan schüttelte vehement den Kopf. »Auf gar keinen Fall! Und du schon gar nicht.«

»Warum nicht?«, fragte ich.

»Mitgehangen, mitgefangen. Dein Party-Buddy da drüben ist dem Rat seit geraumer Zeit ein Dorn im Auge. Wegen seines Etablissements, in dem überwiegend menschliche Kunden verkehren. Der einzige Grund, warum er bisher davongekommen ist, liegt an der Beliebtheit des Clubs.«

»Das verstehe ich nicht ganz. Du treibst doch auch mit den Menschen Handel. Immerhin verlegst du ihre Bücher.«

»Ja. Das schon, aber meine Arbeit ist, wie soll ich es ausdrücken ... rein.«

Cary schnalzte missbilligend mit der Zunge und begann den Tisch abzuräumen. »Tja, Alter. Da wirst du durchmüssen. Wir haben beschlossen euch zu begleiten, denn immerhin geht es uns alle an. Du bist sozusagen überstimmt.«

Morgan rieb sich übers Gesicht. »Ich werde dieses Gefühl nicht los, dass dieser Abend legendär werden wird.«

Morgan

Eliza berauschte mich mit ihrem Outfit. Sie sah so verdammt edel aus und einmal mehr wunderte ich mich über ihre vielfältigen Facetten. Obgleich ich ihre Natürlichkeit am meisten liebte, war ich schwer angetan. Sie trug ein cremefarbenes, bodenlanges Kleid aus Seide. Es war schulterfrei, figurbetont und mit edlen Swarovskisteinen besetzt. Dazu trug sie eine Hochsteckfrisur, ein leichtes Make-up und ein paar mörderisch hohe High Heels in Nudefarben. Ihre Kette blitzte und glitzerte in der Dunkelheit.

»Mir wäre es lieber, du würdest dich mehr auf die Straße konzentrieren«, merkte Eliza nervös an.

Ich schaute wieder nach vorne. »Entschuldige. Du erstaunst mich nur so mit deinem wunderbaren Wesen.«

Sie lachte leise und schaltete das Radio ein. Laute Musik preschte umgehend aus den Boxen. Eliza bedachte mich mit einem fragenden Seitenblick.

»Lieblingssender«, murmelte ich nur.

»Ach.« Sie lächelte verschmitzt und lehnte sich im Sitz zurück.

»Hör mal. Ich wollte dich gern noch was wissen lassen, bevor wir beim Abendessen aufschlagen.« Ich fuhr an den Seitenstreifen und hielt an. Direkt hinter uns hielt das Auto von Ash, ein alter Mustang GT. Eliza wandte sich mir zu und schaute mich erwartungsvoll an.

»Ich weiß, dass die letzten Wochen sehr anstrengend für dich waren. Und die Dinge, die du mir bei deiner Mom gesagt hast, entsprechen der Wahrheit. Wie ein Vampir und ein Mensch zusammenleben sollen, weiß ich nicht, aber wenn wir es nicht versuchen, werden wir es auch nicht herausfinden. Es gibt nichts, was ich mir sehnlicher wünsche, als mit dir dein Leben zu verbringen, egal wie lange es sein wird.«

Tränen stiegen in ihre Augen und so beugte ich mich zu ihr und umfasste ihr Gesicht mit meinen Händen. »Ich liebe dich, Eliza. Und du bist für mich *die Eine*. Egal was der Rat heute Abend bestimmen wird. Ich weiß, dass du zu mir gehörst. Ich weiß, dass keine andere mehr kommen wird. Wir beide gehören zusammen und ich werde mit allem, was ich habe, dafür kämpfen.«

Dicke Tränen tropften unaufhaltsam über ihre Wangen, weiter auf meine Hände und ihre Kette, die direkt unter meinen Armen hin und herschwang. Ein Leuchten erstrahlte aus dem Stein und im nächsten Moment zerbarst er in tausend Teile, die in kleinen Funken auseinanderstoben und sich mit einem Knall in Luft auflösten.

Erschrocken wichen wir auseinander. An der langen Silberkette hing nur noch die Fassung, der Stein war verschwunden.

»Verflucht! Was war das?«, fragte Eliza mit aufgerissenen Augen.

»Ich hab keine Ahnung! War das beabsichtigt? Hat Claire etwas erwähnt?«

Es klopfte ans Fenster. Logan stand vor der Autotür. »Alles in Ordnung? Wir haben einen Knall gehört und es blitzen sehen!«

»Wir wissen es nicht. Wir haben miteinander geredet und Puff, mein Stein löste sich in Luft auf«, antwortete Eliza und gestikulierte wild umher.

»Fuck! Der Schutzzauber!«

Wir stiegen aus und berieten uns mit den anderen. Eliza wusste nicht, wieso das passiert war, und sie konnte Claire nicht erreichen. Es gab keine andere Möglichkeit, als das Abendessen nun durchzustehen, und zwar ohne magische Hilfe.

Missmutig kehrten wir zum Auto zurück und fuhren weiter. Keiner sagte mehr auch nur ein Wort. Wenn Eliza nun mit einem Spruch belegt würde, wäre unser Zusammensein hier und heute beendet. Nur die Hexe, die diesen ausgesprochen hatte, konnte den Zauber auch wieder rückgängig machen. Das Einzige, das Eliza beschützt hätte, wäre der Schutzzauber von Claire gewesen. Und der hing jetzt verpufft im Nirgendwo.

Mein Herz sackte in sich zusammen. Und zum ersten Mal in meinem Leben überrollte mich eine Angst, die mich eiskalt im Nacken packte.

Siebzehn

Eliza

Wie konnte das nur passieren? Und warum hatte mich Mom nicht davor gewarnt? War der Zauber zu stark gewesen und der Stein konnte das nicht kompensieren? Gab es so was überhaupt? Und wieso konnte ich sie nicht erreichen?

In meinem Inneren tobte ein Kampf zwischen Panik, Entsetzen und Machtlosigkeit. Ich hatte mich mutig und stark gefunden, weil ich gewusst hatte, ich wurde beschützt. Aber jetzt bekam die Angelegenheit einen ganz anderen Blickwinkel und meine Gefühle überrannten mich. Ich wollte nicht vergessen, was ich nun wusste. Lieber lebte ich ein Leben in Zorn oder Wut darüber, was der Rat mir genommen hatte, als in völliger Unwissenheit. Lieber lebte ich mein Leben mit einem Vampir, der mich altern sehen und überdauern würde, als allein oder mit einem Mann, der niemals mein Herz so berühren würde, wie es Morgan tat.

Ich schleuderte das Handy in die Handtasche und verbarg das Gesicht unter meinen Händen.

»Wir sind da.« Morgan strich mir sanft über den Rücken.

Ich genoss für ein paar Sekunden diese Zärtlichkeit, ehe ich einen Blick aus der Frontschreibe warf. Das Haupthaus, welches ich mir als schrulliges, altes Rathaus vorgestellt hatte, entpuppte sich als ein barockes Schloss. Mit einem weitläufig angelegten Rosengarten und einer Zufahrt, gesäumt mit bunt gefächerten Rosenbüschen, wirkte dieser Ort verträumt, verzaubert und einfach wunderschön. Flackernde Kerzenleuchter thronten verteilt auf dem Anwesen und ein roter Teppich lag die Stufen bis zum Eingang aus. Zwei in Frack gekleidete, grauhaarige Männer warteten am Treppenabsatz. Dieses Bild verschlug mir den Atem.

»Wie kann ein so wunderschöner Ort nur so grauenvolle Dinge anrichten?«

»Wie so vieles im Leben trügt der Schein. Dass eine Hülle so ganz anders als sein Kern sein kann, erfährt man in diesen Hallen noch am besten«, entgegnete Morgan hart. Er drückte meine Hand. »Bereit?«

»Nein.«

»Okay. Ich auch nicht.« Er beugte sich zu mir und wir küssten uns sanft. »Denk daran. Ich werde alles tun, was in meiner Macht steht.«

Ich schmiegte mich an ihn. Der Geruch seines Aftershaves umhüllte mich, während seine starken Hände mir Halt gaben. Morgan war alles für mich und ich würde ebenso für unsere Liebe kämpfen.

Wir stiegen aus und er überreichte dem Butler die Autoschlüssel. Hinter uns erschienen die Jungs.

»Mr O'Malley, Ms Lake, Mr Black und Mr Gardner melden sich an«, erklärte Morgan dem zweiten Butler, der erschrocken die Augen aufriss und sich dann vor Ash verbeugte. »Master Ashton.«

»Johnson, altes Haus. Locker bleiben.« Ash grinste belustigt und tappte leicht auf dessen Schulter.

»Jawohl, Sir. Sehr geehrte Herrschaften, Sie werden schon erwartet«, antwortete der Butler. Mit einer Handbewegung zeigte er die Treppen hinauf. »Bitte folgen Sie mir.«

Erstaunt drehte ich mich zu Ash um. »Was war das denn?«

Logan lachte kurz auf. »Du scheinst nicht die geringste Ahnung zu haben, mit was für einer Bande du dich eingelassen hast, als du diesem Helden da dein Herz geschenkt hast.«

Ash zuckte mit den Schultern. »Wo er Recht hat ... lange Geschichte, die ich dir hoffentlich zu einem späteren Zeitpunkt erzählen kann, Süße.«

Gemeinsam schritten wir die Stufen rauf. Mit Morgan an meiner Seite und den Jungs im Rücken fühlte ich mich gestärkt und ich merkte, wie meine Selbstsicherheit, meine Wut und meine Kraft zurückkamen.

Morgan ergriff meine Hand. *»Girl on Fire?«*

Ich schmunzelte. *»Wenn jemand von denen wagt, meine Gefühle lesen zu wollen, sollen sie gleich mal hören, mit wem sie es zu tun haben.«*

»Fällt es dir schwer eine Wand zu errichten?«

»Nicht, wenn es nur eine Wand ist. Mit Musik geht es sogar ziemlich einfach. Allerdings weiß ich nicht, ob sie standhält, wenn mehrere daran rütteln.«

»Erhöhe einfach das Volumen. Je lauter du bist, desto weniger bist du antastbar.«

»Alles klar. Übrigens gefällt mir deine Wand.«

»Danke. Moby Dick gehört zu meinen All Time Favorits.«

»Die Herren müssen sich bitte hier gedulden«, sagte der Butler und sah zu Ash. »Es tut mir leid, Master Ashton, aber ich muss zuerst eine Meldung machen.«

Ash winkte ab. »Alles okay, Johnson. Wir warten hier.«

»Wie Sie wünschen.« Er drehte sich um und öffnete die goldverzierte, weiße Flügeltür zum Ballsaal mit beiden Händen. Morgan und ich standen hinter dem Butler und warteten gespannt, während die Jungs es sich auf den Stühlen im Empfangsraum bequem machten. Cary hatte noch etwas Dringendes zu erledigen; würde aber nachkommen. Ich blickte zu Logan und Ash, die mir zuversichtlich zunickten.

»Sehr geehrter Rat. Miss Eliza Lake und Mister Morgan O'Malley.«

Johnson trat beiseite und Hand in Hand gingen wir in die Höhle des Löwen.

Morgan

Eine Welle der Eifersucht knallte mir entgegen. Eiskalte blaue Augen starrten mich an und wanderten dann hasserfüllt zu Eliza.

»Fuck!«

»Ist sie das? Dieses Miststück, das dich geküsst hat?«

»Ja.«

»Warum ist sie hier?«

»Wahrscheinlich ist sie diejenige, die dich mit einem Zauber belegen wird. Ihre Großeltern sind die Mitglieder des Rats.«

»Miss Lake, Mister O'Malley. Ich darf Sie im Namen des Nash-Rats willkommen heißen. Wir freuen uns, dass Sie die Einladung angenommen haben.«

Die Fee Daisy DeLaFuego, eine kleine, graziöse Frau mit engelsgleichen Locken und zierlicher Stupsnase, hielt Eliza die Hand entgegen.

»Ist ja nicht so, als hätte ich eine Wahl gehabt, nicht wahr?«, erwiderte Eliza in einem zuckersüßen Ton und schüttelte kurz die ihr dargebotene Hand. Konzentriert musterte ich die Fee. Ich wagte zu bezweifeln, dass je ein Mitglied des Nash-Rats in so einem Tonfall angesprochen worden war.

Daisy DeLaFuego neigte den Kopf zur Seite und nickte. Dann reichte sie mir die Hand. Überrascht umschloss ich ihre feingliedrigen Finger. »Vielen Dank, Mrs DeLaFuego.«

Ich schob Eliza mit der Hand im Rücken an, damit wir die restlichen Mitglieder, welche in Reih und Glied zusammenstanden, begrüßen konnten. Obwohl jegliche Gefühle verschlossen und der Raum frei von ebenjenen war, war die Atmosphäre zum Schneiden dick. Manche der Mitglieder schafften es nicht, ihre Emotionen auch äußerlich zu vertuschen. Wahrscheinlich war das Absicht und in meinen Augen höchst unprofessionell.

Als wir zum letzten Gastgeber kamen, Hexer DeDay, hielt dieser meine Hand fest umschlossen. Er war einen Kopf kleiner als ich und sah aus wie ein Wiesel mit der spitzen Nase und den kleinen kugelrunden Augen. »Mr O'Malley. Sie kennen ja meine bezaubernde Enkelin Simona.«

»In der Tat. Wir hatten das Vergnügen gemeinsam studieren zu dürfen. Außerdem beteiligt sich meine Firma neuerdings als finanzieller Unterstützer der Heimatlosen Nachtschwärmer.«

»Sehr schön. Sie sind auf dem richtigen Weg, Mr O'Malley. Wer sich mit unserer Simona einlässt, hat die besten Chancen auf ein Leben in den angesehensten und natürlich wichtigsten Kreisen.« Tal DeDay lächelte siegessicher.

»Oh, bitte. Ich kotz gleich.«

»Simona. Was für eine Überraschung dich hier zu sehen«, bemerkte ich, nahm ihre Hand und küsste ihr die Wangen zur Begrüßung, so wie es sich eben schickte, ungeachtet dessen, wie sehr es mir gegen den Strich ging.

Simona hatte mit Sicherheit schon bei unserem Treffen gewusst, dass sie diesem Abendessen beiwohnen würde. Ich ärgerte mich über mich selbst, dass ich es zugelassen hatte diesen Abend im Museum zu genießen. Dass ich ihr Raum gegeben hatte Geschäftliches mit Privatem zu vermischen.

»Hallo, Morgan. Schön dich zu sehen. Wenngleich der Grund kein angenehmer ist«, sagte sie kühl mit einem Seitenblick auf Eliza.

»Aber ein verdammt gutaussehender!«, entgegnete diese und umklammerte ihre Tasche mit beiden Händen, um zu verdeutlichen, dass Simona keine Begrüßung von ihr zu erwarten hatte. *»Jetzt weiß ich, woher ich sie kenne. Sie war es, die mich damals angerempelt hat.«*

»Stimmt. Das wollte ich dir eigentlich gestern noch erzählen.«

Eine Glocke läutete und ein Butler rief zu Tisch. Wir wurden getrennt und inmitten der jeweiligen Arten gruppiert. Eliza saß zwischen dem Werwolf- und Feenpaar. Meine Wenigkeit musste sich zu den Vampiren und Gestaltwandlern gesellen. Simona indessen bekleidete, ganz zu meinem Missfallen, den Kopf des Tisches. Links und rechts von ihr saßen, wie zu erwarten, ihre Großeltern.

Werwolf McFaden ergriff das Wort. »Nun, Miss Lake. Mit Sicherheit sind Sie über den Grund Ihres Erscheinens aufgeklärt worden. Wir möchten Ihnen die Möglichkeit geben sich vorzustellen, um dann zu entscheiden, wie wir in dieser Situation weiter verfahren.«

»Mister McFaden«, sagte Eliza, schlug die Beine übereinander und faltete die Hände in den Schoß. »Verzeihen Sie meine Direktheit, aber ich kaufe Ihnen nicht ab, dass ich noch die Möglichkeit besäße Sie in Ihrer Entscheidung umzustimmen. Jeder Einzelne von Ihnen möchte mich so schnell wie möglich loswerden. Der einzige Grund, weswegen ich hier sitze, ist, dass Sie sich nicht erklären können, wieso Morgan die Anzeichen der Bindung verspürte. Sollte ich mit meiner Annahme falsch liegen, bitte ich um Entschuldigung, und natürlich steht es Ihnen frei mich dahingehend zu korrigieren. Ansonsten appelliere ich an Sie eindringlichst mich mit all dem gehörigen Respekt zu behandeln, den ich verdient habe, und mich nicht weiter zu belügen.«

Ein Raunen und scharfes Lufteinziehen durchströmte den Saal. Keiner hatte mit so einer messerscharfen Antwort gerechnet. Wie denn auch? Seit Jahrhunderten buckelte jedes einzelne Nachtschwärmerwesen vor dem Nash-Rat, aus Angst in Ungnade zu fallen und als Ausgestoßener sein Dasein fristen zu müssen.

Die Bediensteten servierten völlig teilnahmslos den ersten Gang, eine Kressecremesuppe, und für einen Moment herrschte Ruhe, abgesehen vom Geklapper des Geschirrs.

»Ich bin furchtbar stolz auf dich.«

»Ehrlich? Mir schlottern nämlich die Beine wie verrückt!«

Gestaltwechslerin Stonewood fing sich als Erste. »Sie haben Recht. Unsere Recherchen haben über Ihre spezielle Bindung nichts in Erfahrung bringen können. Was auch immer der Auslöser für die Bindungssymptome war, ist uns bis dato nicht bekannt, und nach Austausch mit den anderen Ländern ist Ihr Fall eine absolute Ausnahme. Wir gehen von einem Fehler des Universums aus.«

»Erwarten Sie, dass mir meine Auserwählte in naher Zukunft begegnen wird?«, fragte ich ruhig.

»In der Tat. Sie werden sich nur noch ein bisschen gedulden müssen, bis Sie auf Ihre große Liebe treffen.«

Ich zog die Augenbrauen hoch und schaute aufmerksam in die Runde. »Ich habe meine große Liebe bereits gefunden.«

»Es ist unbestritten, dass Miss Lake menschlicher Natur ist. Diese Bindung wird in unserer Gemeinschaft nicht akzeptiert, das wissen Sie. So sind die Regeln des Reglements, an die sich jeder Nachtschwärmer halten muss«, ermahnte Charlotte King, die Vampirin, ernst und ihre Fänge blitzten auf.

»Aufgrund dessen haben wir bereits abgestimmt«, ergänzte Vampir LaRue. »Miss DeDay hat sich dazu bereit erklärt einen Spruch auf Miss Lake zu legen, welcher uns versichert, dass sie unsere Gemeinschaft nicht in Gefahr bringen wird. Nach diesem Abend werden Sie sich an nichts mehr erinnern können, was mit den Nachtschwärmern zu tun hat.«

Ich sah Eliza über den Tisch hinweg an. Ihre Wangen waren gerötet und ihre Augen funkelten vor Aufregung. Räuspernd stand ich auf. »Meine Damen und Herren. Ich kann Ihre Befürchtung um Miss Lakes Wissen um unsere Gemeinschaft sehr wohl nachvollziehen. Allerdings ist es mir wichtig, dass Sie wissen, dass ich mich endgültig für Miss Lake entschieden habe. Ich liebe sie und möchte mit ihr eine gemeinsame Zukunft aufbauen. Ich bitte Sie inständig, sehr verehrter Rat, eine Ausnahme gelten zu lassen, und gebe Ihnen mein Wort, dass ich, sollte es wider Erwarten zu Schwierigkeiten jedweder Art kommen, persönlich dafür gradestehen und die Konsequenzen tragen werde.«

Sämtliche Weingläser zerbrachen auf einen Schlag und der Wein tränkte die weiße Tischdecke tiefrot.

Aufgebracht schlug Simona mit der Hand auf den Tisch. »Nein! Niemals!«, schrie sie und ihr sonst so beherrschtes aristokratisches Gesicht verzerrte sich zu einer zornigen Maske.

»Simona!«, herrschte ihr Großvater sie mit strengem Blick an.

Doch bevor er sich über diesen Gefühlsausbruch äußern konnte, schwang die Tür auf und Johnson trat ein.

»Entschuldigen Sie die Störung, sehr verehrter Rat. Miss Claire Leonard bittet um Anhörung.

Eliza

»Mom?« Ich schoss vor Schreck vom Stuhl hoch und im gleichen Moment konnte man vor lauter Bestürzung sein eigenes Wort nicht mehr hören.

Von irgendwoher forderte jemand Johnson auf Mom gewähren zu lassen. Kaum war sie in den Saal getreten, verstummten alle Mitglieder und starrten meine Mutter unverhohlen an. Mir schlug das Herz bis zum Hals. War sie jetzt komplett verrückt geworden? Wie konnte sie sich hier nur offenbaren?

»Sehr geehrter Nash-Rat. Vielen Dank, dass Sie mich anhören. Eliza, mein Schatz, setz dich doch bitte«, sagte sie mit fester Stimme.

»Großvater. Handle! Ihr könnt doch diese Ausgestoßene nicht gewähren lassen!«, spie Simona giftig aus.

Vage spürte ich, wie etwas in mir heraufkroch. Zorn, Wut oder einfach nur niederträchtiger Hass. »Halt deine verdammte Klappe, Simona«, zischte ich ihr zu.

»Du willst einer mächtigen Hexe das Wort verbieten, du Miststück?« Sie sprang ebenfalls auf und fixierte mich durch zusammengekniffene Augen.

»Mächtig zu sein bedeutet nichts, wenn man weder die Contenance noch den Anstand wahren kann«, antwortete meine Mom gelassen und zeigte mit ihrem Finger auf Simona. »Tranquillus!«

Simona wollte etwas erwidern, aber es kam kein Wort aus ihrem Mund. Mit ihren Händen gestikulierte sie wild umher, und auch wenn man sie nicht hören konnte, verstand man nur zu gut, was sie sagte.

Ich verschränkte die Arme vor der Brust und grinste. Eventuell freute ich mich ein klein wenig zu sehr über Simonas Sprechverbot ...

»Es reicht jetzt, Simona. Wenn du dich nicht augenblicklich unter Kontrolle bringst, wirst du aus diesem Abend entlassen!«, drohte ihre Großmutter, eine groß gewachsene, elegante Blondine, kühl.

Simona schloss den Mund und setzte sich stocksteif auf ihren Stuhl. Ohne jegliche Regung starrte sie meine Mutter an.

»Bitte, Miss Leonard. Sie haben das Wort«, sagte die Fee DeLaFuego.

»Wie Sie nun erfahren haben, ist Eliza meine Tochter. Ich habe sie mit einem Zauber belegt, damit keiner aus der Gemeinschaft sie als meine Tochter erkennt. Zudem habe ich die vergangenen sechsundzwanzig Jahre das Geheimnis über die Gemeinschaft der Nachtschwärmer für mich bewahrt.«

Mom trat ein Stück näher an den Tisch und zeigte auf Morgan. »Als Mr O'Malley in Elizas Leben trat, war es unmöglich sich weiter in diesem Lügengeflecht niederzulassen. Aus diesem Grund haben wir meine Tochter aufgeklärt. Die Verbindung zwischen Mr O'Malley und meiner Tochter ist sehr wertvoll und ich könnte mir keinen besseren Schwiegersohn vorstellen.«

Claire pausierte kurz, legte die Hände auf ihr Herz und sagte: »Sehr geehrter Rat. Seit ich aus der Gemeinschaft ausgestoßen wurde, habe ich mich ruhig und unauffällig verhalten. Ich garantiere und verbürge mich, dass auch meine Tochter sich in der gleichen Weise den Vorschriften der Geheimhaltung annehmen und entsprechend verhalten wird. Ich bitte Sie inständig, der Verbindung zwischen den beiden Liebenden für einen gemeinsamen Lebensweg eine Chance zu geben. Bitte beachten Sie die ungewöhnlichen Umstände, die dieser Liebe innewohnen.«

Mein Herz glühte vor Stolz. Und vor Liebe. Ich sah zu Morgan, dessen schwarze Augen glänzten, und weiter zu Mom, der ich eine Kusshand zuwarf.

»Miss Leonard, wir haben Sie angehört und im Namen der restlichen Mitglieder danken wir Ihnen für Ihre Offenheit und den damit einhergehenden Mut hierher zu kommen, um für Ihre Tochter zu sprechen. Deswegen werden wir in öffentlicher Runde sofort über Ihr Anliegen abstimmen. Alle Mitglieder, die einer Verbindung zwischen Miss Eliza Lake und Mister Morgan O'Malley unter diesem Gesichtspunkt zustimmen, heben ihre Hand.«

Mein Rückgrat kribbelte vor Aufregung. Sie stimmten tatsächlich darüber ab! Meine Hände begannen zu schwitzen und ich hielt den Atem an.

»Atme, Eliza!«

»Ich kann nicht. Eine Abstimmung hätte ich nicht erwartet!«

Fahrig glitt mein Blick umher. Zuerst hob sich die Hand von der Fee DeLaFuego. Dann schloss sich der andere Vertreter der Feen an, Mr Marley. Es folgten Mrs King von den Vampiren und Mr McFaden von den Werwölfen. Es vergingen mehrere Sekunden, aber keine Hand ging mehr in die Luft.

Entsetzt stieß ich die angehaltene Luft aus. Sechs zu vier Stimmen. Gegen uns.

Morgan

Es war einfach unglaublich, wie stur der Rat war. Es konnte doch nicht angehen, dass sie einem, wenn auch ausgestoßenen Mitglied der Gemeinschaft kein Vertrauen entgegenbrachten. Noch gar meiner Wenigkeit, die sich ebenso wenig jemals etwas hatte zuschulden kommen lassen. Diese Personen gaben der Liebe überhaupt keinen Raum. Aufgebracht rieb ich mir über die Stirn.

»Das Ergebnis der Abstimmung ist eindeutig. Sechs Gegenstimmen bedeuten ein Ablehnen Ihres Anliegens. Der Verbindung kann nicht entsprochen werden. Miss Lake wird sich dem Vergessenheitszauber stellen müssen«, reflektierte Gestaltwandler Finn die Abstimmung.

Claire schüttelte bedrückt den Kopf. Eliza war vor Schock wie versteinert.

»Um zu gewährleisten, dass wir uns weiterhin auf Ihre uneingeschränkte Mitarbeit verlassen können, Miss Leonard, stellen wir Sie unter Beobachtung. Das bedeutet für Sie, dass Sie bei etwaigen Fehlverhalten in den offenen Vollzug kommen.«

»Die Verbannung!«

»Was? Was ist das? Was bedeutet das?«

»Ich habe verstanden«, erklärte Claire fest und sah jedem Mitglied in die Augen. *Sie weiß von der Verbannung*, schoss es mir durch den Kopf. Und trotz dieser massiven Androhung strahlte sie Stärke und Stolz aus.

»Ich erkläre es dir später. Hoffentlich. Versuch noch etwas Ruhe zu bewahren. Das hier ist noch nicht vorbei!«

»Mister O'Malley«, sprach mich die Großmutter von Simona an, »auch für Sie werden wir Maßnahmen ergreifen. Wir können nachvollziehen, dass Sie das Ergebnis enttäuscht. Mit Sicherheit wird es Ihnen schwerfallen Miss Lake ziehen zu lassen. Somit stehen Sie, wie Miss Leonard, ab sofort unter Beobachtung. Mit variabel geltend machbaren Sanktionen, je nach Schwere des Vergehens.«

»Für wen, verflucht noch mal, halten Sie sich eigentlich?", zischte Eliza und schlug zornig mit der Handfläche auf den Tisch. „Und wer gibt Ihnen überhaupt das Recht, so über die Schwärmer, geschweige denn über die Menschen zu entscheiden? Ich gehöre Ihrer Gemeinschaft nicht an, also haben Sie nicht im Entferntesten die Befugnis mich zu verzaubern, geradeso wie es Ihnen gefällt!«

»So bewahrst du Ruhe?«

»Gelungen, oder?«

Ich lockerte die Krawatte ein wenig und konnte mir trotz der Situation das Grinsen nicht verkneifen.

»Dürfte ich kurz unterbrechen?«, fragte ich, denn Eliza hatte mich mit ihrer Ansprache auf eine Idee gebracht. Tatsächlich griffen die Nachtschwärmer in menschliche Geschehnisse ein. War das legitim? Der Rat nickte und ich stand ebenfalls auf.

»Wie Miss Lake richtig feststellt, gehört sie nicht der Gemeinschaft an. In der Satzung des Reglements steht geschrieben, dass sich der Rat einzig für die Belange der Nachtschwärmer einsetzt und menschliche Bedürfnisse und Anforderungen nicht in deren Entscheidung oder Verwaltungsbereich fallen. Durch Ihr Urteil geben Sie mir das Gefühl, dass Sie sich nicht so für die Belange der Nachtschwärmer einsetzen, wie es im Reglement geschrieben steht. Stattdessen werden Regeln verfasst und Sanktionen angedroht. Das lässt trotz einer demokratischen Abstimmung Ihrerseits auf ein diktatorisches Verhalten schließen. Aus diesem Grund fordere ich hiermit die sofortige Absetzung des Rats.«

Ein Raunen glitt durch die Menge. Fassungslosigkeit hing in den Gesichtern der Mitglieder. Jetzt waren sie wirklich geschockt!

Eliza hob beide Daumen hoch. Claire stand immer noch am Ende des Tisches und bewegte sich keinen Zentimeter. Ich konnte nicht wirklich ausmachen, was sie dachte, war aber der Meinung, dass sie sich bestimmt meinem Anliegen anschloss.

Hexer DeDay schlug, wie seine Enkelin Simona zuvor, mit voller Inbrunst auf den Tisch. »Wie können Sie es wagen hier aufzutauchen und so eine ungeheuerliche Forderung zu stellen! Sie haben keine Ahnung, was der Rat alles für die Gemeinschaft tut! Ohne uns wären alle Mitglieder aufgeschmissen. Wenn es denn überhaupt noch Mitglieder gäbe!«, spukte er wütend aus.

»Was der Rat für die Gemeinschaft bisher geleistet hat, ist mir durchaus bewusst. Allerdings bin ich der Meinung, dass es an der Zeit ist das Zepter weiterzugeben. Die Zeiten haben sich geändert. Auch für uns. Wir können nicht mit Regeln aus dem vorletzten Jahrhundert weiterleben. Wir müssen mit dem Fortschritt gehen«, antwortete ich sanft.

Vampirin King schüttelte den Kopf. »Niemand hat das Wissen, welches wir durch unser Alter mitbringen. Es ist extrem wichtig auch über die Geschichte Bescheid zu wissen. Über unseren Ursprung! Deswegen wird der Posten immer nur an Familienmitglieder weitergegeben.«

Eliza räusperte sich. »Also, wir Menschen haben auch eine Geschichte und einen Ursprung. Und all jene, die daran beteiligt waren, sind mittlerweile tot. Richtig tot«, gab sie mit einer hochgezogenen Augenbraue und einem Seitenblick zu den Vampiren von sich. »Um dem Vergessen vorzubeugen und das kompakte Wissen an spätere Generationen weiterzugeben, gibt es eine einfache Lösung. Sie nennt sich Buch.«

Mein angespannter Körper wurde von Stolz geflasht. *Was für eine Frau!*

»Nun denn«, verlautete Werwölfin Lindtholm zuversichtlich, »gehen wir den offiziellen Weg und stimmen darüber ab.«

»Ach, bitte. Das ist doch lächerlich!« Claire klatschte aufgebracht in die Hände. »Dann ist doch von vorneherein schon klar, dass dieser Vorschlag abgelehnt wird. Wenn die Absetzung des Rats bestimmt werden soll, dann von der Gemeinschaft. Es wäre interessant zu sehen wie viele der Mitglieder wirklich zufrieden mit Ihrer Arbeit sind!«

»Dem schließe ich mich an. Und ich würde mich dazu bereit erklären die Wahl zu leiten. Bei Ihren Kontakten und den heutigen elektronischen Möglichkeiten ginge dies auch zügig vonstatten«, meinte ich lakonisch.

Mit Kopfschütteln und Entrüstung zeigte der Rat seinen Widerwillen. Einzig die Fee DeLaFuego rührte sich nicht.

»Mrs DeLaFuego. Dürfte ich Sie um Ihre Meinung bitten?«, fragte ich sie deshalb.

Die Fee nahm den Ring von der Hand und hielt diesen hoch. Es war der Siegelring der Ratsmitglieder. Sie drehte und wendete ihn. Schaute sich den Ring genauestens an und nahm einen tiefen Atemzug. Leise sprach sie: »Mr O'Malley. Sie haben heute mit Ihrem Anliegen einen wunden Punkt in mir getroffen. Seit Jahren liebäugle ich mit einem Ausstieg. Es ist mir in den vergangenen Jahrzehnten immer schwerer gefallen Entscheidungen zu treffen, die letzten Endes sowieso überstimmt wurden. Dass man nicht mit allem konform gehen kann, ist mir klar, aber ich bin der Meinung, dass sich in unserem Rat die Lage schon lange zugespitzt hat. Duncan, Linnley, Georgia, ganz besonders Georgia. Ich appelliere an euch!«

Entrüstet schaute Tal DeDay seine Ehefrau an. »Georgia, wovon redet Daisy da?«

Hexe DeDay blickte ihrem Mann mit hoch erhobenem Kopf an. »Tal, wenn ...«, und weiter kam sie nicht, denn die Tür ging ein weiteres Mal auf und wieder stand Johnson, kerzengerade und ohne eine Miene zu verziehen, da.

»Sehr geehrter Rat, Mister Cary Grant möchte angehört werden. Dringend.«

Achtzehn

Eliza

Mein Magen knurrte. Trotz des leichten Seidenkleides lief mir der Schweiß den Rücken hinunter. In meinem Kopf spielte eine Hardcoreband und der Durst hatte meine Kehle ausgetrocknet. Da die Gläser zersprungen waren, die Suppe kalt und das Personal verängstigt, standen die Chancen schlecht auf Erlösung jedweder Art.

Cary donnerte in seinen Bikerboots laut knallend in den Raum und hatte einen jungen Kerl am Schlafittchen gepackt. Ich musste geschlagene drei Mal hinschauen, bis ich ihn wiedererkannte.

»Raphael?«, fragte ich verdutzt.

»Du kennst ihn?«, wollten Morgan und Mom gleichzeitig wissen.

»Ja. Nein. Also, so halb. Megan hat ihn mal ins *InsideOut* mitgebracht. Er war ein Gast im *Oceans Hotel.* Was macht er hier? Woher kennst du ihn?«

»Tja, diese Frage stellen wir doch mal lieber Simona!«, zeterte Cary.

Alle Blicke richteten sich auf die Hexe, die wie versteinert auf ihrem Platz saß und knallrot anlief. Das passte ganz und gar nicht zu der unterkühlten Person, die in ihrem schneeweißen Hosenanzug und ihrer eleganten Hochsteckfrisur so edel aussah. Tatsächlich glich sie gerade einem entflammten Streichholz.

»Mister Grant, was hat das zu bedeuten?« Hexer DeDay kräuselte die Nase, was ihm einen noch wieselhafteren Ausdruck verlieh.

Cary gab Raphael frei, der verängstigt in die Runde sah. Die Coolness, die er damals im Club zelebriert hatte, war verschwunden. Die Haare standen in alle Richtungen ab und neben Cary machte er eine schmächtige Jungenfigur.

»Dieser junge Mann hier wurde dabei beobachtet, wie er mehrmals ein Treffen mit Simona hatte. Diese fanden im Club *Violet Pixie* statt.

Davon gibt es Videoaufnahmen der versteckten Kameras, die an verschiedenen Stellen im Club angebracht sind.«

»Niemals! Meine Simona lässt sich doch nicht in so einem Etablissement blicken. Schon gar nicht mit so einem Abschaum!«, geiferte der Hexer wild.

Cary zog etwas aus seiner Hosentasche und schleuderte es über die Tafel. Es waren bestimmt dreißig Fotos, auf denen eindeutig Simona mit Raphael abgebildet war. Überrascht begutachtete ich die Aufnahmen. Tja. Dieses Date war eindeutig.

Simona stampfte mit dem Fuß auf, nahm einen Suppenteller und warf ihn auf den Boden. Die Suppe besprenkelte ihren Anzug mit grünlichen Flecken, aber das schien sie nicht zu stören. Immer wieder zeigte sie auf ihren Mund.

»Einen Moment noch, Simona. Ich möchte mir erst noch anhören, was Cary zu sagen hat«, antwortete Mom.

»Augenblick«, sagte ich und hielt die Hand hoch. »Raphael. Hast du Simona schon gekannt, bevor wir uns kennenlernten?«

»Ja. Ich war an dem Abend im Club, weil ich einen Auftrag von ihr auszuführen hatte.«

»Was für ein Auftrag war das?«

»Zuerst sollte ich dich beschatten und dann –«

Schneller als meine Augen es wahrnehmen konnten, wurde Raphael am Kragen gepackt und hing nun einige Zentimeter über dem Boden in der Luft.

»Ich brech dir sämtliche Knochen, wenn du ihr etwas angetan hast«, brüllte Morgan.

»Nein. Nein. Ich hab nichts gemacht. Ehrlich. Ich ... bitte ...«, stammelte Raphael verängstigt und zappelte hilflos mit den Füßen.

»Alter, lass den Kerl doch erst mal fertig erzählen«, unterbrach Cary das Schauspiel ruhig und klopfte Morgan auf die Schulter. Langsam ließ dieser Raphael runter, hielt ihn aber noch fest gepackt. Schweißperlen standen neben gleißender Panik in seinem Gesicht geschrieben.

»Ich sollte Eliza beobachten«, krächzte er. »Ihren Tagesablauf, wer ihre Freunde sind und so weiter, und darüber Miss DeDay Bericht erstatten. Bei unserem letzten Treffen trug sie mir auf, dass ich mich mit Eliza anfreunden sollte. Aber bis auf den einen Abend im *InsideOut* hatten wir keinen Kontakt.«

Wie von Sinnen griff ich mir ans Herz. *Was für ein krankes Miststück.* »Mom!«, sagte ich, weil ich mir nicht erklären konnte, weswegen Simona das gemacht hatte. Ich kannte sie ja gar nicht und war ihr vor dem Zusammenstoß im Hotel noch nie begegnet. Was ging nur in dieser Frau vor?

Mom streckte ihre Hände aus und rief: »Locutus est!«

»Wieso hast du mich beschatten lassen?«, fragte ich Simona.

Anstatt mir zu antworten, schaute sie stur zu Morgan. »Ich liebe dich, Morgan. Ich liebe dich, seit du in diesem schicken, graublauen Anzug in den Hörsaal geschlendert kamst. Du sahst so adrett aus und hattest so viel Flair.« Simona schluchzte auf und Tränen stiegen ihr in die Augen. »Ich wollte doch nur mit dir zusammen sein.«

»Was hast du getan?« Seine Stimme schnitt messerscharf durch den Raum.

»Ich ... ich ... ich habe einen Zaubertrank gemixt, den ich dir untergejubelt habe.«

»Untergejubelt? Wann?«

»Auf dem Ball der Monde.«

»Fuck!«

»Es stimmt?« Fragend sah ich zu Morgan, dessen Gesichtszüge wild und unberechenbar aussahen. Aufgeblähte Nasenflügel, zusammengekniffene Augenbrauen, verlängerte Fänge. *Mannomann!*

»Ja. Sie sagte, dass ihre Begleitung angeblich nicht auffindbar wäre, und fragte, ob ich mit ihr ein Glas Sekt trinken würde ... Ein Gentleman lässt keine Dame mit zwei Sektgläsern alleine herumstehen, verdammt!«

»Was für einen Zweck sollte das haben? Was war das für ein Zauber?«, schaltete sich Vampirin Charlotte King ein.

Simona umarmte sich selbst so fest, dass die Knöchel ihrer Hände weiß hervortraten. Ihr Make-up war zwischenzeitlich verlaufen und sie sah gelinde gesagt so elend aus, wie ich mich fühlte.

»Vorgesehen waren zwei Zauber. Doch der zweite kam nicht zum Einsatz, weil du einfach dein Glas nicht austrinken wolltest.« Sie schluchzte wieder auf. »Du wolltest es einfach nicht trinken!«

»Welchen Zauber habe ich nicht getrunken?«

»Den Verliebtheitszauber.«

»Und welchen habe ich getrunken?«

Simonas Augen schweiften hektisch durch den Raum. Sie biss sich auf die Lippen, ehe sie sagte: »Den Entbindungszauber.«

Schlagartig glitten die Köpfe der Ratsmitglieder zusammen und ein lautes Stimmengewirr brach aus.

»Entbindungszauber?«, rief Morgan über die Gespräche hinweg. »Von was?«

»Kein Wort!«, giftete Werwolf Duncan McFaden Simona an, die erschrocken zurückwich, als er zu knurren begann.

»Duncan!« Tal DeDay sprang auf und stellte sich drohend vor den knapp zwei Meter Hünen.

Die Türen schwangen mit einem Schlag auf und ich hörte im Geiste schon Johnson einen weiteren Gast ansagen, wurde aber eines Besseren belehrt.

Moms Stimme hallte schrill durch den Saal. »Grandma? Grandpa?«

Wer?, dachte ich überrascht und blickte zur Tür. Zwei kleine, eher schmächtig aussehende Personen kamen auf leisen Sohlen in den Raum getappt. Ihre Haare waren schneeweiß, die Gesichter faltig, aber ihre Augen schimmerten ebenso bernsteinfarben wie meine eigenen.

Die Mitglieder des Rats standen auf und verbeugten sich vor den beiden. Auch Cary, Morgan und Simona verneigten sich. Da ich nicht wusste, was das zu bedeuten hatte, tat ich es ihnen gleich und erntete einen belustigten Seitenblick von Morgan. *»Ich glaube nicht, dass du das machen musst.«*

»Warum nicht? Hat es nicht was mit Höflichkeit zu tun?«

»Natürlich. Damit und mit dem Zollen der Weisheit. Aber du gehörst zu ihrer Familie. Offensichtlich. Und das haut mich wirklich um.«

»Warum?«

»Nun, zum einen, weil bestimmt niemand gewusst hat, dass Claire die Enkelin von den beiden ist.«

»Halt, stopp, woher willst du das wissen?«

»Wäre bekannt gewesen, dass deine Mom die Enkelin von Emerson und Merlin ist, wäre sie niemals vom Rat ausgestoßen worden.«

Ich beobachtete, wie Mom die beiden freudestrahlend umarmte. Sie lachten und wirkten gelöst und glücklich. Irgendwie fand ich das sehr befremdlich, wenn man bedachte, in was für einer prekären Situation wir uns gerade befanden.

»Elizabetha Prudentia!«, grummelte der alte Herr und trat auf mich zu. Er nahm meine Hände und strich sanft mit den Daumen über meine Handinnenflächen. »Aha. Schön. Sehr schön. Ich bin sehr stolz auf dich.«

»Ich … okay. Danke, Grandpa«, flüsterte ich verunsichert, was ihn zum Kichern brachte.

»Du kannst mich Merlin nennen, wenn dir das lieber ist. Emerson, komm. Schau dir deine wunderschöne Enkelin an!«, rief er ihr zu.

Lächelnd schritt die kleine Frau zu uns und nahm mich sanft in den Arm. »Du hast Recht, Merlin. Sie ist wunderschön. Und klug, wie es ihr Name sagt. Claire, du hast das wirklich gut gemacht. Auch auf dich sind wir stolz.«

Emerson drehte sich um und sah zu meiner Mom. »Wir wissen, dass es harte Jahre für dich waren. Aber du weißt, dass wir in dieses Schicksal nicht eingreifen durften. Der Rat musste erst lernen, was er gerade lernt. Und die Dinge mussten so geschehen, wie sie geschahen, um letztendlich zusammenzukommen.«

»Ich weiß, Granny«, sagte Mom und nickte. »Ich weiß!«

»Morgan O'Malley. Komm her, Sohn!«, befahl Grandpa in einem herzlichen Ton.

»Ihr kennt euch auch?«, fragte ich verdutzt.

»Natürlich! Wir mussten diesen jungen Mann doch zuerst begutachten, bevor er um deine Liebe werben durfte«, meinte Emerson verschmitzt und zwinkerte ihm zu.

Morgan grinste spitzbübisch. »Ich hoffe, euch hat der Wodka geschmeckt.« Keine Frage, eine Feststellung.

»Absolut. Wir freuen uns auf mehr, wenn ihr uns demnächst mal besuchen kommt. Eliza, Liebes, wir gehen nicht so gern außer Haus. Es macht dir doch nichts uns zu Hause zu besuchen?«

Erstaunt schaute ich meine neuerworbene Granny an. »Nein, gar nicht! Ich freue mich darauf. Den Rest meiner Familie würde ich auch gerne kennenlernen.«

»Ach ja. Was für ein froher Tag heute ist! Endlich kann das neue Zeitalter beginnen. Setzt euch!«

Alle Anwesenden, inklusive Raphael, der wahrscheinlich dachte, dass er die Statistenrolle in einem Film ergattert hatte, setzten sich. Sogleich eilte das Hauspersonal herbei und säuberte blitzschnell den Tisch. Es dauerte keine fünf Minuten und sobald die neuen Gedecke aufgelegt waren, wurden Wagen mit Essen herangerollt.

»Oh, Himmel sei Dank!«, seufzte ich erleichtert auf und mein Magen knurrte erneut.

»Du kannst auch in jeder Situation essen!« Belustigt zwinkerte Morgan mir zu.

»Nicht in jeder«, erwiderte Mom mit Seitenblick auf Morgan.

Dessen Augenbrauen schossen hoch. *»Darüber reden wir später noch!«*

»Heben wir unser Glas auf diesen denkwürdigen Tag!«, donnerte Merlin fröhlich. »Auch du, Tal. Finde dich damit ab, dass deine Zeit als Ratsmitglied vorbei ist, und schenke deiner bezaubernden Enkelin Simona Beachtung! Sie hat es verdient. Denn durch euer Tun hat sie sich in diese unangenehme Lage gebracht und auch meiner Enkelin Sorgen bereitet.«

Tal hob missmutig das Glas und auch Duncan McFaden und Charlotte King hatten so ihre Probleme damit. Was verständlich war. Wenn man so viele Jahre die Macht über andere innehatte und diese in vollen Zügen genoss, fiel es mit Sicherheit schwer solch sicheren Posten aufzugeben. Warum sie sich meinen Großeltern so beugten, war mir zwar noch ein Rätsel, aber ich war mir gewiss, dass ich noch früh genug dahinterkam.

Jetzt gab s erst einmal was zu essen. Und das war eine große Auswahl an allen Köstlichkeiten, die man sich nur vorstellen konnte. Angefangen von gratinierten Hummerschwänzen, über in Butter geschwenkte Blumenkohlröschen zu saftig eingelegten Schweinemedaillons. Herrlich!

Meine Großmutter schnipste mit dem Finger und Raphael sackte in sich zusammen. Sofort kamen zwei Butler angelaufen und brachten ihn weg.

»Was hast du mit ihm gemacht?«, wollte ich von ihr wissen und pikste mir ein Spargelstück auf die Gabel. Emerson lächelte verhalten. »Ich habe ihn schlafen geschickt. Er war lange genug hier. Wenn er morgen früh aufwacht, wird er sich an nichts mehr erinnern, was mit uns zu tun hat. Ich mache das nicht gern, aber für unsere Sicherheit ist das notwendig.«

Neunzehn

Morgan

»Johnson«, sagte Emerson. »Bitte geleiten Sie Mister Gardner und Mister Black in den Saal. Die beiden Herren sollen ebenfalls der Geschichte lauschen.«

Der Butler nickte und ging davon.

»Simona. Bitte sei so gut und erzähle den Anwesenden, wie du vom Bindungszauber erfahren hast.«

Simona strich sich die Tränen aus dem Gesicht und streckte den Rücken durch. »Vor einigen Monaten habe ich unabsichtlich ein Gespräch zwischen Granny und Daisy belauscht. Daisy meinte, sie wünschte sich ihre Enkel hätten die Wahl sich frei für ihren Partner entscheiden zu können. Granny antwortete, dass sie keine Ausnahme machen können, ihr es aber auch schon seit Jahren Skrupel bereitet zuzusehen, wie die Paare sich finden.« Sie stockte kurz, stand auf und zeigte mit zitternden Fingern auf jeden Einzelnen des Rats. »Den Partner fürs Leben zu finden verdanken wir nicht dem Mond und auch nicht dem Universum. Der Bindungszauber ist ein magisches, vom Rat erzeugtes Instrument zur Sicherstellung der Nachkommenschaft!«

»Was?«, brullte ich lauter als beabsichtigt. »Wie kann das sein?«

»Es klingt so einfach, aber das ist es nicht. Unsere Vorfahren haben sich damals für diesen Weg entschieden, damit unsere Arten nicht aussterben. Die Zeiten waren schwierig«, beschrieb Vampir Etienne LaRue die Situation und zuckte mit den Schultern. So als wäre es das Normalste der Welt eine komplette Gemeinschaft weltweit zu belügen und zu hintergehen.

»Daisy DeLaFuego, erkläre bitte den übrigen Gästen den Ursprung des Bindungszaubers«, bat Emerson die Fee.

Diese nickte, stand auf und stellte sich an das vordere Ende der Tafel. Sie nahm den Siegelring und legte ihn in ihre Handfläche. Dann verdeckte sie den Ring mit der anderen Hand, schloss die Augen, murmelte leise vor sich hin und formte mit ihren Händen eine Schale. Ein Bild flackerte auf, ähnlich einem Hologramm.

»Vor fünfhundert Jahren stand es um unsere verschiedenen Arten sehr schlecht. Wir waren vom Aussterben bedroht. Da sich die menschliche Rasse im Laufe der Zeit so rasant in ihrer Zahl entwickelte, wurde das Leben unter ihnen beschwerlich. Viele grobe Schnitzer passierten den jeweiligen Arten und sie wurden gejagt. Bis weit ins Zwanzigste Jahrhundert litten wir zum Beispiel unter Hexenverfolgung und Vampirjägern.«

Erschreckende Bilder flimmerten auf und unterstrichen deutlich das Gesagte von der Fee. Mir drehte sich der Magen um.

»Wie ihr wisst, kann man keine Menschen umwandeln, auch wenn die Legenden der Menschen das behaupten. Und so geschah es, dass durch die steigende Anzahl von Menschen, dem Töten unserer Arten durch ebendiese und dem langsamen Gebären unserer Nachkommen eine Lösung gefunden werden musste, die uns half, unsere Arten zu erhalten. Das war der Grund, weswegen sich der Nash-Rat gebildet hat. Lange haben unsere Vorfahren sich die Köpfe darüber zerbrochen, wie es nun weitergehen sollte, bis sie letztlich nur einen Ausweg sahen ...«

Die Bilder verwandelten sich in ein Video. Auf einer Anhöhe, direkt unter dem grell leuchtenden Vollmond, hielten sich zehn Menschen an den Händen. »So sei es«, sagte ein hagerer Kerl mit buschigen Koteletten im Gesicht. »Um die Sicherstellung der Nachkommenschaft zu garantieren, verbünden wir uns und werden fortan als der Nachtschwärmer-Rat in Erscheinung treten. Heute Nacht werden Hexer DeDay und Hexe Bolton den Zauber sprechen, der Familien erschafft, in denen Eltern sich lieben und ehren und Kinder in einem stabilen und sicheren Zuhause aufwachsen.«

Die Fee klappte die Hände aufeinander und das Bild wurde darin verschluckt.

Es war mucksmäuschenstill im Ballsaal. Niemand bewegte sich. Es sah fast so aus, als würde noch nicht mal jemand wagen zu atmen. Und auch mir saß der Schock über diese Ungeheuerlichkeit tief in den Knochen.

Die Bombe war geplatzt. Wenn diese Information an die Öffentlichkeit gelänge, wäre die Hölle los. Der Rat würde mit Sicherheit gelyncht werden. Seine Absetzung war damit unterschrieben.

Aber was passierte nun mit den Tausenden von Paaren, die miteinander lebten, sich liebten, ihr Leben teilten? Die in ihrem Verlangen, der Sehnsucht und der Liebe zu ihrem Partner absichtlich getäuscht worden waren?

»Es gab keine andere Möglichkeit, dem aus dem Weg zu gehen?«, wollte Ash wissen und brach damit den Bann der Stille. »Mannmannmann, dabei dachte ich jahrzehntelang, dass der Rat so unglaublich clever wäre! Aber das Einzige, was ihr auf den Weg gebracht habt, war die Nachtschwärmer zu belügen, zu betrügen, ihnen das Recht auf Entscheidungsfreiheit zu nehmen, serviert mit Unterdrückung, Angst und Bedrohung!« Ungläubig fasste Ash sich an den Kopf. »Das ist beispiellos!«

»Ist der Zauber rückgängig zu machen?«, fragte Cary.

Robin Stonewood räusperte sich. »Ja. Für all jene, die noch nicht geboren sind, gäbe es keinen Bindungszauber mehr. Sie können sich dann wieder frei verlieben. Die anderen müssten ein Gegenmittel schlucken.« Sie schielte auf mich. »Oder trinken.«

»Tja. Man kann zumindest nicht behaupten, ihr hättet nicht aus edlen Motiven gehandelt«, murrte Logan.

»Das stimmt. Und auch bei den Regeln und Sanktionen ging es uns im Grunde immer nur um das Wohl der Gemeinschaft. Als wir uns gebildet haben, war dies der einzige Grund. Und das ist er bis heute geblieben.«

Logan schob das Weinglas hin und her. »Und was hat es dann mit der Verbannung auf sich?«

Die Atmosphäre veränderte sich schlagartig. Nervosität zuckte durch die Reihen und ein unangenehmes Schweigen drückte sich durch die Luft.

Duncan McFaden räusperte sich. »Ein weiteres Mittel zum Zweck. An diesem Ort leben einige Schwärmer gemeinsam unter Aufsicht. Es gab erhebliche Schwierigkeiten mit ihnen, und da wir schon lange von der Todesstrafe absehen, benötigten wir einen Platz, wo wir sie sicher unter Beobachtung von der Außenwelt abschotten konnten.«

»Ist das eine Art Gefängnis?«, fragte Eliza neugierig.

»Nein. Wir haben Gefängnisse. Die beherbergen die üblichen Straftäter. So wie es bei den Menschen auch der Fall ist. Die Verbannung ist unumkehrbar. Jeder, der einmal dort ist, hat keine Chance mehr wieder herauszukommen. Diese Schwärmer sind die höchste Stufe der Gefahrenquelle für die gesamte Gemeinschaft. Sehr klug. Sehr raffiniert. Sehr gerissen«, antwortete Werwolf McFaden.

»Ja. Eine schwierige Situation«, grollte Merlin leise. »Und unsere ewige Achillesferse.«

»Und wie geht es jetzt weiter?«, fragte Eliza.

»Nun. Es ist allen bewusst, dass der Rat sich zurückziehen muss. Um die Strukturen zu erhalten, ist es unumgänglich, eine neue Führungsmacht zu bilden. Wie das gemacht wird, sei euch überlassen. Emerson und ich sind uns aber einig, dass zunächst Morgan den Vorsitz halten und ihm drei ehemalige Mitglieder im Hintergrund mit ihrem Wissen zu Seite stehen sollen.«

»Ob ihr der Bevölkerung von eurem hinterhältigen Tun berichten und die Zauber rückgängig machen wollt, bleibt ebenfalls euch überlassen. Wir haben hier unsere Arbeit getan. Und wir hoffen, dass wir in nächster Zeit nicht wieder unser Heim verlassen müssen«, ergänzte Emerson weich.

Damit standen die beiden auf, gaben Eliza und Claire jeweils einen Kuss auf den Kopf und zack, weg waren sie.

Mit einem Sprung stand ich bei Eliza und küsste sie. Schmeckte ihre weinbenetzten Lippen, fühlte die zarte Haut an ihren Wangen, roch den unverkennbaren Duft von Karamell, der ihren samtweichen Haaren entströmte.

Von Kopf bis Fuß hüllte mich ein Adrenalinrausch ein. Oder war es ein Liebesrausch?

»Ich liebe dich aus tiefstem Herzen und das ganz von allein!«

Ihr Mund verzog sich zu einem Lachen. *»Und ich liebe dich, Mister O'Malley. Auch von ganz allein!«*

Wir glitten auseinander und etwas blitzte auf. Überrascht sah ich hinunter auf ihre Brust. Der lilafarbene Stein hing in seiner Fassung, als wäre er nie verschwunden gewesen.

»Dein Anhänger!«

Vorsichtig umfasste Eliza die Kette. *»Das ist verrückt. Dieser Abend ist absolut verrückt.«*

Morgan lachte laut auf. *»Und ob er das ist!«*

»Turtelt ihr wieder miteinander?«, fragte Logan und grinste. »Was für unsere Ohren nicht bestimmt ist?«

Der verführerische Unterton in seiner Stimme ließ mich schmunzeln.

»Das kann nicht sein!«, krächzte Simona. »Wieso könnt ihr euch mental unterhalten?«

Ich blickte in die Runde, aber keiner der Ratsmitglieder äußerte sich dazu. Emersons Ratschlag kam mir in den Sinn. *Die Magie ist keine Magie, wenn sie nicht von Herzen kommt.* Endlich verstand ich, was sie mir damit hatten zu verstehen geben wollen. Liebe war die Magie, die aus unseren Herzen kam! Vielleicht hatte ich deswegen die Symptome gespürt …

Zwanzig

Eliza

»Hey, du Weltenbummler. Aufstehen!«

Müde blinzelte ich unter der Decke hervor. Verdammt. Ich hatte mich doch gerade erst hingelegt.

»Hallo, Fremde.« Addison und Megan hechteten mit einem Sprung in mein Bett und kuschelten sich an mich.

Lachend lüftete ich die Decke und warf sie über uns. »Ich hab euch auch vermisst!«

»Also habt ihr euch wieder vertragen?«, fragte Meg.

»Kann man so sagen, ja.«

Addy schmiss die Arme in die Luft. »Juhu! Die Liebe hat gesiegt!«

Schmunzelnd knuffte ich sie in die Seite. »Und wie sieht's bei dir aus?«

»Glücklicher Single. Und das möchte ich auch bleiben.«

»Ehrlich? Connor ist wirklich ein toller Typ.«

»Hm.«

»Hm«, wiederholten Megan und ich gleichzeitig und klatschten ab. In Addys Sprache bedeutete ein Hm, dass sie sich selbst nicht glaubte.

»Und habt ihr eine Lösung gefunden, wie ihr die Entfernung überbrücken könnt?«, fragte Meg.

»Skype. Telefon. Und abwechselnde Besuche. Zumindest vorerst. Dann werden wir sehen, ob es funktioniert oder nicht.«

»Reicht dir das?« Addy beäugte mich skeptisch.

»Du hast ja keine Ahnung! Ich dachte, ich hätte Morgan für immer verloren. Da nehme ich das gerne in Kauf.« Glücksgefühle schmetterten durch meinen Körper und versetzten ihn sogleich in Sehnsucht. Keinen Tag waren wir getrennt und ich vermisste Morgan wie verrückt.

Addy drehte sich auf den Rücken und starrte an die Decke. »Stimmt. Weniger ist immer noch mehr als nichts. Und wie ich gelernt habe, sind es die kleinen Schritte, die eine große Wirkung erzielen.«

Schweigend lagen wir da und ich dachte über Addys Worte nach. Es tat mir in der Seele weh nicht mit meinen Freundinnen über alles reden zu können, was ich die vergangenen drei Tage erlebt hatte. Mich nicht offen und ehrlich austauschen zu dürfen war wie ein großer, dicker Steinklumpen in meinem Innern, ohne die geringste Chance dieses Ding in Bewegung setzen zu können.

Emerson und Merlin vertrauten mir und ich wollte meine neu gewonnenen Großeltern nicht enttäuschen. Mom hatte mir auf der Heimfahrt ein wenig über sie erzählt. Jeder Nachtschwärmer wusste, wer die beiden waren, nur nicht, wer ihre Familie war, und das würde aus Sicherheitsgründen auch weiterhin so bleiben. Ich freute mich schon sie bald mal zu besuchen.

»Eliza?«

»Was?«

»Wo bist du?«

»Bei Morgan.«

Meg kicherte. »Wie geht's Ash?«

Ich drehte den Kopf auf die Seite, so dass sich unsere Nasenspitzen berührten. »Weißt du das denn nicht selbst?«

»Nein. Seit er mit dir zu ihm nach Hause gefahren ist, hat er sich nicht mehr bei mir gemeldet.«

»Hm. Es geht ihm gut, soweit ich das beurteilen kann. Es war allerdings viel los bei den Jungs. Familiäre Probleme oder so.« Innerlich seufzte ich. Die Lügen der Nachtschwärmer. Ob sie mir irgendwann ohne den faden Beigeschmack des schlechten Gewissens von den Lippen gingen?

»Na gut. Dann sei ihm verziehen. Addy erzähl El von deiner Einweihungsfeier.«

»Was? Bist du schon soweit?«

»Fast. Ich möchte die Party nur schon mal im Voraus planen, weil ich es diesmal alleine mache. Aller Wahrscheinlichkeit wird es so Mitte, Ende Juni werden.«

»Perfekt! Dann können wir draußen wieder ein Barbecue machen«, sagte ich seufzend und mein Magen knurrte.

Morgan

»Den letzten Song für heute Nacht widme ich einem ganz besonderen Menschen in meinem Leben. Ich hoffe, er hört zu. Meinen Nachteulen da draußen wünsche ich einen gigantischen Start in den Tag. Habt Spaß. Jeden Tag. Und besonders nachts. Ich verabschiede mich nun für die nächsten zwei Monate. Sollte der ein oder andere Sehnsucht nach meiner Stimme bekommen, dann schaltet mal zu Radio Kf1 Hunter rüber. Dort werde ich, gemeinsam mit meinem Vater, dem großartigen Elliot James, eine brandneue Sendung auf den Plan rufen. Aloha, eure Eliza und Coldplay mit ihrem Song *Magic*.«

Gebannt saß ich mit dem Rücken zur Wand auf dem Boden in meinem Schlafzimmer und lauschte mit geschlossenen Augen ihrer Stimme. Eine innere Ruhe flutete über mich hinweg. Jedes Mal wieder, wenn ich sie über den Äther hörte. Die ersten Takte des Songs erklangen und ein Lächeln stahl sich auf meine Lippen. Es war unglaublich. Eliza hatte für jede Situation den richtigen Song parat. Und dieser hier ging mir durch und durch. Ich war, verdammt noch mal, der glücklichste Mann auf dieser Erde!

Dabei war es die letzten paar Tage drunter und drüber gegangen. Ich hatte Junie, aufgrund der Vorkommnisse, früher als angedacht die Partnerschaft angeboten, welche sie voller Dankbarkeit auch annahm. Dies war in zweierlei Hinsicht ein Gewinn für mich. Abgesehen davon eine zielstrebige und vertrauenswürdige Partnerin an meiner Seite zu wissen, verschaffte mir diese Verbindung Luft für die Tätigkeit im Rat.

Einige der Ratsmitglieder, wie der Hexer Tal DeDay oder der Werwolf Duncen McFaden, taten sich sehr schwer im Abschied nehmen und ließen nichts unversucht zu jeder gebotenen Möglichkeit ihre Meinung kundzutun und Diskussionen anzuzetteln. Es bereitete mir bei jedem Treffen mehr Kopfschmerzen mit diesen Schwärmern am Tisch zu sitzen und einen Plan auszuarbeiten, wie wir zukünftig verfahren wollten.

Dass wir der Gemeinschaft vom Betrug des Rats erzählen mussten, stand außer Frage. Moralisch gesehen, aber auch in Hinsicht auf die kommenden Geburten, den Babys gegenüber, die zukünftig nicht mehr mit einem Zauber belegt werden würden, da er von Emerson und Merlin mittlerweile aufgehoben worden war.

Meinen Eltern hatte ich die komplette Geschichte trotz dem Versprechen um Stillschweigen erzählt. Das musste ich, um ihnen über den gesamten Abend einen Überblick verschaffen zu können und, da war ich wohl egoistisch, weil ich wollte, dass sie diese Ungeheuerlichkeit von mir erfuhren.

Aber wenn ich ehrlich war, hatte ich einfach nur Angst, dass meine Eltern dies zum Anlass nahmen sich zu trennen. 118 Jahre alt. Seit 60 Jahren stand ich auf eigenen Beinen und trotzdem … Ich wollte ihre Reaktion mit eigenen Augen sehen.

»Müssen wir uns vom Zauber entbinden lassen?«, hatte Mom gefragt.

»Nein. So wie ich die Sache sehe, streben wir eine freiwillige Entscheidungsfindung an.«

»Hm!«, hatte mein Vater nur gebrummt und Mom in den Arm genommen. »Ich vertraue auf unsere Liebe. Mit und ohne Magie. Denn das, was wir haben, Ellen, geht viel tiefer!«

Mom hatte genickt und sie hatten sich dann geküsst. Eine Woge der Erleichterung war über mich hinweg gespült und hallte auch jetzt noch in mir nach. Ich konnte es kaum erwarten Eliza den beiden vorzustellen. Das Klingeln meines Mobiltelefons riss mich aus den Gedanken.

»Hey.«

»Hey. Bist du schon zu Hause?«, fragte ich sanft.

»Nein. Ich warte noch auf den Bus. Es hat ein bisschen gedauert aus dem Studio zu kommen, weil ich einige Zeit weg sein werde.«

»Ah. Kann ich gut nachvollziehen. Diesen Trennungsschmerz von dir«, raunte ich und umklammerte das Telefon etwas fester.

»Hm ...«

»Was?«

»Ich liebe dich, Morgan O'Malley!« Mein Herz hüpfte vor Freude. Pures Glück strömte durch meine Adern. Meine Fänge verlängerten sich. Mein ganzer Körper kribbelte.

»Ich liebe dich auch, Elizabetha Prudentia Lake.«

Eliza

Später am Tag, nach ein paar erholsamen Stunden Schlaf, packte ich die Koffer für meine Reise nach Hunter. Seit dem Besuch von Elliot telefonierten wir alle zwei bis drei Tage miteinander. Es gab so viel aufzuholen. So viele offene Fragen, so viele bedeutsame Jahre und Ereignisse, die wir voneinander wissen wollten. Elliot erzählte mir, dass er sich, so oft es seine freie Zeit erlaubte, meine Sendung anhörte. Dabei wäre ihm die Idee gekommen eine gemeinsame Sendung ins Leben zu rufen, erst mal versuchsweise. So bekamen wir die Möglichkeit gemeinsam Zeit zu verbringen, uns näher kennenzulernen und ich konnte mit Sicherheit noch das ein oder andere von ihm lernen.

Ich freute mich riesig darauf, vor allem, weil ich in dieser Zeit bei Elliot wohnen durfte. Er hätte genügend Platz, auch für den einen oder anderen Übernachtungsgast, hatte er mir lachend mitgeteilt, und er würde sich über jeden, der wichtig in meinem Leben war, sehr freuen.

Und auf den ersten Gast wartete ich bereits voller Ungeduld. Ich schnappte gerade nach meinem Handy, als die Haustür aufging.

»Eliza? Schatz, ich bin da.«

»Ich bin im Schlafzimmer, Mom.«

Langsam schlich sie herein. Sie sah wunderschön aus in ihrem blassvioletten Maxikleid, mit den offenen Haaren und dem dezenten Make-up in Form von ein wenig Wimperntusche und Lippenstift.

»Ich, ich, kann das nicht. Mir ist so heiß und ich bekomme keine Luft«, keuchte sie zitternd. »Bis wir dort sind, ist mein Kleid verschwitzt, mein Make-up verlaufen oder noch schlimmer, ich bin in Ohnmacht gefallen und sabbere aus dem Mund!«

Lachend schloss ich Mom in meine Arme. »Mom. Ich bin doch bei dir, okay? Ich achte schon darauf, dass du nicht sabberst oder Schweißflecken an deinem Kleid zu erkennen sind. Versprochen.«

»Nein, nein. Du verstehst das nicht, Eliza.« Unruhig löste sie sich aus unserer Umarmung und Schritt im Zimmer auf und ab.

»Dann erkläre es mir.«

»Ich liebe deinen Vater so sehr. Und schon so lange Zeit. Mehr kann ich ihm nicht sagen. Das und wie sehr es mir leidtut. Aber das hört sich so abgedroschen an. Wenn er mir nun nicht vergibt ... ich habe keine Ahnung, was ich dann machen soll.«

Kopfschüttelnd trat ich auf meine Mutter zu und packte sie an den Oberarmen. »Jetzt hör mal zu. Nichts Dergleichen wird passieren. Elliot liebt dich immer noch sehr. Und er wird dir vergeben. Ihr beide gehört zusammen. Und daran gibt es nichts zu rütteln.«

»Wir hätten ihn wenigstens vorwarnen sollen. Wer weiß, wie er reagiert, wenn wir ihn mit meiner Anwesenheit so überrumpeln.«

»Mom, Elliot weiß, dass ich heute Abend jemanden mitbringe, der mir sehr am Herzen liegt. Und vielleicht hofft er darauf, dass du diejenige bist. Möglicherweise wäre er sogar enttäuscht, wenn du nicht dabei bist.«

Mom rieb sich über ihre nackte Arme und nickte behutsam. »Okay. Lassen wir es darauf ankommen.«

***

Zwei Koffer, einen Rucksack und drei Kaffee später fuhren wir im alten, klapprigen Käfer los. Die meiste Zeit hingen wir bedächtig unseren Gedanken nach und verharrten in Stille. Kurz bevor wir die Stadt erreichten bogen wir links ab. Der Weg führte uns auf eine unbefestigte

Straße inmitten zahlreicher Weizenfelder. Die Sonne tanzte über den Halmen in strahlenden Rot-, Orange- und Violetttönen.

»Was hat Bernie eigentlich zu deiner Ausleihe an einen anderen Sender gesagt?«

»Das war kein Problem für ihn. Elliot hat für einen Ersatz aus seinem Sender gesorgt, der sich öfter in Dads und meine Sendung einklinken wird. Zudem gibt es die Vereinbarung, dass wir Radio Shine-a-Light in der Sendung stets erwähnen werden. Das ist immerhin richtig gute Publicity und die ist auch noch kostenfrei.«

»Das ist es in der Tat. Bernie ist ein prima Kerl. Ich bin froh, dass du damals eine Anstellung bei ihm gefunden hast. Er ist einer der wenigen Nachtschwärmer, denen ich vertraue, und der auch gewusst hat, dass du meine Tochter bist.«

Lächelnd nickte ich. Dem konnte ich nur zustimmen.

»Da hinten. Ich sehe das Haus!«, stieß ich aufgeregt aus und wedelte mit dem Zeigefinger zur Scheibe hinaus.

Claire hielt an und starrte in die gezeigte Richtung. »Bei allen Göttinnen, das ist ja eine Ranch!«

»Oh. Hatte ich das nicht erwähnt? Elliot gehört das Stück Land da hinten. Er hat Pferde, einen Hund und sogar ein paar Hühner.«

Fassungslos schüttelte sie den Kopf. Tränen kullerten über ihre Wangen.

»Mom? Entschuldige, dass ich vergessen habe es dir zu erzählen. Das ist doch aber kein Grund zu weinen«, faselte ich und zog hektisch ein Taschentuch aus der Verpackung, um es ihr zu reichen.

Sie nahm das Taschentuch an sich, wischte sich die Tränen weg und schnäuzte einmal tief hinein.

»Das da ... das war unser Traum, Eliza. Wir haben immer davon geredet gemeinsam ein Stück Land zu kaufen, mit einem riesigen Garten voller Kirschbäume und allen möglichen Tieren. Ein Kleinod, ein verwunschener Platz, an dem wir die Welt ausblenden und nur für uns sein können.«

»Und Elliot hat es wahrgemacht«, flüsterte ich und lächelte. »Siehst du, Mom, jetzt fehlst nur noch du. Es sieht so aus, als hätte Dad die ganzen Jahre darauf gewartet!«

Sie zog scharf den Atem ein und startete den Wagen. In gemächlichem Tempo fuhren wir auf das Anwesen zu. Dabei passierten wir die Toreinfahrt des zaunumrandeten Grundstücks. Über dem Tor war ein Holzrahmen angebracht, auf dem in grünen Lettern *Lake Farm* geschrieben stand. Von weitem konnte man einen Hund bellen hören und einen Augenblick später kam Elliot auf die braune Holzveranda geschlendert. Gekleidet in Blue Jeans und einem karierten Flanellhemd stand er am Treppenabsatz, zu seinen Beinen ein weißer Golden Retriever, und schirmte mit der Hand die Augen gegen die untergehenden Sonnenstrahlen ab.

»Oh. Oh, Eliza«, entfuhr es meiner Mom leise, den Blick gebannt auf meinen Dad gerichtet. »Mein Herz.«

Ich legte ihr die Hand auf den Rücken und hoffte, dass sie diese Geste etwas beruhigte. Links vom Haus stand ein schwarzer Pick-up, neben den meine Mutter nun fuhr.

»Alles klar?«

Mom schob sich die Locken aus dem Gesicht und kaute auf ihren Lippen, ehe sie nickte. Das war verrückt! So nervös hatte ich sie noch nie erlebt. Noch nie. Es war ... bezaubernd.

Mit Herzklopfen stieg ich aus und lief meinem Dad entgegen, der bereits die Treppe heruntergekommen war, barfuß, wie ich bemerkte, den Blick auf das Auto geheftet.

»Hi Dad«, lächelte ich und nahm ihn fest in die Arme.

»Hey Eliza. Ich freue mich so, dass du hier bist«, raunte er und gab mir einen Kuss auf den Kopf.

»Dad, ich habe dich ja schon vorgewarnt, dass ich jemanden mitbringe, der mir sehr am Herzen liegt.«

»Hm. Hm«, brummte er und starrte weiter auf den alten, klapprigen Käfer. Die Fahrertür öffnete sich und Mom stieg ziemlich ungelenk aus dem Auto. Dort, neben der geöffneten Tür, blieb sie wie angewurzelt stehen. Ich löste mich aus der Umarmung und glitt ein wenig zur Seite, unsicher, ob ich was tun sollte oder nicht.

Mehrere Sekunden verstrichen. Als hätte jemand die Situation auf Stand-by geschaltet. Claire und Elliot starrten aneinander wie gebannt an. Ich traute mich kaum zu atmen, so aufgeregt war ich. Meine Eltern, im Schein der untergehenden Sonne, beim Klang der Zikaden und dem Hecheln des Hundes boten einen Anblick, der sich tief in mein Herz eingrub.

Plötzlich setzte sich Elliot in Bewegung. Mit schnellen Schritten erreichte er Claire und nahm ihr Gesicht in seine großen, starken Hände. Dann lehnte er seine Stirn an ihre und flüsterte etwas, was nicht bis zu mir herüberdrang.

Mom fing unvermittelt an zu weinen. Unter Schluchzen glitt sie in seine Arme, wo Dad sein Gesicht an ihren Hals schmiegte. Er hob sie hoch und wirbelte sie in der Luft umher. Dabei lachte er wie verrückt.

Erleichtert stieß ich die angehaltene Luft aus und lachte mit. Ein zentnerschwerer Stein fiel mir von der Seele. Elliot stellte Mom, die wie angetrunken kicherte, zurück auf den Boden, beugte sich zu ihr herab und küsste sie.

Zärtlich, innig und berauscht von Liebe.

Einundzwanzig

Eliza

Hawaiianische Wasserlaternen dümpelten an der Oberfläche des Silver Lakes und gaben je nach Spiegelung ein glanzvolles Farbenspiel ab. Am frisch erbauten, in weißer Holzlasur gestrichenen Steg schlängelten sich Lichterketten um die Holzstäbe des Geländers. Lampions und Girlanden hingen zwischen den Bäumen, Kerzen steckten auf Holzfackeln, Teelichter in verschiedenförmigen Glaskaraffen waren auf den Tischen, der Veranda oder auf dem Kieselboden verteilt.

Leise Musik drang aus dem Radio. Verschiedene Gartenstühle, Korbsessel und Sitzkissen standen versetzt um das Lagerfeuer. Unweit des Grills war eine lange Tafel aus knorrigen, alten Holztischen aufgebaut, bedeckt mit noch mehr Kerzen, Wasser und Weinkaraffen, stilvollen Kristallgläsern und edlem Porzellan.

»Fast so magisch wie damals im *Magical,* oder?«, fragte Meg und zwinkerte.

»Absolut. Das hat sie super hinbekommen. Ich bin stolz auf Addy.«

»Ich bin auch stolz auf mich«, ertönte es hinter uns und mit einem Satz stürzte Addy sich auf uns, so dass wir vornüber auf den Rasen knallten.

»Hey! Gruppenkuscheln ohne mich?« Bell verzog empört das Gesicht und sprang zu uns auf den Boden. Kichernd, giggelnd und prustend rollten wir im Gras umher, bis uns die Tränen kamen.

Heute war endlich der Abend der Einweihungsfeier, die nun, Mitte August, mit zwei Monaten Verspätung stattfand. Ein Wasserrohrbruch und ein Mäusebefall hatten die Arbeiten am Haus verzögert. Seit einer Woche wohnte Addison nun richtig in ihrem neuen Eigenheim und war überglücklich.

Was nicht zuletzt an ihrer frisch erblühten Liebe zu Connor lag. So viel zum *Hm.* Die ersten paar Dateanfragen hatte sie abgelehnt. Addison wollte nach ihrer jahrelangen Beziehung mit ihrem Job einfach nur frei sein. Was ich durchaus verstand. Nach so einer Phase der Selbstaufgabe, ohne Atempause, brauchte es Zeit wieder zu sich zu kommen. Zu spüren, wer man selbst war, wo seine innere Mitte lag. Und sich selbst zu finden ging nun mal immer noch am besten, wenn man nicht auf die Bedürfnisse und Wünsche einer anderen Person achtgeben musste.

Connor hatte ebenso Verständnis für ihre Situation gehabt. Das hatte ihn aber nicht davon abgehalten ihr weiterhin bei der Renovierung behilflich zu sein. Oder um sie zu werben. Und diese Beharrlichkeit hatte letztendlich den Ausschlag gegeben, dass Addison trotz ihrer Bedenken sich doch mit Connor einließ.

Er war der richtige Mensch zur richtigen Zeit an ihrer Seite. Denn Connor war ruhig, gelassen, sorgsam. Und diese Eigenschaften brachten ihn dazu Addison den Freiraum zu geben, den sie nach ihrem eingebundenen und hart durchstrukturierten Glamourleben brauchte. Diesen schmalen Grat zwischen Nähe und Distanz beherrschte Connor mühelos.

Bell litt unter dieser Verbindung. Das wusste ich, weil wir viel darüber redeten. Äußerlich gab er weiterhin den treu ergebenen Freund, der sich über diese Verbindung genau wie all die anderen freute. Ich war mir nicht sicher, ob er es schaffen würde, jemals über Addison hinwegzukommen. Momentan konnte ich nur zuhören.

Zuhören und hoffen.

»Na Kinder, habt ihr Spaß?«, brummte eine tiefe Stimme über uns amüsiert.

»Daaaad!« Vergnügt sprang ich auf und umarmte Elliot stürmisch.

»Hallo, meine bildschöne Tochter«, erwiderte er und drückte mich fest an sich. Er gab mir einen Kuss auf die Stirn und schaute mich an. Dann seufzte er.

»Alles in Ordnung?«

»Ja. Endlich«, krächzte er leise und schmiegte sich noch mal fest an mich.

»Du erdrückst unsere Tochter, wenn du so weitermachst!« Mom lächelte liebevoll.

»Hey Mom.«

»Tue ich nicht, versprochen!«, sagte er und zog meine Mom an sich, um ihr ebenfalls einen Kuss zu geben.

Es machte klick und Connor grinste. »Das war ein perfekter Moment!«

Lachend begrüßten meine Eltern den Rest der Sippe und übergaben Addison ein Geschenk. Es war kurz nach acht und im Hintergrund hörte man bereits weitere Gäste ankommen.

Außer unserer Clique hatte Addison noch ein paar alte Freunde von früher eingeladen, die Eltern von Connor und Megan, sowie Bells Mom. Aus ihrer Zeit beim Ballett hatte sie lediglich ihre ehemalige PA – Personal Assistent eingeladen. Noch ein Punkt, der mich stolz machte. Addison hatte sich bei der Auswahl lediglich auf die Menschen eingelassen, die ihr guttaten. Die Addy um ihretwillen liebten und nicht wegen ihres Ruhms oder ihres Bekanntheitsgrads. Was ihre Eltern vom heutigen Abend ausschloss.

Nachdem sich nahezu alle geladenen Gäste eingefunden hatten, verkündete Addison, dass es Zeit fürs Abendessen wäre.

»Bevor wir uns auf die Köstlichkeiten stürzen, möchte ich gerne noch ein paar Worte loswerden.« Mit der Hand auf ihrem Herzen stand Addy am Tafelende und schaute in die Runde.

»Zuerst danke ich jedem Einzelnen von euch, dass ihr heute da seid, um mit mir meinen Neuanfang zu feiern. Ich bin zutiefst dankbar, dass ich nach so vielen Jahren auf Tour immer noch ein Zuhause habe, und Freunde, die mich behandeln, als wäre ich nur mal eben ein Tag fortgewesen. Das bedeutet mir sehr viel. Bellamy, Megan und Elizabetha, euch möchte ich sagen, dass mir nach all den Jahren nur ein einziges Wort zu uns einfällt: Familie. Ich liebe euch.«

»Wir lieben dich auch«, flüsterte Bell und hob sein Glas. »Auf die Familie, auf Freunde, auf uns!«

Gemeinsam stießen wir an.

»Lasst es euch schmecken«, sang ich fröhlich, stand auf, um Addy einen Kuss zu geben, und schnappte mir meinen Teller.

»Oh oh. Ich muss mich beeilen«, sagte mein Dad hinter mir und kicherte.

»Haha, sehr lustig, Dad!« Ich reckte das Kinn hoch und versuchte ihm einen bösen Blick zuzuwerfen, scheiterte aber gnadenlos und grinste stattdessen.

»Lach nicht. Ich muss immer noch meine Vorräte auffüllen, dabei bist du schon seit einem Monat wieder zu Hause.«

Kopfschüttelnd knuffte ich ihn, worauf Elliot mich erneut in den Arm nahm, um mich zu drücken. Ich hatte das Gefühl, dass es ihm da wie mir ging. Selbst nach den vergangenen Wochen kam es mir immer noch surreal vor, dass ich plötzlich einen Vater hatte. Und zwar einen, der sich riesig darüber freute, dass es mich gab. Den das Glück überrollte und die verlorene Zeit einfach plattdrückte. Die Sehnsucht, der Schmerz. Das ständige Gefühl der Leere, dass irgendetwas Wichtiges gefehlt hatte; ein stetiger Begleiter, jahrelang.

Claire und Elliot hatten sich nach ihrem Wiedersehen lange ausgesprochen, ich war erst zum Schluss dazu gestoßen. Und zwar an dem Punkt, an dem ich bezeugen musste, dass es Hexen, Vampire und andere Nachtschwärmer gab. Mom hatte Elliot die gesamte Geschichte erzählt. Da ich mich selbst erst kurze Zeit zuvor in dieser Lage befunden hatte, konnte ich mitnichten sagen, dass mein Vater diese Offenbarung um einiges besser als ich wegsteckte.

Vielleicht lag es daran, dass Mom sich seit ihrer gemeinsamen Zeit vor knapp sechsundzwanzig Jahren nur unwesentlich verändert hatte und keine Creme oder Facelifting dies so zustande gebracht hätte.

So oder so schenkte er Claire Glauben, was mit meiner Zustimmung noch unterstrichen wurde. Spätestens als Morgan zu Besuch kam und er sah, wie sich vor seinen Augen dessen Fänge verlängerten und er einen Becher Blut zum Frühstück trank, waren jegliche eventuell vorhandenen Zweifel aus dem Weg geräumt.

Was ich an dieser Sache jedoch stets geflissentlich verdrängte, war die Tatsache, dass Elliot und ich Menschen waren. Mit einer kurzen Verweildauer auf Erden. Und dass Mom und Morgan nach unserem Tod weiterleben würden, in Erinnerung an zwei Menschen, die sie aus tiefstem Herzen geliebt hatten ...

Morgan

Die Party war in vollem Gange, als ich gemächlich den Weg hinter Addisons Haus einschlug. Mit meinem Geschenk unterm Arm trat ich auf die Gastgeberin zu, die in ein Gespräch mit einem mir unbekannten Mann verwickelt war.

»Hallo, Addy. Danke für deine Einladung«, sagte ich, gab ihr einen Kuss auf die Wange und überreichte das Paket.

»Wie schön, dass du es doch noch geschafft hast. Danke für das Geschenk. Auf dem Tisch steht jede Menge Essen. Bitte bediene dich«, antwortete sie mir freudestrahlend.

Ich nickte. »Werde ich machen. Später auf einen Tanz?«

»Absolut!«

Ich lächelte ihr zu und schlug einen Bogen zum Steg ein, auf dem meine große Liebe in einem pinkfarbenen Seidenkleid gekleidet stand. *Dem* Seidenkleid. Und mit dem Raviolifuzzi Connor.

»Benimm dich Morgan O'Malley!«

»Babe, wir haben uns jetzt drei Wochen nicht gesehen und du stehst in dieser heißen Sommernacht in diesem verdammten Seidenkleid vor mir ... ich bin soweit von gutem Benehmen entfernt, das kannst du dir in deinen kühnsten Träumen nicht vorstellen!«

Kichernd drehte sie sich um, gerade als ich ihr den Arm um die Hüften legen wollte. Mit glitzernden Augen und einem zärtlichen Kuss begegneten wir uns und ich vergaß die Welt um uns herum. Mein Körper erbebte, und auch wenn ich mich mittlerweile daran gewöhnt haben müsste, fühlte es sich jedes Mal wieder wie beim ersten Mal an.

Damals, als ich in die Hotellobby des *Oceans* getreten war.

Für einen Vortrag über Dichtung und Lyrik des vergangenen Jahrhunderts …

Ende von Band I

Danksagung

Zu allererst danke ich von Herzen Pia Cailleau. Danke, dass du mir die Chance gegeben hast, Teil der Label-Eröffnung von Dark Diamonds sein zu dürfen. Ich fühle mich geehrt und bin immer noch geflasht. Was für ein gigantischer Start in meine Autorenkarriere. Busy Pia, you rock! :-)

Ein ganz herzliches Dankeschön geht auch an meine Lektorin Marion Lembke. Wer hätte gedacht, dass ein Lektorat so Spaß machen kann. ;) Danke für dein Engagement, deinen Humor & dein offenes »Ohr«! Ich hoffe, wir lesen uns bald wieder!

Ein besonderer Dank geht an Romina Gold (die Herrscherin über Arrow), Marianne Labisch (die Seelenstreichlerin) und Helen Skrobski (die Verrückte). Danke, Ladies, für eure Zeit, euren Weitblick, eure Unterstützung!

Dann danke ich den beiden Menschen, die sich mein Herz teilen: meinen Kindern.

Für euren unerschütterlichen Glauben an mich; eure bedingungslose Unterstützung und tiefe Liebe, die mir Kraft gibt wie nichts anderes im Leben. Ihr seid meine Herzenscrasher :-) ILE!!!

Und last but not least danke ich euch, liebe Leser! Danke, dass ihr mein Buch gekauft und mit Morgan und Eliza mitgefiebert habt.

Wenn euch die Geschichte gefallen hat, gebt mir ein Zeichen. Ich freue mich!

Und an alle da draußen: You better watch out! Vielleicht leben sie ja doch unter uns. ;)

Aloha!

Eure Cat

DARK
DIAMONDS
Jeder Roman
ein Juwel
fantastisch
romantisch
faszinierend
sinnlich
dramatisch
Das Imprint für New Adult Fantasy
www.darkdiamonds.de

Eine Liebe, so tief wie die Nacht ...

Sabine Schulter
Melody of Eden
Band 1: Blutgefährten
Softcover
302 Seiten
ISBN 978-3-551-30091-1

Vampire – Mythos oder Wahrheit? Diese Frage stellt sich auch die 23-jährige Melody, als sie gemeinsam mit ihrer Freundin die unterirdischen Gänge ihrer Heimatstadt erforscht. Schon immer hat sie sich gefragt, ob es diese Wesen der Nacht tatsächlich gibt. Es wird gemunkelt, dass die Regierung ihre Existenz zu vertuschen versucht, und Melody würde nur zu gerne herausfinden, warum. Als sie plötzlich von einer unheimlichen Kreatur in die Tiefe gerissen und von einem unglaublich anziehenden Mann gerettet wird, ist ihr Wissensdurst nicht mehr zu stillen. Doch schon bald muss Melody herausfinden, dass es Wesen gibt, die man besser nicht auf sich aufmerksam macht ...

www.darkdiamonds.de

www.darkdiamonds.de
Jeder Roman ein Juwel

Dark Diamonds
Ein Imprint der CARLSEN Verlag GmbH
September 2017

Lektorat: Marion Lembke
Umschlagbild: shutterstock.com / © PlusONE / © Julia Remezova
Umschlaggestaltung: formlabor
Satz und Umsetzung: readbox publishing, Dortmund
Druck und Bindung: CPI Books GmbH, Birkach
ISBN 978-3-551-30093-5
Printed in Germany
www.carlsen.de/darkdiamonds

Alle Bücher im Internet: www.carlsen.de